Un peu plus d'amour que d'ordinaire

EMILY BLAINE

UN PEU PLUS D'AMOUR QUE D'ORDINAIRE

ROMAN

HARPERCOLLINS FRANCE
83-85, boulevard Vincent-Auriol, 75646 PARIS CEDEX 13.

www.harlequin.fr

ISBN 978-2-2804-1098-4 — ISSN 2271-0256

Chapitre 1

Ce n'était pas la première soirée de gala à laquelle j'assistais. Les salles de réception d'hôtels fastueux, les tables rondes dressées avec soin et dont les nappes immaculées finissaient inévitablement tachées de vin, les discours tantôt émus tantôt interminables, tout ça, je connaissais. Mais c'était la première fois que je sentais le poids des regards réprobateurs de mes coéquipiers sur moi. Habituellement, ce type de soirée organisée par le club avait pour objectif de nous féliciter de notre saison et de nous offrir un moment de détente pendant lequel nous partagions nos destinations de vacances. À l'occasion, nous faisions nos adieux à un des joueurs, en partance pour une autre équipe. Cette fois, ce joueur c'était moi. Sauf que je ne rejoignais pas un club concurrent ; j'arrêtais. Parce que j'avais choisi de prendre ma retraite, l'ambiance était différente ; je la sentais plus lourde dans les regards, plus pesante dans les poignées de main, plus morose dans les sourires.

La nouvelle de mon départ planait, et il fallut attendre qu'on soit tous attablés pour qu'elle débarque enfin par le biais du président du club.

— Alors, Luke, j'imagine que tu as déjà pensé à ta reconversion ?

Je bus rapidement ma gorgée de vin et secouai la tête.

— Je n'y ai pas vraiment réfléchi. Je crois que je vais commencer par m'offrir de vraies vacances et manger sans penser à mon régime, souris-je.

— Nous allons étudier toutes les options pour la suite, intervint mon agent.

Nous avions reçu beaucoup d'offres. Je le savais déjà. Et je savais aussi que James, mon agent, lâchait cette information pour faire monter les enchères. Entre les propositions des chaînes de télévision, les contrats publicitaires et les possibilités d'intégrer un staff sportif, j'avais l'embarras du choix. C'était le mot : embarras. Je n'avais aucune idée de ce que je voulais faire. Pendant des années, le sport - et le rugby en particulier - avait été toute ma vie. Même si j'étais sûr de mon choix et heureux de tourner cette page, je n'avais pris aucune décision concernant mon avenir.

— Je veux prendre mon temps, repris-je pour couper court à la discussion.

— Bien sûr, ce sont des sujets dont nous pourrons parler d'ici quelques jours.

— Mois, corrigeai-je. Parlons en mois.

Le temps était toujours ce qui m'avait manqué. Les entraînements, les matchs, les compétitions, les déplacements ; depuis mes quinze ans, toute ma vie avait été cadencée par le sport de haut de niveau et par la quête absolue de la performance. Désormais, j'avais envie d'autre chose, envie de prendre mon temps, de savourer ce qu'une vie normale pouvait m'offrir.

— Je crois que j'ai envie de voyager, avouai-je brutalement.

— Tu as passé ta vie à voyager ! s'esclaffa le président du club.

— Vraiment voyager. Visiter des endroits différents,

rester plus de trois jours, marcher sur autre chose que du gazon. Voyager.

D'un claquement de doigts agacé, j'interpellai le serveur et désignai mon verre à vin. Je desserrai le nœud de ma cravate, ignorant les regards surpris de mes voisins de la table d'honneur. Durant mes dix-huit années de carrière de haut niveau, j'avais fait en sorte de toujours garder mon calme, même lors des matchs compliqués ou mal engagés. Je savais supporter la pression, mais, ce soir, l'ambiance étouffante me poussait dans mes retranchements.

Je vidai mon verre d'un trait et lançai un regard sombre à mon agent. Il recula au fond de sa chaise et comprit immédiatement que je ne voulais plus parler de moi, ni de mon avenir.

— Nous avons du temps avant de nous pencher sur la question, conclut le président du club. Où voudrais-tu voyager ?

— Je n'y ai pas encore réfléchi.

Et pour cause, je venais juste d'y penser. De l'air, de la liberté… et des vacances : voilà tout ce dont j'avais besoin pour le moment. Je jetai un coup d'œil à ma montre, impatient de m'extirper de cette soirée.

— Je vous prie de m'excuser quelques minutes, murmurai-je.

Je repoussai ma chaise et me dirigeai vers l'extérieur de la salle de réception. L'air frais et humide de la nuit me fit aussitôt du bien ; j'avais à nouveau la sensation de respirer convenablement. Je me débarrassai de ma cravate, la nouant à la branche d'un des arbres qui agrémentaient le parc attenant. Déboutonnant ma chemise, je remontai l'allée principale, mes pas crissant sur le gravier et ébréchant régulièrement le silence nocturne.

J'enfonçai les mains dans mes poches, songeant à ce que

je venais d'annoncer à table. Voyager. Ce n'était pas tant la quête de nouveauté que le fait de réaliser brutalement que peu de choses me retenaient en Australie. J'avais besoin de voir autre chose, de sortir de ma routine rassurante - désormais disparue –, voire de prendre un nouveau départ. J'aurais pu me raccrocher à ma vie professionnelle et foncer tête baissée dans un projet de reconversion. Mais cela ne m'aurait pas libéré de ce qui me hantait depuis plusieurs semaines : l'envie pressante de vivre autre chose que mon sport.

— Hé, mec ! Ils parlent de toi à l'intérieur ! fit la voix d'un de mes coéquipiers, Erik.

— Oraison funèbre ? demandai-je.

— Presque, ouais.

Il me fit un petit sourire désolé et attendit patiemment que je m'avance dans sa direction. J'étais certain qu'on lui avait donné pour instruction de me ramener dare-dare dans la salle pour mon ultime quart d'heure de gloire. Quand finalement j'arrivai à sa hauteur, il lâcha la question qui brûlait les lèvres de tout le monde :

— Tu regrettes ?

— Pas du tout, répondis-je avec assurance. Je crois au contraire que c'est le bon moment.

— Et on sait ça comment au juste ?

— Quand sortir de la salle est plus intéressant que de rester à l'intérieur. Il y a une vie, en dehors de tout ça, soufflai-je.

— On se disait tous qu'ils allaient t'embaucher dans le staff. Genre, préparateur physique. Histoire de nous rappeler que soulever de la fonte a son utilité ou que le décrassage est pour notre bien.

Nous échangeâmes un sourire. Je n'étais guère plus vieux que lui - nous ne devions pas avoir plus de cinq ans de différence –, et notre conversation me rappela que j'avais développé des relations fortes avec mes coéquipiers. J'étais l'un des plus expérimentés et des plus anciens dans ce club ; forcément, on m'avait souvent considéré comme une sorte de grand frère aux conseils judicieux.

— Le décrassage est pour ton bien, dis-je dans un rire. Mais je crois qu'il est temps pour moi de voir autre chose que des mecs puants en short, qui passent leur temps à râler dès qu'il pleut.

Parce que ma voix avait vibré d'émotion, ma tentative de plaisanterie tomba à plat. Si le rugby avait été une maîtresse exigeante, mon équipe avait été comme une famille. Sur le terrain, nous savions nous trouver sans même nous regarder ; en dehors, nous étions solidaires. Nous faisions la fête après chaque victoire, nous nous soutenions en cas de défaite.

— Tu nous as tous pris par surprise avec cette nouvelle, avoua Erik.

Le souvenir de mon annonce, juste après notre dernier match victorieux du championnat, me tira un sourire. J'avais réfléchi à cette décision pendant des semaines, j'en avais avisé mon agent et les responsables du club, négociant de pouvoir en parler directement à mes coéquipiers. Mon ultime exigence.

— J'ai envie de voir autre chose que le stade ou les vestiaires.

— Il n'y avait pas d'urgence, contra-t-il. Tu as encore quelques années devant toi.

— Justement, je ne veux pas attendre de finir avec une articulation en miettes ou un dos totalement ruiné.

— Tu veux partir au plus haut de ta carrière pour qu'on te regrette tous, c'est ça ?

— C'est ça, oui. Je ne vous laisse que de bons souvenirs !

— Tu plaisantes ? La semaine dernière, tu nous as poussés à courir cinq kilomètres de plus ; avant-hier, j'ai dû faire trois séries de tractions supplémentaires et, ce soir, j'ai dû mettre une cravate, lança-t-il, agacé, en tirant sur le bout de tissu.

— Cette soirée n'est pas pour moi !

— À ton avis, de qui on parlera demain ? Qui sera en une des journaux ?

Devant mon silence, il étouffa un rire et m'offrit une tape virile sur l'épaule. Malgré moi, j'esquissai un sourire. C'était rassurant de savoir que je demeurerais, d'une manière ou d'une autre, dans les mémoires. Peu importe que j'y sois en tant que tortionnaire des vestiaires, jeune retraité ou comme détenteur du record de points en championnat, on se souviendrait de moi.

Au moins Erik, et, avec un peu de chance, peut-être les autres.

— Est-ce que ta sœur va mieux ? demandai-je en avançant lentement vers l'entrée de la salle de réception.

— Oui, elle commence le kiné la semaine prochaine. Elle a juré de refaire du surf dès que possible.

Un sourire éclaira son visage et, en guise d'encouragement, je frappai fraternellement son épaule. Quand l'un de nous subissait un coup dur, nous nous serrions les coudes. Nous étions une équipe et, si l'un des membres n'était pas concentré à cent pour cent, cela fragilisait tout notre fonctionnement. C'était sûrement pour cette raison, pour l'implication totale qu'il exigeait, que ce sport avait été toute ma vie. J'avais toujours voulu être le meilleur, celui qui courait le plus vite, celui qui marquait le plus de points. Pour le devenir, j'avais sacrifié tout le reste, j'avais évité les distractions et repoussé tous ceux et toutes celles qui pouvaient m'éloigner de mon objectif.

Demain, quand cette soirée serait déjà un vague souvenir, quand je me réveillerais sans devoir enfiler des baskets pour sortir courir, ma nouvelle vie s'étendrait devant moi comme une immense page blanche.

Nous arrivâmes devant l'entrée de la salle ; d'ici, je n'entendais que la voix du président du club, résonnant dans les haut-parleurs. Je n'avais préparé aucun discours, mais il avait entrepris de réciter ma biographie sans attendre que je réapparaisse à la table principale. Des rires fusèrent dans la salle, entrecoupés d'applaudissements.

— Et ça non plus, ça ne va pas te manquer ? m'interrogea Erik en rejoignant la salle de réception.

— Les petits-fours ?

— La gloire, les applaudissements, les louanges.

— C'est encore plus éphémère que les petits-fours, répondis-je. Tu devrais rejoindre ta place avant que ta future femme finisse par succomber au charme d'Oliver.

D'un geste du menton, je désignai sa table, située à la droite de la salle. Il m'offrit une accolade un peu maladroite, comme s'il voulait à la fois me souhaiter bonne continuation et me remercier d'avoir été dans l'équipe.

Les lumières étaient dirigées sur le président du club ; derrière lui trônait mon portrait en noir et blanc, imprimé dans des dimensions disproportionnées. Je secouai la tête et choisis de rester au fond de la salle, appuyé contre le mur, refoulant le sentiment déplaisant d'assister à mes propres funérailles.

— Après cette belle carrière au sein de notre club, Luke a donc décidé de mettre un terme à sa carrière. Nous le regretterons. Nous regretterons ses coups de pied salvateurs de dernière minute, son rire communicatif dans les vestiaires, son énergie incroyable sur le terrain et, surtout, ses problèmes récurrents avec ses cheveux.

J'étouffai un rire et glissai la main sur ma crinière blonde.

Mes cheveux étaient indomptables et une source inépuisable de plaisanteries de la part de l'équipe. J'avais fini par les laisser pousser et, à l'occasion, j'en camouflais les boucles dans un *man bun*.

— Luke, tu vas vraiment beaucoup nous manquer. Mais je vais te dire ce que je t'ai dit pendant des années, à la fin de chaque match.

Il esquissa un sourire et, même si j'étais loin de la scène, il devina ma silhouette musclée tapie au fond de la salle. Je n'étais pas certain qu'il puisse voir mon visage, et encore moins le sourire ravi qui ornait mes lèvres.

Je savais exactement ce qu'il allait me dire :

— Bien joué.

C'étaient sûrement les deux mots que j'avais le plus entendus durant ma carrière sportive. Pendant les matchs, après un essai transformé ou une longue course jusqu'à la ligne ; après les matchs, dans le vestiaire, quand mes coéquipiers venaient me taper dans la main ; en interview, lorsque les journalistes me félicitaient pour un nouveau titre ou mon dernier trophée.

Bien joué.

Parce que j'avais entendu ces mots régulièrement, je n'y faisais presque plus attention. C'était aussi courant qu'un bonjour ou un merci. Pourtant, ce soir, ce « bien joué » résonnait différemment à mes oreilles et, à cet instant précis, je sus que j'avais pris la bonne décision.

Je me détachai du mur et me dirigeai vers le président du club, éclairé par une poursuite. Les applaudissements résonnèrent dans la salle et, comme un seul homme, le public se leva pour une dernière ovation. Ému, je profitai du moment, laissant mon regard balayer tous ces visages amicaux. Après quelques minutes, les applaudissements se tarirent, et je devinai enfin les battements erratiques de mon cœur. J'avais déjà ressenti la joie incroyable de gagner des matchs importants, la plénitude qu'offrait un enchaînement de victoires mais ce soir, parce que j'étais à fleur de peau, les émotions étaient décuplées.

J'exultais, un immense sourire aux lèvres, la gorge serrée de retenir mes larmes de joie, le cœur gonflé de la conviction d'avoir pris la bonne décision.

— Bien joué, murmurai-je pour moi-même. Bien joué, Luke.

Le lendemain matin, pour la première fois depuis plus de vingt ans, je me réveillai sans la sonnerie stridente et insupportable du réveil.

Pour la première fois depuis plus de vingt ans, je ne commençai pas ma journée par une série de cinquante tractions.

Pour la première fois depuis plus de vingt ans, je m'autorisai un vrai petit déjeuner, à base d'œufs, de toasts à la confiture et de café noir, sur ma terrasse surplombant l'océan et la plage.

Pour la première fois depuis plus de vingt ans, j'avais la journée entièrement libre. Pas d'interviews, pas d'entraînements épuisants, pas de rendez-vous avec mon kinésithérapeute.

J'étais libre, et cette sensation était tellement grisante que je ne savais pas si je devais en être heureux ou effrayé. Le rugby avait été toute ma vie, et je réalisais maintenant que je n'avais existé qu'à travers mes performances. Glorifié un jour, descendu en flèche le lendemain, pardonné la semaine suivante. C'était un cycle infernal et permanent. Même si je les détestais et que je faisais tout pour me tenir éloigné des critiques sportives, je devais admettre qu'elles avaient participé à ma réussite professionnelle.

— Toute publicité est bonne à prendre, avait souligné mon agent alors que la presse se posait des questions sur mon implication en équipe nationale.

— Ils disent que je ne suis pas à cent pour cent. Ces mecs ont-ils déjà couru plus de cinquante mètres dans leur vie ?

— Tant qu'ils parlent de toi, c'est qu'ils comptent sur toi. Transforme deux essais demain et tu seras un demi-dieu dans tout le pays.

— Et si je ne le fais pas ?

— Ils trouveront un autre gus à étriller.

Accoudé au rebord de ma terrasse, mon mug de café décaféiné à la main, je savourais ma nouvelle vie normale, suivant des yeux les promeneurs sur la plage. Je ravalai un rire en prenant conscience que je n'avais jamais pris le temps de marcher sur cette plage. J'avais surfé sur les vagues à l'occasion, j'y avais fait mon footing, casque vissé sur les oreilles, attentif à mon rythme cardiaque et à mon temps de course, mais je n'avais jamais écouté le bruit de l'océan, ni fait attention aux badauds.

En entendant mon téléphone vibrer, je m'arrachai à la contemplation du paysage devant moi. Je posai mon mug sur la table et consultai mes messages.

Elle a dit oui. Et tu n'as plus d'excuses pour dire non. Ramène tes fesses.

Un large sourire barra mon visage. Cette vie normale, au parfum d'iode, de café et d'heureuses nouvelles, tenait toutes ses promesses.

Chapitre 2

— Toujours pratiquer un sport d'intérieur, fit une voix sur ma gauche.

Je relevai les yeux vers Céleste et esquissai un bref sourire tandis qu'elle observait le terrain de sport, arquant un sourcil dubitatif. L'équipe du collège était en plein entraînement, pataugeant dans la boue.

— Et, de manière générale, ne pas pratiquer de sport du tout, ajouta-t-elle en réprimant un frisson d'effroi. J'ai toujours dit que c'était mauvais pour la santé !

Je portai mon mug de café à mes lèvres, laissant mes yeux dériver vers les bandes de brouillard encore présentes qui enrubannaient les pins. Céleste était d'une nature expansive et rieuse. J'avais toujours été épatée par sa capacité à sympathiser avec n'importe qui en quelques minutes. En deux phrases et un rire, elle charmait ses interlocuteurs.

— Tu te tiens volontairement à l'écart pour éviter le documentaliste et son projet d'exposition ? demanda-t-elle soudain.

— Je me tiens toujours volontairement à l'écart, répondis-je en refermant les mains sur ma tasse chaude.

Nous gardâmes les yeux rivés sur les collégiens qui

criaient d'enthousiasme. Céleste fronça les sourcils et retint un sifflement en dardant les yeux sur un placage violent.

— C'est vrai, admit-elle. Rappelle-moi pourquoi on est copines au juste ?

— Parce que je sais me servir d'une ponceuse et que je suis la seule prof de moins de trente ans ?

— Ton célibat est une énigme. Ces gamins vont finir par se faire mal, non ?

— Non. Quelques bleus tout au plus. J'ai déjà vu pire.

Nous échangeâmes un regard complice et, dans un élan de mimétisme, nous reprîmes une gorgée de nos cafés respectifs. Nous restâmes encore quelques instants à regarder les élèves se traîner dans la boue, grimaçant à chaque mauvaise chute.

— On va boire un verre ce soir ?

Céleste avait à cœur de me présenter ses amis. Quand j'avais évoqué avec elle mon enfance et mon adolescence solitaires, elle avait eu du mal à me croire.

— Aucun ami ? avait-elle répété, ahurie, le jour de notre rencontre.

— Aucun, non.

— Et relation ? Connaissance ? Voisin ? Collègue ? Je ne sais pas… Le facteur ? Tu dois bien avoir quelqu'un qui s'inquiète pour toi ?

— C'est ça ta définition de l'amitié ? avais-je plaisanté. Avoir quelqu'un qui s'inquiète pour moi ?

— Entre autres. Qui appelles-tu au milieu de la nuit en cas de problème ?

— Je dors au milieu de la nuit.

— Désormais, tu pourras m'appeler, avait-elle décrété en posant une main sur mon bras.

— On se connaît depuis moins de vingt-quatre heures !

— Il était temps, non ?

Depuis, elle se faisait une mission de me présenter ses amis et de m'intégrer à sa bande. Malgré ses efforts, je parvenais à rester à distance, me perdant volontiers dans mes pensées alors que tout le monde dansait et hurlait sur un vieux tube des années 1990.

— Allez, viens ! m'encouragea-t-elle. Je sais que tu plais à Grégoire. Vous pourriez peut-être... discuter. Ou prévoir une date pour aller dîner ?

Je lui lançai un regard agacé. Céleste était déterminée à en finir avec mon célibat et donc, particulièrement insistante concernant Grégoire. C'était son truc : jouer les cupidons sans jamais demander leur avis aux principaux intéressés. Elle se réfugia dans son mug de café, détournant le regard vers les collégiens en plein entraînement.

— Je vais y réfléchir, éludai-je.

— Et je vais faire comme si je te croyais, répondit Céleste, le regard pétillant.

— Valentine ?

Je pivotai vers la voix masculine derrière moi et me raidis, mal à l'aise, en croisant le regard froid et dur de Muller, le principal du collège.

— Un appel pour vous.

Sa voix sèche me tira un frisson. À croire que cet homme décuplait mon instinct de protection rien qu'en passant près de moi. Entre le costume vert-de-gris, la cravate trop serrée, son attitude sévère, ses sourires qui ressemblaient à des grimaces et son ton glacial qui me donnait la sensation d'être une enfant de cinq ans sur le point de se faire punir, il me faisait frissonner d'angoisse. Le visage fermé, il ajouta :

— C'est votre père.

La bruine matinale avait laissé place à une pluie dense et serrée. Il n'y avait que quelques kilomètres entre le collège et le centre de soins, mais le trajet m'avait semblé durer une éternité. Éternité durant laquelle j'avais envisagé les solutions qui s'offraient à moi.

Garée sur le parking du centre, je ravalai mes larmes amères. J'avais beau tourner le problème dans tous les sens, il n'y avait plus de solution. La pluie frappait sur le pare-brise de ma voiture, et une buée opaque commençait à se former autour de moi. C'était exactement ce que je voulais : disparaître, me laisser engloutir et oublier que ma vie n'avait été qu'un amas d'embûches depuis mes dix-huit ans. À croire qu'on me punissait d'avoir eu une vie facile avant.

Je pris une profonde inspiration et vérifiai mon reflet dans le miroir de courtoisie. Je rassemblai mes cheveux dans une pince et tamponnai mes yeux humides du bout des doigts. J'avais hérité du regard de mon père, d'un bleu limpide et azur, qui tranchait avec ma longue chevelure brune et mon teint pâle. Je pinçai les lèvres, rassemblant les dernières miettes de courage et de force qu'il me restait pour sortir de la voiture.

J'agrippai mon parapluie et, tout en ouvrant ma portière, parvins à le déployer. Malgré la pluie et l'humidité qui s'infiltraient dans mes chaussures, je marchai lentement vers l'entrée. Je n'avais aucune hâte d'affronter la réalité, en particulier quand elle me conduisait dans une impasse.

Les portes automatiques s'ouvrirent, et je me réfugiai dans le sas. Je repliai mon parapluie et le déposai contre un mur. Je frottai mes pieds contre le tapis, ignorant la sensation fraîche et désagréable qui gagnait mes orteils. Le cœur battant et la gorge serrée, je franchis la seconde porte.

— Oh ! Valentine ! Vous avez fait vite !

— Je... J'ai pu m'absenter du collège cet après-midi.

Je rivai les yeux sur mes chaussures trempées. Je n'avais aucune raison de me sentir honteuse, pourtant, à chaque fois que je venais dans ce centre, la culpabilité me tenaillait. Nous nous étions promis d'être toujours là l'un pour l'autre. Et j'avais décidé de confier papa à une armada de soignants.

Il y a encore quelques mois, cela m'était apparu comme la meilleure solution. Techniquement, c'était aussi quasiment la seule.

— Le directeur vous attend dans son bureau.

— Et mon père ? interrogeai-je, dans un soupir las.

— Dans sa chambre. Il se repose.

La réceptionniste m'adressa un petit sourire compatissant, mais je n'étais pas dupe : mon père ne se reposait pas, il encaissait un énième calmant. Lors de ses crises les plus violentes, les infirmiers étaient parfois contraints de lui injecter un sédatif pour parvenir à le maîtriser. Sa carrure et sa force en faisaient un patient potentiellement dangereux.

Je remontai le couloir sur ma gauche, croisant quelques résidents en chaussons et pantalon de velours. Je détestais cet endroit et je détestais que mon père y soit assigné. Que l'homme adulé pendant des années se retrouve dans ce mouroir qui lui rappelait chaque jour sa lente déchéance me crevait le cœur.

Arrivée devant la porte du directeur, je pris une grande inspiration avant de toquer.

— Entrez !

J'ouvris la porte avec prudence, m'assurant que je ne le dérangeais pas. En me voyant, il accrocha un sourire poli à ses lèvres et, d'un mouvement du bras, m'invita à m'asseoir face à lui. En silence, il prit un dossier devant lui et en sortit une liasse de feuilles. Je refoulai un début de migraine.

J'avais déjà assisté à ce genre de rendez-vous où les plus éminents spécialistes vous abreuvaient de termes techniques, d'échelles de mesure et de protocoles de traitement. Une fois qu'on faisait le tri parmi toutes ces formules complexes, on obtenait une seule vérité, douloureuse : l'état de mon père ne pouvait que se détériorer, et le traitement ne visait qu'à ralentir les symptômes de sa maladie.

— Mademoiselle Aubry, nous avions convenu de nous revoir au sujet de votre père.

— En effet. Je présume qu'il a fait une nouvelle crise ?

Tourner autour du pot et prendre des précautions ne servaient à rien. Je savais déjà que je n'allais pas aimer cette conversation et ses conséquences.

— Il était parfaitement en forme ce matin au petit déjeuner. En milieu de matinée, il a entrepris de faire une valise et de partir. Nous avons réussi à le raisonner et à lui faire comprendre qu'il vivait ici.

Je remuai sur ma chaise inconfortable, attendant le « mais » que je redoutais. Devant mon silence et ma mine fatiguée, le directeur poursuivit :

— Il a mangé avec les autres résidents à midi. Ce qui n'était pas arrivé depuis des semaines, je crois.

— Vu son état, mon père n'apprécie pas trop d'être confronté au regard des autres, justifiai-je.

— Oui, et c'est compréhensible. Quand il prend son traitement et qu'il suit les soins, votre père gère parfaitement sa maladie. Il travaille sa mémoire, retrouve certains automatismes, notamment sur les ateliers cuisine. Mais tous ces exercices sont très fatigants, et cela le conduit parfois à des crises de colère.

— Je sais. C'est pour cette raison que je l'ai fait prendre

en charge ici. Votre centre est celui qui a les meilleurs résultats et…

— Nous avons eu beaucoup de mal à le maîtriser, précisa le directeur. Malheureusement, sa crise d'agressivité de cet après-midi a blessé une de nos infirmières et deux de nos résidents. L'un d'eux est actuellement aux urgences pour des points de suture.

Un frisson d'effroi me parcourut. Mon père avait toujours été une force de la nature, grand, carré et athlétique. Le sport de haut niveau avait contribué à le rendre encore plus musclé et endurant. Du haut de son mètre quatre-vingts et de ses quatre-vingt-dix kilos de muscles, il pouvait aisément s'imposer, et la colère et l'adrénaline ne faisaient que décupler cette force, le rendant incontrôlable.

— Je suis vraiment désolée, dis-je en cherchant un stylo et un morceau de papier dans mon sac. Est-ce que vous pourriez me donner les coordonnées de la famille pour que je leur transmette nos excuses et que…

— Mademoiselle Aubry, nous ne sommes plus en mesure d'accueillir votre père ici.

Même si je m'y attendais, cette information me fit l'effet d'une douche froide. Je me figeai sur ma chaise et tentai de reprendre ma respiration. J'ouvris la bouche, mais aucun son n'en sortit.

— Je crois qu'il serait préférable pour lui de retrouver un endroit familier. Chacune de ses crises a été déclenchée par son souhait de rentrer chez lui, et j'ai bon espoir qu'un environnement connu limite ses accès de violence.

— Je… Écoutez, on peut sûrement trouver un arrangement, au moins transitoire. Le temps pour moi de trouver une nouvelle maison de soins.

— Je peux vous laisser quelques jours, guère plus. Le temps de prendre vos dispositions.

Quelques jours. J'avais la sensation de tomber dans le vide. À mon grand désarroi, je ne m'écrasais pas. Ma chute durait, encore et encore, sans que rien ne l'arrête. Je parvins à m'éclaircir la gorge et à relever le menton, prête à quitter ce bureau avec le peu de fierté et de conviction qu'il me restait.

— Vous connaissez ma situation, soufflai-je. Vous savez qu'il n'y a que mon père et moi.

— Je le sais. Je peux vous communiquer une liste de centres de soins, mais je ne vous cache pas que les places sont rares.

Je retins mes larmes de toutes mes forces et sentis mes yeux s'embuer. J'avais lutté pour obtenir cette place pour mon père, je savais qu'il serait impossible d'en trouver une autre avant plusieurs mois. Le piège se refermait sur moi, et je n'avais aucune échappatoire.

D'un geste souple, le directeur du centre me tendit une liste des établissements de soins de la région. J'en connaissais la plupart, je les avais déjà contactés pour plaider la cause de mon père avant d'obtenir une place dans ce centre.

— Mademoiselle Aubry, la maladie de votre père est encore à un stade peu développé. Si vous le souhaitez, nous pouvons convenir d'une prise en charge externe, avec des soins et de la rééducation chaque matin. Il serait ensuite chez lui les après-midi. Cela lui permettrait certainement de retrouver un équilibre et de la sérénité.

— Vous savez que le problème n'est pas là. Mon père a besoin de quelqu'un en permanence. La dernière fois que je l'ai laissé seul, je l'ai retrouvé trempé des pieds à la tête : il était tombé dans notre piscine et n'avait aucune idée de comment se sécher, répliquai-je, énervée. Il oublie de s'habiller, parfois. Et, quand il y pense, il se met en tenue de sport et me parle de ne pas manquer son entraînement. Vous n'avez aucune idée de... de ce que c'est pour moi de le voir ainsi.

Cette fois, je ne retins pas mes larmes. Aux prémices de la maladie, j'avais mis les pertes de mémoire et les élucubrations de mon père sur le compte de la fatigue et du deuil de ma mère. Mais, lorsque les symptômes s'étaient installés, j'avais dû me rendre à l'évidence, et le diagnostic ne m'avait finalement pas vraiment surprise.

— Croyez-moi, mademoiselle Aubry, j'ai tout à fait conscience des effets de la maladie d'Alzheimer, notamment sur les proches.

Je passai mes mains tremblantes sur mes joues humides, tentant de me composer une attitude plus neutre et responsable.

— Le proche, corrigeai-je. Il n'y a personne d'autre.

— Des amis, peut-être ? Je sais que vous êtes fille unique mais, vu la carrière de votre père, vous devez certainement avoir des gens dans votre entourage qui peuvent vous aider.

— Non, personne. Il n'y a que nous deux.

Je repris mon souffle et me levai de ma chaise. Je tremblais de tous mes membres, incapable, malgré toute ma volonté, de contenir mes émotions. Je n'avais aucune solution. Garder mon père à la maison supposait d'y être en permanence, et donc que je démissionne de mon travail. L'idée de laisser tomber mes élèves et ma passion me révulsait. J'adorais mon métier et je ne pouvais pas concevoir de ne plus accompagner mes élèves. Ils me donnaient invariablement le sourire.

— On va se débrouiller, éludai-je.

— Je vais faire de mon mieux pour vous laisser le temps de vous organiser, assura le directeur du centre en se levant à son tour.

— Je... Pourriez-vous présenter mes excuses à ceux que

mon père a blessés. Il… D'aussi loin que je me souvienne, il n'a jamais été violent et colérique.

— Cette maladie amène parfois de l'agressivité. Surtout dans les moments de lucidité. Il voulait vraiment sortir du centre.

— Il voulait s'entraîner, j'imagine. Il ne se souvient pas d'où il habite ni du prénom de ma mère, mais il sait qu'il doit s'entraîner.

Je ne récoltai qu'un sourire compatissant et une poignée de main d'encouragement. Cet homme venait de m'annoncer que ma vie allait prendre un virage drastique à cent quatre-vingts degrés, et il se contentait de me souhaiter bon courage.

— Je peux le voir avant de partir ? demandai-je d'une voix encore incertaine.

— Bien sûr. Je vais vous conduire à sa chambre.

J'espérais que derrière son masque impénétrable de directeur il culpabilisait de sa décision et qu'il m'accompagnait pour se dédouaner. Les bras croisés sur ma poitrine, je remontai une série de couloirs, avisant quelques résidents au passage. Le directeur les salua avec un sourire avenant - sourire dont je n'avais pas eu le privilège d'être gratifiée –, puis il s'arrêta devant la porte de la chambre de mon père.

— Il dort peut-être, mais vous pouvez rester aussi longtemps que vous le souhaitez.

Dans la mesure où nous étions hors des horaires de visites autorisées, je présumai qu'il me faisait une ultime faveur. Je hochai la tête et ouvris la porte, trouvant mon père endormi sur son lit. Comme je l'avais imaginé, il avait revêtu un survêtement et un T-shirt. Un bref sourire éclaira mon visage : quelle que soit la météo ou son état de forme, mon père resterait un éternel sportif, prêt à s'entraîner dès qu'on lui en donnerait l'occasion.

Je m'assis près de lui, observant les traits de son visage. Même si c'était un sommeil artificiel, son expression semblait apaisée. Il arborait une légère barbe, inhabituelle et striée de blanc, pourtant il n'avait rien perdu de sa superbe et restait athlétique et imposant. Sur son chevet reposait un cadre avec maman et moi en photo. Juste à côté, un pilulier bien rempli pour la semaine me rappelait à quel point la réalité était dure avec lui.

Me relevant du fauteuil, je me dirigeai vers la fenêtre. Elle donnait sur le parking du centre. Avec cette pluie et ce ciel couleur orage, sa chambre paraissait encore plus déprimante. Son lit, un fauteuil, une petite table et un écran de télévision accroché au mur ; ce confort sommaire m'avait semblé convenir le jour de son admission.

— On prendra soin de lui, avait assuré une des infirmières, pendant qu'une autre s'affairait à lui faire prendre son traitement.

À l'époque, cet homme, si fort, si puissant, si loyal avec maman et moi commençait déjà à se déliter peu à peu sous mes yeux. Dans son regard, un voile d'incertitude et de peur avait recouvert l'éclat de détermination qui le caractérisait.

— Voici son planning, avait ajouté la femme en me tendant une feuille.

Cette même feuille était maintenant accrochée au mur, près de son armoire. Les ateliers cuisine, les jeux collectifs, les séances de promenade strictement encadrées, les séances de kinésithérapie, les ateliers peinture… Je n'avais aucune idée de l'implication de mon père dans tout ça. C'était tellement à l'opposé de ce qu'il avait toujours fait et été. Je n'aurais pas dû être étonnée par sa rébellion et ses tentatives d'évasion. Pendant toute sa vie, mon père avait veillé à être libre de ses choix. Les seuls plannings qu'il avait religieusement suivis étaient ceux des entraînements et des matchs.

— C'est son anniversaire la semaine prochaine, avais-je murmuré, la culpabilité me serrant la gorge.

— On le fêtera. A-t-il des habitudes ? Un gâteau préféré ? Un rituel ? Nous pouvons aussi faire venir des gens de l'extérieur quelques heures pour le fêter avec lui.

— Il aime les gâteaux au chocolat. Ceux que ma mère préparait.

— Eh bien, on lui en fera un. Autre chose à savoir ?

— Il aime le sport. Ça, ça semble évident. L'océan et marcher dans le sable. Il s'est découvert une passion tardive pour la musique classique et peut écouter en boucle Vivaldi.

Je m'étais mordu la lèvre. Je ne savais pas du tout si mon père aimait vraiment ça ou si, à l'époque, c'était déjà un effet de la maladie. Désormais, chaque habitude de ces dernières années était sujet à caution.

— Avez-vous des albums photo, éventuellement ? On pourrait s'en servir pour stimuler sa mémoire.

— À la maison, oui. Mais il n'y a que maman, lui et moi sur les photos.

— Ce n'est pas très grave. On fera en sorte de le faire parler de ce dont il se souvient : les lieux, les événements, le contexte.

Alors, j'avais apporté nos albums. Et, la dernière fois que je les avais feuilletés avec lui, j'avais fini en larmes. Il s'était rappelé sa rencontre avec maman, le lieu de leur mariage, le moment précis où elle lui avait annoncé qu'elle était enceinte. Nous avions ri et mangé un pot de glace que j'avais apporté en douce.

— D'ailleurs, tu sais pourquoi ta mère n'est pas venue ? m'avait-il demandé alors que j'étais sur le point de partir.

— On en a déjà parlé, papa. Tu te souviens ?

Il avait froncé les sourcils, creusant sa mémoire avec force. Je m'étais approchée de son lit et j'avais pris ses larges mains calleuses dans les miennes, attendant qu'il trouve la réponse. Ce qui était troublant, c'était la manière dont, parfois, certains souvenirs anecdotiques surgissaient avec une précision étonnante tandis que d'autres, essentiels, disparaissaient. À croire qu'inconsciemment mon père faisait le tri entre ce qu'il voulait conserver et ce qu'il voulait oublier.

— Maman a eu un accident de voiture, avais-je expliqué d'une voix douce.

À chaque fois que je devais lui rappeler que maman était morte, la même douleur atroce me compressait le cœur. Je revivais le moment où la police était venue à la maison, nous annonçant l'impensable. Puis je revoyais le cercueil, la cérémonie, mon père catatonique et le retour à la maison, lourd et pesant. Immédiatement, je m'étais dit : « Papa ne s'en remettra pas. » J'avais eu malheureusement raison.

— Un grave accident. Les médecins n'ont pas pu la sauver. Ça fait presque trois ans, maintenant.

Il avait simplement hoché la tête. Je n'avais aucune idée de ce qu'il ressentait. De la douleur, sans aucun doute. De la culpabilité, probablement, lorsqu'il réalisait qu'il avait oublié la mort de sa femme. De l'amertume, peut-être, quand il prenait conscience que la vie qu'il lui avait promise n'avait jamais eu le temps de se concrétiser.

— C'est vrai, avait-il murmuré. Tu mets des fleurs, sur sa tombe, hein ?

— Je le fais, papa. Chaque semaine, comme on l'avait dit.

— Des pivoines. C'est ce qu'elle préférait.

Au milieu de l'obscurité et des souvenirs perdus, la lumière jaillissait parfois. Il ne se souvenait plus qu'elle nous avait quittés, mais il se rappelait ses fleurs préférées. Ce seul détail suffisait à me faire sourire. C'était toujours mon père ; certes, perdu dans cette chambre terne et triste, mais l'éclat dans son regard était bien présent.

— C'est vrai, papa. De quoi d'autre tu te souviens ?

— Qu'elle détestait les carottes.

— Sa couleur préférée ? l'avais-je encouragé.

— Le rouge. J'entends encore son rire communicatif et pétillant. Je me souviens qu'on riait beaucoup, tous les trois.

J'avais acquiescé, heureuse de parler à mon père, comme si, soudain, le brouillard qui me tenait à distance de lui s'était volatilisé. Stimuler sa mémoire était devenu une habitude, je passais mon temps à le faire replonger dans le passé et je replongeais avec lui dans cette époque heureuse bercée d'amour et de complicité.

— Tu ris toujours ? m'avait-il soudain demandé, alarmé.

— Ne t'inquiète pas, papa. Je ris toujours. J'ai des amis.

— Vraiment ? Combien ?

— Quelques-uns.

C'était bien sûr un mensonge. J'avais Céleste, qui s'était autoproclamée mon amie. J'avais des connaissances, la plupart en lien avec Céleste. Je côtoyais des gens - Grégoire, Stella, Adrien, Gabrielle, Hugo, Camille, Anaïs –, participais à des soirées, échangeais des messages à l'occasion, mais je n'aurais pas su dire si j'avais de vrais amis, au pluriel.

Mon père s'étira et grogna en se réveillant. Je pivotai vers lui, et nous échangeâmes un sourire. Aujourd'hui, j'avais de la chance : le brouillard était dissipé.

— Bonjour, papa, lançai-je en m'installant près de lui.

— Bonjour, mon cœur. Tu ne devrais pas être au collège à cette heure ?

— Je me suis dit que tu apprécierais une visite.

— Tu es trempée, remarqua-t-il. Tu as apporté de la glace ?

— Pas aujourd'hui. Mais promis, j'y penserai la prochaine fois.

Un sourire lumineux éclaira son visage. Quand il était lucide, et quand il me voyait, mon père rayonnait de joie. Il savait pourtant très bien pourquoi il était dans cet établissement, il savait reconnaître les défaillances de sa mémoire, mais il détestait vivre dans ce qu'il appelait une prison sans barreaux.

— Tu jures ? fit-il en tendant le petit doigt dans ma direction.

Je le crochetai autour du mien, et nos regards azur se perdirent l'un dans l'autre. Au milieu du chaos de ma vie, de la pluie glaciale et des souvenirs emmêlés, certaines choses étaient immuables : son amour de la glace, ses inquiétudes de père et nos promesses.

Toujours là, l'un pour l'autre.

Chapitre 3

Je me rappelais maintenant pourquoi je ne venais pas souvent en France. Bien qu'une partie de ma famille du côté de ma mère y soit encore installée, bien que je parle plutôt bien la langue et même si j'adorais les petits plats que ma mère me préparait quand j'allais lui rendre visite - son hachis parmentier était à damner un saint, et sa mousse au chocolat aurait pu corrompre une escouade de scouts –, la France était sacrément loin.

Vingt-quatre heures de vol, en comptant l'escale à Doha. Ajoutez à ça, la nourriture infâme des compagnies aériennes, les ronflements intempestifs de mon voisin de gauche et le fait que les sièges des avions, même en classe affaires, ne sont pas faits pour contenir des types de mon gabarit, et vous avez une idée de mon humeur à la sortie de l'avion.

Les jambes engourdies et réprimant un bâillement, je me traînai presque jusqu'à la zone des bagages. D'une main, j'abattis mon épaisse chevelure et vissai ma casquette sur le crâne pour la retenir. Du regard, je balayai la foule hagarde autour de moi ; de toute évidence, je n'étais pas le seul à avoir peu dormi. Les valises commencèrent leur défilé, et j'attendis patiemment, les yeux rivés sur le tapis roulant, que les miennes arrivent.

Après quelques minutes et malgré l'agitation dans la zone, je devinai quelques regards dans ma direction. Entre ma carrure imposante et ma haute taille, je ne passais jamais vraiment inaperçu. J'esquissai un bref sourire en direction d'un groupe de jeunes, récoltant quelques signes de la main. J'avais pris ma retraite depuis trois jours et, à mon grand soulagement, on ne m'avait pas encore rayé de la carte.

Quinze minutes plus tard, un sac sur l'épaule et deux valises derrière moi, je débouchai dans le hall d'arrivée de l'aéroport. Adrien m'attendait, souriant largement, un panneau à la main.

— Tu as cru que je ne te reconnaîtrais pas ? demandai-je en arrivant à sa hauteur.

— J'ai toujours rêvé de faire ce genre d'accueil dans un aéroport : un panneau, le soleil et ma voiture qui attend en double file.

— Il pleut, lui fis-je remarquer. J'ai loué une voiture, et ton panneau dit « Luke, je ne suis pas ton père ».

— J'ai dit que j'en avais toujours rêvé, pas que j'avais réalisé mon rêve. De toute façon, je suis venu en bus : je savais que la star australienne dédaignerait mon humble véhicule. Qu'est-ce qu'on fait ? Une poignée de main furtive ou une franche accolade virile ?

Mon cousin m'adressa un sourire et, l'instant suivant, nous nous serrions dans les bras, heureux de nous revoir. Nos mères étaient sœurs, et nous avions le même âge ; enfants, nous avions passé la majorité de nos week-ends et de nos vacances ensemble. Malgré le déménagement de toute ma famille et ma carrière à l'autre bout du monde, nous avions réussi à conserver un lien très fort.

— C'est chouette de t'avoir ici, dit-il en me libérant.

— Je suis venu pour elle : de toute évidence, ta fiancée a besoin d'un soutien psychologique.

— Quand je l'ai laissée ce matin, dans mon lit, elle avait l'air plutôt ravie de son sort.

— J'ai déjà partagé un lit avec toi. Crois-moi, je sais exactement pourquoi elle était ravie de se retrouver seule entre les draps.

Sans me demander mon avis, il agrippa une de mes valises et se dirigea sur sa gauche, en direction des boutiques et des agences de location de voiture.

— Rappelle-moi pourquoi je suis venu te chercher ? s'enquit-il.

— La famille, c'est sacré, répondis-je en entourant ses épaules de mon bras. C'est moi ou tu te tasses ?

— Je ne me tasse pas. En revanche, ton ego semble avoir pris de l'ampleur, non ?

— C'est pour ça que j'ai loué une voiture d'adulte et que je refuse de monter dans ton pot de yaourt.

Adrien secoua la tête et retint un rire. Pendant des années, je l'avais considéré comme mon meilleur ami. J'étais heureux de constater que l'éloignement géographique et ma carrière n'avaient pas mis à mal notre mode de fonctionnement.

— Une voiture d'adulte ou de retraité ? reprit-il.

Je lui adressai un regard sombre et m'accoudai au comptoir de la société de location. La jeune employée me dévisagea avant de rougir et de baisser les yeux. J'entendis Adrien soupirer près de moi et je me retrouvai catapulté plusieurs années en arrière, à l'époque où, pendant qu'Adrien peinait à parler aux filles, il me suffisait d'un sourire pour les séduire.

— Bonjour, j'ai une réservation au nom de Luke Harnett.

L'employée pinça les lèvres, tapotant sur son clavier, avant de se lever de sa chaise pour récupérer mon dossier.

Je la suivis du regard, mes yeux détaillant sa blouse si fine qu'elle était presque transparente et son jean parfaitement ajusté sur ses fesses.

— Demande-lui au moins son prénom, murmura Adrien près de moi.

— Je ne fais que regarder, souris-je.

— C'est bien ce que je dis. Tu es au courant qu'elles savent parler aussi ? Si mes souvenirs sont bons, tu les abordes, tu te présentes, tu leur demandes leur prénom. Ensuite, tu enchaînes sur la météo ou sur le fait que tu allais justement t'offrir un café. Ça me semble tout à fait à ta portée !

J'arquai un sourcil, m'attardant à nouveau sur la silhouette exquise de l'employée. Son jean moulait ses jambes longues et fines, et elle portait une paire d'escarpins qui réveillaient mes fantasmes les plus inavouables. Ma dernière relation sérieuse remontait à presque cinq ans. Depuis, sans vraiment le choisir, j'avais enchaîné les aventures sans lendemain. Dans la mesure où je ne savais pas ce que j'allais faire de ma vie, la vivre sans attaches me semblait la meilleure solution.

— Vous n'avez pas renseigné de date de restitution pour le véhicule.

La voix fluette de l'employée me tira de mes pensées. Elle déposa un stylo sur le comptoir et une liasse de documents à signer.

— Je ne sais pas encore quand je la rendrai.

— Tu n'as pris qu'un aller simple ? m'interrogea Adrien.

— Comme tu l'as dit, je n'ai plus d'excuses. Je rentrerai quand j'en aurai envie, expliquai-je en signant les documents.

— Voici les clés. La voiture est garée sur le parking extérieur, zone 2.

L'employée m'adressa un ultime sourire qui ressemblait plus à une invitation qu'à une formule de politesse. Je la saluai d'un hochement de tête et glissai l'anneau du trousseau de clés autour de mon index. Accompagné d'Adrien, je sortis de l'aéroport et trouvai aisément l'emplacement de ma voiture.

— C'est plus imposant que ce que j'avais imaginé, commenta mon cousin.

— Ça, c'est une vraie voiture !

— Je parlais de ton ego. Le rouge, c'est pour crâner, j'imagine ?

— Pur hasard.

J'ouvris le coffre du 4x4 et y déposai mes valises. Adrien s'installa côté passager, pendant que je m'asseyais derrière le volant. La voiture démarra dans un vrombissement qui me tira un rire ravi, et mon cousin secoua la tête.

— La couleur, la taille, le bruit de fusée. Je suis en train de me dire que notre chambre d'amis va te sembler étroite.

— Ça sera parfait. Je suis vraiment content d'être là. Maintenant, si tu m'expliquais comment tu as réussi à convaincre Stella de t'épouser ?

Si mon métier m'avait permis des séjours en France à l'occasion des matchs, je n'étais pas revenu dans la région de mon enfance depuis plus de cinq ans. Lors de ma dernière visite, nous avions fêté mon anniversaire et le diplôme d'Adrien. Depuis, ce dernier avait monté son entreprise de webmarketing, devenue florissante, Stella et lui étaient tombés amoureux, et j'avais remporté trois championnats nationaux.

Cinq ans. J'avais la sensation que plusieurs vies s'étaient déroulées et que j'avais, parfois, manqué l'essentiel.

Le décor, lui, n'avait pas changé. Des pins immenses bordaient toujours la route, le sable se mêlait au vent et au parfum d'iode, le trajet depuis l'aéroport était toujours aussi interminable. Avec Adrien, nous échangeâmes sur nos familles respectives et leurs dernières tribulations : le divorce inattendu de ses parents, le départ de sa sœur pour l'Afrique du Sud, la passion nouvelle et dévorante de mon père pour le golf. Je constatai avec plaisir que ma relation avec Adrien n'avait pas pâti de mon absence ; nous riions toujours des mêmes blagues, et notre dynamique visant à nous moquer l'un de l'autre était toujours aussi forte.

C'était rassurant. Maintenant que le sport de haut niveau appartenait à mon passé, j'appréciais de pouvoir me raccrocher à ce qui était durable.

Quand nous arrivâmes, Stella nous attendait sur le pas de la porte de leur maison. Le quartier résidentiel était cossu, calme et coincé entre l'océan et une immense forêt de pins, dans laquelle Stella avait toujours adoré se balader.

Je garai ma voiture dans la cour, et elle avança dans notre direction, sans masquer le sourire moqueur sur ses lèvres. Ces cinq dernières années ne l'avaient pas changée : elle avait toujours ses longs cheveux châtains cascadant sur ses épaules, son teint perpétuellement bronzé et une pointe de bienveillance dans le regard qui pouvait vous apaiser en toutes circonstances. À côté d'elle, Adrien, avec ses taches de rousseur et ses cheveux blond vénitien avait gardé son air poupon.

— Vraiment, Luke ? Un 4x4 rouge ? fit-elle, incrédule.

— J'ai choisi le modèle, pas la couleur, me défendis-je.

— Est-ce que tu as encore grandi ? demanda-elle dans un rire, alors que je descendais de l'habitacle.

— Grosse voiture, musculation à outrance, on n'a pas un psy dans nos relations ? marmonna Adrien.

— Stella, que fais-tu avec un être si désagréable ? l'interrogeai-je en la serrant dans mes bras.

Elle se hissa sur la pointe des pieds et enroula les bras

autour de ma taille. Sa fine silhouette épousa mon corps, et je nichai le visage dans sa longue chevelure. La sentir contre moi me tira un soupir de nostalgie. Je m'en voulais d'avoir mis autant de temps à revenir. Cinq années. Certes, j'avais eu une belle carrière, mais je savais qu'en dehors de ça ma vie était bien vide.

— C'est bon de te revoir, Luke, dit-elle d'une voix tremblante.

— C'est bon de revenir ici, répondis-je.

Stella avait toujours été dans nos vies, gravitant dans notre cercle d'amis. Plus jeune, elle participait à nos soirées, assistait aux matchs et cuisinait pour notre petit groupe. Je ne me rappelais plus vraiment qui nous l'avait présentée, mais je lui en étais reconnaissant. Adrien et Stella faisaient partie des piliers de ma vie, m'aidant à garder les pieds sur terre, même à distance.

— Combien de temps restes-tu ? demanda-t-elle en s'écartant de moi.

— Jusqu'à ce que tu me vires parce que je mange trop !

— Bon sang, Luke ! Pourquoi défies-tu cette femme ? J'ai pris cinq kilos en deux ans. Son but ultime est d'engraisser l'humanité, grogna Adrien.

Mon cousin récupéra mes bagages dans le coffre de la voiture ; j'enroulai un bras autour des épaules de Stella, et nous le suivîmes à l'intérieur de la maison. Le salon était éclairé par une lueur douce et donnait directement dans la cuisine. Il était à l'image de Stella : chaleureux et simple. Un grand canapé d'angle beige, habillé de quelques coussins épais, délimitait le coin salon. Une table en bois garnissait le coin salle à manger, d'où on pouvait deviner la cuisine, aux meubles laqués bleu foncé. Le parfum de viande mijotée qui flottait dans la maison était alléchant et réconfortant. Mes souvenirs ne rendaient pas justice aux talents culinaires de Stella. Malgré ma fatigue, mon ventre gargouilla.

— Ta chambre est au bout du couloir, expliqua Adrien, tout en y traînant mes valises.

— Merci de m'héberger. J'aurais pu me prendre un appartement ou louer une maison pour...

— Ne sois pas idiot, on adore t'avoir ici. Qu'as-tu fait à tes cheveux ? demanda Stella alors que je retirais ma casquette.

— Je suis en guerre, tu le sais bien.

En riant, elle parvint à passer une main dans ma chevelure épaisse, tirant sur mes ondulations blondes. Puis, posant les mains sur mes joues, elle planta le regard dans le mien. Ses iris noisette me scrutèrent, et elle m'adressa un sourire chaleureux.

— Comment vas-tu ?

— Jetlag, résumai-je.

Elle caressa mes joues de ses pouces, cherchant à savoir si je disais la vérité. Je n'avais aucune idée de la réponse qu'elle attendait, mais je devais admettre qu'elle savait me faire parler mieux que personne.

— Et fin de carrière, admis-je.

— Tout ira bien, répondit-elle, déposant un baiser sur ma joue avant de me libérer.

Je hochai mécaniquement la tête. Dans les faits, je n'aurais pas dû être aussi tourmenté : j'avais choisi de prendre ma retraite, j'avais suffisamment d'argent pour vivre sereinement et j'étais encore assez jeune pour trouver une nouvelle voie. Mais l'absence de billet de retour pour l'Australie signifiait que je n'avais aucune idée de ce que j'allais faire durant les prochaines semaines. Ce vide était inédit dans ma vie et, quelque part, cette liberté totale m'effrayait.

Stella se dirigea vers la cuisine, et je la suivis des yeux, sentant une soudaine lassitude me gagner.

— T'as eu ta chance, mec, lâcha Adrien en ricanant, tout en désignant le canapé derrière moi.

— Elle est trop bien pour moi. Et pour toi aussi, de toute façon. Stella, n'épouse pas ce type ! criai-je, en direction de la cuisine. Je suis certain qu'on peut recoller les morceaux !

Stella leva un sourcil, s'affairant à vérifier la cuisson de ses légendaires cannellonis. Elle risqua un sourire, et je sus dans l'instant qu'elle repensait au seul rencard que nous avions eu. Un vrai fiasco.

— Nous étions trop amis pour qu'il se passe quelque chose, me rappela-t-elle. Je ne fantasmais pas vraiment sur toi, tu sais.

Je réprimai un cri faussement outragé. À l'adolescence - et encore maintenant, il me semblait –, j'avais bénéficié d'un physique avantageux et je n'avais jamais eu de mal à séduire les filles qui me plaisaient, tant que cela restait peu sérieux et source d'amusement.

— Même pas un peu ? demandai-je, légèrement vexé.

— Même pas un peu.

— Tu as préféré Adrien à... moi ? Tu as préféré un mec qui passe son temps à parler algorithme et statistiques à... ça ?

Je désignai mon propre corps, provoquant volontairement Stella. Contrairement aux autres filles, elle n'avait jamais été impressionnée par mon physique. Elle se moquait d'ailleurs ouvertement de toutes celles qui me couraient après, estimant que je valais mieux que d'être considéré comme un bout de viande.

— Je le préfère toujours, corrigea-t-elle. Et je vais même le préférer pour toujours.

— J'ai le cœur brisé.

— Tu t'en remettras.
— Je ne crois pas.
— J'ai fait du tiramisu en dessert.
— Je me sens déjà mieux. On passe à table ?

Parce qu'il faisait encore doux malgré l'heure tardive, Adrien et Stella me proposèrent de prendre un verre dans le bar d'un de leurs amis. Ce dernier venait de monter son entreprise et misait sur la saison estivale à venir pour réussir son ouverture. Le bar donnait directement sur la plage, et la terrasse se confondait avec le sable, offrant une vue imprenable sur l'océan. Elle était surmontée d'une pergola, décorée de guirlandes lumineuses. Le bois tenait une place de choix dans tout le bar, du sol aux tables, en passant par les deux tabourets hauts qu'Adrien et moi occupions. J'entourai ma bière de mes mains, écoutant depuis dix bonnes minutes mon cousin disserter sur sa future union.

— Stella veut faire quelque chose de simple et... Quoi ? fit-il en voyant mon sourire s'élargir.

— Rien ! Juste... Vous avez l'air très heureux, et ça me fait un peu bizarre de me dire que tu vas te marier.

— J'ai plus de trente ans, ce n'est pas non plus anormal.

— Non, je sais. Mais je me souviens encore de nos soirées d'ados, à l'époque où Stella était raisonnable et refusait de nous suivre dans nos âneries.

— Elle s'est toujours montrée plus intelligente que moi.

— Puisqu'elle a accepté de t'épouser, je me permets d'en douter. Ce que je voulais dire, c'est... bon sang, où sont passées toutes ces années ?

Je contemplai la mousse de ma bière, me perdant dans mes souvenirs d'adolescence. Cette soudaine nostalgie était sûrement due à ma retraite récente. À force de voir des rétrospectives de ma carrière, je replongeais plus volontiers dans mes vieux souvenirs, et ma visite en France les ravivait encore plus.

— Il me semble que depuis que l'ado de seize ans est parti, il a remporté quelques matchs et est devenu une sorte d'idole pour les hommes, comme pour les femmes.

— Pas si mal, hein ? fis-je.

— Pas si mal. Du temps, tu en as maintenant.

Je poussai un soupir, réalisant effectivement que j'avais du temps. Tout mon temps. Trop de temps.

Le regard de mon cousin navigua sur la salle derrière moi. Stella et quelques-unes de ses amies étaient attablées autour de cocktails et riaient aux éclats. Elle repoussa sa longue chevelure brune et, comme si elle avait senti qu'on l'observait, releva les yeux dans notre direction.

— En tout cas, moi, je ne veux pas passer mon temps sans elle. C'est aussi pour ça qu'on veut se marier rapidement.

Il lui adressa un clin d'œil, et Stella lui répondit de la même façon. Un bref sourire étira mes lèvres. J'avais la sensation désagréable de tenir la chandelle. Et, si j'étais vraiment honnête, je ne pouvais pas ignorer la pointe d'envie qui me piquait l'estomac. J'avais passé la plus grande partie de ma vie avec des sportifs professionnels, et ma carrière avait été ma priorité. Désormais, je réalisais brutalement à quel point j'étais seul.

— D'ailleurs, je vais avoir besoin d'un témoin, reprit mon cousin.

Je le dévisageai quelques secondes, avant de réagir.

— Oh ! merde. Tu veux que je sois ton témoin ? !

— Toi, ton ego, ta voiture…

— Tu réalises qu'on va devoir passer par l'étreinte virile, encore une fois ?

Je ne lui laissai pas le temps de répondre et sautai de mon tabouret. Nous nous étreignîmes avec force, et je le félicitai à nouveau pour son mariage à venir. La jalousie et mes états d'âme avaient laissé place à la fierté. Adrien était heureux, et je me réjouissais de participer à son histoire avec Stella.

— Je n'ai pas pris mon smoking, avouai-je.

— Je te l'ai dit, on fera très simple, pieds nus sur la plage. Fabien nous prêtera la terrasse du bar. Tu arriveras à pondre un discours ?

— Tu rigoles ? J'ai tout un tas de dossiers très compromettants...

D'un geste de la main, je commandai deux bières supplémentaires. Le décalage horaire commençait à se manifester, mais j'avais trop de temps à rattraper avec Adrien pour envisager d'aller dormir. Et ici, au moins, je n'étais pas scruté en permanence.

— Ça te force à rester au moins jusqu'à l'été, déclara Adrien.

— Ça ne me force à rien du tout. Hormis te pourrir la vie, je n'ai rien de prévu pour les prochaines semaines.

— Stella m'avait pourtant prévenu de bien réfléchir avant de te le proposer.

— Ce qui ne fait que confirmer ce que j'ai toujours dit : tu ne mérites définitivement pas cette fille !

Chapitre 4

J'avais fait tout mon possible pour repousser l'échéance. Mais, après trois nuits à cogiter en vain, je savais que je ne pouvais plus y échapper. Ce matin encore, j'avais épluché mon emploi du temps, tentant de trouver une solution à mon problème.

Je relevai les yeux vers le mur en face de moi et finis par me lever de ma chaise inconfortable. Muller, le principal, n'était jamais à l'heure. J'approchai de la fenêtre et observai les jeunes joueurs de rugby. Le terrain avait séché, mais leur jeu était toujours aussi heurté et maladroit. De l'autre côté du terrain, l'entraîneur s'époumonait, hurlant des instructions avec un air revêche sur le visage. L'association sportive du collège misait beaucoup sur les sports collectifs. En constatant leur niveau de jeu, je me demandais si une nouvelle coupe allait garnir les étagères du principal cette année.

— Valentine ? fit une voix derrière moi.

Je pivotai pour faire face à Muller. Avec son costume un peu trop petit, sa calvitie mal dissimulée et une tendance à l'hyper transpiration, il me fit presque frissonner. Je savais que j'allais devoir plaider ma cause, supplier peut-être, voire même carrément mendier. En temps normal, demander de l'aide n'était pas vraiment dans mes habitudes. J'avais appris à vivre et à grandir seule, juste avec l'appui et le soutien de mes parents.

Solliciter quelqu'un pour qu'il me rende service me faisait grimacer.

Solliciter quelqu'un que je détestais pour qu'il me rende service me retournait l'estomac.

— Que pensez-vous de notre équipe ? demanda-t-il en approchant de la fenêtre.

— Ils ont l'air bons, mentis-je.

— Nous avons un jeune très prometteur, expliqua-t-il en désignant un garçon élancé qui courait à toute allure pour marquer un essai.

— En effet. Il est impressionnant.

Je tirai sur les manches de mon gilet, cherchant un moyen de ramener la conversation sur le sujet qui m'avait condamnée à demander cette entrevue.

— Je crois que nous avons de bonnes chances pour le championnat régional, non ? reprit-il avec un sourire ravi.

— Certainement.

Un nouveau coup d'œil vers la fenêtre me confirma l'inverse. J'avais assisté à de nombreux matchs de mon père ainsi qu'à un nombre incalculable d'entraînements ; je pouvais donc déceler en un coup d'œil les failles dans une stratégie ou une faiblesse chez un joueur. Notre équipe manquait cruellement de cohésion, de vitesse et de détermination.

Ils n'avaient aucune chance de gagner.

— Vous vouliez me parler ?

J'étouffai un soupir de soulagement. D'une main, Muller m'indiqua l'entrée de son bureau et m'invita à le devancer. Il s'installa sur son fauteuil en similicuir, me toisant avec un petit sourire aux lèvres. Je me demandais maintenant si j'avais bien fait de venir ici. Peut-être que je pouvais trouver une autre solution, solution où je n'aurais pas à être redevable à cet homme suffisant. Je triturai les manches de mon gilet, le cœur battant et vaguement nauséeuse.

— Je ne vous ai pas demandé de nouvelles de votre père, d'ailleurs.

Je relevai les yeux vers lui, sans comprendre.

— Vu que le centre de soins vous a appelée directement ici, je suppose que c'était important, me rappela-t-il, sans masquer l'ombre d'un reproche.

— Oui, c'est le numéro d'urgence. Je... Écoutez, c'est justement l'état de santé de mon père qui m'amène ici.

Je pris une profonde inspiration et ravalai la boule de nervosité coincée dans ma gorge. Je le faisais pour mon père, pour qu'il se sente mieux, pour qu'il ait la vie la plus normale possible. Normale. Ce mot à lui seul me faisait grimacer.

— J'aimerais un aménagement de mon emploi du temps, afin de m'occuper de mon père. Il revient à la maison en fin de semaine.

— Un aménagement ? En cours d'année ?

— L'idée serait de basculer mes cours de l'après-midi aux matinées. Cela ne concerne que quelques heures et...

— Valentine, ce n'est pas la politique de l'établissement. Songez que cela pourrait aussi mettre à mal l'organisation de vos collègues, surtout avec un délai si court.

— Je sais, j'en suis tout à fait consciente. Mais certains ont déjà donné leur accord de principe, et sincèrement...

— Valentine, dans cet établissement, c'est encore moi qui décide. Alors, ils ont peut-être donné leur accord, ils sont peut-être serviables avec vous et votre célébrité locale de père, mais je refuse de changer quoi que ce soit.

— Monsieur Muller, je vous assure que...

— C'est non, Valentine. Si je commence à faire une exception pour vous...

— Je n'ai pas d'autres solutions, le coupai-je. Le centre de soins ne peut plus héberger mon père, et il ne peut pas rester seul les après-midi.

— Je suis certain que vous pouvez vous offrir les services d'une aide à domicile.

Il se leva de son fauteuil, signifiant ainsi la fin de notre entretien et de mes espoirs. Sa dernière remarque perfide m'avait figée sur place. Certes, mon père avait encore de belles économies, mais la perspective de le laisser avec une inconnue ne me plaisait pas. Nous avions vécu en vase clos pendant des années, ouvrir notre maison et notre famille à des inconnus était impensable.

— Monsieur Muller, insistai-je, j'ai vraiment besoin...

— Valentine, je ne peux pas accéder à votre demande. Mais vous pouvez toujours écrire à l'inspecteur pour refaire une demande officielle. Sinon, en dernier recours, vous pouvez aussi demander une disponibilité.

— Mais je ne veux pas cesser les cours. Je souhaite juste adapter mon emploi du temps ! Il suffirait de...

— Comme je le dis souvent aux élèves : je ne transige pas sur les caprices.

Je serrai les poings de frustration. Des larmes amères me brûlaient les yeux, mais je refusais de les lui offrir. Il aurait été bien trop heureux de constater son petit pouvoir sur ma vie. Comment avais-je pu penser une seconde qu'il ferait preuve d'humanité ? J'aurais dû me douter que cette initiative était vouée à l'échec.

— Je suis certain que vous allez trouver une solution, acheva-t-il en ouvrant la porte de son bureau.

— Certainement, oui.

Je ne pris même pas la peine de le remercier pour son temps. Ce type avait piétiné mes plans en quelques minutes, sans se préoccuper des conséquences. Je quittai le collège en colère et désemparée. Mes mains tremblaient sur le volant, et je serrai les dents si fort que mes mâchoires me faisaient mal.

Je n'autorisai mes larmes à couler qu'une fois à la maison. Depuis l'annonce du centre de soins, j'avais la sensation de pleurer en permanence. Les nerfs à fleur de peau, je tentai de reprendre mon calme, réfléchissant déjà aux appels à passer dès demain. Agences, hôpitaux, centres de soins : j'allais devoir écumer toutes les solutions pour aider mon père. Pour la première fois depuis longtemps, la solitude que j'appréciais d'ordinaire me pesait lourdement.

Assise sur mon lit, je contemplai le mur de ma chambre. Immaculé, propre, net. J'avais toujours aimé peindre et dessiner, et ce mur blanc avait représenté un beau projet. Sauf que cette fois je n'avais aucune idée de ce que je voulais faire. L'inspiration, l'envie... Tout me manquait. La vibration de mon téléphone me sortit de mes pensées sombres.

J'ai récupéré deux colis pour toi. Tu veux passer ? Il me reste un peu de tiramisu. S.

J'avais envie de me faire couler un bain, de me servir un verre de vin et d'oublier mon petit marasme personnel. J'essuyai mes larmes du bout des doigts et me redressai. Mon reflet dans le miroir ne m'apprit rien que je ne savais déjà : j'avais les yeux gonflés et rouges, mes longs cheveux bruns tombaient sur mes épaules, encadrant mon visage terne. Malgré tous mes efforts, cacher mon désarroi s'avérait impossible. Mon regard vide parlait pour moi. Je décidai d'attacher mes cheveux grossièrement et me forçai à sourire.

— Je fais carrément flipper, maintenant, grommelai-je.

Je vérifiai ma tenue, miraculeusement vierge de traces de peinture, et décidai de déboutonner mon gilet pour laisser apparaître mon débardeur noir. Je changeai mon jean pour un autre, un peu plus ajusté, et enfilai une paire de tongs.

Je connaissais Stella depuis un an. Alors qu'elle attendait Céleste à la sortie du collège, cette dernière me l'avait présentée. À mes yeux, elle ressemblait à une véritable icône de mode échappée d'un magazine. Stella ne marchait pas, elle semblait défiler en permanence. Je me souvenais parfaitement de notre première rencontre : elle, sublime dans une robe rouge rubis, avec sa chevelure châtain qui cascadait en boucles parfaites sur ses épaules ; moi, avec un vulgaire jean bleu délavé, mes baskets préférées et un pull large.

Jusqu'ici je n'avais jamais ressenti le besoin de plaire, ni même l'envie, mais chaque fois que je voyais Stella j'essayais de réduire le fossé qui nous séparait.

Merci beaucoup. J'arrive.

La maison de Stella et d'Adrien était à quelques pas de la mienne. J'avais la chance de bénéficier de la vue sur l'océan, quand Stella s'enivrait du parfum des pins qui bordaient son jardin. À mon arrivée chez elle, je sonnai à la porte, espérant afficher un visage neutre.

— Tu réalises que tu peux entrer sans frapper, non ? fit-elle en m'accueillant chez elle d'un geste de la main.

— Euh... Non. Je... Je ne voulais pas surgir comme ça, sans prévenir.

— Dans la mesure où je t'invite... Un thé ?

J'acquiesçai avec un bref sourire. Mon expérience des relations amicales était si limitée que j'étais incapable de me sentir à l'aise en compagnie d'autres personnes. Vivre à l'écart pendant des années avait laissé des traces. Je ne pouvais même pas considérer cela comme de la prudence - Stella ne me voulait certainement pas de mal - mais plutôt comme un réflexe pavlovien.

J'attendis qu'elle me propose de m'asseoir autour de sa table à manger avant de m'y installer. L'odeur de pin flottait subtilement dans l'air, à peine masquée par un parfum de cuisine italienne. Dans le salon, je repérai un plan d'architecte, maintenu sur une table inclinée par deux lourds presse-papiers.

— Tu as l'air fatiguée, sourit-elle en déposant une tasse devant moi.

— J'ai eu quelques insomnies.

— Quelque chose qui te tourmente et dont tu voudrais parler ?

Je secouai la tête, me concentrant sur la part de tiramisu que Stella venait de me servir. Je réalisai que j'avais vraiment faim et que mon repas de midi avait été aussi frugal que gâché par l'angoisse de mon rendez-vous avec Muller.

— Tu sais, Valentine, on ne se connaît pas depuis très longtemps, mais si tu as besoin de parler à quelqu'un... ou d'un coup de main, je serai ravie de t'aider.

— Je sais. C'est... Disons que j'ai l'habitude de me débrouiller toute seule. C'est délicieux, Stella, merci.

Elle m'adressa un sourire réconfortant qui me fit culpabiliser de ne pas être plus avenante. J'aurais aimé être comme Céleste : à l'aise, chaleureuse et drôle.

— J'ai juste appris une mauvaise nouvelle, avouai-je finalement.

— Je suis vraiment désolée. Rien de grave, j'espère ?

— Non. Ce n'était pas prévu, c'est tout, et je ne suis pas le genre de fille qui aime les surprises.

Je me réfugiai dans ma tasse de thé. J'avais la sensation de m'apitoyer sur mon sort et je détestais la lueur de pitié qui brillait dans le regard de Stella. Après ma cuisante entrevue avec Muller, j'avais besoin de bomber le torse et de retrouver ma fierté. Soudain, une porte claqua, et j'entendis une litanie de jurons, savoureux mélange d'anglais et de français.

— En parlant de surprise, dit Stella en étouffant un rire dans son mug de thé.

Je tournai la tête vers le couloir, entendant un homme grommeler, avant de le voir apparaître. Face à moi, Stella haussa un sourcil, pendant que je me planquais soudainement derrière mon mug. Manger mon tiramisu m'apparaissait maintenant comme une véritable urgence.

— Ça va ? fit Stella, sans se départir d'un sourire moqueur.

Du coin de l'œil, je vis un homme frotter furieusement sa chevelure blonde, comme pour estomper une douleur persistante. Je pris une bouchée de mon gâteau, faisant tout mon possible pour ne pas laisser mes yeux naviguer sur lui. Je ne l'avais qu'entraperçu une furtive seconde, mais je savais déjà qu'il portait un boxer rouge. Et rien d'autre.

— La fenêtre est basse, expliqua-t-il.

— Tu as encaissé le décalage horaire ? reprit-elle.

— Quelle heure est-il ?

— Presque 17 heures. Il y a de l'aspirine dans la cuisine, si tu en as besoin.

— J'ai connu pire.

Même sans le regarder, je détectai l'ombre d'un sourire dans sa réponse. Je devinai aussi une intonation particulière, comme une pointe d'accent, que je ne parvenais pas à resituer. Je posai ma cuillère, incapable d'avaler la moindre bouchée, et bus une gorgée de mon thé. La timidité me paralysait, et je cherchais déjà un prétexte pour quitter cet endroit au plus vite.

— Je parlais de la bouteille de whisky vide que j'ai trouvée sur le plan de travail. Adrien m'a réveillée ce matin pour me demander où était la boîte, je me suis dit que j'allais la garder à portée de main pour toi aussi.

— Je vais me répéter, mais... j'ai connu pire.

Le son de sa voix était de plus en plus net, et je décelai à nouveau cette légère aspérité dans certaines inflexions des voyelles. C'était presque imperceptible, mais l'entendre jurer en anglais ne laissait pas vraiment de place au doute : ce type n'était pas d'ici.

— Adrien ne devrait plus tarder à rentrer. Je doute qu'il fasse des heures supplémentaires avec la gueule de bois.

— C'est un petit joueur. La bouteille était déjà entamée quand il l'a sortie ! Stella, il est encore temps de changer d'avis pour un homme qui te réveillera de façon bien plus satisfaisante le matin !

Je manquai de m'étouffer avec mon thé et fis tout mon possible pour réprimer une violente quinte de toux. Stella me scruta avec inquiétude, posant la main sur mon dos pour s'assurer que je n'allais pas mourir honteusement dans son salon.

— Il plaisantait, dit-elle avec une mine désolée. Il fait toujours ça et après il ose me demander pourquoi j'ai toujours refusé de sortir avec lui.

Relevant les yeux vers l'inconnu, elle lui offrit un regard sombre. Elle me tendit une boîte de Kleenex, et j'épongeai mes yeux bordés de larmes. Je n'étais déjà pas une grande bavarde, après ce petit épisode humiliant je ne risquais pas de parler davantage.

— Tout va bien ? demanda-t-elle.

Je me contentai de hocher la tête, toussant à nouveau, le visage caché entre les mains. Quand enfin je parvins à reprendre mon souffle, je gardai les doigts crispés autour de ma tasse, gênée et tendue. Un parfum d'agrumes chatouilla mes narines, et je me figeai encore plus en comprenant que l'invité de Stella était tout près de moi. Le téléphone de cette dernière vibra, et le visage d'Adrien s'afficha.

— Excuse-moi quelques instants, dit-elle en repoussant sa chaise.

Elle se leva, et une nouvelle bouffée d'angoisse m'étreignit : elle allait me laisser seule avec un inconnu, qui se baladait à moitié nu et avait manqué de me tuer avec une blague de mauvais goût. Cette journée était une succession d'embûches. Je baissai les yeux sur la table, presque recroquevillée sur moi-même, priant pour qu'il disparaisse et ne m'adresse pas la parole.

— Je suis vraiment désolé, lâcha-t-il.

Devant mon silence, il insista :

— Pour avoir failli vous tuer et pour la mauvaise blague, aussi. Je crois que j'ai encore un peu d'alcool dans le sang, et ça ruine toute la bonne éducation que m'ont donnée mes parents.

Il s'assit face à moi, sur la chaise occupée par Stella quelques minutes auparavant. Je relevai péniblement les yeux vers lui, découvrant peu à peu l'homme qui me faisait face.

Des muscles. Ce fut la première chose qui me frappa. Développés, puissants, parfaitement ciselés. Son torse était large et impeccablement sculpté. Mes yeux accrochèrent un tatouage tribal sur son épaule gauche, qui devait certainement s'étendre sur une partie de son dos. Quand finalement j'atteignis son visage, il m'offrit un large sourire, dévoilant une fossette dans le creux de sa joue droite. Malgré sa légère barbe, ce seul détail suffisait à lui donner un air enfantin.

Ses yeux trouvèrent les miens, un océan de bleu se reflétant dans un autre. Je me crispai sur ma chaise, réalisant que mon cœur s'emballait. J'avais l'habitude de ce type de réaction : la moindre nouvelle rencontre me poussait dans mes retranchements. J'avais toujours peur de passer pour une idiote, que ma maladresse sociale me rende ridicule.

— Luke, fit-il en tendant la main dans ma direction.

Ma gorge s'asséchа, et soudain une image nette en provenance directe du passé me brouilla la vue. Je m'arrachai à la contemplation de ses boucles blondes encore humides et fis tout mon possible pour ne pas trembler en lui présentant la mienne.

— Valentine, soufflai-je.

— Valentine, je suis vraiment désolé de ce que j'ai dit. En temps ordinaire, je ne suis pas aussi graveleux. Adrien fait ressortir le pire de moi-même.

— Adrien ? répétai-je.

— Son whisky, en tout cas. Je suis un mec plutôt poli, habituellement.

— Et habituellement, vous… enfin… vous vous habillez ? Parce que c'est ce que font les mecs polis.

J'étais sidérée par mon audace. J'étais parvenue à articuler une phrase et à lui répondre sans sentir mes joues chauffer dans l'instant. Je repris mon souffle, coincé dans ma poitrine, et tentai de détendre mon corps crispé.

— Stella est insensible à mes charmes. Je n'avais pas réalisé qu'elle n'était pas seule et que cela pouvait vous… troubler.

Un nouveau sourire de gosse barra son visage, dissipant l'ombre de l'arrogance, et il haussa un sourcil en signe de provocation. Je pinçai les lèvres, refusant de sourire et donc, de lui donner raison.

— Vous allez vraiment manger ce tiramisu ? demanda-t-il en désignant mon assiette.

— Probablement, oui.

Et, pour confirmer mes propos, je plongeai ma cuillère dans le dessert et la glissai dans ma bouche. Satisfaite, je réitérai mon geste, fière de tenir le choc face à lui. Je sortirais certainement épuisée par notre échange, mais heureuse de mon attitude adulte.

— Je vous trouve jolie, dit-il avec calme.

J'avalai ma bouchée rapidement et le fixai, incrédule. Je n'étais pas jolie. J'étais... transparente. J'avais toujours vécu ainsi, me fondant dans la masse, invisible aux yeux des autres. Il n'y avait aucune raison que Luke, ou qui que ce soit, remette cela en cause, surtout en quelques minutes.

— Ça ne marche pas non plus, grogna Luke.

— Vous espériez quoi au juste ?

— Eh bien, soit vous vous étouffiez encore, et je raflais le dessert ; soit je vous troublais à nouveau et...

— Vous rafliez le dessert. Donc, d'après vous, je devrais absolument partager mon dessert avec vous ?

— Partager ? Qui a parlé de partager ? J'ai dit que je voulais rafler votre dessert !

— C'est vrai. Et pourquoi je vous le laisserais ?

Il marqua un court silence et me fixa longuement. Ce n'était ni de l'arrogance ni de la séduction. Luke me scrutait avec curiosité, comme s'il cherchait des secrets enfouis. Embarrassée par l'intensité de son regard, je baissai les yeux.

— Parce qu'on va devenir amis, Valentine.

Il prononça mon prénom avec cette pointe d'accent indéterminé. Relevant les yeux vers lui, je retrouvai son sourire heureux et insouciant. Sa désinvolture déroutante était frappante ; je l'enviais pour ça, la vie devait lui apparaître comme un grand jeu sans conséquence.

— Et vous savez pourquoi ? demanda-t-il avec sérieux.

Je secouai la tête, retombant dans mon mutisme habituel. J'avais tenu le coup deux minutes, c'était déjà un exploit pour moi. Face à un type comme Luke, sûr de lui et chaleureux, espérer tenir une simple conversation revenait à essayer de gagner une guerre avec des canifs rouillés.

Il soutint mon regard pendant de longues secondes, accentuant mon malaise. Puis, en un instant, il tira mon assiette vers lui et y plongea l'index avec une lueur de victoire dans les yeux. Je restai bouche bée, paralysée sur ma chaise, observant Luke piocher à nouveau dans mon dessert, sans honte aucune.

— Parce que, vous et moi, on va rafler des tas de desserts.

Chapitre 5

Je terminais la part de tiramisu avec gourmandise quand Stella réapparut, sourire aux lèvres. Face à moi, Valentine se cachait derrière ses longs cheveux bruns. Elle avait tellement fui mon regard que j'avais à peine vu la couleur de ses yeux. Il y avait quelque chose de familier chez elle ; cette impression venait peut-être de son gilet noir, que j'avais dû voir porté par quantité d'autres femmes, ou de la bague d'ambre qui ornait son index.

— Vous avez fait connaissance ? demanda-t-elle en s'asseyant entre nous deux.

— On commence à peine.

Valentine releva le visage vers moi, me laissant découvrir des yeux azur. Je risquai un nouveau sourire, espérant en déclencher un en retour, mais elle resta immobile et imperméable à mes maigres tentatives amicales. Cette fille était… un vrai mystère. Elle semblait avoir envie de se cacher sous la table et entourait sa tasse de thé si fort qu'elle aurait pu la briser.

— Tes colis sont dans le couloir. Ils sont un peu encombrants, ça ira pour les apporter jusque chez toi ?

— Oui, j'ai l'habitude.

— Valentine est décoratrice, continua Stella, me permettant ainsi de combler les blancs.

— Pas vraiment, corrigea-t-elle immédiatement.

— Alors quoi... Artiste ? proposa Stella.

— Vous faites quoi exactement ? demandai-je pour couper court. Concrètement.

— Je... Je dessine et je peins. Je crée des décors sur des murs vierges. Mais, en vrai, je suis prof de dessin.

Après ces deux phrases, elle paraissait à bout de souffle, comme si elle avait mis toutes ses forces dans cette réponse. Je détaillai son visage pâle ; je n'avais pas menti : je la trouvais vraiment jolie. Mais il y avait une ombre persistante dans son regard. De la tristesse, peut-être. Du tourment, sans aucun doute.

— Elle travaille avec Céleste, ajouta Stella.

Je ravalai un sourire de surprise. Céleste et Valentine étaient diamétralement opposées. Céleste riait aux éclats en permanence, attirait les gens comme la lumière attirait les papillons. C'était ce qui m'avait immédiatement plu chez elle quand je l'avais rencontrée : sa joie communicative.

Enfermée dans ce long gilet noir, Valentine semblait craintive et solitaire.

— Vous tentez d'enseigner à des ados ? La dernière fois que Céleste m'a raconté son cours de mathématiques, elle descendait une bouteille de vin en jurant qu'elle allait démissionner, dis-je en souriant.

— J'aime beaucoup enseigner.

— Elle aussi. Ce qui vous rend d'autant plus admirable. Cela étant, j'aimerais beaucoup voir ce que vous faites.

Le regard de Valentine passa de Stella à moi. Lui aurais-je demandé de commettre un meurtre qu'elle n'aurait pas été plus choquée. Pourtant, j'étais vraiment curieux. Parce que, si elle se cachait autant en face de nous, j'imaginais que l'art devait l'aider à se dévoiler. En tout cas, c'est ce que j'avais toujours imaginé sur les artistes : que leurs œuvres révélaient leur personnalité, leur richesse intérieure et leurs failles.

— Luke est du genre… pressé, soupira Stella.

— Quoi ? Je demande juste à découvrir ce qu'elle fait, je ne vois pas où est le problème.

— Je connais Valentine depuis presque un an et, hormis une création, elle refuse toujours que je voie son travail.

— Et ? fis-je, faussement obtus.

— Et vous vous connaissez depuis cinq minutes, Luke. Ne fais pas ton joueur de rugby avec elle : elle n'est pas un adversaire que tu dois plaquer au sol de toutes tes forces, tu sais.

Je retrouvai le visage de Valentine, cramoisi. Parler d'elle en faisant comme si elle n'assistait pas à notre échange était loin d'être élégant. Je levai les mains devant moi, prêt à m'excuser à nouveau.

— Je n'avais pas compris que c'était un sujet sensible, dis-je, un ton plus bas.

— Ce n'est rien, murmura Valentine. Je présume que je devrais être plus ouverte sur ce sujet.

— Ouverte et fière ! reprit Stella avec enthousiasme. Ce que j'ai vu est magnifique. Si tu acceptais de faire un book, je pourrais en parler à certains de nos clients.

— Je… Je préfère garder ça… Ce n'est qu'un passe-temps. Vous êtes joueur de rugby ? demanda-t-elle avec intérêt.

— Étais. J'ai pris ma retraite.

— Luke est ici pour quelques semaines. C'est un cousin d'Adrien. Il a quitté le pays quand il était ado pour se lancer dans une carrière sportive.

Le regard de Valentine s'éclaira, et sa prise sur son mug se détendit. Un sourire timide s'étira sur ses lèvres et, à nouveau, une sensation de déjà-vu me saisit. Je connaissais cette fille. D'une manière ou d'une autre, je l'avais déjà croisée.

— Il se lance désormais dans une vie d'oisiveté et de gueules de bois, rit Stella.

— Et de partage de dessert, continuai-je en espérant lui soutirer un nouveau sourire.

— Qui a parlé de partager ? répondit Valentine.

Elle leva un sourcil, me provoquant ouvertement. Ces changements d'humeur abrupts m'intriguaient. Tantôt secrète et réservée, elle se révélait l'instant suivant drôle et piquante.

— C'est vrai, admis-je. On commence quand ?

Les yeux de Stella passaient de Valentine à moi, perdus. Je ne comprenais pas vraiment moi-même ce qui se passait. Cette fille… Il y avait un truc chez elle qui me donnait envie de la découvrir.

— Quand quoi ? s'enquit Valentine, désarçonnée.

— Eh bien, les desserts, l'art, tous ces trucs délirants qu'on va faire ensemble et qu'on pourra raconter à nos enfants respectifs, et que le monde entier nous enviera ?

— Il parle d'amitié, précisa Stella, presque inquiète de mon enthousiasme.

— Alors, quand ? insistai-je.

Je voulais la pousser dans ses retranchements et réveiller l'éclat de défi que j'avais aperçu dans ses yeux quelques minutes auparavant. Je n'avais aucune idée de ce qui la rendait aussi renfermée et insondable, mais j'étais certain qu'elle pouvait pétiller de joie et rire aux éclats.

— On devrait reparler de ce choc à la tête, Luke, lâcha Stella, les mâchoires serrées. Valentine, ne fais pas attention à ce qu'il dit.

— Je croyais qu'on avait déjà commencé, répondit finalement Valentine en désignant son assiette vide devant moi.

Le coin de ses lèvres se souleva, mais elle cacha son sourire avec son mug de thé. Je la fixai, alors qu'elle gardait les yeux baissés, embarrassée d'avoir été si franche. Je reculai au fond de ma chaise, secouant la tête devant le mystère qui se tenait devant moi.

— Je t'en prie, Valentine, ne l'encourage pas ! lança Stella.

Valentine trouva mon regard, et je lui offris un sourire radieux en découvrant l'étincelle de joie qui éclairait le sien. Une joueuse. Pour un type comme moi, c'était parfait.

— Ça va être génial, promis-je.

— Luke, pour l'amour du ciel, va t'habiller ! m'ordonna Stella.

J'adressai un dernier regard à Valentine, qui semblait lutter pour ne pas sourire à nouveau. Elle était surprenante, et j'avais tout ce temps libre à combler. Peut-être que Valentine et tous ses mystères tombaient au bon moment. Je me levai de ma chaise, prêt à regagner ma chambre, ignorant le regard menaçant de Stella qui semblait prête à me punir comme si j'étais un gamin récalcitrant.

— Ne fais pas attention, dit-elle à Valentine. Il a tendance à penser que tout le monde a le même humour que lui. Tu veux une autre part de tiramisu ?

— Il en restait ? demandai-je du couloir.

— Oui, Luke, il en restait. Tu n'avais pas besoin de manger sa part, ventre sur pattes !

— Honnêtement, c'était bien meilleur comme ça.

— C'est un ado, pesta Stella. Je ne sais même pas pourquoi je suis amie avec lui.

— Ce n'est rien, je t'assure. Je vais rentrer de toute façon.

La voix de Valentine était douce et égale. Contrairement

à ce qu'avait l'air de croire Stella, elle n'était pas si perturbée que ça par notre conversation. J'avais du mal à comprendre pourquoi elle la protégeait autant. C'est vrai, Valentine avait l'air introvertie, mais elle ne m'était pas du tout apparue comme une enfant fragile.

La porte d'entrée claqua et, quelques secondes plus tard, Stella remontait le couloir en direction de ma chambre au pas de charge. Enfilant un jean, je ne fus pas surpris de la voir débouler sans même frapper à la porte.

— Tu sais que j'aurais pu être nu ? demandai-je, assis sur le lit.

— Parce que ça t'aurait dérangé ? Il y a plus de gens sur cette Terre qui t'ont vu nu qu'habillé.

— Les vestiaires collectifs ne comptent pas. Tu m'expliques ?

Stella s'appuya sur le chambranle de la porte et poussa un soupir agacé. J'attrapai un T-shirt et l'enfilai, cherchant encore à comprendre l'attitude maternelle et protectrice de Stella vis-à-vis de Valentine.

— Par où je commence ? marmonna-t-elle. Déjà, tu débarques à moitié nu !

— Je ne savais pas que tu avais de la visite ! Je voulais juste me servir un verre d'eau.

— Et donc, tu as pensé que nous rejoindre à table, en boxer, était une bonne idée ?

— À vrai dire, je ne vois pas pourquoi il s'agirait d'une mauvaise idée. J'imagine qu'elle a déjà vu des hommes en sous-vêtement.

— Et tu lui as mangé sa part de dessert !

— C'était juste une blague. Je voulais... Je ne sais pas, la mettre à l'aise. Si c'est une amie à toi, je vais sûrement la revoir, non ? Autant faire connaissance !

— Faire connaissance ? C'était quoi cette histoire de partage de dessert, d'art et de trucs délirants ?

J'adorais Stella, mais je ne comprenais vraiment pas la raison de sa colère. J'avais juste tenté de sympathiser avec une fille. Franchement, j'étais fier de lui avoir soutiré l'ombre de quelques sourires. Je méritais plutôt des félicitations.

— Cette fille, Valentine, je l'ai déjà vue.

— Tu es parti d'ici il y a presque vingt ans. Même Adrien ne l'avait jamais croisée, alors il n'y a aucune chance que tu la connaisses.

— Je n'ai pas dit que je la connaissais, juste que je l'avais déjà vue. Il y a un truc familier, chez elle. Adrien ne la connaît pas ?

— Absolument pas. C'est Céleste qui nous l'a présentée. Valentine est du genre… prudente. Ou secrète, je ne sais pas. Tu as dû lui foutre la trouille en faisant ton Luke !

— En faisant mon Luke ? Ça veut dire quoi, ça ?

— Tu le sais très bien. Tu joues au gamin, tu souris et tu fais en sorte que les gens t'adorent immédiatement. Tu l'as fait avec Adrien, avec Camille, avec Grégoire… et maintenant, avec Valentine ?

— J'étais amical. Pourquoi la protèges-tu autant ? Elle n'est pas partie en hurlant de terreur.

— Disons que je l'aime beaucoup. Elle est… Ce que j'ai vu d'elle, de ses dessins… Je pense que c'est une fille géniale, mais trop intimidée par le monde qui l'entoure. Elle est seule, très souvent. Céleste m'a dit qu'elle n'avait pas vraiment d'amis, alors je ne veux pas que tu lui fasses peur.

Je fixai Stella, me rejouant en quelques secondes ma rencontre avec Valentine. Je n'arrivais toujours pas à situer à quel moment de ma vie je l'avais croisée. Mais je devais admettre que mon amie avait raison : Valentine semblait effrayée par le monde, tétanisée dès qu'on lui parlait et qu'on s'intéressait à elle. Pourtant, j'étais certain qu'on pouvait devenir amis.

— Ne fais pas ton Luke, d'accord ? Ne fais pas ton mec qui charme le monde entier avec un sourire et quelques blagues. En tout cas, pas avec elle. Je ne veux pas devoir ramasser les morceaux derrière.

— Je veux juste qu'on soit amis.

— Vraiment ?

— Vraiment. Je suis venu ici pour passer du temps avec mes vieux potes et éventuellement m'en faire de nouveaux. Et, quand j'en aurai assez de te voir bécoter Adrien en permanence, je rentrerai en Australie.

— De toute façon, Valentine n'est pas le genre de fille à coucher avec le premier venu. Elle est beaucoup plus raisonnable et sage que toi. Ne… Ne la brusque pas, d'accord ?

— Promis. Je me suis dit que, si tu la faisais venir chez toi, c'était que vous étiez proches. Et que j'allais la revoir. Je t'assure, Stella, mes intentions étaient bonnes. Je m'excuserai quand je la reverrai.

— À mon avis, elle n'est pas près de remettre les pieds ici ! Et dire que je voulais bosser avec elle… Bon sang, je te déteste, Luke.

— Je m'excuserai, affirmai-je. Et je ferai en sorte qu'elle nous montre son travail, d'accord ?

Stella leva un sourcil dubitatif dans ma direction. Si en un an elle n'était pas parvenue à ses fins, elle doutait que, moi, j'en sois capable. Contrairement à ce que pensait Stella, j'étais persuadé que, derrière une apparence un peu sauvage, Valentine était forte, brillante et désinvolte, à l'occasion.

— Organise un dîner ou invite-la à boire un verre. Je m'excuserai et, promis, je ne ferai pas mon Luke.

Stella fit la moue, avant de pousser un long soupir. Je ne voulais pas me fâcher avec elle, mais j'avais bien l'intention de percer le mystère Valentine. Stella n'aurait même pas dû s'inquiéter de notre amitié potentielle : je savais déjà qu'elle serait fantastique.

— Tu mens encore plus mal qu'il y a dix ans, dit mon amie après quelques secondes de silence.

Je profitai de la fin de la journée pour piquer une planche de surf à Adrien et me confronter à quelques vagues. Je passai un long moment sur la plage, observant les vagues s'écraser sur le sable. Le visage de Valentine flottait toujours dans mon esprit, mais le souvenir précis de notre première rencontre m'échappait toujours.

Insaisissable. Je n'avais pas trouvé de meilleur qualificatif pour la décrire. Tandis qu'elle était en face de moi, assise à cette table, son corps parlait pour elle ; elle ne voulait pas qu'on l'approche, elle ne voulait pas créer de liens. Elle se protégeait du monde extérieur.

Je n'avais pas menti à Stella : je voulais vraiment être amical, j'avais agi avec elle comme j'aurais agi avec n'importe qui. Mais qu'elle hante ainsi mes pensées, alors que j'aurais plutôt dû être préoccupé par mon avenir, me perturbait.

Et cela me perturbait tellement que j'avais maintenant la sensation de la voir, marchant au bord de la plage, laissant les vagues lécher ses pieds nus.

Mais c'était bien elle, ses longs cheveux balayés par le vent, son gilet en laine noire refermé sur elle, son teint pâle éclairé par le soleil rougeoyant de fin de journée. Je suivis des yeux sa démarche, gracieuse et mesurée. Là encore, elle marchait comme si elle craignait de laisser des traces…

traces que l'océan se chargeait de toute façon d'effacer instantanément.

J'attendis qu'elle soit à ma hauteur pour l'interpeller d'une voix assez forte pour couvrir le ressac :

— Avec un peu de chance, on peut encore trouver un glacier ouvert pour manger une glace.

Elle s'immobilisa dans l'instant, et son regard papillonna autour d'elle. Quand il s'arrêta sur moi, je la vis se décomposer. Sans rien dire, elle pivota et fit demi-tour, marchant à grandes enjambées pour prendre la fuite. Le souvenir de ma conversation avec Stella me revint : je ne devais pas lui faire peur. Pour le coup, c'était raté.

Abandonnant la planche de surf, je courus derrière elle, parvenant rapidement à sa hauteur. Je me plantai devant elle, la forçant à s'arrêter. J'avais la sensation d'être en train d'apprivoiser un animal sauvage et imprévisible.

— J'ai promis à Stella de m'excuser pour mon comportement de tout à l'heure, soufflai-je pour lancer la conversation.

— Ce n'est pas utile.

— C'est aussi ce que je pense. Donc, vous n'aurez qu'à lui dire que je l'ai fait, comme ça elle cessera de se comporter comme une mère pénible avec moi. Elle m'a grondé comme si j'avais cinq ans.

— Luke, comme je viens de le dire, il n'y a aucune raison de... s'excuser. Vous vouliez être amical.

— C'est exactement ce que je lui ai expliqué ! m'écriai-je, ravi.

— D'où vient votre accent ?

Elle repoussa les mèches que le vent rabattait sur son visage et me toisa avec curiosité. Les sourcils froncés et les bras croisés sur la poitrine, elle attendit patiemment que je réponde.

— Quel accent ? demandai-je, ignorant volontairement sa question.

— Vous avez certaines inflexions sur les nasales. Et vous avez juré en anglais.

Je penchai la tête, presque épaté par son sens de l'observation. J'avais grandi en France, élevé par une mère qui parlait en français et un père qui faisait son possible pour me faire apprendre l'anglais. Mes amis étaient français mais, après avoir passé plusieurs années à l'autre bout du monde, mon accent anglo-saxon transpirait sur ma langue natale. J'étais sûrement parti trop longtemps pour pouvoir désormais le gommer.

— Australien, expliquai-je. J'ai passé plusieurs années là-bas, je pensais vraiment que c'était imperceptible.

— Presque, oui. Je savais que ce n'était pas de cet hémisphère.

Elle me contourna et reprit sa marche, comme si je n'existais pas et que je ne l'avais pas interrompue. En moi, l'étonnement le disputait à la frustration. Elle allait vraiment repartir, comme ça ? Sans m'en dire plus ?

— Déjà entendu ? répétai-je. Vous avez vécu à l'étranger ?

— Pendant deux ans, oui.

Parler avec Valentine était laborieux et désappointant. Moins elle en disait, plus je voulais en savoir sur elle. Ne pas la brusquer, y aller doucement… Les recommandations de Stella étaient bien présentes dans mon esprit mais, parce que j'étais buté et aussi un sale gosse, je refusais de les suivre.

— Où ça ? insistai-je en marchant près d'elle.

— Luke, je voulais juste prendre l'air. Dites à Stella que vous avez fait ce qu'il fallait et que je vais bien.

— Je prenais l'air aussi. Vous êtes venue sur *ma* plage.

— *Votre* plage ? répéta-t-elle, incrédule.

— Je suis arrivé le premier.

Elle secoua la tête, fuyante et presque agaçante. Je décidai de couper court et me plantai devant elle, la stoppant dans son élan. Elle manqua de me percuter et recula d'un pas, s'assurant de placer une distance suffisante entre elle et moi.

— Notre accord ne stipule qu'un éventuel partage de dessert, pas de plage, lui rappelai-je.

— Dans ce cas, pourquoi est-ce que vous m'empêchez de rentrer chez moi ?

— À vrai dire, je ne sais pas trop. Je… J'aimerais vraiment qu'on… qu'on aille manger une glace à l'occasion, que vous me racontiez dans quel pays vous avez vécu, qu'on reparle art, parce que je n'y comprends rien et que, de toute évidence, ça semble être votre truc.

— Luke, j'apprécie votre sollicitude mais, d'après ce que j'ai compris, votre présence ici est limitée. Je ne vois pas pourquoi on devrait faire… ça.

À nouveau, les mots de Stella resurgirent. « Elle a peu d'amis. » C'était pire que ça : elle n'avait aucun ami. Elle parlait de notre amitié comme d'un projet dangereux et à durée déterminée. Mes amis actuels étaient ceux que je m'étais faits au collège, et je n'avais jamais envisagé qu'ils puissent disparaître de ma vie.

Pour une raison qui m'échappait, devenir ami avec Valentine devint soudainement primordial. Elle ne pouvait pas vivre sans ça, elle ne pouvait pas errer dans son existence sans personne sur qui se reposer, sans personne à qui parler. C'était terrifiant de rester ainsi, à l'écart du monde, en espérant susciter si peu d'intérêt que personne ne vous remarque.

— On devrait, insistai-je. Je vous assure qu'on devrait.

J'étais si sérieux que Stella ne m'aurait pas reconnu.

Bien sûr, d'après elle, j'étais un ado enfermé dans un corps d'adulte, j'étais incapable de prendre des décisions, je passais mon temps à m'amuser, j'étais une sorte de mauvaise graine qui avait eu la chance de finalement pousser droit. Mais je me savais aussi loyal et digne de confiance.

— Je veux juste qu'on soit amis, promis. Et j'étais sérieux sur les desserts et l'art, continuai-je devant son silence. Et sur ces deux années à l'étranger.

— Si je vous réponds, ça vous calmera ?

— J'en doute. À mon avis, ça va générer encore plus de questions. Mais c'est ce que font des amis, partager des histoires, raconter des souvenirs, discuter, cuisiner, surfer, marcher sur ma plage. On devrait faire ça, répétai-je en désignant l'espace vide entre nous. Ça et manger des tas de desserts !

Je m'écartai pour la laisser passer, estimant avoir fait mon possible pour la convaincre. J'avais eu moins de chance que chez Stella : je n'avais obtenu aucun sourire, et encore moins cette étincelle rare aperçue dans son regard. Déçu, je rebroussai chemin, me demandant si j'avais eu tort de m'acharner ainsi.

— Luke ? lança la voix de Valentine derrière moi.

Je me retournai. Elle n'avait pas bougé d'un pouce, laissant les vagues tremper son pantalon pourtant remonté au-dessus des chevilles. Elle triturait les manches de son gilet entre ses doigts.

— D'accord, dit-elle finalement. D'accord pour ça. Et les desserts.

Je me retins de lever un poing de victoire. Elle m'adressa un faible sourire et attendit que je hoche la tête pour me tourner le dos et s'éloigner à nouveau de moi.

— Valentine ? criai-je.

Elle fit volte-face et, même si elle était loin, je perçus distinctement son sourire timide alors que je réitérais ma promesse.

— Ça va être génial !

Chapitre 6

Jusqu'ici, j'avais consciencieusement fait en sorte de ne garder quasiment aucun souvenir de mon adolescence. L'exercice s'était avéré assez facile à réaliser : quand vous ne vous attachez à personne, vous n'avez aucune prise sur le passé. Vous l'oubliez. Vous ne vous souvenez pas de soirées endiablées, de fous rires incontrôlables ou de travaux scolaires en groupe. Je m'arrangeais toujours pour étudier seule.

Je me rappelais nos déménagements, ma passion dévorante pour le dessin, les activités farfelues avec ma mère, les matchs de mon père. Tous mes souvenirs s'articulaient autour de ma famille. Parce qu'elle constituait le seul pilier immuable de ma vie, je ne ressentais pas le besoin de me rappeler autre chose.

Ça, c'était avant de me retrouver en face de Luke Harnett.

Luke Harnett.

Parmi tous mes souvenirs oubliés, enfouis sous des couches d'incertitudes et de solitude, Luke avait surgi. Assise face à lui, j'avais eu un moment de stupéfaction. Dans mon esprit s'était dessinée très nettement une vieille image : Luke se tournant vers moi pour me demander de lui prêter un stylo. C'était comme s'il avait soufflé sur une épaisse couche de poussière pour laisser apparaître une ancienne photo.

Sur la plage, un nouveau souvenir avait émergé : sa nuque, devant moi, pendant de longues heures en cours de mathématiques quand nous étions tous les deux en seconde. Il était au deuxième rang, moi au troisième, et nous avions passé l'année à nous croiser sans quasiment jamais nous parler. Déjà, à l'époque, il avait cette carrure imposante et mesurait une tête de plus que n'importe quel garçon de la classe.

Mes capacités à faire table rase du passé m'épataient : Adrien, que j'avais pourtant croisé plusieurs fois en fréquentant Stella, était un souvenir nébuleux et lointain. Luke avait toujours été la vedette du lycée, j'imaginais qu'Adrien était resté dans l'ombre.

Je secouai la tête, espérant chasser une nouvelle couche de poussière. Il y avait forcément d'autres souvenirs qui finiraient par me revenir. Il avait parlé de sa carrière de rugbyman, mais cela ne m'évoquait rien. La seule chose qui me rassurait, c'était qu'il ne m'avait pas reconnue.

Je me levai de ma chaise et contemplai la plage par ma fenêtre. J'avais eu une nuit agitée, passant en revue les options pour mon père. J'avais fini par échafauder un planning pour identifier les périodes où il allait se retrouver seul à la maison. Trois après-midi entiers. Cela représentait une quinzaine d'heures et, hormis trouver un garde-malade, je ne voyais pas comment faire. La simple idée de lui expliquer la situation me collait un début de migraine.

Je terminai mon thé d'un trait, puis m'autorisai un soupir face au peu de sursis qu'il me restait : j'avais trois jours pour trouver quelqu'un d'assez patient et sympa pour s'occuper de mon père, l'aider à faire ses exercices et gérer les urgences plus gênantes - quand il oubliait où étaient les toilettes par exemple –, écouter ses souvenirs de joueur professionnel refaisant les matchs à l'infini et le calmer quand ses angoisses remontaient à la surface.

Céleste tenta de me dérider pendant le déjeuner, avant de chercher à me tirer les vers du nez, sans succès. Je n'avais pas envie qu'elle se lamente pour moi ou, pire, qu'elle tente de m'aider ; je savais me débrouiller toute seule. En fin de journée, je gribouillai une petite annonce, envisageant de la déposer sur plusieurs sites Internet pour trouver la perle rare.

Malgré l'envie tenace qui me tiraillait, je renonçai à l'idée d'une balade sur la plage : avec ma chance, j'aurais fini par tomber sur Luke, qui aurait trouvé tous un tas de prétextes pour faire jouer notre pseudo-accord. J'avais accepté, certes, pour qu'il me fiche la paix et parce que j'étais certaine qu'il finirait par se lasser, mais je n'attendais rien de lui. Il avait sa pléiade d'amis, il n'avait sûrement pas besoin de moi en public supplémentaire de son retour triomphant au pays.

Le lendemain, après une nouvelle nuit agitée, je me décidai à faire quelques courses, notamment pour être certaine de pouvoir accueillir mon père ce week-end dans les meilleures conditions. Je fixais les rayons d'un œil distrait ; devant l'étalage de boîtes de café moulu, je décidai de poster l'annonce à mon retour à la maison. Il était temps que j'affronte la réalité : j'avais besoin d'aide.

Une fois sur le parking du supermarché, je réalisai que le destin avait encore une dent contre moi. Malgré mes efforts répétés, ma voiture refusait de démarrer. Je me cramponnai au volant, retenant un gémissement de frustration. Pourquoi le sort s'acharnait-il autant ?

Je sortis mon téléphone et appelai une dépanneuse. En l'attendant, je décidai de profiter du soleil matinal, saisissant un paquet de biscuits au chocolat au passage, avant de patienter, assise sur le capot. Une impressionnante jeep rouge écarlate s'arrêta soudain à ma hauteur ; je retins un nouveau gémissement d'agacement en découvrant Luke au volant.

Il me salua d'un mouvement furtif de la tête, avant d'afficher son fameux sourire espiègle. Je me surpris à lui sourire en retour avant de me reprendre aussitôt, tirant nerveusement sur les manches de mon gilet habituel. Luke se gara près de ma voiture, et j'avalai mon biscuit en une bouchée, comme si je craignais d'être prise en flagrant délit de gourmandise.

Il vint s'installer près de moi, ses longues jambes étendues devant lui et les bras croisés sur la poitrine. Il regarda dans la même direction que moi, avant de froncer les sourcils.

— Tu admires la vue sur le centre commercial ? demanda-t-il.

Je haussai un sourcil, stupéfaite, tandis qu'il reprenait :

— Oui, j'ai décidé qu'on allait se tutoyer. Alors, cette vue ?

— J'attends la dépanneuse. Elle refuse de démarrer, expliquai-je en désignant ma voiture du pouce.

— Oh. Tu veux que je regarde ?

— Inutile, le garagiste finira par trouver où est le problème.

— Ça m'arrange. Ça m'évite de faire comme si j'y connaissais quelque chose. Chocolat et noix de pécan ?

Je mis deux petites secondes à comprendre qu'il parlait du paquet de biscuits que j'avais entamé. Instinctivement, je portai la main à ma bouche, pour chasser les quelques miettes ou traces de chocolat persistantes.

— On a un accord, me rappela-t-il. Sur le partage de desserts.

— Luke, il est à peine 10 heures, et ce n'est pas ce que je considère comme un dessert.

— C'est sucré, avec du chocolat et une montagne de beurre. Il a dû apaiser une certaine frustration, il trompe l'ennui et apporte du réconfort. Donc, c'est un dessert.

Il se pencha vers moi, jetant un œil vers mon paquet de

biscuits. Puis il planta le regard dans le mien, et une vague de culpabilité me submergea. Je n'avais pourtant aucun compte à lui rendre, mais l'ombre de malice qui planait dans ses iris azur me faisait redouter le pire : il allait encore me bombarder de questions et ne me lâcherait pas tant que je n'aurais pas répondu à au moins une d'entre elles.

— Dure journée ? demanda-t-il.

Je haussai les épaules, pas vraiment encline à discuter. Je n'allais pas faire comme si on avait des choses à se raconter. Hormis ce souvenir qui était remonté à la surface, nous n'avions pas grand-chose en commun.

— Sinon, on peut parler de la vue, ou de la météo… Ou de ces fameuses deux années à l'étranger.

— J'en ai fait cinq, rectifiai-je.

— Et le mystère s'épaissit, sourit-il en piochant dans mon paquet de biscuits.

Il dévora un cookie, fixant un point lointain devant nous. Il fronça à nouveau les sourcils, réfléchissant à ce que je venais de lui dire. Je pinçai les lèvres, retenant un rire ; la curiosité devait le dévorer. À ma grande surprise, il se tourna vers moi et désigna le paquet de cookies entre mes mains.

— Honnêtement, j'en fais des meilleurs que ça.

— Tu cuisines ? m'étonnai-je.

— Épatée, hein ?

— Le mystère s'épaissit, dis-je en souriant.

Je pris un nouveau cookie et, cette fois, je tendis mon paquet à Luke. Il eut un sourire ravi, comme s'il savourait une victoire secrète. Je me détendis peu à peu, gardant toutefois une forme de distance prudente avec lui. Sa détermination à interagir avec moi me déstabilisait.

Il resta silencieux de longues minutes, attendant avec patience que je relance la conversation. À la faveur d'une légère brise, je devinai un parfum de sel et d'épices. Ici, l'iode saturait l'air en permanence ; cette fragrance piquante venait forcément de Luke.

— Ailier ? dis-je finalement.

Il me jeta un regard surpris.

— Tu n'as pas le physique d'un talonneur, continuai-je.

Il eut un petit rire, avant de hocher la tête. Il passa une main sur ses cheveux rassemblés en *man bun*, comme s'il était embarrassé. C'était l'un de nos rares points communs : le rugby. J'en savais certainement autant que lui sur ce sport, des détails des entraînements de musculation aux matchs de légende. J'avais suivi la carrière de mon père et, peu à peu - certainement parce que mes rares relations étaient liées à ce milieu –, je m'étais prise de passion pour ce sport. Je savais décrypter une stratégie en quelques minutes, déceler les failles dans une défense tout aussi rapidement.

— Je n'avais pas réalisé que tu m'avais maté à ce point, sourit-il.

Je pinçai les lèvres, soudainement gênée. Il fallait se rendre à l'évidence, Luke n'était pas capable de mener une conversation sérieuse. Pour lui, tout était prétexte à plaisanterie.

— Je ne matais pas. Tu t'es exhibé à moitié nu devant moi, corrigeai-je à voix basse.

— Certes. Mais tu as regardé.

Je pris un nouveau cookie, la gorge serrée, incapable de lui répondre. Je n'arrivais pas à comprendre pourquoi il s'acharnait à vouloir me parler. Je n'avais donné aucun signe pour l'y encourager. Je n'avais ni le temps ni l'envie de me faire des amis et de laisser des gens découvrir que ma vie était compliquée.

— Ailier gauche, confirma-t-il. Bien joué.

Il me donna un petit coup d'épaule, me forçant à sortir

de mes pensées. Je relevai péniblement les yeux vers lui. Son sourire amusé avait disparu, au profit d'une attitude plus sérieuse.

— Tu suis le rugby ? demanda-t-il.

— Plus trop maintenant. C'était facile à deviner, c'est tout.

— Facile ?

— Tu es grand, élancé. Musclé, mais tu n'es sûrement pas assez costaud pour être un pilier. Et puis, ton visage n'est pas trop abîmé.

— J'aurais pu être demi d'ouverture.

— Avec cette longueur de jambe ? Tu dois être rapide, non ? Du genre à remonter le terrain comme si tu avais la mort aux trousses.

— Assez, oui, répondit-il, épaté.

— Donc, ailier. Ça aurait été du gâchis de te mettre à un autre poste. Un bon ailier, ça change tout.

Ses lèvres s'étirèrent dans un nouveau sourire : Luke me scrutait avec cette curiosité désormais familière mais, cette fois, il y avait une pointe d'admiration dans ses iris. Je lui tendis mon paquet de cookies, fière d'avoir réussi à mener cette conversation au point qu'il ne trouvait rien à répondre.

— Pendant un instant, j'ai cru que tu me connaissais, en fait, dit-il en secouant la tête.

— Je devrais ?

— J'aurais bien aimé. Tu sais, que les gens gardent un souvenir de moi.

Il haussa les épaules, soudain pensif ; il n'avait plus son sourire habituel, ni ce regard mutin. À croire que toute sa nature confiante s'était évaporée en quelques secondes. Je lui tendis mon paquet de cookies, l'encourageant à en prendre un.

— On a un pacte, lui rappelai-je. Sur les desserts. Ça apporte du réconfort.

Il prit un cookie, et sa mine réjouie réapparut. Je jetai un coup d'œil à ma montre, surveillant l'arrivée de la dépanneuse. Elle aurait déjà dû être là.

— Ça fait quelques années que je ne regarde plus les matchs, dis-je, pour lui remonter le moral.

— Tu as loupé de grands moments. C'était chouette.

— Pourquoi as-tu arrêté ?

— Je crois que j'avais besoin de faire autre chose. De vivre différemment, de voir des amis, de m'en faire de nouveaux aussi.

Il m'adressa un nouveau coup d'épaule, comme pour appuyer son souhait. Il croqua son cookie, et son regard se perdit sur la vue du centre commercial.

— Et de manger des cookies ? demandai-je.

— Aussi. Vivre normalement. J'adore ce sport, et il m'a donné… tout ce que je pouvais espérer. Mais je réalise maintenant que j'ai été un peu spectateur de ma propre vie. Je vois mes amis se marier, être heureux, rire ensemble, boire des verres, s'entraider quand ils déménagent.

J'acquiesçai, comprenant exactement ce à quoi il faisait allusion. Après la retraite de mon père, et malgré ma peur viscérale de vivre seule, j'avais découvert à quel point mon enfance et mon adolescence avaient été tout sauf normales. J'avais loupé des choses, j'en avais vécu d'autres. C'était comme vivre en parallèle du chemin que la plupart des gens empruntaient, sans jamais les croiser.

Jusqu'à lui. À croire que, sans le savoir, nous avions vécu sur cette même ligne parallèle, à la fois proches des gens et sans pouvoir vraiment les atteindre.

Je fixai son profil, m'arrêtant sur la ligne sculpturale de

sa mâchoire. Avec ses cheveux ébouriffés par le vent et ce sourire énigmatique sur les lèvres, il aurait été fascinant à dessiner. Son T-shirt, bien qu'ample, laissait deviner ses épaules larges et carrées. Peu de filles devaient lui résister.

— Tu mates encore ? fit-il.

— Peut-être. D'un point de vue artistique, ce qui est beau m'attire naturellement.

— Je ne poserai pas nu pour toi, me prévint-il, dans un rire.

— Tant pis. Je ferai de mémoire.

Il secoua la tête tout en éclatant de rire. C'était la première fois que quelqu'un extérieur à ma famille riait d'une de mes plaisanteries. Les battements de mon cœur s'accélérèrent mais, pour la première fois depuis longtemps, ce n'était pas dans un accès de stress. C'était... agréable. Parler avec Luke me faisait plus de bien que je ne voulais me l'avouer.

— Et pour ce que tu n'as pas vu ?

— Honnêtement, Luke, ça laissait peu de place à l'imagination.

Il rit à nouveau, et je remarquai un léger rougissement sur ses joues. Nous échangeâmes un regard, presque surpris par la vitesse à laquelle nous nous rapprochions. Peut-être que nous parviendrions à être amis, finalement.

— C'est toi qui as proposé les desserts et l'art, lui fis-je remarquer.

— Je pensais plutôt à aller voir des expos, t'aider à acheter du matériel ou te regarder peindre.

— On se connaît depuis deux jours.

— Et ?

— Et je n'ai encore jamais peint avec du public. C'est intime et personnel. C'est comme si... tu me voyais nue. En quelque sorte.

— On serait quittes, alors.

— Je crois que je n'ai pas ton tempérament ouvert et exhibitionniste.

Il me fixa et pencha la tête, comme pour mieux me jauger. En une seconde, ma petite bulle de confiance et de maîtrise éclata, et mon tempérament réservé refit surface, forgeant une muraille protectrice autour de moi. Je tirai sur les manches de mon gilet, mal à l'aise. Quand je sentis les doigts de Luke frôler ma joue, je me figeai, pétrifiée. Lentement, il repoussa les quelques cheveux qui barraient ma joue.

— Je crois que tu es beaucoup plus que ce que tu veux bien admettre, dit-il.

Ce simple contact dura seulement quelques secondes, pourtant lorsqu'il éloigna sa main j'eus l'impression de sortir d'une apnée de plusieurs minutes.

— On devrait finir, non ?

Il s'écarta, et je clignai des paupières avant de comprendre qu'il désignait mon paquet de cookies. J'opinai, un peu hagarde, et je le lui tendis.

— Bon, alors, si tu m'expliquais d'où vient ta science du rugby ? demanda-t-il.

— La dépanneuse est là.

Je bondis de la voiture et fis un signe à l'homme qui venait m'aider. Derrière moi, j'entendis Luke m'imiter. Le mécanicien se gara près de ma voiture, et j'attendis anxieusement qu'il nous rejoigne. Après nous avoir salués, l'homme ouvrit le capot et chercha l'origine de la panne.

— Bon, eh bien, je vais devoir la remorquer et la faire réparer au garage.

— Vraiment ? On ne peut pas… Je ne sais pas, faire une réparation ici, rapidement ?

— Il y a au moins deux pièces à changer, et pour ça je dois démonter toute une partie du moteur.

Il essuya ses mains sales sur sa salopette de travail et m'adressa un regard désolé. Je poussai un soupir las, réfléchissant à toute vitesse. J'avais besoin de cette voiture pour aller au collège, pour faire des courses et, surtout, pour récupérer mon père au centre de soins.

— Je vais te raccompagner, proposa Luke.

Je pivotai vers lui et, déjà, il se dirigeait vers l'arrière de ma voiture, s'adressant au mécanicien.

— Vous nous laissez le temps de récupérer les sacs dans le coffre ?

Il déverrouilla son 4x4 et, sans attendre ma réponse, il prit mes trois énormes sacs de courses pour les poser dans son coffre. Le dépanneur remplit une fiche et m'invita à vérifier que je ne laissais rien d'important dans mon véhicule. J'agissais comme un automate, rassemblant ma veste, mes clés et mon sac à main.

— Vous passerez au garage, on vous prêtera une voiture.

Je hochai la tête, incapable de réagir. Je devais être blême ou avoir l'air inquiète, car le garagiste tenta de me rassurer.

— Ce n'est vraiment rien de méchant. Assez courant même sur ce genre de véhicules, ne vous inquiétez pas.

Il me tendit la fiche d'intervention, puis j'attendis patiemment qu'il fasse le nécessaire pour remorquer ma voiture. Je le regardai s'éloigner, pestant contre ma malchance. Ma voiture était hors service, et je devais en plus être raccompagnée par Luke, qui allait encore sûrement me bombarder de questions.

Je lui fis face et, galamment, il ouvrit la portière passager, son sourire d'enfant content de lui collé aux lèvres. De la main, il m'invita à m'installer, et je levai les yeux au ciel, maudissant le destin qui l'avait mis sur ma route.

— Je t'ai laissé le dernier, commenta-t-il en me présentant le paquet de cookies.

Je tendis la main pour l'attraper mais il esquiva, un air diabolique sur le visage. Je le fusillai du regard, et il agita le paquet de biscuits devant moi.

— Seulement si tu m'expliques d'où vient ta science du rugby.

Chapitre 7

La route entre le centre commercial et la maison de Valentine n'allait pas me prendre plus de dix minutes. Ma passagère avait les bras croisés, les yeux rivés sur la route, et j'étais certain qu'elle bondirait de l'habitacle dès que nous aurions atteint notre destination. Parler avec elle me donnait la sensation de danser pieds nus sur des braises chaudes. Un pas en avant, deux en arrière, un sur le côté ; avec un peu de chance, j'en ferais deux dans sa direction avant la fin de la journée.

Son côté insaisissable était aussi déroutant que surprenant. Elle parlait peu, et surtout pas d'elle. Elle se cachait derrière ses cheveux, dans ses vêtements trop grands, dans ses pensées trop dévorantes ; j'étais persuadé qu'elle devait me considérer comme un type dangereux et intrusif.

— Tu ne vas rien me dire, n'est-ce pas ? demandai-je finalement, en masquant mal ma frustration.

Elle se tourna vers moi, ses grands yeux bleu azur sondant furtivement les miens. Je fis de mon mieux pour garder mon attention sur la route, mais je réalisais maintenant qu'être face à elle et pouvoir la regarder facilitait la plupart de nos conversations. Son visage doux parlait pour elle.

— Je n'avais pas compris que je devais te rendre des comptes, répondit-elle.

— Je n'avais pas compris que ma question était si... délicate.

— Pourquoi... Pourquoi tu fais ça ?

— Te parler ? Eh bien, il existe un concept très sympa qu'on appelle « faire connaissance ». Ça marche comme ça : je te pose des questions, tu réponds, et tu me poses des questions, et j'y réponds.

— Pourquoi moi ?

— Parce que tu es une amie de Stella et que j'ai l'impression qu'on pourrait bien s'entendre.

Elle demeura silencieuse, ratatinée au fond de son siège, comme si elle voulait qu'il l'engloutisse. Je secouai la tête, incapable de comprendre pourquoi elle se donnait autant de mal pour se cacher. Demeurer loin des autres devait lui demander d'incroyables efforts.

— Je n'avais pas compris que nous étions amies, reprit-elle. Stella et moi.

— Je crois que c'est comme ça qu'elle te considère. Est-ce si dramatique ? Stella est une fille bien, du genre à te gaver comme une oie et à s'assurer que tu n'as jamais froid. C'est sûrement la seule femme au monde qui s'intéresse vraiment à la réponse quand elle te demande si ça va.

Je jetai un coup d'œil vers Valentine, heureux de voir l'ombre d'un sourire flotter sur ses lèvres. Percer sa carapace me prenait une énergie démesurée.

— Elle t'aime beaucoup, continuai-je.

— Elle est très douée. J'ai vu les plans qu'elle fait.

— Je sais. Je vais sûrement lui demander de dessiner ma future maison.

Valentine tourna le visage vers moi et fronça les sourcils.

Je lui adressai un sourire encourageant, ravi de constater que les muscles de son corps se détendaient peu à peu. Une étincelle de curiosité brillait dans son regard, et je priai pour qu'elle ne s'éteigne pas. J'espérais encore qu'elle réponde à mes questions.

— En Australie ? s'enquit-elle.

— Oui. Pourquoi ?

— Je pensais qu'elle... enfin, avec Adrien, qu'ils voulaient se marier et rester ici. Et que toi, tu...

— Je finirai par rentrer en Australie, c'est certain. Il y aura de meilleures opportunités là-bas pour moi. Mais je voudrais proposer ce projet à Stella. Je crois, en plus, que ça lui fera plaisir de savoir que j'envisage, un jour, d'avoir une famille.

— C'est vrai. Je suis certaine qu'elle te dessinera une maison parfaite.

— Et, quand elle aura fini, il te restera de grands murs à décorer.

Un petit rire nerveux lui échappa, et elle secoua la tête, intimidée. Dès qu'on entrait dans son intimité, Valentine se refermait sur elle-même, rassemblant sa pudeur et ses secrets. Ça aurait pu être touchant si ce n'était pas aussi agaçant.

— Je te laisserai carte blanche, insistai-je.

— Je réponds surtout aux commandes. Des décors ou des dessins en particulier. Je... J'exécute.

— Donc, si je ne te donne aucune indication, tu ne sais pas quoi faire ? Je pensais que les artistes laissaient parler leur inspiration et leur imagination. Que vous étiez... libres, en quelque sorte.

— Peut-être. Je ne sais pas trop. La liberté, ça fait parfois peur. Tu n'as jamais ressenti ça ?

Je serrai les mains sur mon volant, me demandant si je

devais être sincère avec elle. Le souvenir de Stella m'implorant de ne pas faire mon « Luke » avec Valentine resurgit au même moment. Avec elle, j'étais Luke. Pas le fou furieux de l'adolescence, pas la tête brûlée qui jouait au rugby. Juste moi, celui qui ne savait pas vraiment ce qu'il allait faire des cinquante prochaines années et qui tentait de le masquer avec son humour douteux.

— Je suis en retraite depuis quelques jours, dis-je, à bout de souffle. J'ai tout le temps du monde, je suis en bonne santé, j'ai des amis, de l'argent de côté, et pourtant je n'ai jamais eu autant la trouille de ma vie.

— On s'y habitue, murmura-t-elle.

Je comprenais pourquoi Stella ressentait le besoin de la protéger. Valentine était craintive de tout. De nous, de ses amis, de la vie de manière générale. À croire qu'elle se planquait justement pour éviter que le destin la débusque.

— Tu as des questions d'avance, lançai-je pour changer d'ambiance. À mon tour !

— Et si, finalement, je ne suis pas si intéressante que ça ?

— Tu ne m'as pas déçu pour le moment, aucune raison que cela change. Alors, le rugby ? insistai-je.

— Passion familiale. J'allais aux matchs avec mes parents. J'ai appris à décrypter les termes techniques et les règles.

— Une vraie spécialiste, alors ?

Elle haussa les épaules, mais je décelai le début d'un nouveau sourire. Pour la première fois depuis que nous étions partis du centre commercial, elle cessa de triturer ses doigts, et il me sembla même qu'elle se tenait plus droite, presque avec fierté.

— Et tu as fini par lâcher cette activité ?

— J'ai fait des études, je n'avais plus trop le temps. Je crois que ça a fini par s'émousser peu à peu.

— Mais tu sais reconnaître un ailier au milieu d'une foule, dis-je, admiratif.

— Apparemment.

Elle sortit son téléphone de son sac et vérifia l'heure sur l'écran. Je l'imitai, réalisant que j'avais planté Adrien et sa proposition de café matinal pour raccompagner Valentine, et ce sans le prévenir. Il devait déjà inonder mon téléphone de messages et de menaces de vengeance.

— Un rendez-vous ? demandai-je.

— J'ai des cours cet après-midi et je n'ai aucune idée de comment je vais aller au garage ensuite.

— Tu te rappelles tout ce temps que j'ai ? Je t'emmènerai.

— Luke, tu n'es pas du tout obligé de faire ça.

— En effet, je veux juste te rendre service. En plus, si ce garagiste te voit arriver toute seule, il est capable de gonfler la facture juste parce que tu n'y connais rien !

— J'avais cru comprendre que tu n'y connaissais pas grand-chose non plus, répondit-elle avec un sourire.

— C'est vrai. Mais lui, il ne le sait pas. Crois-moi, je peux encore impressionner !

Valentine éclata de rire, et je décidai que c'était la plus belle victoire de la journée. Malgré tous ses secrets et ses faux-fuyants, je prenais vraiment plaisir à passer du temps avec elle. C'était tellement laborieux de l'amener à s'ouvrir que l'entendre rire me rendit stupidement heureux.

— Je peux t'amener au collège aussi, proposai-je, un peu grisé par ma réussite.

— Je marcherai. C'est à vingt minutes à peine. Merci, en tout cas. Pour… ce soir et pour maintenant.

— Je t'en prie, c'est normal. Je crois qu'on peut désormais attaquer la phase 2 de notre vaste projet autour de l'art et des desserts.

— Phase 2 ?

D'une main, je pris mon téléphone, que j'avais glissé dans un des vide-poches de la voiture, et le lui tendis. J'eus le temps d'apercevoir la mine interdite de Valentine, avant de me reconcentrer sur la route.

— Tu enregistres ton numéro, et on va manger une glace ce soir ?

J'avais la sensation de jouer au loto, à la nuance près que j'avais peut-être plus à perdre qu'à gagner avec Valentine. Elle pouvait tout aussi bien se renfermer sur elle-même et se couper brutalement et définitivement de moi. Je bifurquai sur la route qui longeait la plage ; nous arrivions à destination dans quelques minutes.

— Parce que j'ai encore quelques questions de retard, ajoutai-je.

— Et après tu me laisseras tranquille ?

— Tu peux toujours rêver. Je me gare devant chez toi ?

— Euh, oui. Merci.

La maison de Valentine était deux fois plus grande que celle de Stella et d'Adrien. Au rez-de-chaussée, des baies vitrées entrecoupaient la façade couleur craie, pendant qu'une terrasse courait tout le long de l'étage, offrant une vue imprenable sur l'océan. La bâtisse était entourée d'un jardin impeccable et accueillant.

— Belle maison, commentai-je.

— C'est celle de mes parents.

— J'ai l'impression d'avoir de nouveau seize ans et de te ramener après un premier rencard, plaisantai-je.

— J'imagine que ça y ressemble.

L'instant suivant, elle jaillissait de la voiture, me laissant tout juste le temps de l'arrêter. Je glissai mon téléphone dans ma poche - je savais déjà qu'elle n'avait pas entré son numéro - et descendis à mon tour de la jeep.

— Laisse-moi t'aider, proposai-je en prenant les sacs de courses.

— Tu peux les laisser ici, je me débrouillerai.

— Hors de question, j'ai besoin de faire un peu de musculation, de toute façon. Montre-moi le chemin, plutôt.

Elle hésita une courte seconde, partagée entre l'envie de résister et une forme de lâcher-prise. Elle finit par acquiescer, et je la suivis, remontant l'allée proprette qui nous conduisait jusqu'à l'entrée principale. Si la maison m'avait déjà paru grande de loin, de près, elle paraissait encore plus imposante.

— Est-ce que ton père va m'attendre avec une arme quelconque ?

— Pourquoi ferait-il ça ? demanda-t-elle en se tournant vers moi.

— C'est ce que faisaient la plupart des pères de famille que j'ai rencontrés, après les premiers rencards. Je n'ai jamais eu un bon passif avec les pères de famille.

Valentine déverrouilla la porte, et un grand couloir lumineux apparut devant nous. Entre le carrelage blanc et les murs nus, j'avais la sensation d'entrer dans une zone stérile.

— Ton père devait certainement avoir le même instinct protecteur quand tu ramenais tes petits amis.

— La cuisine est à droite. Et mon père n'est pas là.

Valentine me suivait de près, comme si elle surveillait que je ne parte pas explorer la maison et ses secrets. Je posai les sacs sur la table, admirant la cuisine laquée rouge cerise et ses équipements dernier cri. De toute évidence, les parents de Valentine avaient eu une vie confortable.

— Tu as besoin d'aide pour ranger ?

— Non. Je vais me débrouiller. Tu m'as déjà beaucoup aidée.

Elle frotta les mains sur son jean, nerveuse et mal à l'aise. Une sombre agitation l'animait, et ses yeux furetaient partout, sans jamais s'arrêter sur moi. Je sortis mon téléphone et le lui tendis à nouveau. Je n'avais toujours pas abandonné l'idée d'être son ami.

À vrai dire, plus je lui parlais, plus cette envie grandissait.

— Pour la glace de ce soir ? demanda-t-elle en tapant son numéro.

— Pour tous les desserts à venir, sans limitation particulière. Et… pour le reste aussi. Si tu as besoin d'aide pour quoi que ce soit.

— Je suis une grande fille, Luke. Je sais me débrouiller.

— Je sais. Alors disons que, si tu n'as besoin d'absolument rien, tu peux aussi m'appeler.

Elle me rendit mon téléphone avec un sourire bien visible sur les lèvres. Sa nervosité revint pourtant rapidement à la surface ; elle passa d'un pied sur l'autre, sans vraiment savoir comment me faire sortir de chez elle.

— À quelle heure finis-tu ? demandai-je finalement.

J'avais un tas de questions à lui poser : de son passé à l'étranger à cette maison, en passant par son choix de carrière et sa passion pour le dessin ; j'aurais aimé connaître son parfum de glace préféré, son film favori, ses secrets les plus enfouis, ses doutes profonds. À chaque information qu'elle me donnait, de nouvelles interrogations surgissaient.

— Oh ! disons vers 17 heures ? Mes cours finissent à 16 h 30.

— J'ai vraiment l'impression d'avoir seize ans, ris-je.

Valentine me dévisagea, interdite.

— Eh bien, tu sais, le gamin qui attend sa petite copine devant le portail du collège.

— Oh ! d'accord. Je vois.

— Bon, à seize ans, je n'avais qu'un pauvre vélo, alors forcément c'était moins impressionnant.

— Luke, tu mesures plus d'un mètre quatre-vingt-dix et tu as un sourire éblouissant, tu n'as pas besoin de voiture pour impressionner.

Quand elle releva les yeux vers moi, je lui offris ce fameux sourire éblouissant, ravi d'avoir trouvé une nouvelle faille dans l'armure de Valentine. Elle pinça les lèvres, prenant conscience de ce qu'elle venait de dire. À nouveau, la voix de Stella me suppliant de ne pas faire mon Luke - celui qui l'aurait volontiers torturée - me revint. C'était tentant, mais je ne voulais pas ruiner mes victoires de la journée.

— 17 heures ? répétai-je.

— Oui, merci. Je... Je te raccompagne.

Sa voix n'était plus qu'un murmure gêné. Je la suivis jusqu'à la porte, et le malaise s'amplifia. Sur le seuil, Valentine n'était que nervosité et agitation. Je n'arrivais pas à discerner si c'était à cause de ce qu'elle venait de dire ou de la perspective de nous revoir. Je pivotai vers elle et décidai de désamorcer la tension entre nous.

— Pour ce que ça vaut, ton sourire aussi est éblouissant.

Elle fit tout son possible pour en retenir un nouveau, les yeux rivés aux miens. Depuis que je la connaissais, c'était l'une des très rares fois qu'elle osait affronter réellement mon regard. J'avais enfin l'impression d'avoir fait céder son armure habituelle, et la sentir un peu plus proche et accessible déclencha en moi une vague de joie.

— Merci.

Avec Stella, et même avec Céleste, j'avais l'habitude de

les serrer contre moi pour les saluer. Ces étreintes amicales étaient routinières et automatiques ; elles entouraient ma taille de leurs bras, riaient de se sentir minuscules près de moi et, parfois, je leur embrassais le front, comme un frère l'aurait fait. Avec Valentine, je n'osai même pas envisager l'idée.

— On se voit tout à l'heure, reprit-elle d'une voix plus assurée.

— Avec plaisir.

Je levai bêtement la main pour la saluer. De toute évidence, sa nervosité était communicative. Elle referma la porte lentement, et je retournai à ma voiture, non sans m'être retourné plusieurs fois vers cette grande bâtisse vide et impersonnelle.

Derrière le volant, conduisant en direction du centre commercial, je tentai de faire le tri dans mes pensées. J'avais toujours cette persistante sensation de déjà-vu, comme s'il y avait quelque chose d'étrangement familier et en même temps de lointain chez Valentine, comme si elle avait toujours été là, mais inatteignable.

Elle voulait que j'abandonne. À ses réponses évasives et mystérieuses, j'avais compris qu'elle faisait tout pour me tenir à l'écart. Malheureusement pour elle, je n'étais pas le genre d'homme à baisser les bras.

— Tu as fait quoi ? s'écria Adrien, après que je lui eus raconté ma rencontre fortuite avec Valentine.

— Je lui ai proposé de la raccompagner chez elle. Je n'allais pas la laisser seule sur ce parking !

Notre café s'était transformé en pause déjeuner. Pendant tout mon récit, Adrien avait successivement écarquillé les yeux et manqué de s'étouffer avec son verre d'eau, avant de me faire répéter certains détails.

— Tu es entré chez elle ? demanda-t-il en découpant un morceau de sa pizza.

— C'est la maison de ses parents.

— Bon sang, mais vous avez des conversations, en plus ?

— Je ne vois pas en quoi c'est si surprenant.

— Je connais Valentine depuis un an. Je n'ai pas son numéro, je n'ai jamais eu le plaisir d'entrer chez elle et... honnêtement, la plus longue conversation que nous ayons eue s'est limitée à nous demander comment ça va.

— Et ?

— Et, invariablement, elle dit qu'elle va bien. Cette fille... Bon sang, trouve-toi quelqu'un d'autre.

— Je ne cherche personne, rétorquai-je aussitôt.

— Bah voyons ! Je pensais que tu avais prévu de t'amuser et de prendre du bon temps avant de retourner à l'autre bout du globe ?

— Valentine n'est pas ce genre de fille. Elle a l'air perdue, à croire qu'elle porte toute la misère du monde sur ses épaules. Cette fille a besoin d'un ami et d'aide, insistai-je en pointant ma fourchette vers Adrien.

Adrien leva les sourcils, mais je compris qu'il abandonnait l'idée de comprendre ce qui m'attirait vers elle. Je n'étais pas certain de pouvoir moi-même l'expliquer, c'était un mélange inédit entre le besoin que je ressentais de la protéger et la curiosité dévorante de la découvrir.

— Tu sais, continuai-je, j'ai un sentiment bizarre à son sujet. Comme si je la connaissais. Son visage... Ses yeux me parlent, j'ai déjà dû la croiser.

— Je ne vois pas comment, répondit Adrien.

— Elle a passé du temps à l'étranger. Elle avait même réussi à détecter mon accent.

— Tu comptes sur moi pour jouer à Watson pendant que tu fais Sherlock ?

— Je cherche une réponse. Cette fille a forcément une histoire, non ? Tout le monde a une histoire donc, si elle agit comme ça aujourd'hui, ce n'est pas sans raison.

— Bien vu, Sherlock. Stella va faire un dîner ce week-end avec tout le monde, invite Valentine.

Je grimaçai. J'avais du mal à imaginer Valentine à l'aise au milieu d'une foule de gens qui se connaissaient et riaient de vieilles blagues. Elle était déjà mutique en tête à tête, je n'osais pas imaginer sa réaction assise à une table, cernée d'inconnus.

— Il y aura Céleste, ajouta Adrien, pour effacer mes doutes.

— Je ne veux pas l'effrayer davantage. Elle me fait à peine confiance pour porter ses courses !

— Parce que tu crois qu'elle aura moins peur si tu l'invites à dîner en tête à tête ?

— Certes, Watson. Je percerai le mystère, je t'assure.

— Il n'y a peut-être pas de mystère. Peut-être qu'elle est juste nerveuse avec les autres, une sorte de timidité maladive ? Ou peut-être que c'est toi et ton physique de mercenaire ?

— Elle a dit que j'avais un sourire éblouissant, contrai-je.

Adrien haussa un sourcil, pendant que je hochais la tête, fier d'avoir soutiré ce petit compliment à Valentine. Il mastiqua rapidement son morceau de pizza et s'essuya la bouche.

— Pourquoi est-ce que j'ai l'impression qu'on a seize ans et qu'on discute à la cantine de toutes ces filles qui te tournent autour ?

— J'ai eu l'impression d'avoir seize ans toute la journée. À manger des cookies, à ramener Valentine, à la laisser devant sa porte…

— Correction : ça, ça ressemble à *mes* seize ans, pas aux

tiens. Quand tu embrassais les filles, moi, je me contentais de leur envoyer des boulettes de papier à la figure pour attirer leur attention.

— Tu as Stella, maintenant.

Il sourit, fier à son tour, et c'est lorsque la serveuse posa son bloc-notes sur notre table que la sensation de déjà-vu au sujet de Valentine s'estompa. J'avais enfin remis le doigt sur le souvenir nébuleux qui nous liait. Le soulagement ne fut que passager : parce qu'il s'agissait de Valentine, d'autres questions surgirent immédiatement.

— Luke ? m'interpella Adrien en constatant que je ne répondais pas à la serveuse.

— Je me souviens d'elle, soufflai-je.

Chapitre 8

— Tu as fait quoi ? s'étrangla Céleste en dévalant l'escalier derrière moi.

— J'ai accepté que Luke me raccompagne, et il doit déjà être sur le parking pour m'amener chez le garagiste.

— Luke. On parle bien du grand mec qui ressemble à une plage australienne : cheveux couleur de sable chaud, yeux teinte océan et sourire qui fait office de soleil brûlant ?

Je rejoignis la salle des professeurs, Céleste sur les talons, et vérifiai l'heure sur ma montre. Luke serait là dans quelques minutes, et il me fallait encore signer le formulaire officiel pour quémander une sortie au musée pour ma classe de troisième. Avec un peu de chance, Muller serait absent, et je n'aurais qu'à déposer le tout dans sa boîte aux lettres et prier pour qu'il accepte.

— Je l'ai rencontré chez Stella, répondis-je, évasive.

— Je me doute. Elle fréquentait la bande de Luke au collège, et moi... eh bien, je la fréquentais, elle. On allait au même cours de danse. On a fini par tous être amis. Mais là n'est pas la question.

— Ah bon ?

— Ah bon ? Luke Harnett est du genre agréable à regarder,

plutôt drôle, si on aime les blagues douteuses, intelligent, sportif et surtout… célibataire.

Je relevai aussitôt les yeux vers elle et secouai vivement la tête, refusant même d'entendre ce genre d'insinuation. Luke et moi avions un accord amical, rien d'autre.

— Nous sommes… Enfin, on est censés devenir amis, rien de plus. Tu peux tenter ta chance, je pense.

— Avec Luke ? Non, ça serait comme… comme convoiter mon frère, grimaça-t-elle. Le seul truc qui peut se passer entre Luke et moi, c'est un bon fou rire !

Je reportai mon attention sur le formulaire à remplir. Avec un peu de chance, Céleste finirait par changer de sujet, et je parviendrais à lui faire oublier cette histoire. Je relus une nouvelle fois ma demande, m'assurant que tout était correct, avant de la signer.

— Il est chouette, reprit-elle. Vraiment. Et je trouve ça bien que tu… t'ouvres un peu.

— Je n'ai pas besoin de lui dans ma vie. Notre rencontre est une simple coïncidence.

— C'est le principe même de la rencontre, non ?

— Et nous n'avons pas grand-chose en commun, continuai-je. Tu l'as dit toi-même : il ressemble à une plage australienne, quand moi je suis plutôt…

— Un paysage lugubre et brumeux des landes de Cornouailles ?

Je la dévisageai tout en essayant de visualiser l'image que je lui renvoyais. Mes cheveux longs tombaient sur mes épaules, mon visage pâle devait être marqué par mes nuits trop courtes, je portais un jean et une chemise rouge, le tout masqué par mon gilet fétiche noir. Évidemment, à côté de Luke, je faisais sûrement un peu triste.

— Et toi, tu es quoi au juste ? demandai-je.

— Je suis une prairie chatoyante où les oiseaux font leur parade amoureuse, rit-elle.

Je haussai un sourcil, stupéfaite par la justesse de sa comparaison. C'est vrai, Céleste était souvent joyeuse, et son sourire chaleureux et amical invitait les gens à se confier à elle. À côté d'elle, comme auprès de Luke, j'étais terne.

— De toute façon, nous avons juste prévu d'être amis. Enfin, lui. D'ici quelques jours, je suis sûre qu'il aura complètement oublié mon existence.

Ce ne serait pas la première fois, songeai-je.

Comme tous les gens que j'avais côtoyés de loin pendant mon adolescence, il n'avait gardé aucun souvenir de moi. Cela m'arrangeait. Au moins, je n'avais pas à me confondre en explications et en longs récits sur ma vie. Je détestais parler de moi parce que, invariablement, dans le regard des autres je décelais au mieux de l'incompréhension, au pire de la pitié.

— Luke n'est pas comme ça.

— Comme ça ?

— Du genre à oublier les gens aussitôt. Du genre à dire qu'il veut être ton ami sans le vouloir profondément. Tu devrais... Tu devrais en profiter, Valentine.

Je signai les deux dernières feuilles et les glissai dans une enveloppe. J'étais plus préoccupée par mes demandes d'autorisation que par ma conversation avec Céleste. Je vérifiai l'heure à nouveau et rassemblai mes affaires dans ma vieille sacoche en cuir.

— Tu sais, sortir, te balader, aller au cinéma... Ce genre de trucs, continua Céleste.

— Je fais déjà ce genre de choses.

— Oui, seule. Là, tu pourrais... Tu pourrais les faire avec lui. Il faut que tu t'amuses un peu, Valentine, que tu vives comme une fille de ton âge. Faire la fête, boire des verres, rire avec d'autres humains, prendre des décisions folles.

— Je vais amener une classe de troisième dans un musée avec une thématique sur le nu dans l'art. Si j'en crois Muller, c'est un projet totalement inconsidéré.

— Et en dehors de ça ? insista-t-elle, bras croisés sur la poitrine.

— Je discute avec toi ?

Elle prit une mine offusquée, avant de rire de bon cœur. Je souris à mon tour et me décidai à sceller l'enveloppe pour la déposer devant le bureau du principal. Malgré mes espoirs, Céleste n'en avait pas fini avec moi. Postée près de la fenêtre, elle se fendit d'un sourire, avant d'agiter la main pour saluer quelqu'un.

— Il t'attend, commenta-t-elle.

J'approchai de la fenêtre à mon tour, trouvant la longue silhouette de Luke appuyée sur le capot de sa jeep. En short, baskets et débardeur blanc, il attirait les regards curieux. Ses longues mèches blondes étaient maintenues en arrière, retenues dans son habituel *man bun*. Nos regards se croisèrent, et son fameux sourire apparut, comme s'il était heureux d'être là. Je levai une main hésitante, sentant une vague de nervosité m'envahir. J'avais fait de mon mieux durant l'après-midi pour éviter de penser à ce nouveau face-à-face ; maintenant, une forme de trac remontait à la surface et me tétanisait.

— Je vais aller donner mon dossier à Muller, dis-je en m'arrachant à la contemplation de Luke.

— D'accord.

Dans un état second, entre panique et malaise, je remontai le couloir pour trouver le bureau du principal. Je déposai l'enveloppe dans une bannette et rebroussai chemin pour rejoindre le parking. Frottant mes mains moites sur mon jean, je tentai de respirer calmement. Je me sentais pitoyable. Il fallait se rendre à l'évidence, je ne savais pas gérer les relations humaines ; chaque fois, je me trouvais gauche, passais pour une douce idiote, voire une fille carrément bizarre. Cela renforçait ma conviction : quand Luke réaliserait que je n'étais pas digne d'intérêt, il se lasserait et me laisserait tranquille.

J'avais à peine mis un pied dehors que la voix sèche et colérique de Muller résonna derrière moi. Je me figeai, sentant les rayons du soleil chauffer mon dos, et me préparai à affronter cet homme que je commençais doucement à détester. Du coin de l'œil, je vis Luke se redresser, soudain attentif à un Muller déterminé et mécontent qui approchait de moi en agitant mon enveloppe.

— Valentine, je croyais avoir été clair : nous n'avons pas de budget pour ce genre de sorties !

— Vous m'avez demandé de formaliser ma demande, de remplir les documents administratifs et de vous les soumettre pour avoir votre accord.

— Et je vous les rends, en refusant votre demande.

— Vous devez argumenter. Par écrit, précisai-je.

Face à lui, ma colère prenait le pas sur ma nervosité. Les poings serrés, je soutins son regard, le défiant de me tenir tête. Depuis mon arrivée dans cet établissement, toutes mes demandes - pédagogiques ou d'ordre personnel - avaient été refusées. Soit cet homme ne prenait jamais aucune décision, soit il avait une dent contre moi.

— Il n'y a pas de budget, répéta-t-il en approchant de moi. Vous réalisez qu'il faut louer un bus pour la journée, payer les entrées pour le musée et demander à certains de vos collègues de vous accompagner ?

— Ça reste un budget raisonnable.

— Ça reste un budget, tout court.

— Peut-être qu'on pourrait rogner sur celui de l'association sportive ? Je veux dire, si notre équipe ne va pas au bout de la compétition, on pourrait certainement…

— La répartition des subvention est validée depuis un an. Et l'équipe ira au bout, vociféra-t-il.

— Valentine ?

La voix de Luke me fit sursauter. Il se posta près de moi, toisant Muller. Ce dernier recula légèrement, et son regard passa de Luke à moi. Sa colère semblait être retombée, ou peut-être que l'intervention de Luke l'avait rendu muet.

— Pardon de vous avoir interrompus, mais nous avons un rendez-vous, et je ne voudrais pas qu'on soit en retard.

Il pivota vers moi, ses yeux bleus pétillants plongeant dans les miens. Je retins mon souffle lorsque sa main se posa dans le bas de mon dos et que son corps se pressa contre le mien. La tension entre Muller et moi s'était estompée, et je devais admettre que mes muscles et mes poings se détendaient peu à peu à proximité de Luke. Généralement, c'était tout l'inverse, et les contacts physiques me crispaient plus qu'autre chose.

Muller fit un pas en arrière, dévisageant Luke comme si un troisième œil lui poussait sur le front.

— Tu es prête ? demanda Luke.

Je me contentai de hocher la tête, toujours perturbée par mon affrontement avec le principal. Je tentai de retrouver mon souffle, en vain. Muller et son agressivité m'avaient volé toutes mes forces.

— Cette conversation n'est pas terminée, promit Muller, les dents serrées. Votre comportement ici, depuis quelques semaines, n'est plus acceptable.

— Et votre comportement, depuis que je vous observe, n'est pas acceptable non plus, intervint Luke en faisant un pas vers lui.

Luke surplombait largement le principal qui paraissait encore plus petit et bedonnant. Une pointe de panique me vrilla l'estomac ; Luke voulait m'aider, mais je savais déjà que j'allais payer cher son intervention menaçante. Muller battit en retraite, m'adressant un regard sombre et évitant soigneusement celui de Luke. À la façon dont il claqua la porte vitrée derrière lui, je compris que l'humiliation avait décuplé sa colère.

— Tu n'aurais pas dû, dis-je finalement.

— C'est vrai. Mais lui non plus. J'ai estimé qu'il avait commencé et lancé les hostilités. Tu crois que je lui ai foutu la trouille ? rit-il en se tournant vers moi.

— Possible. Je le saurai lundi, quand il trouvera un nouveau moyen de me pourrir la vie.

— Parce que c'est une habitude ?

— Apparemment. On y va ?

Sans attendre sa réponse, je me dirigeai vers sa voiture et m'installai dans le fauteuil passager. À son tour, il grimpa dans la voiture et, sans ajouter un mot, démarra. Le trajet était court, pourtant le silence de plomb dans la voiture me donna la sensation qu'il dura une éternité. De temps à autre, je jetais un coup d'œil vers Luke, ne voyant que ses mâchoires serrées et sa mine contrariée.

— Merci, chuchotai-je, mal à l'aise.

— Pour ?

— Pour Muller. Et pour me conduire au garage. C'est vraiment gentil de ta part. Je ne t'ennuierai plus à l'avenir.

— Qui a dit que tu m'ennuyais ?

— Tu as l'air agacé.

— Je suis agacé parce que cet abruti de principal ne devrait pas te parler ainsi. Et je suis agacé parce que tu as laissé entendre que ce n'était pas la première fois.

— C'est sans importance. Je crois juste que Muller ne m'aime pas.

— Et je crois que ça aussi ça m'agace, sourit Luke. Parce que, moi, je t'aime bien, et que je suis le genre de type qui n'aime pas être contredit.

— Ça, j'avais remarqué, rétorquai-je en retenant un rire.

Il s'arrêta à un feu rouge et en profita pour se tourner vers moi. Il scruta mon visage, un sourire énigmatique sur les lèvres. Je me sentais curieusement mise à nu et craignais déjà sa prochaine remarque. C'était ma principale difficulté avec Luke : il était imprévisible. Là où la plupart des gens auraient abandonné et m'auraient mise de côté, il se montrait insistant.

— Pourquoi tu te retiens ? demanda-t-il subitement.

— Je me retiens de quoi ?

— De sourire, de rire. De parler. Je veux bien croire que je fais peur à ton abruti de principal, mais je refuse de croire que je te fais peur à toi.

— Tu ne me fais pas peur, dis-je d'une voix si assurée qu'elle me surprenait.

— Alors ne te retiens pas. En tout cas, pas avec moi. C'était quoi le problème avec Muller ? demanda-t-il en redémarrant.

— Oh ! euh, je voulais organiser une sortie pour une de mes classes de troisième. Mais apparemment il n'y a pas de budget.

— C'est juste une question d'argent ? Parce que je pourrais facilement…

— Luke, non. Ce n'est pas… Ce n'est pas l'argent, car

je suis certaine qu'il pourrait trouver une solution pour m'aider. Je crois qu'il n'a pas une haute opinion de qui je suis ni de ce que je fais.

Je me triturais les doigts. L'avis de Muller sur mon travail ou sur moi m'importait peu. Mais qu'il refuse d'organiser cette sortie et d'aider les élèves me mettait en colère. J'avais choisi cette vie, choisi d'être à l'écart et solitaire, mais je refusais qu'il s'en prenne aux autres. Eux n'avaient rien demandé.

— Il ne jure que par sa précieuse association sportive, continuai-je en ruminant ma colère. Apparemment, il vaut mieux être sportif qu'artiste pour plaire aux gens.

— Crois-moi, même les sportifs sont parfois méprisés.

Le souvenir de la presse se déchaînant contre mon père me revint douloureusement en mémoire. Adulé et reconnu de tous, il pouvait parfois, en un match, ou seulement un geste maladroit, devenir un paria. Aujourd'hui, tout le monde l'avait oublié. Il avait apporté du bonheur et de la joie à des hordes de supporters pendant des années mais, depuis la fin de sa carrière, il n'était plus qu'un lointain souvenir.

— Je sais, murmurai-je.

— Nous sommes éphémères. J'ai toujours su que je l'étais. C'est d'ailleurs pour ça que je passe mon temps avec toi. Histoire de rester inoubliable pour quelqu'un.

— Luke, tu as une tripotée d'amis. Stella, Adrien, Céleste… Et tout un tas de gens que je ne connais pas mais qui, j'en suis certaine, te considèrent déjà comme inoubliable.

— Certainement. Mais ils me connaissent depuis toujours.

— Et ? C'est une chance d'avoir des amitiés si durables.

— Une chance ? répéta-t-il en riant. Ces gens connaissent le pire de moi-même, ils racontent mes moments les plus honteux ou se moquent de mes interviews de fin de match.

Ils retiennent ce que j'aimerais oublier, justement ! C'est l'enfer. Ces gens sont mon enfer personnel.

Il prit sur la gauche, et nous entrâmes sur le parking attenant au garage. À nouveau, Luke se tourna vers moi. Il arborait une mine sérieuse, et j'en fus presque désarçonnée.

— Tu vaux plus que Muller. Beaucoup plus et sans aucun doute.

— Merci, soufflai-je.

— Et je crois qu'on est tous plus ou moins faits pour oublier les mauvais souvenirs et conserver les bons. Je me souviens très bien de ma première victoire, mais j'ai décidé d'oublier toutes mes défaites. Tu verras : bientôt, ce type, ce Muller, sera lui aussi un mauvais souvenir.

— Et tu espères être un bon souvenir ?

— J'aimerais bien, histoire de rester inoubliable pour toi. Enfin, si tu me laisses une chance…

— Luke, je ne sais pas si… Ma vie est compliquée, je t'assure. Tu devrais plutôt profiter de ta retraite, prendre du temps avec Stella et les autres, t'amuser et passer de bons moments…

— C'est ce que je fais. J'aimerais bien avoir des souvenirs avec toi. En quoi est-ce si surprenant ? demanda-t-il avec un sourire éblouissant.

— C'est nouveau.

— L'amitié ?

— Les souvenirs.

Il me fixa à nouveau, l'air perdu cette fois. Je rivai les yeux sur mes mains nouées, me sentant pathétique et seule. Je retins mes larmes, consciente que cette petite révélation allait générer de nouvelles questions. En prime, j'aurais sûrement droit au regard désolé et triste qu'on m'offrait en permanence. Je n'avais jamais eu de doutes sur les choix que j'avais faits. Évidemment, maintenant, dans cette voiture, sous le regard de Luke qui me connaissait depuis quelques jours, le château de cartes qu'était ma vie était ébranlé. Tous mes souvenirs étaient liés à mes parents. Ma mère n'était déjà plus là, et bientôt mon père oublierait mon existence même. Je finirais seule, et tout ce qui constituait ma vie s'écroulerait.

Luke posa la main sur les miennes, et je me statufiai.

— On va faire ça ensemble alors, lâcha-t-il. Toi, moi, amitié, souvenirs, desserts, arts. La totale.

Je pinçai les lèvres et relevai mes yeux embués vers lui. Mon cœur manqua un battement et, l'instant suivant, sa main se resserra plus fortement sur les miennes. Ça ressemblait à une promesse, et je me sentis un peu plus légère.

— Tout ça pour te rendre inoubliable, dis-je en reniflant lourdement.

— Tout ça pour *nous* rendre inoubliables. Ça va être génial.

— Tu dis tout le temps ça.

— Parce que ça va l'être. Inattendu, un peu fou et loin de l'ordinaire. Génial.

Il parlait avec une telle assurance que j'avais envie de le croire. Il libéra mes mains et m'offrit un nouveau sourire rassurant. Je me demandais si c'était son arme secrète, si ce sourire lui servait à se sortir de toutes les situations.

— Merci de m'avoir déposée.

Je descendis de la voiture en tremblant, encore sous le coup de ma conversation avec Luke. J'avais pris notre relation pour une sorte de plaisanterie trop longue : lui passait son temps à vouloir s'immiscer dans ma vie, et moi je me débattais avec mes propres démons. Je savais être seule, je ne savais pas être avec quelqu'un.

J'avais des tas de souvenirs. Des souvenirs où j'étais seule.

J'avais des obligations. M'occuper de mon père.

J'avais un métier, une passion. L'art et le dessin me permettaient d'exister.

Et maintenant, de toute évidence, j'avais Luke. Cette idée ne paraissait plus aussi effrayante.

— Tu veux que je t'attende ? cria ce dernier, alors que je lui tournais le dos, marchant en direction du garage.

— Ça ira !

— Tu me dois toujours un dessert.

Je levai les yeux au ciel, me tournant vers lui en hochant la tête. Je ne pouvais pas lui reprocher sa détermination. Nous échangeâmes un sourire, le sien lumineux et superbe, le mien, crispé et maladroit. Pourtant, je vis ses yeux s'illuminer, comme si je lui offrais un cadeau inestimable. Il reprit :

— Et j'ai encore des questions !

— Tu as toujours des questions, répondis-je en reprenant ma marche.

— Je suis d'un naturel curieux. D'ailleurs, j'aimerais savoir ce que tu faisais dans les gradins quand j'avais seize ans et que je m'entraînais !

Je m'arrêtai aussitôt, le souffle court et le cœur menaçant de sortir de ma poitrine. Visiblement, mes tentatives pour être transparente n'avaient pas toutes porté leurs fruits. Luke se souvenait de moi.

Je pivotai, le visage blême ; Luke haussa un sourcil, et mon silence fut la confirmation qu'il attendait.

— Ça va être génial !

Chapitre 9

— Tu plaisantes, n'est-ce pas ?

Stella prit une chips dans le bol devant elle et me dévora des yeux avec curiosité, attendant ma réponse. Adrien me resservit un verre de vin, beaucoup plus dubitatif que sa fiancée.

— Tu dois te tromper, ça ne peut pas être elle, dit-il, incrédule.

— C'était elle, affirmai-je. Elle était dans les gradins à chaque entraînement. En tout cas, à ceux que j'ai suivis avant de partir.

— Et elle l'a confirmé ?

— Inutile, elle était pâle comme la mort, à croire que je venais de découvrir son plus terrible secret.

— Elle était peut-être juste surprise, insista Adrien. Ou peut-être qu'elle n'a pas compris de quoi tu parlais ? Combien de fois as-tu fait des blagues auxquelles je ne comprenais rien ?

Ce souvenir m'était revenu brutalement quand je buvais un verre avec Adrien. Il dissertait sur les filles qui me couraient après et sur notre adolescence, et, soudain, le visage de Valentine, si familier, m'était apparu. Elle. Dans les gradins avec ce même regard azur à s'y noyer. Je n'avais passé que peu de temps à suivre les entraînements du collège, mais j'étais certain que c'était elle.

— Adrien, tu te souviens d'elle ? l'interrogea Stella.

— Absolument pas. Je me souviens du départ de Luke, en janvier, en pleine année scolaire. Je me souviens de certaines de nos âneries, évidemment, et de cette prof de maths que je détestais. Mais, désolé, Valentine est une parfaite inconnue pour moi.

— Comment on peut oublier quelqu'un ? reprit Stella. C'est... impensable. Et horrible.

— Ça fait quasiment dix-huit ans, répondis-je. On fréquentait le même cercle d'amis depuis des années. On n'a juste... pas fait attention.

— Mais elle aurait pu nous le dire, remarqua Adrien. Je veux dire, vous êtes amies, non ? demanda-t-il en se tournant vers Stella. Elle aurait pu te dire qu'elle et moi avions fréquenté le même collège.

Stella resta silencieuse et attrapa son verre de vin, perdue dans ses pensées. Elle avait toujours été la femme la plus chaleureuse et aimante que je connaissais. Se confier à elle était d'une facilité déconcertante. Aussi, elle devait être déstabilisée de découvrir que Valentine lui avait caché ce secret.

— Je crois qu'elle n'a rien fait pour qu'on se souvienne d'elle, intervins-je finalement.

— Ton côté Sherlock commence à me foutre un peu la trouille, tu sais !

— Comment ça, rien fait ? s'enquit Stella.

— Elle te l'a dit, non ? Elle n'a pas vraiment d'amis. Et puis, quand je l'ai raccompagnée chez elle, je lui ai dit que ça me rappelait mes seize ans, et elle n'a pas réagi. Ça avait l'air complètement nouveau pour elle.

— Ou elle a juste pensé que tu la draguais et elle a voulu épargner ton ego, proposa Adrien.

— Tu sais très bien que je veux juste être ami avec elle. Draguer Valentine, c'est impossible de toute façon. Elle est hermétique au reste du monde. C'est à peine si elle s'autorise à sourire.

Il y eut un court silence autour de la table basse. Stella semblait consternée par ce que je venais de lui raconter, pendant qu'Adrien cherchait encore une explication rationnelle. De mon côté, je culpabilisais un peu, de ne pas l'avoir reconnue tout de suite et surtout d'être passé près d'elle pendant mon adolescence sans même lui avoir prêté attention. Cette indifférence avait dû être insoutenable.

— C'est horrible de vivre comme ça, murmura Stella.

— J'ai dit à Luke de l'inviter à dîner. On pourra lui poser des questions comme ça !

Stella abattit violemment sa main sur la cuisse de son fiancé, avant de le fusiller du regard. Il avala sa chips à toute vitesse et m'adressa un regard perdu.

— Quoi ? fit-il.

— Pas de questions, commentai-je. Ça la braquerait encore plus alors que je veux justement lui montrer qu'elle peut me faire confiance.

— Un jour ou l'autre, il faudra que tu m'expliques pourquoi tu tiens tellement à devenir ami avec elle. Tu peux avoir toutes les filles que tu veux.

— C'est faux, protestai-je. Je ne peux pas avoir Stella !

Adrien me lança un regard menaçant, avant d'entourer la taille de sa future femme. Il embrassa sa tempe, et Stella eut un sourire ravi. Je secouai la tête, buvant une nouvelle gorgée de mon vin. Stella et Adrien étaient si heureux que les voir ensemble me rendait, moi aussi, heureux.

— Vous avez fixé une date ? demandai-je.

— Tu fais quoi dans trois semaines ? m'interrogea Adrien. Je veux dire, hormis sauver les âmes perdues de la ville ?

— Ça dépend. Est-ce que j'ai vraiment envie d'assister à votre bonheur éclatant ?

— Je suis certain que non, mais ça nous fera un chouette souvenir : celui où j'ai enfin embrassé une fille avant toi, rit-il.

— Stella, un seul mot de ta part, et on part ensemble pour l'Australie. Je t'assure, on prend la jeep, je trouve le moyen de louer un jet et je t'arrache à cet homme.

— Je me suis attachée, répliqua-t-elle en embrassant Adrien sur la joue. Je l'aime bien. Avec ses mauvaises blagues et son ego abîmé.

Ils échangèrent un regard et, en une seconde, j'eus la sensation d'être de trop. Adrien était en pamoison devant Stella, un vrai tournesol qui avait trouvé son soleil. Je les enviais presque. Ça devait être fantastique de savoir que quelqu'un était toujours là pour vous, de façon inconditionnelle. Sans cacher mon sourire, je marmonnai :

— J'aurais essayé. Et j'essayerai encore, tant qu'elle n'aura pas dit oui, prévins-je Adrien.

— C'est terrible pour toi, n'est-ce pas ? Qu'une fille, une seule, soit totalement… immunisée contre ton sourire dévastateur, répondit-il avec orgueil.

— Ça, je peux m'en remettre. Ce que je ne comprends pas, c'est pourquoi elle veut finir sa vie avec toi.

— Va te faire foutre, mec. Tu sais quoi ? Maintenant que j'y pense, on peut dire qu'il y a deux filles qui sont parfaitement hermétiques à ton physique avantageux : Stella et Valentine.

J'échangeai un regard avec Stella, son sourire habituel s'affaissant peu à peu. Même si Adrien avait choisi d'en faire un sujet de plaisanterie, Stella était touchée par notre découverte sur Valentine. Cela avait sûrement exacerbé son instinct maternel et protecteur. Adrien se leva du canapé, proposant d'apporter de quoi manger.

— Invite-la à dîner, dit-elle finalement. Tentons de rattraper tout ce temps perdu.

— Je ne suis pas certain qu'elle accepte.

— Elle acceptera. Elle n'est certainement pas hermétique à ton sex-appeal. Personne ne l'est vraiment, continua-t-elle après s'être assurée qu'Adrien était hors d'atteinte.

— Personne ? ris-je.

— Personne. Crois-moi.

Je lui offris mon sourire le plus large et le plus lumineux. C'était puéril, mais j'adorais rendre chèvre Adrien, et son principal point faible se tenait devant moi. C'était un sacré veinard et ça, je ne le lui dirais jamais.

— Stella, ma jeep est garée juste devant, chuchotai-je, conspirateur.

— Je sais. Tu dois d'ailleurs t'en servir pour amener Valentine manger une glace. Je crois qu'elle a autant besoin de toi que tu as besoin d'elle.

— D'après toi, j'ai besoin d'elle ?

— Évidemment. Sinon pourquoi est-ce que tu passerais ton temps avec elle ?

Stella se contenta de sourire, tandis qu'Adrien revenait triomphant de la cuisine, un plateau de fromages à la main. Alors que nous mangions, parlant du mariage et des projets en cours de Stella, la remarque de cette dernière tournait en boucle. Adrien avait raison sur un point : je ne savais pas expliquer mon attirance pour Valentine. J'aurais pu la laisser à sa vie, comme elle me l'avait demandé plusieurs fois, mais cette seule idée me tirait une grimace de frustration.

Elle avait besoin de moi. Parce qu'elle était seule, intimidée et mystérieuse.

Et j'avais besoin d'elle. Parce que, sans le vouloir, elle donnait un objectif à ma nouvelle vie, m'évitant de gamberger sur mon avenir.

Après notre dîner improvisé à base de fromages et de quelques fruits, je rejoignis la maison de Valentine pour notre rendez-vous. Pendant une minute, en constatant que toutes les lumières étaient éteintes, j'hésitai.

Peut-être qu'elle voulait vraiment être seule.

Peut-être que je devais la laisser tranquille et me trouver une véritable occupation.

Profitant de la lumière rasante du coucher de soleil, je remontai l'allée sinueuse jusqu'à sa porte. Maintenant que j'étais là, autant affronter ma petite prise de conscience et lui laisser le choix. À ma grande surprise, elle ouvrit la porte avant même que je sonne et apparut devant moi, habillée d'une robe longue fleurie et d'une veste en jean. Pour la première fois depuis que je l'avais rencontrée, Valentine faisait son âge.

— Tu es… C'est très joli. Enfin, tu… Tu es très jolie.

— Merci. Céleste m'a donné cette robe il y a des mois, je me suis dit que… Enfin, que c'était l'occasion de la mettre.

— Si j'avais su, j'aurais fait un effort aussi.

Elle m'adressa un sourire embarrassé, et je m'en voulus de ne pas la mettre plus à l'aise. Elle se montrait plus ouverte qu'elle ne l'avait jamais été avec moi, et j'agissais comme un idiot.

— D'ailleurs, je me disais… Enfin, j'ai réfléchi et je me suis rendu compte que j'avais peut-être été insistant avec toi.

— Peut-être ? répéta-t-elle avec une pointe de sarcasme dans la voix.

— Sûrement, en fait. Je ne voulais pas paraître abrupt, ou pénible. Et peut-être... En fait, je crois que je cherche à combler une sorte de vide, et c'est tombé sur toi. Je réalise maintenant que ce n'était pas si altruiste que ça.

— Et ?

— Et je devrais te laisser choisir, en fait. Te laisser vivre comme tu le veux...

— J'ai mis une robe, Luke. Ce que je n'avais pas fait depuis ma sixième. Alors, évite d'avoir des états d'âme. On peut certainement s'aider mutuellement à combler un vide.

Elle m'offrit un large sourire, me rassurant sur son état d'esprit. Elle avait confiance en moi, et cela suffisait à me faire oublier mes doutes. Je glissai les mains dans mes poches et m'effaçai pour la laisser passer.

— On prend ta voiture, dit-elle en saisissant un sac à main. Il n'y a aucune chance que tu rentres dans celle que le garage m'a prêtée.

Elle ferma la porte derrière elle, et je la suivis, sa robe flottant derrière elle dans un mouvement fluide, un doux parfum de noix de coco dans son sillage. J'avais laissé une Valentine hagarde et pâle, j'en retrouvais une déterminée et solaire.

— Tu as une adresse préférée ? demandai-je en démarrant la voiture.

— Pas vraiment.

Le trajet vers le centre-ville ne nous prit que quelques minutes. Nous n'échangeâmes pas un mot mais, contrairement à notre trajet précédent, le silence n'était pas pesant. Peut-être parce que Valentine ne se tordait plus les mains de nervosité et parce que j'avais réussi à percer un premier mystère, quand je m'étais finalement souvenu d'elle.

— Je vais prendre vanille et praliné, s'il vous plaît, lança Valentine au jeune garçon derrière le comptoir. Dans un pot.

Mes yeux parcoururent la liste des parfums et s'arrêtèrent sur les sorbets. Je mis quelques secondes à faire un choix, avant qu'un serveur m'offre son attention.

— Citron et fruits de la passion. Supplément chantilly et brisures de biscuits. Dans un cône, évidemment.

— Évidemment ? répéta Valentine, près de moi.

— Manger une glace dans un pot, c'est comme… Je ne sais pas… Comme faire une course de cinquante mètres et ne pas marquer l'essai. Ça manque un peu de panache.

— Vraiment ? Tu donnes un sens philosophique à un pot de glace ?

— J'aimerais bien être un type de ce genre. Brillant et subtil. En fait, je crois juste que je compense des années de frustration et de régime draconien. Merci, dis-je à l'intention du serveur.

Je réglai nos deux desserts, et nous retrouvâmes la rue piétonne. La météo clémente incitait les promeneurs à flâner. Nous marchâmes en silence quelques instants, avant que Valentine prenne la parole.

— Alors, cette glace ?

— Aussi culpabilisante que je l'imaginais. Je crois que ça va me prendre un peu de temps avant de savourer normalement un dessert ou un bon petit plat.

— Le sport de haut niveau nécessite quelques sacrifices.

— La nourriture n'est pas le pire. Il y a… les sorties entre amis, les week-ends avortés, tous les événements que j'ai pu louper, être sous le feu des projecteurs, subir les journalistes. C'est aussi éprouvant que gratifiant.

— Tu veux goûter ?

Valentine me tendit sa glace et, avec la minuscule cuillère fichée dans la vanille, je dégustai les deux parfums. À mon tour, je partageai mon cône avec Valentine et, après une seconde d'hésitation, elle mordit dans ma glace.

— Tu sais ce que je suis en train de me dire ? soufflai-je, alors qu'elle passait l'index sur la commissure de ses lèvres.

— Quoi ?

— Qu'on va devoir revenir ici jusqu'à ce qu'on ait testé tous les parfums et toutes les combinaisons possibles.

— Ça va être difficile.

— Parce que tu refuses de privatiser toutes tes soirées pour moi ?

— Parce que tu finiras par rentrer en Australie. Ton séjour est à durée déterminée.

— Pas grave. Je reviendrai plus régulièrement et je propose donc qu'on en fasse un rituel. Un truc qui n'appartient qu'à toi et moi.

Elle eut un petit sourire, et je le pris pour un assentiment. Avec Valentine, chaque sourire sonnait comme une petite victoire. Après un nouveau silence, ma curiosité se réveilla. Valentine arborait une attitude plus coopérative et plus ouverte, c'était le moment d'obtenir les réponses que j'attendais.

— Pourquoi tu n'as rien dit ? l'interrogeai-je.

Elle me jeta un regard et sut immédiatement de quoi je parlais. Valentine inspira profondément, comme si elle s'apprêtait à se jeter dans le vide.

— J'avais oublié, murmura-t-elle.

— Oublié ?

— Ça m'est revenu sur la plage, après notre conversation.

J'avais vraiment oublié, plaida-t-elle. Je n'ai passé qu'un an dans ce lycée et je crois que tu es parti en cours d'année, non ?

Je hochai la tête, tentant de creuser dans les méandres de mon cerveau pour découvrir de nouveaux souvenirs. Hormis sa silhouette assise dans les gradins, rien ne me revenait. C'était très frustrant.

— Je crois que nous n'avons jamais parlé, et hormis ce souvenir de cours d'histoire…

— D'histoire ? Tu veux dire qu'on a été en cours ensemble ? demandai-je.

— Seulement en histoire. Soutien, je crois. J'étais réfractaire aux dates.

— Coupable. La chronologie des grands rois français reste toujours une énigme pour moi.

Nous échangeâmes un bref sourire, aussi désolés l'un que l'autre d'avoir oublié ce pan de notre scolarité. Je ne pouvais pas la blâmer de n'avoir rien dit quand, moi, j'avais complètement oublié que nous avions eu un cours en commun.

— J'étais derrière toi, ajouta-t-elle avec une pointe de nostalgie.

— Et dans les gradins.

— Je dessinais. C'était l'un des rares endroits calmes du lycée. Et j'aimais le rugby.

— Et tu étais toute seule ? insistai-je.

— Oui, toujours.

— Tu as passé ton adolescence toute seule ?

Ça me semblait tellement improbable et incroyable que j'avais besoin de l'entendre dire. Je ne pouvais pas croire qu'elle était seule alors que la grande majorité d'entre nous gravitait en petits groupes soudés. Soudés et impénétrables, peut-être que cela expliquait sa solitude.

— J'ai fréquenté beaucoup d'établissements différents, continua-t-elle. On bougeait beaucoup, avec mes parents.

— Les cinq années à l'étranger.

Peu à peu, les éléments du puzzle s'emboîtaient. Les déménagements, la solitude, la détection de mon accent... Valentine m'avait laissé des indices, je n'avais juste pas su les mettre dans le bon ordre pour découvrir son histoire.

— J'ai passé la fin de ma scolarité en Australie. Je me souviens que ça n'a pas été simple de me faire de nouveaux amis. J'avais mes coéquipiers dans l'équipe, mais il y avait toujours une concurrence sous-jacente entre nous. Mes vrais amis sont restés ici.

— Au moins, tu en avais, murmura-t-elle.

Elle gratta un peu de sa glace, se perdant dans ses souvenirs d'adolescence. À sa mine triste et son regard vague, je compris qu'il ne s'agissait pas de souvenirs heureux. Je demandai :

— Tu as bien dû t'en faire quelques-uns, non ? Au moins de passage ?

— Pas vraiment. J'ai... J'ai fait le choix de ne pas m'attacher.

— Jamais ? m'exclamai-je.

Valentine secoua la tête, me faisant grimacer d'effroi. J'aurais pu comprendre qu'elle n'ait pas réussi à s'intégrer, qu'aller et venir en permanence était un frein à toute relation durable. Mais qu'elle ait sciemment choisi de rester loin de tout le monde...

— C'était beaucoup plus simple comme ça. J'arrivais dans un endroit, je restais dans mon coin, et quand nous repartions je n'avais ni amertume ni regrets. Je ne manquais à personne, et personne ne me manquait.

— Je crois que les sociopathes pensent de la même façon que toi.

Elle rit doucement, reprenant une bouchée de sa glace pendant que la mienne fondait sur mes doigts.

— J'hésite entre être impressionné ou atterré. Je n'aurais jamais survécu à l'adolescence sans Adrien ou Stella. C'est comme traverser une tempête. Il faut de l'aide pour ça.

— J'en avais. J'avais mes parents. Ils ont été mes amis pendant tout ce temps.

Elle haussa les épaules, comme si la situation n'avait rien de dramatique. Cela expliquait pourtant son attitude actuelle, ses réticences à nouer des liens, son incapacité à communiquer facilement ou à me regarder dans les yeux. La crainte se mêlait à l'inexpérience. Dans la vie de Valentine, les relations humaines étaient optionnelles.

— Eh bien, maintenant je suis atterré.

Elle rit de nouveau et s'arrêta pour finir son pot et le jeter dans une poubelle. Elle frotta ses mains l'une contre l'autre et plongea son regard azur dans le mien. Après ses explications, j'y décelai maintenant une pointe de fragilité.

— Honnêtement, je n'ai pas eu une enfance malheureuse. Et mon adolescence a sûrement été moins chaotique de cette façon.

— L'adolescence, c'est fait pour être chaotique. C'est le seul moment de notre vie où on a le droit de faire des âneries sans que ça porte vraiment à conséquence.

Troublé, je me refaisais le film de nos conversations ; mes blagues quand je l'avais raccompagnée chez elle, ses tentatives pour me repousser, son refus de demander de l'aide et son aveu sur les souvenirs. Cela m'acheva un peu plus. J'abandonnai mon cône dans la poubelle à mon tour et, sans attendre son avis, je pris Valentine contre moi et lui offris une étreinte réconfortante.

Tout son corps se raidit, et c'est à peine si je sentis ses

bras entourer ma taille. Je respirai son parfum de soleil et de noix de coco, laissant le vent marin faire voler sa longue chevelure.

— Désolé, soufflai-je en me reculant. C'était… instinctif. Merci de m'avoir parlé de tout ça.

— Tu es le premier à qui j'en parle. À vrai dire, tu es le premier à être aussi insistant.

— Déformation professionnelle : je ne lâche jamais rien.

Son visage s'éclaira d'un sourire heureux, comme si elle était soulagée de s'être confiée. Je repoussai les cheveux qui barraient son visage, sentant ses joues chauffer contre mes doigts. Sans son masque de froideur et d'inquiétude, Valentine se révélait jolie et touchante. Elle pinça les lèvres, mal à l'aise, pendant que je me contentais de sourire, déjà ravi de mon idée.

— Quoi ? fit-elle, inquiète.

— On va devoir rattraper certaines choses et te créer de vrais souvenirs.

— Ensemble ?

— Ensemble. J'ai déjà une petite idée de la suite de notre soirée.

Je lui offris mon fameux sourire irrésistible, me retenant de la serrer à nouveau contre moi. À cet instant, j'étais certain que Valentine et moi allions développer une amitié durable et forte, une amitié composée de souvenirs communs, de rires insensés et de glaces délicieuses.

— Ça va être génial, ajoutai-je.

Chapitre 10

En temps normal, le sourire communicatif de Luke était rassurant. Ce soir, pourtant, alors que nous rebroussions chemin en direction de sa voiture, son sourire était plus énigmatique, comme s'il se réjouissait d'une idée tordue qu'il venait d'avoir. Et c'était tout sauf rassurant. Il ressemblait à un gamin fier d'une bêtise à venir.

Il posa la main dans le bas de mon dos, m'encourageant à accélérer le pas. Nous bousculâmes un groupe d'adolescents, et Luke s'excusa d'une voix forte, sans s'arrêter de marcher.

— Je peux savoir où on va ? l'interrogeai-je, alors qu'il déverrouillait la voiture.

— Faire un truc spontané et un peu scandaleux.

Il haussa un sourcil et, en un quart de seconde, j'envisageai une multitude de scénarios : du bain de minuit aux courses de voiture, en passant par un cambriolage express ou une fuite improvisée façon *road trip* à travers l'Europe.

— On a besoin de munitions, dit-il, comme s'il réfléchissait à voix haute.

— De munitions ?

Je refoulai une première vague de panique. Quand Luke me lança un regard pétillant de malice et rieur, une seconde vague me submergea. Il sortit de la ville et prit la direction de l'autoroute. Apparemment, l'option du *road trip* se dessinait de plus en plus.

— Luke, tu ne veux pas me dire ce que tu comptes faire ?

— Tu ? Ah non, on fait ça ensemble !

— Ça, quoi ? m'enquis-je, alarmée.

— Ton premier vrai souvenir de l'adolescence. Avec quelques années de retard, certes.

— Le premier ?

Je devais avoir l'air d'une parfaite idiote, à répéter en boucle les maigres informations que Luke me donnait. Ce n'était pas tant son idée qui m'effrayait que la perspective de perdre le contrôle. C'était la première fois que je confiais mon destin à quelqu'un. Et je connaissais ce quelqu'un depuis moins d'une semaine. Je devais perdre les pédales. Ou peut-être était-ce parce que je savais qu'il ne resterait pas durablement dans ma vie. Je pouvais prendre le risque de me laisser approcher puisque son départ était inéluctable.

— Le premier, confirma-t-il. J'ai l'intention de t'en faire revivre... Enfin, vivre, un certain nombre.

Il frotta sa légère barbe de sa main, se réjouissant silencieusement de ce qu'il avait en tête. J'aurais aimé en faire autant, mais j'étais bien trop inquiète.

— Ce que tu as vécu à ton adolescence n'est pas normal, continua-t-il.

— C'était normal pour moi.

— Valentine, tout le monde a des souvenirs de son adolescence.

— J'ai des souvenirs.

— De vrais souvenirs. Ceux qui font rire ou pleurer, ceux qui te font honte ou qui te rendent fière, ceux qui font qu'on passe à l'âge adulte. Donc, on va t'en fabriquer un, affirma-t-il, déterminé.

— Lequel ? Celui qui fait honte ? Ou celui qui rend fier ?

— Les deux.

Il me jeta un coup d'œil, et je réalisai que j'étais encore plus perdue qu'avant. Sentant sûrement mon malaise, il posa la main sur la mienne et la pressa. Je n'osais plus bouger, les yeux rivés sur la route devant nous.

— Je ne vais pas te demander de sauter dans le vide, plaisanta-t-il. En tout cas, pas ce soir…

— La sensation est pourtant la même, murmurai-je, le cœur battant dans ma poitrine à m'en faire mal. Et comment ça « pas ce soir » ?

— Eh bien, vu que j'ai prévu de t'en faire vivre plusieurs, je propose qu'on garde le saut dans le vide pour plus tard. Très tard, précisa-t-il en voyant ma mine effrayée.

Il libéra ma main et bifurqua à gauche, se garant sur un parking de supérette ; le scénario du braquage se précisa un peu plus. Luke descendit de la voiture et, constatant que j'étais toujours assise et immobile sur le siège passager, ouvrit ma portière.

— Après toi, fit-il avec son sourire habituel.

— Luke, je ne crois pas que…

— Tu ne crois pas, et moi je sais. Viens !

Il tendit la main et attendit patiemment que j'y glisse la mienne. Je fis de mon mieux pour camoufler mes tremblements et lui offris un pâle sourire. En temps normal, j'aurais pris la fuite dans la minute et j'aurais ensuite fait tout mon possible pour éviter Luke et son sourire ensorcelant. Pourtant, pour une raison que j'ignorais - peut-être ce fameux sourire ensorcelant –, j'avais confiance en Luke. Je lui avais confié quelques secrets et, même s'il ne le savait pas encore, j'avais plus parlé avec lui en quelques jours qu'avec Stella en plusieurs mois.

Peut-être parce que nous avions des trajectoires similaires, vivant l'un comme l'autre à l'écart des autres et cherchant désormais quoi faire de nos vies.

Entrer et cavaler dans une supérette avec Luke était une expérience. Lui, avec ses presque deux mètres et ses longues enjambées, moi, le suivant péniblement, ma main dans la sienne. Quand il s'arrêta devant le rayon qu'il convoitait, je le fixai, sans comprendre.

— Prends tout ce que tu peux, m'indiqua-t-il.

— Luke !

— Pas de questions. Prends tout.

Je m'exécutai, amassant tout ce que je pouvais entre mes bras. Luke m'imita et, quelques secondes plus tard, nous étions à la caisse, étalant notre butin improbable sur le tapis. Le regard du caissier passa de nos achats à nous, avant de revenir à nos achats. Je me demandais maintenant si je n'aurais pas été plus à l'aise avec un braquage.

Luke paya nos courses express, et nous retournâmes à sa voiture. Avant de redémarrer, il tapa un message sur son téléphone et attendit patiemment que son correspondant lui réponde.

— Tu ne vas rien me dire ? l'interrogeai-je.

— Bien sûr que non. Inquiète ?

— Un peu, admis-je, dans un demi-mensonge.

— Tu peux toujours descendre ici, proposa-t-il en désignant la portière d'un mouvement de menton.

C'était tentant. Mais ma curiosité prenait désormais le pas sur la peur. Je n'avais jamais vraiment eu de regrets sur mon adolescence ; j'adorais mes parents, j'adorais notre vie à trois, mais je devais admettre que mon choix, très rationnel, m'avait fait manquer un tas de choses. C'était sans importance à l'époque ; mais, maintenant, ses conséquences limitaient toute ma vie, m'enfermaient dans cette maison trop grande et m'empêchaient même de me faire des amis.

— Je vais rester, dis-je d'une voix assurée.

— Bon choix.

— Ça va être génial ? fis-je avec un sourire heureux.

— Tu vas t'en souvenir toute ta vie. Ah, voici la réponse que j'attendais.

Il lut rapidement le message qu'il venait de recevoir avant de lancer son GPS et d'inscrire une adresse. Je fronçai les sourcils et ne retins pas la remarque qui me venait :

— Que je ne sache pas où nous allons a l'air de faire partie des règles du jeu, mais que toi tu ne le saches pas...

— Je ferai mieux la prochaine fois. Il faut que tu sois un peu indulgente, j'improvise un plan pour te sauver la vie.

— Me sauver la vie ? Tu veux une cape de super-héros ?

— Un trait d'humour ? Ce plan fonctionne beaucoup mieux que prévu. Allons-y !

La jeep s'ébranla et rejoignit la route. Ma peur était toujours là, dans les battements frénétiques de mon cœur et ma gorge serrée. Mais elle se mêlait désormais à une forme d'excitation, presque du trac. Je n'avais aucune idée de ce qu'on allait faire, mais la seule idée de partager ça avec Luke me tira un sourire.

Très vite, nous sortîmes du centre pour nous retrouver dans un quartier résidentiel, avec des rues bordées d'arbres. Luke ralentit peu à peu, vérifiant l'adresse sur son téléphone, avant de relever les yeux sur la succession de maisons.

— 47, 49, 51... 57 ! dit-il, enthousiaste. On s'arrête ici.

— Un ami à toi ?

— Pas vraiment, non, ricana-t-il. Prends des munitions, me recommanda-t-il en descendant de sa voiture.

— Quoi ?

Je jetai un coup d'œil dehors, avant de me tourner vers la banquette arrière. Lentement, le scénario du plan de Luke se dessinait. Je jetai un œil vers le 57 de la rue. C'était une maison moderne, cernée par un jardin planté d'arbres et d'arbustes. Un rosier grimpant serpentait autour d'un treillage. Le tout était impeccablement entretenu. Je fixai les deux grands saules qui ombrageaient certainement le jardin en plein été. Cette maison respirait la sérénité.

— Tu viens ? m'encouragea Luke en ouvrant ma portière.

— Luke, c'est puéril. Et on risque en plus d'être vus !

— Une pointe de risque ne fait jamais de mal. Et ce n'est pas puéril, c'est... nécessaire et relaxant. Allez, viens ! Tu ne vas quand même pas faire ta trouillarde !

Il tendit la main, et je lui lançai un regard sombre. J'imaginais déjà la police arriver et nous arrêter. La ville était grande mais pas assez pour éviter qu'une rumeur se répande. Même si mon père n'était plus sportif de haut niveau, il restait une célébrité locale, et je portais son nom.

— Tu ne seras pas une délinquante pour autant, reprit Luke, comme s'il lisait dans mes pensées.

— On est chez qui ? Une vieille tante pénible ? Un ancien adversaire de rugby ? Ou peut-être... une ex récalcitrante ?

— Je n'ai aucune tante, ni aucun ennemi.

— Oh ! donc, il nous reste l'ex-petite amie. Intéressant.

— D'une, ce sujet n'est vraiment pas intéressant, crois-moi. Et, de deux, tu tentes de gagner du temps. Descends de cette voiture.

Je poussai un ultime soupir. Mes compétences en communication étaient catastrophiques : je n'étais pas plus en mesure de le détourner de son projet que de lui dire non. Je posai la main dans la sienne, et il noua les doigts autour des miens.

Ce geste intime et nouveau me perturba, et je sentis mon cœur se ratatiner dans ma poitrine.

Cela ne dura que quelques secondes, car Luke me libéra pour ouvrir la portière arrière et récupérer nos achats. Je furetai à droite et à gauche, vérifiant que personne ne nous observait. Je m'humectai les lèvres, tendue et toujours dans le flou sur la raison de notre présence ici.

— Tiens, prends ça !

Sans attendre ma réponse, Luke me lança deux paquets, puis verrouilla la voiture, limitant ainsi mes maigres possibilités de fuite. À son tour, il s'assura que personne n'était dans la rue et, d'un geste de la tête, m'invita à rejoindre le trottoir d'en face.

— Si je dis « go », tu cours le plus vite possible vers la voiture, me prévint-il.

— Quoi ? Mais enfin, Luke...

— Les lumières sont éteintes, il n'est sûrement pas chez lui.

— Il ? répétai-je en espérant enfin une réponse.

— On est chez Muller.

— Muller ? ! criai-je.

Immédiatement, Luke plaqua la main contre mes lèvres pour me faire taire. Mes craintes redoublèrent et ma gorge, déjà sèche, se transforma en désert aride. Luke se baissa légèrement et planta le regard dans le mien avant de chuchoter :

— On est chez Muller. Et on va redécorer son jardin.

J'acquiesçai, sa main toujours contre ma bouche. Je respirais à peine, effrayée à l'idée qu'on se fasse prendre. Je risquais de perdre mon job si Muller nous repérait. Lentement, Luke dégagea sa main de mes lèvres pour la laisser traîner sur ma joue.

— Je n'aime pas la façon dont il te traite, murmura-t-il. Parce qu'il te pousse à rester dans ta coquille, alors que, quand tu en sors, c'est… c'est génial. Tu es une fille géniale, Valentine.

La peur laissa place à un sentiment plus diffus et inédit. Je sentis un frisson courir le long de mon corps, et seul le bruit lointain d'une porte lourdement claquée parvint à me sortir de mon état second. Luke me libéra et plaça les sacs de munitions devant nous.

— Prête ?

J'acquiesçai, envoûtée et un peu hagarde. Luke fut le premier à lancer les hostilités : il déroula quelques feuilles d'un premier rouleau de papier toilette et le lança dans le saule le plus proche. Son tir atteignit facilement les branches les plus hautes et, très vite, les saules débordèrent de papier. De mon côté, je me chargeai de redécorer les arbustes à ma hauteur, épargnant volontairement le superbe rosier.

Luke me regarda faire pendant quelques instants, un grand sourire aux lèvres, alors que je jetais les rouleaux de toutes mes forces. Je me surpris à lui sourire en retour, appréciant cette douce vengeance et prenant un certain plaisir à imaginer Muller découvrir les dégâts au réveil.

— Comment te sens-tu ? demanda-t-il.

— Essoufflée.

Je jetai à nouveau plusieurs rouleaux, avec des trajectoires hasardeuses et pas franchement réussies. Mon épaule droite commençait à me faire mal, mais je devais admettre que le plan de Luke était jubilatoire.

— Tu devrais faire ça plus souvent, commenta-t-il.

— Me venger de Muller ?

— La joie. Ça te réussit. Bien joué, rit-il en voyant mon rouleau accrocher une branche d'un des saules.

Du pied, il poussa le dernier sac de munitions devant moi et croisa les bras sur sa poitrine, admirant ma technique aléatoire. Au bout de quelques secondes, je l'entendis claquer sa langue de désapprobation contre son palais, et il se plaça derrière moi. Il captura ma main droite et arrêta mon geste avant de chuchoter à mon oreille :

— Laisse-moi t'aider. Il te faut plus d'élan.

Luke posa les mains autour de ma taille pour m'attirer contre lui, laissant mon dos épouser son torse. À la vague d'euphorie que j'avais ressentie en jetant les rouleaux succédait une bouffée de chaleur. Très vite pourtant, je compris où il voulait en venir. J'avais vu ce geste un bon millier de fois ; aussitôt, j'entrepris de chasser ses mains de ma taille. En vain, évidemment. Il était bien trop costaud pour qu'une femme fluette comme moi en vienne à bout.

— Luke, non !

— Fais-moi confiance. Et puis, tu dois connaître, non ?

— C'est justement parce que je sais ce que tu vas faire que je ne veux pas que tu le fasses, criai-je en tournant le visage vers le sien.

— Chut, tu vas ameuter les voisins.

— Tu vas te blesser !

Il leva un sourcil goguenard, et je réalisai que ma maigre objection n'avait eu pour effet que de le motiver davantage. Je soupirai lourdement, une fois de plus incapable de résister à son sourire.

— Honnêtement, j'en ai soulevé certains qui devaient peser deux fois ton poids, au bas mot ! Et toi, au moins, tu sens bon.

— Je ne veux pas faire l'ascenseur ! grognai-je, mécontente.

— Quelques minutes seulement, histoire de parfaire le chef-d'œuvre.

— Luke, je te préviens : si tu me soulèves, je…

Ma phrase mourut dans un cri de terreur, alors que

mes pieds ne touchaient plus le sol. Luke me portait avec facilité, les mains fermement accrochées à ma taille. Mon cœur descendit au fond de mes talons, palpitant à la fois de peur et d'excitation. Je jetai un premier rouleau de toutes mes forces. Il atterrit en haut du second saule et se déroula la seconde suivante. Le deuxième échoua à percuter une branche et finit au sol.

— C'est le dernier, m'encouragea Luke.

Il me fit encore gagner quelques centimètres, me tenant à bout de bras alors que je jetais le dernier rouleau. Il percuta une des fenêtres de la maison, et, soudain, une lumière s'alluma à l'étage. Luke me reposa au sol et, plutôt que de prendre la fuite, dégaina son téléphone pour prendre une photo du jardin.

— Luke ! Faut qu'on y aille ! lançai-je, paniquée, en voyant une deuxième, puis une troisième lumière éclairer la maison.

— Go ! fit-il en prenant ma main pour m'entraîner de l'autre côté de la rue.

Nous courûmes jusqu'à la voiture et, sans prendre le temps de mettre sa ceinture, Luke démarra. Quand je claquai la portière derrière moi, nous avions déjà fait quelques mètres. Luke remonta le pâté de maisons à toute allure, scrutant le rétroviseur et d'éventuels poursuivants. Je pivotai à mon tour, observant le spectacle du jardin redécoré de papier toilette, éclairé par les lampadaires.

Une fois que nous fûmes sortis du quartier et à l'abri, je m'autorisai un large sourire. C'était le truc le plus fou, et peut-être même le plus dangereux, que j'avais jamais fait. Galvanisée et dopée à l'adrénaline, je cachai mon visage dans mes mains et finis par éclater de rire.

— On a vraiment fait ça ? interrogeai-je Luke.

— Vraiment. Ton premier souvenir d'adolescence.

Je fixai son profil, étonnamment sérieux vu les circonstances. Son attention était rivée sur la route, sa main gauche sur le volant, pendant que, de l'autre, il augmentait le volume de la radio, hurlant sa jubilation sur un vieux morceau de rock. Encore sous le choc de ce que nous avions fait, je secouai la tête. Je ne pensais pas être capable d'une telle chose, de braver l'interdit, de prendre des risques et, surtout, d'y prendre du plaisir. Mes joues me faisaient mal de tant sourire. Sûrement le manque d'habitude.

— Je crois que j'ai l'épaule en compote, dis-je.

— Mais ça valait le coup, non ?

— Je crois, soufflai-je.

— En tout cas, pour moi, ça valait le coup : la joie te va vraiment bien.

Son compliment me fit rougir, et il me sembla que mon sourire s'élargit encore.

— Peut-être que c'est toi, maintenant, que j'aurais dû prendre en photo, ajouta-t-il en pivotant furtivement vers moi. Je te ramène chez toi ?

J'acquiesçai, me rejouant la soirée : la glace, les achats improbables à la supérette, la re-décoration du jardin de Muller, mes pieds à vingt centimètres du sol, la main de Luke dans la mienne.

— Merci, murmurai-je.

Ce n'était pas tant pour la soirée que je le remerciais que pour avoir refusé que je le tienne à l'écart. Sans le savoir, il en avait fait plus pour moi en quelques jours que certains en plusieurs années. Ce souvenir-là entrait dans la catégorie de ceux qui font rire et de ceux qui rendent fière.

— Tu avais raison, dis-je après un court silence.

— J'ai souvent raison. Mais je dois admettre que ce soir j'ai été particulièrement brillant.

— Et modeste, donc.

— Faisons une liste, si tu veux. J'ai dit que tu étais jolie, lança-t-il en entamant un décompte avec les doigts. J'ai dit que tu étais géniale. Oh ! j'ai aussi dit que tu sentais bon. Et, sur tout ça, j'ai absolument raison.

— Je ne pensais pas à ce soir en particulier.

Luke s'arrêta à un stop et en profita pour se tourner vers moi ; il me scruta, son sourire de gosse sur les lèvres, ses yeux pétillants de malice et quelques mèches de cheveux s'échappant de son *man bun* habituel - sûrement le résultat de notre course vers la voiture. Dire qu'il était séduisant était loin de la réalité. Certes, son physique de sportif et son air perpétuellement espiègle étaient charmants mais, surtout, cette façon inédite qu'il avait de me parler, avec sincérité et attention, et sa capacité à me convaincre que j'étais capable de tout me troublaient plus que de raison.

— Tu pensais à quoi alors ? demanda-t-il.

Nous échangeâmes un sourire complice, et je compris que ce moment précis était ce que je retiendrais le plus de cette soirée.

— C'était génial, soufflai-je.

Chapitre 11

Après une courte nuit de sommeil, et alors qu'il était encore tôt, je retrouvai Stella dans sa cuisine, déjà debout, occupée à remuer une sauce qui sentait délicieusement bon.

— Tu es levé aux aurores, commenta-t-elle.

Je l'observai quelques secondes : à la fois concentrée et souriante, elle remuait délicatement le contenu de sa casserole avec une cuillère en bois. Stella était une cuisinière-née, et tous les arômes de tomates, d'origan et de viande braisée, qui flottaient dans l'air me rappelaient invariablement les plats de pâtes que sa mère préparait pour l'équipe de rugby du lycée. Depuis, elle était retournée vivre en Italie, et Stella avait pris le relais pour remplir mon estomac.

Je m'approchai et déposai un baiser furtif sur sa joue.

— Le coup de la jeep n'a pas marché. Dis-moi ce que je dois faire pour te soustraire au sinistre individu qu'est mon cousin !

— Me regarder comme il me regarde, rit-elle.

— C'est mission impossible. Adrien te regarde comme si tu étais le soleil !

Stella me lança un regard surpris. Puis elle lâcha sa cuillère et essuya ses mains sur son tablier qui proclamait que tout était meilleur en Italie, avant de s'emparer d'une boîte d'œufs et d'en casser un dans un saladier.

— Comme si j'étais le soleil ? Je ne te savais pas si... lyrique.

Je haussai les épaules. Je n'étais certainement pas lyrique, mais c'était la meilleure image que j'avais pour décrire la relation de Stella et Adrien. Autrefois amis, désormais fiancés et bientôt mariés : le temps avait passé si vite que j'en restais un peu étourdi.

— Il reste du café si tu veux, proposa Stella en cassant un nouvel œuf.

— Tu es une sainte. Tu es certaine de ne pas avoir une sœur, quelque part sur cette planète ?

— Luke, la dernière fois que je t'ai présenté une fille, ça a fini dans les larmes.

— J'avais seize ans ! Je n'étais qu'hormones et rugby.

— Parce que les choses ont changé ?

— Adrien a une très mauvaise influence sur toi, commentai-je en me versant un café. Où est donc passée ta bienveillance ?

— Ce n'est pas ce que je voulais dire, reprit-elle avec une pointe d'excuse dans la voix.

Je bus une gorgée de mon café, regardant Stella casser un nouvel œuf avant de verser de la farine. Elle plongea les mains dans le saladier et commença à pétrir les ingrédients. Même s'il était encore tôt, la perspective du plat de lasagnes qu'elle préparait me donnait déjà faim.

— Adrien m'a dit que tu sortais avec quelqu'un là-bas. Jenny ? Jane ?

— Lane, corrigeai-je. C'est elle qui a fini par partir.

— Oh ! et pourquoi ?

— Parce que je ne la regardais pas comme si elle était mon putain de soleil, sûrement.

— Luke ! s'écria Stella.
— Pardon, je mettrai de l'argent dans la boîte à gros mots.
— Arrête de te dévaloriser. Lane est partie, mais je suis sûre qu'elle a beaucoup plus perdu que gagné dans l'histoire. Tu es un mec bien, quoi qu'en dise Adrien, plaisanta-t-elle.
— Un mec bien qui ne sait pas quoi faire de sa vie. Peut-être que je n'aurais pas dû…
— Prendre ta retraite ?

J'acquiesçai. Séjourner chez Adrien et Stella était génial mais, parfois, quand je les regardais, je ne pouvais m'empêcher de penser que, de mon côté, je n'avais rien d'équivalent : ni foyer aimant, ni petite amie prévenante, ni avenir en commun avec quelqu'un. Je n'avais jamais vécu la solitude. Désormais, elle s'invitait désagréablement dans mes pensées.
— C'est une décision que tu as sans doute mûrement réfléchie, reprit Stella après un court silence.

À nouveau, j'acquiesçai, incapable de prononcer un mot. J'avais pris cette décision seul, sans même en parler à mes amis.
— Si tu la regrettes, tu peux reprendre. Personne n'a dit que c'était irréversible. Avec un peu de chance, tu peux réserver un vol la semaine prochaine pour retourner en Australie.

Elle tourna le visage vers moi alors que je grimaçais. Je n'avais pas envie de rentrer, ni même de reprendre le sport de haut niveau.
— Tu connais le secret des bonnes sauces bolognaises ? me demanda subitement Stella.
— Euh, non. Les tomates ?
— Le temps, il faut du temps, répondit-elle en abandonnant sa pâte pour s'approcher de moi. Beaucoup de temps. De la patience et de l'amour, aussi. Luke, tu es une sauce bolognaise. Il faut que tu te laisses du temps.

— Épouse-moi, Stella.

Elle éclata de rire et dirigea son attention vers sa sauce. D'un mouvement de tête, elle m'invita à approcher d'elle et me fit goûter sa préparation. C'était divin, évidemment. Stella scruta mon visage, et je levai le pouce en signe de validation.

— Et, si vraiment tu ne sais pas quoi faire de tout ce temps, j'ai beaucoup de choses à te proposer, comme convaincre ton cousin d'apprendre la valse pour notre mariage, ou me parler de ta soirée avec Valentine.

— Tu sais, j'ai déjà vu Adrien danser et je ne crois pas que ce soit une bonne idée d'exhiber ses talents le jour de votre mariage.

— Tu veux bien lui en parler quand même ? Il est persuadé que je fais ça pour l'embêter, mais j'aimerais vraiment danser avec lui.

— J'essayerai, promis-je.

— Et pour Valentine ?

Je lui fis rapidement le compte rendu de notre soirée, en prenant soin de passer outre aux confessions de Valentine sur son passé. Je récoltai un ou deux fous rires de la part de Stella et une mine surprise. Mon récit de la re-décoration du jardin de Muller, notamment, lui tira des larmes de joie. Je lui montrai la seule photo que j'avais réussi à prendre, pour attester de notre exploit.

— Muller est un idiot, Céleste ne le porte pas dans son cœur non plus, commenta-t-elle finalement. D'ailleurs, elle va être déçue de ne pas avoir participé à ça !

— Ça ne concernait que Valentine.

— Ah oui ? Et pourquoi ?

— J'ai assisté à une scène entre Muller et elle. Et je crois que...

Je m'arrêtai net en voyant le sourire de Stella s'élargir.

Elle me connaissait par cœur, et je savais déjà qu'elle allait toucher juste. Je camouflai mon visage avec mon mug, avalant d'un trait mon reste de café.

— Je l'aime bien, dis-je finalement.

— Et tu n'aimes pas qu'on s'attaque aux gens que tu aimes. Je le sais. Depuis le temps...

— Il n'y a pas que ça.

Stella avait raison : je protégeais farouchement les gens que j'aimais. Je pouvais être aussi prévenant qu'acerbe. Mais, dans le cas de Valentine, c'était plus que de la protection. Je voulais l'aider pour qu'elle s'autorise à devenir elle-même, à vivre avec légèreté, loin du poids des décisions qu'elle avait prises des années plus tôt. C'était de ses propres démons que je voulais la protéger, je voulais chasser sa solitude, ses doutes, ses craintes. Parce que, quand Valentine acceptait d'oublier ses vieilles habitudes, elle rayonnait.

— Est-ce que... Enfin, est ce qu'il s'est passé quelque chose d'autre hier soir ? demanda mon amie avec précaution.

— Non, bien sûr que non ! Je... Je n'ai même pas pensé à ça.

Stella étouffa un rire, incrédule.

— Bon, peut-être une fois ou deux pendant la soirée, admis-je. Mais ce n'est pas ce genre de lien que j'ai avec elle.

— Ah bon ? Quel genre alors ?

— Ça serait bien trop long à t'expliquer. C'est juste... différent.

Différent, oui. Je n'avais aucun autre mot qui me venait à l'esprit pour qualifier ma relation avec Valentine. Elle n'attendait rien de moi et, de mon côté, j'avais la sensation qu'entrer dans son monde était un privilège rare, privilège que je refusais déjà d'abandonner pour un autre type de relation.

— Encore du lyrisme. Peut-être que je me suis trompée, en fait. Peut-être qu'elle avait besoin d'un Luke dans sa vie.

— Elle a compris ce que tu refuses d'admettre : je suis l'homme de ta vie ! souris-je.

— Tu es dans ma vie, Luke. Tu l'as toujours été et, ne le dis pas à Adrien, mais j'adore ça ! Mais...

— ... Je mange trop ? dis-je pour alléger l'atmosphère un peu trop sérieuse pour moi.

— Mais je crois que tu avais besoin d'une Valentine autant qu'elle avait besoin d'un Luke. Tu l'as invitée à dîner avec nous tous ?

Je hochai la tête. C'était la dernière chose que je lui avais demandée la veille, en la déposant devant chez elle. Jamais je n'avouerais que j'avais été nerveux à l'idée qu'elle refuse et que j'avais préparé quelques arguments pour la faire changer d'avis. Mais, à ma grande surprise, Valentine avait accepté d'un hochement de tête imperceptible, un demi-sourire flottant sur ses lèvres.

— Pas de questions, hein ? lui rappelai-je.

— Promis.

Avant que je quitte la cuisine, Stella me rappela que j'avais, malgré tout, une mission à remplir.

— Et parle à Adrien pour la valse.

— Sans faute.

La troupe habituelle des amis de Stella et Adrien - les historiques comme les plus récents - était éparpillée dans le salon. En me voyant, Camille avait bondi dans mes bras et m'avait fait promettre de ne plus rester si longtemps aussi loin d'eux. Je serrai sa silhouette menue contre moi, riant de son enthousiasme sincère.

— Il faut qu'on aille dîner ensemble dans la semaine.

Histoire de prouver à mon ex que je peux encore séduire, fit-elle alors que je lui tendais un verre.

— Avec plaisir. Que s'est-il passé au juste ?

— Ce qui se passe toujours... Systématiquement, quand je demande à un homme ce qu'il veut faire de son week-end, il interprète ça comme si je lui demandais de m'épouser.

Elle haussa les épaules, à la fois attristée et dépitée. J'entrechoquai mon verre contre le sien et désignai Adrien et Stella d'un mouvement de la tête. Mon cousin, dans un geste possessif, entourait de son bras la taille de Stella.

— Ils sont un peu écœurants, non ? dis-je.

— Carrément. Je vais noyer ma jalousie dans l'alcool. Et toi, tu en es où ? Céleste m'a parlé de Valentine.

— Nous sommes juste amis. D'ailleurs, elle vient ce soir.

— Elle vient ? Elle a toujours refusé ce genre de soirée... Tu dois vraiment lui plaire.

— Doucement, je te le redis, nous sommes juste amis.

Comme Stella l'avait fait, Camille avait ravalé un rire et secoué la tête. De toute évidence, personne ne croyait à la possibilité d'une amitié sincère entre Valentine et moi. J'étais un peu vexé d'être considéré comme si peu digne de confiance, surtout de la part d'autres femmes.

— Aucune femme ne veut être amie avec toi, Luke. Et je m'inclus dans le « aucune ».

— Étonnamment, je pensais que la relation que toi et moi entretenons est justement de l'amitié.

Camille pencha la tête, comme une mère indulgente l'aurait fait avec un enfant perdu. Elle effaça la courte distance entre elle et moi et posa la main sur mon torse.

— Luke, je ne connais aucune femme dans ce salon qui n'a pas fantasmé sur toi. Tu es l'incarnation du fantasme à toi tout seul. Nous sommes amis parce que j'ai fait le deuil d'un lit partagé et d'une nuit débridée de sexe avec toi.

— Tu sais, ce que j'ai toujours aimé chez toi, c'est ta franchise… Et ta capacité à me mettre mal à l'aise en deux secondes.

— Ça m'a pris du temps pour accepter notre amitié.

— Paraît que je suis un bon coup, ris-je.

— Ne remue pas le couteau dans la plaie : je suis célibataire et je n'ai aucune raison de ne pas te sauter dessus !

— Hormis préserver notre amitié.

— Évidemment.

Elle but une gorgée de son verre de vin, et je gardai les yeux rivés aux siens, pour le seul plaisir de la taquiner. Camille débordait de franchise et de confiance en elle, mais faisait toujours en sorte de passer au second plan, évacuant toutes les situations où elle pouvait être mise en vedette. Ses joues rosirent, et elle leva les yeux au ciel.

— Juste une question, repris-je. Pourquoi forcément dans un lit et de nuit ?

Elle manqua de s'étouffer, et je me contentai de sourire, ravi de savoir que de nouvelles images débridées allaient fleurir dans l'esprit de Camille.

— Je vais aller prendre un verre avec Grégoire. Au moins, lui, je n'ai pas envie d'arracher les boutons de sa chemise.

J'éclatai de rire devant sa mine défaite, et elle prit la fuite en direction de Grégoire qui discutait avec Adrien et Stella. Armé d'une assiette vide, je retournai à la cuisine pour la remplir de gressins et de jambon cru. J'y trouvai Céleste que je saluai avec chaleur. Habillée d'une robe rouge, elle était sublime.

— Je suis passée devant chez Muller en venant ici, lâcha-t-elle en riant. Franchement, c'est du bon boulot.

— Toujours prendre du plaisir dans les tâches les plus ingrates. Ce mec est insupportable.

— Je sais. Je suis ravie que Valentine ait enfin eu un geste de rébellion. D'ailleurs, j'ai revu mes plans.

— Tes plans ?

— Normalement, j'avais prévu que Valentine et Grégoire finiraient par se plaire, tu vois ?

— Oh !

J'imaginai brièvement Grégoire et Valentine ensemble. Je connaissais Valentine depuis peu, mais je ne parvenais pas à l'associer à Grégoire. Il était gentil et prévenant, mais il adorait aussi bricoler des heures dans son appartement et se passionnait pour l'astronomie ; Valentine avait besoin de quelqu'un qui la pousse à s'ouvrir au monde extérieur. Que Céleste les imagine ensemble me troublait, ils n'avaient pas grand-chose en commun.

— Mais, évidemment, vu les récentes évolutions de votre relation, j'imagine que je vais devoir trouver quelqu'un d'autre à Grégoire, continua-t-elle.

— Je ne vois pas pourquoi.

— Vous n'êtes pas, euh, ensemble ?

— Non. Nous sommes amis. Pourquoi personne ne veut croire que je peux être ami avec Valentine ? m'écriai-je, de plus en plus contrarié.

— Parce que tu ressembles à un aphrodisiaque géant ?

— Ce que j'ai toujours aimé chez mes amis, c'est quand ils reconnaissent ma véritable valeur. Est-ce que je peux être vu autrement qu'à travers mon physique ?

— Certainement, oui. D'ici vingt ou trente ans. Et encore, je suis certaine que tu fais partie de ces mecs qui s'embellissent en prenant de l'âge. C'est injuste. Donc, toi et Valentine…

— Absolument rien. Du moins, rien d'autre que de l'amitié. Je l'aime beaucoup, d'ailleurs.

Le visage de Céleste s'éclaira d'un sourire, comme si elle était soulagée d'apprendre que Grégoire avait le champ libre. Je terminai ma mission initiale - garnir mon assiette de gressins et de jambon de Parme - et suivis Céleste qui rejoignait, elle aussi, le salon. En entrant dans la pièce, je repérai immédiatement Valentine, cernée par Stella et Adrien.

Je fonçai dans sa direction et lui tendis l'assiette en plaisantant :

— Un morceau de l'Italie au bord de l'Atlantique.

— Merci, murmura-t-elle.

Elle lança un regard autour d'elle, l'air effarouché par l'agitation qui régnait dans le salon. Elle saisit un gressin et leva timidement les yeux vers moi.

— Tu connais tout le monde, je crois, non ? l'interrogeai-je.

— Euh, oui. C'est juste que je me demande si je n'en ai pas fait trop avec... enfin, avec cette robe.

Je détaillai sa tenue rapidement. Valentine avait opté pour une robe bleu nuit, qui lui arrivait à mi-cuisse, surmontée d'un gilet blanc aux manches un peu trop longues. Ses cheveux étaient rassemblés dans une tresse qui lui donnait un air un peu guindé.

— Tu n'as jamais fait ce genre de soirée non plus ?

— Oh ! si. Mais la plupart du temps je n'avais pas vraiment de conversation avec les gens. Je crois que j'ai envie de faire bonne impression.

— Tu devrais lâcher tes cheveux, suggérai-je.

Elle s'exécuta aussitôt, démêlant ses longues mèches qui cascadèrent en boucles souples sur ses épaules. Je repoussai l'une d'elles de son visage et lui fis un clin d'œil rassurant.

— Tout ira bien. C'est juste un dîner pantagruélique

préparé par Stella. Au pire, tu finiras avec deux kilos en plus et une petite migraine demain matin.

Un rire léger lui échappa et, du coin de l'œil, je vis Grégoire s'approcher avec deux verres à la main. D'instinct, je m'écartai de Valentine, songeant au plan de Céleste ; même si je ne les voyais pas ensemble, je ne voulais pas ruiner les efforts de Grégoire.

— Du vin ? proposa ce dernier.

— Oui, merci.

Un silence embarrassant suivit. Valentine se réfugia dans son verre, pendant que Grégoire passait une main nerveuse sur sa nuque. C'était un naufrage absolu. Je repérai Céleste, au fond du salon, qui me faisait des petits gestes de la main pour que je les laisse tous les deux. Je secouai la tête, refusant de les voir se noyer dans un silence gêné.

— Qu'est-ce que tu as fait aujourd'hui ? interrogeai-je Valentine.

— Oh ! de l'administratif et j'ai passé une quantité de coups de fil. Rien de très passionnant. Et toi ?

— J'ai admiré Stella remuer la sauce bolognaise maison pour ses lasagnes. Je crois que j'ai pris du poids rien qu'en la regardant. J'irai surfer demain matin, pour éviter qu'elle m'engraisse définitivement.

Valentine m'adressa un sourire encourageant, qui dégela l'ambiance glaciale qui s'était formée quelques instants plus tôt. Grégoire ne desserrait toujours pas les dents, désormais occupé à lire un message sur son téléphone.

— Tu voudrais venir ? Demain ?

— Je ne surfe pas.

— Tu peux te contenter de m'admirer depuis la plage. J'ai l'habitude de ce genre de comportement. Tu m'applaudiras pour les belles vagues que je vaincrai.

— J'apporterai des viennoiseries, alors. Conformément à notre accord initial.

Nous échangeâmes un nouveau sourire, et je réalisai que Grégoire avait rejoint Céleste. Cette dernière secouait la tête avec une mine faussement désapprobatrice. Un nouveau coup d'œil vers le reste de mes amis m'informa que j'étais sous le feu des projecteurs, leurs yeux étant rivés sur Valentine et moi. Qu'ils m'observent ne me gênait pas vraiment, mais je ne voulais pas que Valentine soit mal à l'aise. Je savais déjà que venir ici, au milieu de tout ce monde, lui coûtait et la forçait à sortir de sa coquille ; je refusais de prendre le risque qu'elle s'y réfugie à nouveau.

Aussi, je me penchai vers elle, la cachant aux yeux de mes amis et murmurai à son oreille :

— Si la soirée devient pesante, je te raccompagne chez toi.

— Elle est déjà pesante, avoua-t-elle.

— Tu veux rentrer ? Je ne t'en voudrai pas si tu veux prendre la fuite.

Elle secoua la tête, et son parfum de noix de coco flotta entre nous deux. Elle serra nerveusement son verre de vin, et je recouvris sa main de la mienne dans l'espoir de l'apaiser.

— Tout ira bien, assurai-je.

— C'est aussi ce que tu as dit hier soir.

— C'est vrai. Et tout s'est bien passé, non ? Je ne veux surtout pas que tu te sentes mal. C'est pour ça que, si tu veux partir, j'appuierai n'importe quel prétexte.

— J'ai faim, dit-elle avec un grand sourire. Et, tant que tu ne me laisses pas en tête à tête avec Grégoire, je pense que je pourrai survivre.

Je libérai sa main, constatant qu'elle était plus détendue maintenant. Stella nous proposa de nous installer autour de la grande table de la salle à manger, et je guidai Valentine, la paume dans le creux de ses reins. Avant de s'asseoir, elle retira son gilet, dévoilant un dos partiellement dénudé et l'épaule droite, que je découvris marquée de quatre lettres.

— Je crois plutôt que c'est moi qui n'ai pas fait assez d'efforts, murmurai-je à son intention.

Un sourire lumineux éclaira son visage. Ce sourire-là était rare et il était encore meilleur que les lasagnes légendaires de Stella. Je tirai sa chaise et m'installai à sa droite. Quand j'étais avec Valentine, mes préoccupations sur l'avenir passaient au second plan, et j'étais galvanisé chaque fois que j'obtenais une preuve, même infime, qu'elle se sentait bien.

Stella s'assit près de moi, et son regard pétillant plongea dans le mien.

— On dirait que tu l'as trouvé, dit-elle à voix basse.

— Quoi donc ?

— Ton putain de soleil.

Chapitre 12

— Tu n'étais pas obligé de me raccompagner, dis-je à Luke en me tournant vers lui.

— Je ne te raccompagne pas. Je prends la fuite.

Je lui lançai un regard interrogateur, ne comprenant pas où il voulait en venir. Son visage affichait son habituel sourire mais, contrairement à nos autres tête-à-tête, il était resté étonnamment muet tandis que nous marchions côte à côte.

— Notre... relation suscite beaucoup de questions. Apparemment, qu'on puisse devenir amis est une sorte d'énigme.

Mes silences et mes fuites devaient me faire passer pour une fille au mieux secrète et, au pire, bizarre. Que j'accepte ce dîner, alors que j'en avais refusé des dizaines auparavant restait un mystère. Même pour moi. Luke m'avait encouragée à venir, et je lui avais fait confiance mais, du point de vue d'Adrien, Stella et leurs amis, mon comportement devait paraître suspect.

— À cause de moi, j'imagine.

— Non, non... Absolument pas !

— Luke, tu n'as pas à me mentir, je sais que...

Il agrippa mon coude et me força à me tourner vers lui. Il arborait une mine sérieuse et déterminée, et il me fut impossible de soutenir son regard. Je rivai les yeux au sol, mais très vite Luke me fit relever le visage en glissant l'index sous mon menton.

— Ce n'est pas à cause de toi, insista-t-il.

Je fronçai les sourcils, pas franchement convaincue. Objectivement, Luke était ouvert, souriant, sociable et attirant. À côté de lui, j'étais terne, renfermée et triste. C'était évident que ses amis allaient se poser des questions, notamment sur ma présence inédite à ce type de soirée ou sur le lien qui m'unissait à Luke.

— Ce n'est pas à cause de toi. C'est plutôt… à cause de moi.

— Oh ! vraiment ?

— Vraiment, oui. Et, vu que je t'ai raccompagnée, ils vont imaginer que, toi et moi, on… Enfin, que surtout moi… Bref, ils vont sûrement penser que nous ne sommes pas que des amis.

— Je ne comprends toujours pas. Pourquoi ça serait à cause de toi ?

— Si j'en crois Camille, Céleste et même Stella, aucune femme ne veut devenir amie avec moi.

— C'est confirmé : je suis donc vraiment bizarre. Parce que je ne vois pas pourquoi on ne voudrait pas être ami avec toi.

— Je corrige : aucune femme ne veut être, en premier lieu, juste amie avec moi. Paraît que je suis une sorte de fantasme ambulant.

Je haussai les sourcils, stupéfaite. Luke était très attirant, ça aurait été mentir que de ne pas se l'avouer. Mais je n'avais pas vraiment envisagé notre relation autrement que sur un plan amical. Peut-être parce que mes relations avec les hommes avaient été… épisodiques et furtives. Luke m'adressa un sourire et me sortit de ma rêverie.

— Alors, tu n'es pas obligée de confirmer cette histoire

de fantasme ambulant, mais je t'avoue que ton silence abîme un peu mon ego, dit-il en riant, légèrement nerveux.

— Oh ! je confirme. Oui, tu es définitivement attirant, mais je ne me suis jamais dit que... Enfin, c'est ridicule, on se connaît depuis peu et...

— Et nous ne sommes que des amis, finit Luke pour moi. C'est ce que je n'arrête pas de leur dire !

— Tu n'aurais pas dû me raccompagner alors. Tu vas leur donner du grain à moudre pour toute la soirée.

— J'avais envie de te raccompagner. De prendre la fuite et de te raccompagner.

Nous reprîmes notre marche, Luke près de moi, longeant la plage pour retrouver ma maison. Je songeai brièvement au programme du lendemain et au retour de mon père dans cette même maison. Je n'avais toujours pas trouvé de solution pour le faire garder quand j'avais cours, et la seule perspective de l'abandonner à son sort pendant plusieurs heures me tiraillait l'estomac. Mon père était capable des pires catastrophes, mais il pouvait aussi se perdre, voire se faire du mal sans le vouloir. À force de fuir la réalité et de refuser de m'y confronter, j'allais finir par le mettre en danger.

— Est-ce que tu as passé une bonne soirée, au moins ? demanda Luke. J'imagine que ça doit être difficile pour toi.

— C'était agréable. Vous êtes tous très liés, ça se voit. Surtout avec Adrien.

— C'est la famille, c'est différent. Je suis obligé de le supporter. Hormis tes parents, tu as de la famille ?

— Pas vraiment. On déménageait trop souvent pour être proches. Ils ont dû te manquer quand tu étais à l'autre bout de la planète.

— Énormément. Je revenais parfois, pendant plusieurs semaines, et d'autres amis se raccrochaient. Le groupe s'agrandissait. On échange beaucoup par messages, on s'envoie des photos… Mais la distance existe toujours. Fêter son anniversaire tout seul n'est pas génial.

— Je confirme, souris-je. Mes parents étaient très présents. On allait au restaurant, et ma mère se chargeait de faire un gâteau au chocolat. Mais j'imagine que ça devait paraître un peu bizarre de fêter ses quinze ans avec ses parents au lieu de faire une grosse soirée mémorable.

— Tu es une veinarde : tu n'as jamais eu à subir la gueule de bois des lendemains de fête !

J'éclatai de rire et acquiesçai. En effet, je n'avais jamais eu à subir ce genre de désagrément : ni la fête ni le lendemain. Arrivée devant l'allée qui menait à la porte d'entrée, je sortis mes clés et me tournai vers Luke.

— Si je te fais entrer, tu risques d'être de retour plus tard, et ils vont croire que…

— De toute façon, ils me poseront des questions : soit je suis de retour d'ici dix minutes, et ils vont me demander pourquoi je rentre si tôt, soit je n'arrive que dans une heure, et ils vont me demander ce que nous avons fait ensemble pendant tout ce temps.

— Donc tu ne veux pas entrer ?

— En fait, je veux entrer, visiter ta maison, te poser trois tonnes de questions, finir sur ton canapé, connaître tes secrets honteux, apprendre que tu n'as jamais pris un bain de minuit, corriger ce grave manquement, finir avec une hypothermie et m'endormir vers 4 heures…

Je ris à nouveau, hésitant franchement à l'inviter à me suivre. Luke m'avait prouvé que je pouvais lui faire confiance. Il méritait que je m'ouvre davantage. Il reprit finalement :

— Mais, en fait, j'ai plutôt envie de te proposer de partager une glace demain soir. Le temps de digérer le petit million de calories que j'ai ingurgité ce soir.

Mon sourire se fana dans l'instant. Demain c'était impossible. Et les autres jours aussi. D'ici quelques heures, mon père serait à la maison, et je lui consacrerais tout mon temps libre. Tant qu'il vivrait ici, je devrais m'occuper de lui. Cette parenthèse de légèreté et d'insouciance avec Luke avait été étonnante, agréable même, mais elle prenait fin. Mon père avait besoin de moi et il passait en priorité.

— Une glace ou autre chose, proposa précipitamment Luke devant mon silence.

— Non, c'est juste que… Je ne suis pas disponible demain soir.

— Ah. Dans la semaine alors ?

J'ouvris ma porte, décidée à me replier dans la maison pour fuir cette discussion. Raconter l'histoire de mon père était trop douloureux ; je refusais de voir de la pitié ou de la peine dans le regard de Luke. C'était l'avantage de rester à l'écart du monde : je n'avais que mes émotions à gérer.

— Je t'appellerai, d'accord ? fis-je, fuyante.

— Est-ce que j'ai dit quelque chose de mal ?

— Non, je suis juste fatiguée. Je vais rentrer. Merci pour le dîner.

Je refermai la porte aussitôt, devant un Luke surpris et perdu. Les yeux clos, je tentai de retrouver une respiration calme et refoulai des larmes amères. Je priai pour que Luke n'insiste pas. Il avait été très persévérant depuis notre rencontre, il n'y avait aucune raison que ça change.

Il y eut un long silence, pénible et douloureux. Je n'entendais plus que les battements erratiques de mon cœur. Je glissai le long de la porte, finissant au sol, épuisée. J'étais devenue une experte pour éloigner tous ceux qui voulaient s'approcher, mais avec lui c'était différent. Je tendis l'oreille, une part de moi espérant qu'il tambourinerait à la porte pour me demander plus d'explications. À la place, je devinai ses pas crisser sur l'allée. Il partait.

C'était mieux, plus simple aussi. J'allais pouvoir me concentrer uniquement sur mon père. Alors pourquoi ne ressentais-je aucun soulagement ? Pourquoi mon cœur se serrait-il douloureusement ?

Pour la première fois de ma vie, je regrettai de ne pas avoir retenu quelqu'un.

Je me garai devant la maison, les mains moites de nervosité. Sur le siège passager, mon père se détachait déjà avant de sortir de la voiture. Nos retrouvailles avaient été joyeuses ; papa était heureusement lucide à mon arrivée.

— Cette maison m'a manqué, lâcha-t-il avec un sourire ravi.

— J'imagine. Je vais t'aider à vider ta valise.

— Alors, je reste avec toi ? m'interrogea-t-il alors que je sortais ses affaires du coffre.

— Pour le moment, oui.

— Je ne veux pas être un poids pour toi. Laisse-moi prendre ce sac, tu n'arriveras jamais à le porter.

— Tu n'es pas un poids, papa. Et puis, ça me fera de la compagnie à la maison.

Malgré les médicaments et la fatigue inhérente à sa maladie, je trouvai mon père assez en forme. Il porta la plus lourde des valises jusqu'à la maison puis, une fois à l'intérieur, il se précipita vers le salon, ouvrit la baie vitrée et se posta sur la terrasse, respirant les embruns et l'air saturé d'iode.

Je l'observai, le laissant reprendre ses marques dans cette maison qu'il avait choisie et habitée avec ma mère. Ils avaient passé de longues heures sur cette terrasse, assis sur des chaises longues, maman avec un livre, papa avec des mots croisés.

Après quelques secondes, il pivota et chercha sa fameuse chaise longue des yeux. Il s'y installa, jambes étirées devant lui, et se tourna sur sa gauche. Je frissonnai, réalisant qu'il cherchait ma mère.

— Marianne ? cria-t-il.

Je sortis de ma torpeur et avançai jusqu'à la baie vitrée, un sourire réconfortant aux lèvres.

— Papa ? Tu as besoin de quelque chose ?

— Où est ta mère ? Encore partie faire des courses ?

Sa question me fit l'effet d'un uppercut. Depuis deux heures, j'étais parvenue à parler avec mon père, à lui expliquer qu'il continuerait à recevoir ses soins au centre le matin, à le rassurer sur le fait que je serais présente pour lui. Nos échanges avaient laissé place à une illusion de normalité mais, en une demi-seconde, la maladie avait violemment repris le dessus.

Je m'installai sur la seconde chaise longue, forçant mon père à me faire face. Il me fixait avec intérêt, comme si j'allais lui faire une importante révélation.

— Maman n'est plus avec nous, papa, dis-je d'une voix douce en prenant ses mains dans les miennes.

— Mais elle va revenir, non ?

— Non, papa. Elle ne reviendra pas. Tu te rappelles, on a prévu d'apporter des fleurs sur sa tombe dans la semaine.

— C'est vrai, fit-il, les yeux embués de larmes.

— Est-ce que tu veux aller prendre un bain ? Ou une douche ? Ça te ferait du bien avant qu'on dîne.

Il hocha la tête, mais je n'aurais pas su dire si c'était pour me faire plaisir ou par réelle envie. Ses yeux étaient plongés dans les miens, mais je n'y vis que du vide teinté d'incertitude.

— Mais tu as le temps de profiter de la vue, dis-je pour ne pas le brusquer. Tu veux un plaid ?

Il acquiesça et se réinstalla prudemment, allongeant son imposante silhouette sur la chaise longue. Je le couvris et lui adressai un sourire chaleureux avant de l'embrasser sur la joue.

— Tu as envie de manger quelque chose en particulier ? J'ai du poulet. Ou des pâtes. Peut-être que tu préfères des œufs ?

— Le parmentier de ta mère, murmura-t-il.

Mon sourire s'élargit. Chaque petit souvenir était une victoire. Et ce plat, que ma mère préparait régulièrement et dont mon père était friand, représentait un fragment de sa mémoire et de notre famille. Un fragment minuscule, certes, mais qui me mettait du baume au cœur. Mon père était encore là.

— Je ne sais pas s'il sera aussi bon que celui de maman.

— Il sera parfait, sourit-il, confiant.

Il tendit le petit doigt vers moi, et j'y accrochai le mien. Encore un souvenir, encore un fragment d'espoir. C'était comme percevoir des lumières vacillantes au milieu de l'obscurité la plus complète. Mon père accrocha mon regard et, à mon grand soulagement, je constatai qu'il était revenu parmi nous.

— Ta mère faisait ce plat à chaque retour de match quand j'avais dix-neuf ans.

— Et à chacun de tes anniversaires ensuite. Une des rares entorses à ton régime, précisai-je en souriant.

— Je vais ouvrir une bouteille de vin.

— Papa, avec ton traitement, tu ne peux pas boire d'alcool.

— Ma puce, d'ici quelque temps, j'oublierai tout de mon passé. Le jour de mon mariage, le jour de ta naissance, tous mes souvenirs de matchs, tous mes amis... Tout cela sera aspiré dans un immense trou noir qui finira par me faire disparaître tout entier. Alors, je crois que je mérite au moins un verre de vin.

Il avait raison. Mille fois raison. Toute sa vie se morcelait progressivement, se diluait dans le néant ; c'était inéluctable. Une boule de chagrin commença à m'étrangler. Je refusais de penser à l'avenir, mais mon père était pourtant là, devant moi, à me demander un verre de vin, comme un ultime pied de nez à son destin.

— Papa, ce n'est pas raisonnable.

— J'ai été raisonnable pendant de très longues années, et tu vois le résultat. Je ne t'encourage pas à suivre mon exemple ! rit-il.

— Maman et toi avez toujours été des modèles pour moi.

— Ne sois pas raisonnable. Jamais. Et bois du bon vin. Et rapporte un verre à ton père !

Je renonçai à le convaincre d'oublier ce verre. L'oubli était déjà omniprésent dans sa vie, ça aurait été cruel de le priver davantage. Je me redressai et allai dans la cuisine pour commencer à préparer le dîner. De temps à autre, je jetais un œil en direction de la terrasse, surveillant mon père qui s'était assoupi.

J'en profitai pour mettre une musique de fond et souffler un moment. Depuis le début de la journée, et après une nuit chaotique, mes pensées avaient tourné en boucle sur la semaine à venir et sur l'impasse dans laquelle je me trouvais. J'envisageais de me faire porter pâle pour la semaine, histoire de me donner un peu plus de temps.

Mon téléphone vibra sur le plan de travail, et je trouvai

un message de Luke me demandant des nouvelles et m'informant que j'avais le droit de changer d'avis pour accepter de passer la soirée avec lui.

Je restai évasive, lui répondant que j'étais déjà occupée et que je le tenais au courant pour la suite. C'était un mensonge, et j'étais certaine qu'au fil des messages vagues et des fuites il finirait par se lasser.

Après avoir vérifié la cuisson de la viande et m'être assurée que mon père dormait toujours, je descendis à la cave récupérer une bouteille de vin. À mon retour dans la cuisine, je vérifiai le pilulier de mon père, m'assurant qu'il était prêt pour les deux jours à venir. Mon téléphone vibra à nouveau, et je levai les yeux au ciel en voyant le nom de Luke s'afficher. J'hésitai à lui répondre, laissant l'index flotter au-dessus de l'écran avant de le transférer directement vers ma messagerie.

Je m'en voulais de le traiter ainsi : si j'avais su le garder à distance dès le début, je n'aurais pas à gérer ce problème. C'était autant ma faute que celle de Luke.

— Papa ? Je vais vider ta valise, j'en ai pour quelques minutes, criai-je en me dirigeant vers sa chambre.

Sans attendre sa réponse, je rangeai ses vêtements dans son armoire et déposai ses affaires de toilette dans la salle de bains attenante. Sur le chevet, je trouvai une photo de maman, datant certainement de leur première année de mariage. J'avais hérité de sa longue chevelure et, d'après mon père, de son rire pétillant. Je restai un long moment à la regarder, à me demander si elle veillait toujours sur nous, à m'interroger sur ce qu'elle aurait fait avec papa.

Je ravalai mes larmes et retournai dans la cuisine pour finaliser le dîner. Après avoir mis la table et servi deux verres de vin, je retournai sur la terrasse… vide.

— Papa ?

Je pivotai, cherchant mon père à l'extérieur. Je posai les verres sur la table basse et parcourus la terrasse qui courait le long de la façade. La silhouette de mon père était immanquable, j'allais finir par le trouver accoudé à la balustrade, le regard vide pointé en direction de l'océan. Après quelques secondes de recherche, je dus me rendre à l'évidence : mon père avait disparu.

— Papa ?

Je l'appelai plusieurs fois, retournant dans la maison pour en explorer toutes les pièces. Cuisine, chambre, toilettes… Je cherchai partout, contenant difficilement le début de panique qui me gagnait. Je l'avais laissé quelques minutes à peine, et il avait trouvé le moyen d'échapper à ma vigilance.

En désespoir de cause, je rejoignis le jardin, luttant contre les bourrasques de vent saturées de sel. Ma voix ne portait pas, masquée par le sifflement de l'air, et mes cheveux se rabattaient sur mon visage, m'empêchant de voir convenablement.

— Papa ?

S'il était en pleine crise, il n'y avait aucune chance qu'il me réponde. Quand il me voyait, j'arrivais à percer le brouillard de ses pensées et à le faire revenir parmi nous, mais je doutais qu'entendre ma voix paniquée ait le même effet.

Après avoir parcouru le jardin en tous sens et réitéré mes recherches dans la maison, je retournai sur la terrasse, espérant que la vue qui surplombait l'océan m'aiderait à retrouver mon père. Je me concentrai, priant pour que la nuit ne tombe pas trop vite. Quand, enfin, je repérai une large et haute silhouette sur la plage, la panique reflua. Je l'avais enfin en ligne de mire.

Je me précipitai vers lui à toute vitesse, ignorant mes

poumons qui réclamaient grâce et mes jambes tremblantes. L'angoisse me faisait courir comme jamais, mes pieds s'enfonçant dans le sable, mais pas assez vite pour empêcher mon père d'entrer dans l'eau, encore tout habillé.

— Papa ! hurlai-je.

Il ne tourna même pas la tête quand je trébuchai et tombai, amortissant ma chute de mes mains. Je me relevai péniblement, découvrant mon père avec de l'eau jusqu'aux cuisses, imperméable à mes cris. Alors que je m'apprêtais à repartir dans une course folle pour sortir mon père de l'eau, je me figeai. Essoufflée, paniquée, je regardai la scène qui se déroulait devant moi avec une impression d'irréalité. Oui, ça devait être une hallucination, car Luke courait à une vitesse incroyable, se précipitant vers mon père. Il jeta son sac à dos sur le sable mouillé et entra dans l'eau derrière lui, avant de lui saisir le coude pour l'arrêter. Doucement, il parvint à le faire sortir de l'eau ; lorsque tous deux furent sur le sable sec, son regard trouva le mien.

Statufiée, je sentis mon estomac se ficher dans mes talons ; il entoura la taille de mon père de son bras, le soutenant tout en marchant vers moi. Je réussis à sortir de ma sidération et frottai mes mains pleines de sable contre mon jean, honteuse et affreusement coupable. Tout était ma faute, j'avais manqué de vigilance. Je n'aurais jamais dû le laisser seul.

— Merci, chuchotai-je. Je vais le ramener.

— Je m'en charge. Récupère mon sac, plutôt.

Tremblant de tous mes membres, je m'exécutai, suivant Luke et mon père à distance. Mon père était trempé, et Luke avait sacrifié son jean pour aller le récupérer. Je détaillai son dos et le T-shirt blanc qui le mettait en valeur. On devinait son tatouage en transparence. Luke dut sentir mon regard sur lui, car il se tourna légèrement et m'interrogea :

— Tu vas bien ?

Je hochai la tête nerveusement. C'était un automatisme, car je savais que je n'allais pas bien ; j'étais encore sous le choc de cette disparition. J'avais l'impression que je n'avais plus aucun contrôle, je ne maîtrisais plus ma vie, je ne réussissais même pas à prendre soin de mon père. Je me sentais impuissante.

Nous remontâmes l'allée, puis Luke franchit la porte et hésita dans le couloir.

— Sa chambre est à l'étage. Je vais m'occuper de lui.

Luke le conduisit jusqu'à sa chambre et l'aida à s'asseoir sur le lit. Il me dévisagea quelques secondes avant de quitter la pièce.

— Je suis désolée, chérie, marmonna mon père, désormais revenu à lui.

— Ce n'est rien, papa. Je vais t'aider à te déshabiller, et tu vas prendre une douche.

— Je suis tellement fatigué.

Je lui retirai son pull et son T-shirt, réalisant que je n'avais jamais vu mon père aussi démuni et vulnérable. Lui qui avait toujours veillé à être indépendant devait désormais compter sur l'aide de sa fille pour prendre une simple douche. Je retins mes larmes et lui offris un pâle sourire. Ses yeux aussi étaient embués, comme s'il comprenait maintenant l'ampleur dramatique de la situation.

— Tu prends une douche et, si tu veux dormir, tu te couches, d'accord ?

Il acquiesça et alla dans la salle de bains. Je lui apportai une tenue sèche et propre. Puis, après m'être assurée qu'il était bien sous l'eau, je m'assis sur le lit, brutalement épuisée, moi aussi. Mes vêtements étaient encore maculés de sable et mon cœur, même s'il avait repris un rythme normal, restait compressé dans ma poitrine, comme écrasé par ces brusques variations d'humeur.

Mon père sortit de la douche au bout de dix minutes, habillé de son pyjama et la mine éreintée. La perspective de notre dîner s'était évaporée, et je savais maintenant que je n'irais pas travailler demain : je devais m'occuper de lui et, surtout, trouver un moyen de l'empêcher d'accéder à la plage.

— Bonne nuit, papa, dis-je en l'embrassant sur la joue. Je t'ai laissé ton médicament à prendre pour que tu réussisses à bien dormir.

— Bonne nuit, chérie. Je serai plus en forme demain.

— Ne t'en fais pas pour ça. On va prendre nos marques ensemble.

Je refermai la porte derrière moi et descendis l'escalier. Je retournai dans le salon et trouvai Luke sur la terrasse. En me voyant, il m'adressa un sourire réconfortant, qui chassa un peu la sensation de malaise qui flottait entre nous. Un silence pesant s'installa. Je me demandais si je devais me perdre dans une longue explication ou présenter de vraies excuses.

— Viens par là, proposa-t-il en ouvrant les bras.

— Pardon ?

— Une première aussi, j'imagine. Alors, le principe, c'est qu'on se serre mutuellement. Tu places tes bras autour de ma taille, et je te serre contre moi. Et normalement, après quelques secondes, on se sent mieux.

— Luke, je...

— Je t'assure, ça fonctionne. Je l'ai testé pour les ruptures amoureuses, les défaites sportives, les journées merdiques et même les gueules de bois. Viens !

Il agita les mains, et son visage s'éclaira de son fameux sourire, lumineux et avenant ; sa barbe légère masquait à peine sa fossette. Il avait raison sur un point : hormis avec mes parents, je n'étais pas une grande familière de ces marques d'affection.

Hésitante, j'avançai vers lui, les yeux rivés aux siens. Aucune malice, aucun doute ne l'habitait. Luke était si confiant que cela forçait le respect. Pour lui, c'était sûrement un geste anodin, je l'avais vu serrer tous ses amis dans ses bras. Pour moi, évidemment, c'était un événement.

Aussi, j'enlaçai maladroitement sa taille et posai la tête contre son torse. Ses bras encerclèrent mes épaules, et il me serra contre lui. Je fermai les yeux, devinant les battements calmes de son cœur et laissant sa chaleur envahir mon corps engourdi de fatigue. Il avait raison : je me sentais bercée et apaisée, comme dans un cocon rassurant. Je resserrai ma prise autour de lui, le remerciant silencieusement d'être là.

— Tu vois, ça marche, murmura Luke.

Après quelques minutes, il s'écarta de moi, et je quittai cette étreinte à regret. Il encadra mon visage de ses mains et planta son regard azur dans le mien, caressant mes joues de ses pouces.

— Tu as du vin, et j'ai toute la nuit devant moi, alors je propose qu'on s'installe ici et que tu me racontes.

— Que je te raconte ? Luke, tu n'as pas à faire ça…

— Je sais. Mais j'en ai très envie. Et, si tu es sage, on pourra refaire ce truc de se serrer l'un contre l'autre.

— Là encore, tu n'as pas à…

— Là encore, j'en ai très envie.

Chapitre 13

— On devrait rentrer, suggéra Valentine. Il reste du vin dans la cuisine.

Je la suivis, faisant de mon mieux pour ignorer l'humidité désagréable sur mes jambes. Je n'avais pas prévu de prendre un bain de mer mais, en voyant cet homme braver les vagues puis en apercevant Valentine courir derrière lui en tentant de capter son attention, je n'avais pas hésité une seconde.

Quand je l'avais rejoint, il répétait en boucle et dans un murmure à peine audible, hagard, qu'il était fatigué. Son regard perdu avait la même teinte que celui de Valentine et, comme sa fille, il m'avait donné une sensation tenace de déjà-vu.

J'avais abandonné mes baskets trempées sur la terrasse et m'aventurai donc pieds nus dans la maison. Valentine fila en cuisine pendant que je restais dans le salon, mon regard s'attardant sur les cadres accrochés au mur. Les photos familiales se succédaient, montrant une Valentine joyeuse et heureuse. Visiblement proche de ses parents, elle leur démontrait clairement son affection en les prenant dans ses bras ou en les embrassant.

Sur le dernier cliché, le visage du père de Valentine était

couvert de boue mais souriant. À cet instant, je compris pourquoi cet homme m'était si familier.

— C'était à la fin de son dernier match, expliqua Valentine en arrivant derrière moi.

— Ton père est Victor Aubry ?

Elle hocha la tête, se cachant dans son verre de vin. Je fixai à nouveau la photo, songeant à tous ces matchs que j'avais regardés en rêvant de devenir un jour aussi bon que Victor. À l'époque, je l'idolâtrais et ne manquais jamais une occasion de le voir courir aussi vite que possible.

— Les jambes de feu, murmurai-je.

— Il adorait ce surnom. Je crois que maintenant tout le monde l'a oublié.

— Certainement pas. Ton père a été mon modèle pendant des années. Je me souviens encore de cette course folle durant les Cinq-Nations. Sans lui, nous n'aurions jamais battu les Anglais.

Valentine m'adressa un sourire chaleureux, comme si elle aussi replongeait dans ses souvenirs. Je comprenais maintenant d'où venait sa science du rugby. Elle avait écumé les villes et les écoles quand son père avait changé de club, passant de l'Irlande à l'Angleterre avec un crochet par la France.

— Ton père est un génie, Valentine.

— Était.

— Il a marqué des tas de gens. Il nous a fait rêver. Je me souviens encore de son dernier match, avec tous ces chants de supporters. C'était émouvant.

— Je ne crois pas qu'il s'en souvienne désormais.

— Personne ne peut oublier ça !

— Il est malade, Luke. Sa mémoire s'effrite. Il oublie que ma mère n'est plus là, il oublie qu'il ne peut pas aller se baigner à n'importe quelle heure. Il oublie de fermer les robinets, il oublie ses mots, il m'oublie aussi parfois.

À nouveau, elle se réfugia dans son verre, comme secouée par ce qu'elle venait de dire. Je comprenais maintenant son accès de panique et sa course-poursuite sur la plage.

— Je suis désolé.

— Moi aussi, ironisa-t-elle. Ce n'est sûrement pas comme ça qu'il avait imaginé sa retraite.

— Ça fait longtemps ?

— Deux ans. Les premiers symptômes sont apparus après la mort de ma mère. Au début, j'ai pensé à un début de déprime, liée au deuil... Mais il a commencé à avoir des crises de colère, à devenir délirant. J'ai réussi à le convaincre de faire des examens, et le diagnostic est tombé. Alzheimer.

— Ça reste un génie, Valentine. Un stratège émérite et un incroyable joueur. Je voulais être Victor Aubry quand j'étais ado.

— Tu as réussi, apparemment, sourit-elle.

— Je ne crois pas. Ton père a marqué les esprits, je doute d'en avoir fait autant. Et quand je regarde autour de moi... Contrairement à ton père, je n'ai pas de fille pour entretenir ma mémoire.

— Je n'entretiens rien. Mon père n'aurait certainement pas aimé être vu dans cet état. Il a toujours tout fait pour nous protéger, c'est à mon tour maintenant de m'occuper de lui.

Je mis quelques secondes à décrypter ce qu'elle venait de me dire. Puis toutes les pièces du puzzle Valentine s'emboîtèrent. Sa solitude, ses faux-fuyants, ses secrets, son père, cette maison immense... Personne ne savait.

— Tu n'as pas à faire ça toute seule.

— Maintenant, si.

— Non, insistai-je. Tu n'as pas à gérer ça toute seule.

Il y a des centres qui existent, des médecins, de nouveaux traitements certainement aussi… Tu as des amis, Valentine. Et ton père avait, lui aussi, des tas de relations.

— Avait, oui. Dès qu'il a pris sa retraite, il n'était plus aussi intéressant. Son médecin n'est pas très optimiste, et son dernier centre de soins a fini par le virer car il était trop agressif et impossible à canaliser.

Sa voix était si froide et posée que c'en était presque effrayant. Valentine rationalisait tout, ne laissait aucune émotion prendre le dessus. J'imaginais qu'en deux ans elle avait eu le temps d'encaisser la nouvelle et ses conséquences sur sa vie. Pourtant, qu'elle s'acharne à gérer la situation toute seule était incompréhensible.

Valentine disparut dans la cuisine et revint avec la bouteille pour remplir à nouveau son verre. Je tendis le mien, décidé à être à ses côtés, même si cela signifiait siffler cette bouteille en moins d'une heure.

— Tu as faim ? J'ai préparé du parmentier de canard. Normalement, c'était pour mon père, mais…

— J'ai pris du galon ? plaisantai-je.

— Du galon ?

— Avant, on ne partageait que le dessert. Je suppose que si on partage un repas complet c'est que j'ai eu une sorte de promotion, expliquai-je en souriant.

Valentine eut un bref rire et secoua la tête. Au moins, j'étais parvenu à lui soutirer quelque chose qui ressemblait à une émotion, loin de cette froideur inhumaine que j'avais aperçue. Elle repartit à la cuisine, puis réapparut avec deux assiettes fumantes. D'un geste du menton, elle m'encouragea à m'asseoir sur l'immense canapé en cuir blanc qui trônait dans le salon.

Jambes croisées, elle s'y installa à son tour, face à moi, l'assiette sur les cuisses.

— Tu devrais... Tu devrais en parler, dis-je.

— Je te l'ai dit, mon père ne voudrait pas que ça se sache.

— Pas en public. Mais à Stella ou à Adrien. Ou à Céleste, ajoutai-je. Valentine, il n'est pas interdit de se confier à quelqu'un quand quelque chose ne va pas.

— C'est vrai. Mais ça ne changerait pas grand-chose.

— Pas grand-chose ? Stella serait capable de t'apporter des kilos de lasagnes tous les soirs, Céleste viendrait te tenir compagnie et Adrien... Adrien te demanderait la recette de ce plat délicieux. Ils t'aideraient, j'en suis certain.

Valentine releva les yeux vers moi. Elle n'avait pas l'air convaincue par ma tirade. Peut-être parce qu'elle n'avait jamais eu l'occasion d'éprouver ce qu'était l'amitié. En cas de coups durs - et j'en avais eu –, je savais que je pouvais appeler Adrien à tout moment et qu'il trouverait les mots pour m'encourager ou une solution pour m'aider. On était là les uns pour les autres, quand ça allait et quand ça allait moins bien.

Valentine pinça les lèvres, entre embarras et inquiétude.

— Eh bien, s'ils ont une place dans un centre de soins, je suis preneuse, murmura-t-elle.

— Tu veux dire que... Ton père va rester ici ?

— Il s'est fait virer de son dernier centre, je n'ai pas le choix.

— Trouve un autre centre ! lançai-je un peu trop vivement.

— Tu ne me crois pas capable de m'occuper de mon père ?

— Bien sûr que si. Je suis convaincu que tu t'y consacreras entièrement par devoir, sûrement par culpabilité... Mais crois-tu que ce soit une bonne solution ?

— C'est la seule que j'ai, avoua-t-elle. J'ai appelé des

dizaines de centres dans tout le pays, j'ai relancé son médecin. Il n'y a aucune place disponible. Et mon père ne peut pas rester seul, donc je n'ai pas le choix.

— Et tes cours ? Et tes murs ? Tu ne vas pas mettre ta vie entre parenthèses…

— Pour mon père ? Si. Je le ferai, Luke. C'est mon père. Je n'ai plus que lui.

— C'est faux !

Elle me dévisagea, aussi surprise que moi par ma virulence. Elle ne comprenait pas. J'avais tout essayé pour la faire sortir de sa coquille et, non seulement elle y retournait mais, en plus, elle y ajoutait une porte blindée. Elle s'effaçait de sa propre vie. Et, même si la cause était noble et entendable, je trouvais son sacrifice insupportable.

Valentine ne méritait pas ça. Et moi non plus : elle avait pris une place trop importante dans ma vie, je ne pouvais la laisser s'échapper alors qu'elle avait réussi à remplir ce vide qui me rongeait depuis mon départ d'Australie.

— Tu m'as, moi, continuai-je.

Elle secoua la tête et se releva du canapé pour se débarrasser de son assiette vide. Je la suivis à grandes enjambées dans la cuisine, soudainement convaincu que j'avais la solution pour l'aider.

Que j'étais la solution pour l'aider.

— Je ne plaisante pas, je pourrais t'aider.

— Tu n'es pas sérieux, rit-elle.

— Je n'ai jamais été aussi sérieux de ma vie. Je peux t'aider. Et je veux t'aider, Valentine. Je pourrais… Je ne sais pas, faire des balades avec lui ?

— Luke, il est malade. Il a besoin de soins, de surveillance. Il faut garder un œil en permanence sur lui, l'incident de tout à l'heure l'a bien prouvé. Il faut pouvoir le ramener sur terre quand il déraille et le contenir s'il fait une crise et devient violent. Ce n'est pas... passer du bon temps avec une vieille gloire du sport, c'est s'occuper d'un homme avec une maladie neurodégénérative.

— Tu ne me crois pas capable de m'occuper de ton père ? l'interrogeai-je en reprenant volontairement ses mots.

— Ce n'est pas ce que j'ai dit. Tu veux une autre part de parmentier ?

— Ça ira. Ne cherche pas de dessert, j'ai apporté des munitions.

Je récupérai mon sac à dos et fouillai au fond de la poche principale, sortant triomphalement un sachet de muffins au chocolat. Valentine me dévisagea, médusée, et j'attrapai sa main et l'entraînai vers le canapé. Avec Valentine, évidemment, il allait falloir être encore plus convaincant que d'habitude. Assise près de moi, elle plongea la main dans le sachet.

— En fait, je venais chez toi dans l'idée de partager des muffins et ta soirée.

— Insistant au possible, souligna Valentine avec un petit sourire.

— Je peux le faire, Valentine. Je peux garder ton père. Tu l'as dit toi-même, tu n'as pas une foule d'options.

— Peut-être, mais c'est à moi de m'en occuper.

— Si ton père avait une place dans un centre, tu ne culpabiliserais pas. Et comment vas-tu faire avec tes cours ?

— J'espère que Muller finira par accepter un arrangement.

— Muller ? Tu as demandé de l'aide à Muller et tu refuses la mienne ? Je me sens un peu vexé, maintenant.

Elle rit doucement et mordit dans son muffin. Je retins l'envie de lui prendre la main et de nouer nos doigts pour lui prouver qu'elle pouvait me faire confiance, que j'étais là pour elle.

— Rassure-toi, pour l'instant, il n'est pas vraiment conciliant, dit-elle.

— Je peux le faire, répétai-je. Pour lui, comme pour toi. Tu pourras... Tu pourras assurer tes cours, peindre des murs, sortir avec des amis.

— Je n'ai pas d'amis, me rappela-t-elle sèchement.

— Tu m'as, moi. Et tous les autres. Ce point est acquis, et je ne reviendrai pas dessus. Tu pourras avoir une vie. Avoir ta vie et tout ce que tu dois faire pour qu'elle soit marquante.

— Marquante. Et ça implique des virées extravagantes avec toi, j'imagine ?

Un bref sourire étira ses lèvres, et ses yeux retrouvèrent leur éclat pétillant que j'appréciais. Quand Valentine s'animait, elle rayonnait. Le commentaire de Stella me revint en tête : elle était lumineuse, comme le soleil. Rien que pour ça, rien que pour ce sourire furtif et cette étincelle dans le regard, j'aurais fait n'importe quoi.

— Si tu choisis Muller, je romps notre pacte sur les desserts, la prévins-je. Accepte mon aide, Valentine.

— Et pourquoi devrais-je faire ça ?

— La dernière fois, je t'ai promis qu'on serait amis, et c'est ce que nous sommes devenus. Cette fois, je te promets d'être là pour t'aider, avec ton père. Honnêtement, c'est la solution la moins merdique qu'il te reste.

— Tu n'as aucune expérience dans ce domaine.

— Je suis gratuit, contrai-je. Et je peux soulever ton père s'il tombe, je peux lui parler de sport, je peux...

— Lui faire faire ses exercices ? Mon père doit travailler sa mémoire, il a toute une batterie d'activités à suivre. Ce n'est pas si simple, et il peut se montrer...

— Quoi ? Récalcitrant ? Pénible ? Buté ? Un peu comme sa fille, non ? Valentine, j'y arriverai, assurai-je avec calme.

Je ferai tout ce qui doit être fait. J'ai du temps. Trop de temps peut-être, même. Et tu as besoin d'aide, même si tu refuses de l'admettre.

Elle me fixa, partagée entre sa volonté d'accepter et son habitude de se refermer comme une huître. Elle avala la dernière bouchée de son muffin et poussa un soupir las. Mon sourire s'élargit face à cette victoire inespérée.

— D'accord, souffla-t-elle.

— Vraiment ?

— Ne me fais pas hésiter ou changer d'avis, Luke. Mais, si ça se passe mal, on revient au plan initial.

— Tu n'as pas de plan initial. Je suis ton plan A et ton plan B. Voire ton plan C. Lève-toi.

Valentine s'exécuta, chassant au passage les quelques miettes accrochées à son gilet. Je me redressai à mon tour, laissant mes yeux naviguer sur sa frêle silhouette ; elle était bien plus forte qu'elle ne le laissait paraître. Son regard azur trouva le mien, interrogateur : elle était curieuse de savoir où je voulais en venir.

— Viens par là, dis-je en ouvrant les bras.

— Quoi ? Encore ?

— Encore, oui. Ça marche aussi pour les récompenses et les moments de joie. Remise de diplômes, fiançailles, soldes... Tout un tas de trucs !

— C'est pratique, ironisa-t-elle. Tu fais ça avec tout le monde ?

— À peu près, oui. Tu veux une sorte d'exclusivité ?

— Non ! s'exclama-t-elle dans un rire.

— Tu es sûre ? Parce que j'adore ces petites conversations où tu dis non pendant des heures et où je finis par te convaincre de dire oui. Si tu mets un peu plus d'enjeu, je peux me surpasser...

— Luke, c'était juste une question. Et nous sommes simplement amis, il n'y a pas d'enjeu.

— Il y a toujours un enjeu. Allez, viens par là.

Elle secoua la tête, pas vraiment convaincue, mais approcha de moi et entoura ma taille de ses bras. Je l'attirai contre moi et la serrai. Il y avait toujours un enjeu, avec elle, et c'était elle. Je voulais lui rendre la vie plus facile et plus heureuse, il fallait juste qu'elle l'accepte. Son parfum de coco me chatouilla les narines alors que je posais le menton sur le sommet de son crâne. Je prenais déjà goût à ce type d'étreinte, à sa chaleur contre la mienne et à ses mains qui agrippaient mon T-shirt comme si elle allait se noyer.

— Je vais quand même laisser mon annonce, dit-elle en relevant les yeux vers moi. Celle que j'avais mise pour trouver une aide pour mon père.

— Je suis en période d'essai ?

— Disons que tu as le droit de changer d'avis, lança-t-elle en s'écartant de moi.

— Et manquer l'occasion de rapporter tout un tas de cochonneries à manger avec toi ? Hors de question. Ça se passera bien, dis-moi juste à quelle heure je dois être là.

Pendant les quinze minutes qui suivirent, Valentine m'expliqua en détail le planning de la semaine de son père, entre soins médicaux, rééducation et temps de présence à la maison. Tout était parfaitement consigné et organisé. Son père revenait de l'hôpital en début d'après-midi et devait rester seul jusqu'au retour de Valentine trois fois par semaine.

— Ça ira pour toi ? s'inquiéta-t-elle.

— Parfaitement. Il faut que tu me parles des exercices qu'il doit suivre.

— Oh ! ce sont des Memory, essentiellement. Le faire

lire pour stimuler le langage. Des jeux aussi : mots mêlés, énigmes. Il se fatigue facilement, ne t'étonne pas s'il s'endort.

— Et lui faire prendre l'air ?

— Tant que tu restes à proximité et que ça ne remplace pas ses exercices, m'indiqua-t-elle en tapant l'index contre son carnet de notes.

— D'accord. On commence quand ?

— Demain je serai là. Disons, mardi ? Je vais te laisser un double des clés ; il sera de retour pour 14 heures. Ça ira pour toi ?

— Valentine, cesse de me demander si ça ira. Parce que ça ira. Tu feras tes cours et tes peintures, et tu nous retrouveras ici, assis sagement à discuter rugby ou grille de mots fléchés. Je pense que je passerai demain, pour faire vraiment connaissance avec lui.

— Bonne idée, sourit-elle. Il te connaît peut-être déjà, j'ai décroché du rugby, mais lui suit encore quelques matchs. D'ailleurs, vu qu'il déteste l'idée d'être surveillé par une aide à domicile, je pense que je vais lui dire que tu es là en tant qu'ancien joueur.

— Et pour les exercices ?

— Je suis persuadée que tu seras convaincant, s'amusa-t-elle. Il dira non, et tu trouveras un moyen de lui faire dire oui.

— Un nouveau trait d'humour ! Je suis épaté.

La nuit s'apprêtait à tomber, et elle me raccompagna à la porte.

— Merci encore pour… enfin pour ce soir et pour tout ce que tu as fait, dit-elle sur le seuil.

— Je t'en prie.

— Je ne désespère pas de lui trouver une place dans un autre centre.

— Parce que tu crois qu'ensuite tu te débarrasseras de moi ? On est liés par les desserts, je te rappelle.

Elle se dandina nerveusement et se mordit les lèvres. Durant son exposé détaillé des besoins de son père, elle s'était montrée confiante et assurée. Maintenant, loin de ses notes et de son programme millimétré, elle redevenait une femme fragile et hésitante.

— Je te vois demain, dis-je en capturant sa main dans la mienne.

J'ignorais d'où venait ce besoin de la toucher, mais je fus rassuré qu'elle n'esquive pas. Cela montrait qu'elle commençait à me faire confiance. Encouragé par cette avancée, je déclarai :

— On ira sûrement à la plage avec Stella, Adrien et tous les autres ce week-end, tu veux te joindre à nous ?

— Avec mon père ?

— Avec ton père. On lui fera travailler sa mémoire en le forçant à exhumer des souvenirs embarrassants de sa fille.

— Tu peux toujours essayer, rit-elle.

— Sa mémoire est si défaillante ?

— Pas vraiment. C'est juste qu'il n'y a aucun souvenir embarrassant : j'ai toujours été une enfant modèle et une ado sans histoire. Il n'y a rien à raconter, vous allez vous ennuyer. Quoi ? fit-elle en voyant mon sourire s'élargir.

— Tu vois ? Tu rajoutes de l'enjeu.

Chapitre 14

— Je refuse de rester enfermée dans le collège alors qu'on peut déjeuner à l'extérieur ! gémit Céleste en posant lourdement son sac sur une chaise. Je vais au parc rejoindre Stella. Tu es des nôtres ?

Je relevai le nez de mon livre avant de jeter un œil vers la fenêtre. Il faisait un soleil resplendissant, mais j'avais prévu de retenter ma chance auprès de Muller et j'espérais le voir avant de rentrer à la maison. Maintenant que j'avais trouvé une solution - ou, du moins, que Luke m'avait trouvé une solution –, je me sentais assez forte pour le convaincre de valider ma sortie scolaire.

— Ne me force pas à te supplier, enchaîna Céleste.

— Tu n'as pas besoin de mon autorisation pour aller déjeuner au parc.

— Non. Mais j'ai promis à Stella que je te sortirais de là pour savoir exactement ce qui se passe entre Luke et toi.

J'ignorai son commentaire et repris ma lecture. Même si j'avais vécu mon adolescence en solitaire et dans le vase clos familial, j'avais tout de même eu l'occasion d'assister à ce genre de conversation où les groupes de filles devisaient à loisir sur les garçons ou sur les rumeurs en cours.

— Parce que Stella m'a dit que Luke était rentré de chez toi hier soir et qu'il avait l'air content, continua-t-elle.

— Luke a toujours l'air content.

— Particulièrement content.

— Luke sourit beaucoup, et souvent pour rien.

— Ah, tu aimes son sourire !

— Il a un très beau sourire. Je le lui ai déjà dit.

— Et on cherche un lien avec le fait que son pantalon et ses baskets étaient trempés et couverts de sable.

— Pourquoi y aurait-il un lien ? l'interrogeai-je.

Je prenais goût à torturer Céleste. Je savais qu'elle avait une tonne de questions, et que Stella devait en avoir autant. Lors de notre dernier dîner, j'avais perçu leurs regards curieux et étonnés. J'avais passé une grande partie de la soirée à parler avec Luke et, même si notre amitié était récente et nouvelle pour moi, j'avais apprécié de me sentir moins seule.

— Tu as décidé d'être volontairement pénible ? demanda Céleste.

— Tu poses les questions, et j'y réponds. Si tu veux mon avis, c'est toi qui te révèles un peu pénible, commentai-je, les yeux toujours sur mon livre.

— Parce qu'on veut savoir !

— Vous connaissez Luke depuis des années, vous ne l'avez jamais vu avec des amis ?

— Si. Justement.

Je retins difficilement un sourire. Je ne savais pas s'il était dû à la réaction de Céleste ou à ce qu'elle venait de dire sur Luke.

Amis. Nous étions juste amis. C'était une certitude à laquelle je m'accrochais. Il était séduisant, c'était évident. À l'écoute, et prévenant, drôle à l'occasion… Mais, surtout, son séjour ici était provisoire.

Amis, c'était bien. Et, vu mon degré de socialisation, je songeais même que c'était très bien.

— Tu devrais aller manger avant ton prochain cours, éludai-je.

— Je dirai à Stella que tu cherches à changer de sujet.

— Il n'y a pas de sujet, Céleste. Luke et moi sommes amis.

— Donc, tu peux venir déjeuner avec nous. Si vous êtes amis et qu'il n'y a pas de sujet, tu ne risques rien. En plus, Stella m'a parlé d'un projet qu'elle voudrait te confier.

Je levai les yeux de mon livre, ma curiosité finalement attisée. Je n'avais pas eu l'occasion de peindre depuis des semaines, et cela me manquait. J'aurais pu le faire chez moi, dans une des chambres vides, mais j'avais besoin de défi : une lumière différente, une pièce plus grande…

— Quel genre de projet ? demandai-je, curieuse.

— Elle m'a parlé d'une maison en pleine forêt qu'elle rénove et agrandit.

Cette fois, j'étais vraiment piquée. J'imaginais déjà tout ce que je pourrais dessiner et peindre en jouant sur les ombres des arbres et le mouvement des branches. Je refermai mon livre et vérifiai l'heure ; j'avais le temps de discuter avec Stella, puis de rentrer.

— D'accord, dis-je finalement.

— Génial. On partagera mes tomates, rit Céleste.

Je rangeai mes affaires rapidement et la suivis en direction du parc ; le trajet nous prit quelques minutes, et nous trouvâmes Stella assise sur un banc, feuilletant un magazine de décoration tout en grignotant un sandwich.

— Elle refuse de parler, lança Céleste en s'asseyant près d'elle.

Je levai les yeux au ciel, et Stella m'embrassa sur la joue avec un sourire complice.

— Mais elle veut bien peindre, ajouta-t-elle. Franchement, Valentine, tu es bien trop sérieuse.

— Pas trop. Juste ce qu'il faut, souligna Stella. Comment vas-tu ?

— Bien, merci.

— Luke m'a dit que vous vous voyiez ce soir ? continua-t-elle.

Stella était bien plus subtile que Céleste. Son regard pétillant et son sourire avenant trahissaient sa curiosité dévorante. Je ne comprenais pas vraiment d'où venait cet intérêt. Luke avait des tas d'amies femmes : est-ce qu'elles avaient aussi subi ce même flot de questions ? En quoi notre amitié était-elle si différente ?

— Mais vous vous voyez tous les soirs ? s'étonna Céleste.

— On discute rugby, éludai-je.

— Ah, oui ! Ton père. Je pensais qu'il avait le béguin pour toi, mais, en fait, c'est peut-être ton père qui le fascine, ajouta-t-elle dans un rire.

Stella me fixa, et je fis de mon mieux pour ne laisser transparaître aucune émotion. Luke n'avait aucun béguin pour moi. Quant à mon père, je n'avais aucune idée de comment leur rencontre allait se passer.

— Ils sont amis, répondit Stella pour moi.

— Bien sûr, et le prochain Einstein est dans ma classe ? Elle a dit qu'elle aimait son sourire ! protesta Céleste.

Stella, toujours face à moi, haussa un sourcil. Conserver un visage neutre relevait de l'exploit. Imitant Stella, je retins un rire nerveux. Céleste pouvait croire et déduire ce qu'elle voulait.

— Tu aimes son sourire ? répéta Stella.

— J'aime aussi les huîtres, est-ce qu'on doit en déduire quelque chose ? ripostai-je.

— Tu es une fille sage, répondit-elle. La plupart des filles se pâmeraient pour lui.

— Je ne suis plus une adolescente.

Stella ouvrit la bouche, comme pour parler, avant de se raviser. Son regard s'éclaira, et je décidai de changer de sujet pour couper court à leurs folles suppositions.

— Céleste m'a dit que tu voulais me parler peinture.

— J'ai un super projet à te proposer, répondit-elle immédiatement en enroulant un bras autour de mes épaules.

À son retour du centre de soins, mon père avait été faire une sieste, épuisé par sa rééducation matinale. J'en avais profité pour faire le ménage dans toute la maison et inventorier le matériel de peinture qu'il me restait. Stella m'avait parlé d'un mur de trois mètres de hauteur, donnant directement dans un salon cathédrale. Je n'avais rien peint depuis des semaines et, maintenant, je salivais presque à l'idée de m'y remettre.

La première fois que j'avais peint sur un mur, c'était au fond de mon dressing. Nous en étions à notre cinquième déménagement. Je l'avais fait sans réfléchir et, au fur et à mesure, j'avais peint des murs de plus en plus grands. Une peinture sur un mur avait quelque chose de définitif, d'enraciné. Quelque chose de durable et de constant, qui tranchait radicalement avec ma vie en mouvement.

Dans cette maison, pourtant, les murs étaient restés immaculés. L'inspiration m'avait fuie et, même quand je voulais forcer le destin, je me retrouvais assise sur la terrasse, incapable de choisir un mur ou un thème.

Mon père arriva dans le salon et s'installa sur le canapé, près de moi, avant de m'interroger :

— Que se passe-t-il dans cette jolie tête ?

— Rien. Je réfléchissais, soufflai-je, les yeux rivés sur le mur face à moi.

Mon père suivit mon regard et, à son tour, observa le mur. Il prit ma main dans la sienne, m'encourageant silencieusement. Il n'avait jamais été particulièrement prolixe sur mon choix de carrière. Peut-être parce que j'avais toujours été hésitante, tiraillée entre l'enseignement et l'art, et qu'il ne voulait pas interférer dans mes choix.

— Bien dormi ? lui demandai-je.

— Oui. Les médicaments ont tendance à m'assommer.

— Et tes soins ?

Il se tourna vers moi et fronça les sourcils. En quelques instants, son regard se voila, et il se perdit dans les méandres obscurs, voire perdus, de sa mémoire. À mon tour, je pressai sa main.

— Tu avais de la gym, je crois, ce matin, continuai-je. Et de l'orthophonie.

— C'est vrai. La gym.

Un nouveau silence s'installa, et je décidai de lui laisser du temps. Sa mémoire revenait parfois aussi vite qu'elle s'échappait, et un mot clé suffisait à réveiller les zones d'ombre. Le sport ayant été l'activité principale de toute sa vie, j'avais bon espoir que ce stimulus fonctionne. Soudain, son regard s'éclaira, et il m'adressa un sourire rassurant.

— C'était horrible. Je voulais courir, ils m'en ont empêché. Ils avaient certainement peur que je les sème.

Je ris doucement, imaginant mon père se rebeller contre les éducateurs sportifs. Malgré sa maladie et la fatigue permanente, il était toujours en bonne condition physique. Avant d'être intégré au centre de soins, il courait encore chaque matin sur la plage et s'efforçait de réaliser ses séries d'abdos sur la terrasse.

— Je leur en parlerai, promis-je.

— Ils me traitent comme si j'allais me casser un os dans la seconde !

— Ils font ça pour que tout le monde suive le même rythme. Rien ne t'empêche de faire de l'exercice sur la terrasse.

— Tu me traites aussi comme si j'étais fragile, rétorqua-t-il avec véhémence.

— Papa, hier encore, tu es parti sur la plage et tu es entré dans l'eau au risque de te noyer. Je veux juste te protéger et prendre soin de toi. À ce sujet, nous allons avoir de la visite d'ici peu.

Son visage blêmit, et son corps se tendit. Depuis le début de son Alzheimer, il avait limité drastiquement sa vie sociale à quelques coups de fil aux vieux amis et à de rares visites. J'avais joué le jeu de mon côté, préservant son secret. S'il supportait difficilement de se sentir diminué et d'être considéré comme tel, il appréciait encore moins que son état soit dévoilé à la face du monde. La honte et la culpabilité le rongeaient, et se confronter au public était encore au-dessus de ses forces.

— Qui ? fit-il avec méfiance.

— Luke. Il nous a aidés hier soir. Tu te souviens ? Il t'a sorti de l'eau et il t'a ramené à la maison.

Mon père serra les mâchoires. Le souvenir était déjà désagréable pour moi, alors je n'imaginais pas ce que lui devait ressentir, entre perdition et humiliation. Qu'un inconnu ait pu assister à l'incident devait profondément le contrarier ; que ce même inconnu revienne dans cette maison ravivait sa honte et sa colère.

— Je me souviens, marmonna-t-il. Pourquoi il revient ?

— Luke a proposé de s'occuper de toi quand je suis en cours.

J'attendis une nouvelle protestation, mais mon père se contenta de soupirer. Je ravalai la boule de nervosité coincée dans le creux de ma gorge et me forçai à sourire. Si mon père sentait mon hésitation, il s'enfoncerait dans la brèche et refuserait la présence de Luke. Honnêtement, je savais que je n'aurais pas le cœur à lui tenir tête.

— Comme un garde-malade ? demanda-t-il.

— Disons plutôt… comme un ami. Il t'aidera pour tes exercices, mais vous pourrez aussi sortir.

— C'est ton petit ami ?

La sonnette de l'entrée retentit, ne me laissant pas le temps de réagir à la question de mon père. Je filai jusqu'à la porte et me parai de mon sourire le plus accueillant pour ouvrir. Luke apparut devant moi, ses cheveux tirés dans son fameux *man bun* et vêtu d'une chemise blanche et d'un jean bleu foncé. Je ne l'avais jamais vu aussi formel et crispé.

Et spectaculaire. Ses yeux avaient une teinte de bleu plus foncé, sûrement en raison de son trac, et sa chemise, boutonnée jusqu'au col, mettait en valeur ses larges épaules. Il m'adressa un sourire heureux, et je sentis tout mon corps se réchauffer doucement. Je m'en voulus presque de ne pas avoir fait un effort et de m'être encore habillée de mon éternel jean un peu usé, d'un T-shirt et d'un gilet trop grand pour ma silhouette.

Céleste et Stella avaient une imagination fertile : il n'y avait aucune chance que Luke me voie autrement que comme une amie.

Et elles avaient aussi un redoutable pouvoir de suggestion car, avant qu'elles évoquent le sujet, je n'avais jamais envisagé ce type de relation avec Luke.

Il s'éclaircit la gorge et jeta un coup d'œil vers le salon. Mon père avait dû allumer la télévision, car un bruit de fond nous parvenait désormais. Je m'effaçai et le laissai entrer dans le couloir. Il frotta ses mains contre son jean, et je retins difficilement un sourire. C'était la première fois qu'il était aussi nerveux avec moi.

— Tout va bien ? lui demandai-je, presque inquiète.

— J'ai toujours été très mauvais dans l'exercice de présentation aux parents.

— Tu en as fait combien au juste ?

— À vrai dire, c'est le premier.

— Une tendance à l'esquive ?

— Pas de ma part, avoua-t-il dans un sourire.

Il glissa l'index entre son col et son cou, trahissant davantage son stress. Un nouveau rire manqua de m'échapper. Luke avait écumé des stades remplis de spectateurs, il avait gagné des matchs cruciaux, il avait résisté à des interviews désagréables avec les plus grands médias internationaux et subi les pressions habituelles du haut niveau : sa résistance au stress devait être nettement supérieure à celle du commun des mortels. Pourtant, face à la perspective de rencontrer un quasi- sexagénaire atteint de la maladie d'Alzheimer, il perdait ses moyens.

— Viens par là, soufflai-je en l'invitant de l'index à se baisser.

Sans lui demander son avis, je défis les deux premiers boutons de sa chemise et ouvris son col. J'ignorai son regard persistant sur moi et fis comme si son agréable parfum boisé et épicé ne chatouillait pas mes narines.

— C'est ma réplique, murmura-t-il, alors que je glissais les paumes contre sa chemise pour la lisser.

— Je te l'emprunte. Mon père va croire que tu viens lui demander ma main.

— Tu sais que je pourrais le convaincre de dire oui. Pour ta main et tout le reste.

— Et tu finirais par me demander mon avis ? plaisantai-je.

— Repose tes mains sur moi, et je promets de te demander plus que ton avis.

Je relevai les yeux vers lui, stupéfaite par son audace. Je reculai instinctivement et fourrai les mains dans mes poches, comme pour m'empêcher de le toucher à nouveau. Le sourire de Luke s'élargit, et il enchaîna :

— Mais avant ça, évidemment, je t'aurais invitée à dîner en bonne et due forme.

Je restai muette, de plus en plus déstabilisée. Nous étions amis. Et, quoi qu'en disent Céleste et Stella, je n'avais pas envisagé autre chose. En tout cas, pas avant qu'elles me glissent cette idée dans la tête et que Luke débarque ce soir, séduisant et provocateur.

— Et j'imagine que tu invites souvent des amies à dîner ? demandai-je en ravalant mes inquiétudes.

Il pencha la tête, comme pour me jauger et tenter de lire dans mes pensées. Son sourire s'élargit encore, laissant apparaître sa mine espiègle et joueuse. Discuter avec Luke revenait à jouer aux machines à sous : je glissais des pièces, j'actionnais la manette, j'attendais… et le résultat me surprenait toujours.

— Pas si souvent que ça. Tu devrais accepter, ajouta-t-il.

— De dîner avec toi ?

— Oui. Ça serait une première pour toi, non ?

Je le fixai, sans vraiment comprendre.

— Tu sais, reprit-il, pour ta collection de souvenirs.

— J'ai déjà eu des dîners en tête à tête, Luke, rétorquai-je, vexée.

Je n'avais pas eu une vie amoureuse florissante, mais

j'avais essayé. Rarement, certes. Mes premiers flirts étaient majoritairement des fils de rugbymen et avaient donc été éphémères. Mais Luke n'avait pas besoin d'avoir ce type d'informations.

— Genre, petite robe noire et talons aiguilles ? reprit-il, un peu surpris.

Ses yeux glissèrent sur moi et me firent l'effet d'une douce vague chaude qui me caressait. Moins de deux minutes plus tôt, il s'agitait nerveusement devant ma porte et, désormais, il irradiait d'assurance, me déshabillant des yeux comme si c'était normal.

— Genre, oui, répondis-je d'une voix mal assurée.

— On devrait faire ça. Dîner, je veux dire.

— J'avais compris qu'on dînait ensemble samedi soir.

— Je parle d'un dîner en tête à tête avec tes talons aiguilles. Je payerai, ajouta-t-il avec un sourire arrogant.

— Je ne sais pas si je dois être flattée ou un peu consternée. Honnêtement, Luke, ne drague personne comme ça : ça ne fonctionnera pas. Contente-toi de sourire.

Son sourire s'éteignit dans la seconde, et j'éclatai de rire devant sa mine contrariée. J'avais réussi à retrouver le contrôle de la situation et de mon cœur en pleine chevauchée erratique. Satisfaite, j'affichai un visage neutre et désignai le salon d'un geste du bras.

— Mon père nous attend.

— Je sais. Et j'ai l'impression de devoir affronter le coach après avoir pris une monumentale déculottée.

Je ris de nouveau, et Luke me suivit, son trac revenant subitement. Comme je l'avais imaginé, mon père était devant la télévision, regardant les actualités en continu. En nous entendant, il tourna le visage vers nous et nous adressa un sourire.

— Papa, voici Luke. Luke, je te présente mon père, Victor.

Ils se serrèrent la main et, à la façon dont mon père regardait Luke - avec une pointe d'amusement –, je sus que tout allait bien se passer.

Mon père semblait en forme, j'espérais que cela durerait et que la soirée se passerait sans accroc.

— Monsieur, c'est un honneur de vous rencontrer, débita Luke, comme s'il récitait une leçon parfaitement apprise. Je suis un très grand admirateur. Je crois que j'ai vu tous vos matchs en équipe de France et que...

— On se calme, jeune homme, dit mon père.

— Papa, Luke aussi a joué au rugby. À un très haut niveau, comme toi.

— Vraiment ? Équipe de France ? demanda-t-il, tout sourires.

— Australie. J'ai... Mon père est australien, et j'ai préféré jouer là-bas, expliqua-t-il, entre fierté et embarras. Vous avez été une grande source d'inspiration pour moi, notamment en termes de stratégie et...

— Il parle tout le temps comme ça ? s'inquiéta mon père en me lançant un regard.

— Tu le rends nerveux. Je vais nous apporter à boire, ça devrait le détendre.

Je laissai les deux hommes dans le salon pour préparer nos boissons ; à mon retour, ils discutaient avec animation d'anciens matchs victorieux. Je n'avais pas vu mon père aussi enjoué depuis des mois. Après quelques gorgées de bière, mon père riait aux éclats, et mon inquiétude des jours précédents était déjà un mauvais souvenir.

— Alors c'est vous qui allez vous occuper de ma carcasse ? demanda-t-il finalement.

— Je le crains, oui. Valentine avait besoin d'aide, alors je me suis proposé.

— Vous n'allez pas me faire faire ces exercices débiles de mots fléchés ou de Memory, n'est-ce pas ?

Luke échangea un regard avec moi et, d'un hochement de tête, je l'encourageai à répondre. Luke avait démontré qu'il avait un grand sens de l'observation et de la négociation : il avait réussi à me cerner et à percer mes secrets, il pouvait tout à fait trouver une tactique avec mon père.

— Pas avant d'avoir pris l'air. Qu'en dites-vous ? De grandes balades sur la plage ou dans la forêt, ça vous tenterait ? l'interrogea Luke avec ce sourire à faire fondre un iceberg en cinq secondes.

— Il me plaît beaucoup, chérie. Vous savez que vous êtes le premier garçon qu'elle me présente ?

— Papa ! m'exclamai-je, rouge tomate.

Luke se contenta de rire, avant de m'adresser un clin d'œil complice. Je rougis encore plus et battis en retraite vers la cuisine, laissant mon père et Luke poursuivre leur conversation. Le dîner se déroula dans la même ambiance détendue : papa et Luke s'entendaient comme larrons en foire, partageant des tas d'anecdotes sur leur passion commune. Je me sentais presque de trop.

Au moment du dessert, mon père accusa un coup de fatigue, certainement dû à toute l'énergie qu'il avait déployée avec Luke. Il lutta contre le sommeil pendant une bonne demi-heure, avant d'abandonner et d'annoncer qu'il allait se coucher.

— Luke, c'était un plaisir. Je suis ravi que ma fille soit entre de si bonnes mains.

— Papa ! Luke et moi sommes juste amis. C'est surtout toi qui vas être entre ses mains.

— Bienvenue dans la famille, Luke !

Je me demandai si j'étais transparente ou si mon père avait soudainement perdu l'ouïe. Dans tous les cas, j'avais la sensation d'avoir été lâchée par mon père. Il quitta le salon et se rendit dans sa chambre, me laissant seule avec Luke.

— Il a l'air en forme, lança ce dernier en terminant son dessert.

— Il y a des jours avec et des jours sans. C'est imprévisible et toujours brutal. Il ne sera pas tous les jours comme ça, ajoutai-je après une pause.

— Valentine…

— Luke, ce que je veux dire, c'est que ce type de soirée est rare. La plupart du temps, il oublie ses mots, ses souvenirs, ma mère. Tout.

— Je sais. Enfin, non, je ne sais pas. Mais je ferai avec. On fera avec.

Je me levai de table et débarrassai nos assiettes. Cette soirée avait été une douce parenthèse, à la fois agréable et douloureuse. Je savais que je devais en profiter, je savais que je devais savourer ces moments avec mon père, mais je n'y arrivais pas : j'étais toujours sur la brèche, à redouter et attendre le moment où la maladie prenait toute la place et le reléguait dans un coin sombre et reculé de son cerveau.

Luke me suivit, rapportant un plat avec lui.

— Tu sais, fit-il, je crois que c'est le moment.

— Le moment pour quoi ? l'interrogeai-je en lui tournant le dos.

Pour toute réponse, je sentis Luke m'entourer de ses bras et me serrer contre lui. Je ravalai un cri de surprise, avant que mon dos s'écrase contre son torse. Il cala le menton sur le sommet de mon crâne ; j'étouffai un rire et posai les mains sur les siennes, me laissant aller à cette étreinte inattendue.

Sa chaleur m'enveloppa, et nos doigts se nouèrent. Ce genre de geste devenait familier et addictif.

— Pour ça. J'aime bien te sentir contre moi. J'ai l'impression d'être utile, murmura-t-il.

— Tu es plus qu'utile. Merci d'être venu.

— Chut.

— Chut ?

— J'ai besoin de concentration pour t'imaginer en robe noire et en talons.

Je fus secouée d'un rire, mais très vite, quand je sentis le souffle de Luke dans mon cou, il s'éteignit. Je me tendis, mais ne fis rien pour m'échapper : j'aimais être contre lui et j'aimais sentir son corps chaud pressé contre le mien. C'était apaisant et rassurant.

Luke repoussa ma chevelure sur mon épaule gauche, ses doigts me caressant délicatement. L'instant suivant, ses lèvres effleurèrent ma peau pendant de longues secondes, comme s'il reconnaissait les lieux, provoquant un frisson agréable le long de mon échine. Je n'avais bu qu'un verre, pourtant je ressentais comme une douce ivresse

— Et ça donne quoi ? haletai-je.

Il continua sa douce caresse ; sa bouche ne me touchait pas vraiment, elle frôlait ma peau. J'ignorai la boule de désir qui se formait déjà dans le creux de mon ventre et pinçai les lèvres durement pour m'empêcher de gémir. Comment étions-nous passés d'une étreinte amicale à ces étincelles brûlantes qui picotaient mon corps ?

— Luke...

Ses lèvres atteignirent la courbe de mon épaule, et sa main vint écarter le col de mon gilet. Pendant un court instant, je me demandai s'il allait m'aider à le retirer. J'étais si confuse et si bouleversée que je n'avais plus aucune rationalité.

— Tu veux savoir ? m'interrogea-t-il dans un chuchotis.

Je hochai frénétiquement la tête. Je ne savais plus à quoi je disais oui. À la question, à lui, à ses lèvres, à la sensation de son corps contre le mien. À tout, peut-être.

— C'est génial, fit-il.

Chapitre 15

Évidemment, Valentine avait fini par prendre la fuite. Elle m'avait raccompagné précipitamment à la porte, avant de la verrouiller derrière moi. Depuis, nous avions passé la semaine à jouer au chat et à la souris. À mon grand désarroi, elle excellait à ce petit jeu. Pour autant, cela m'arrangeait presque : je n'étais pas certain de pouvoir expliquer ce qui m'avait pris de la serrer contre moi si intimement. J'avais agi par instinct, oubliant les réserves et les secrets de Valentine, me concentrant sur les réactions de son corps, sur son pouls qui frappait contre mes lèvres et sa peau frissonnante.

Même si j'avais beaucoup discuté avec son père durant la soirée, j'avais aussi pris soin d'observer Valentine, plus souriante et drôle que jamais. Elle prenait soin de Victor, s'inquiétait qu'il ne manque de rien, tout en le taquinant sur ses souvenirs embrumés. De son côté, il l'avait menacé de ressortir les vieux albums photo. Leur complicité m'avait touché, et j'avais découvert une nouvelle facette de la personnalité de Valentine, enjouée et légère.

Et si elle m'avait fasciné avant, avec ses secrets et ses zones d'ombre, sa lumière m'avait définitivement conquis. Quand elle m'avait vu bavarder avec son père et partager avec lui des souvenirs de nos vies de sportifs, ses yeux bleus avaient pétillé de joie. Je n'avais jamais été aussi fier de rendre quelqu'un heureux.

— Hé, mec, t'es avec moi ?

La voix d'Adrien me sortit de mes pensées ; habillé de son costume de mariage, il attendait mon avis, se scrutant dans le miroir de la boutique.

— Très bien, marmonnai-je avec un sourire factice.

— Tu as déjà dit ça des trois autres.

— Parce qu'ils sont tous très bien !

Je jetai un coup d'œil à mon téléphone, envisageant d'envoyer un nouveau message à Valentine. Elle avait snobé notre soirée sur la plage ce week-end, refusant de prendre mes appels et indiquant finalement à Stella qu'elle se sentait trop fatiguée pour venir. Dix jours de silence, c'était insupportable, surtout quand je la voyais me filer entre les doigts chaque fois que je la croisais après m'être occupé de Victor. Stella n'avait pas été dupe longtemps et avait réussi à me convaincre de rester patient. Quant à Adrien, il ne comprenait pas : pour lui, je m'entichais d'une sorte de fantôme et je m'acharnais pour rien.

Pourtant, je refusais de m'avouer vaincu.

— Tu crois vraiment qu'elle vaut le coup de te rendre dépressif ? demanda Adrien, tout en s'admirant devant le miroir.

— Je ne suis pas dépressif. Et elle vaut le coup.

— Tu la connais depuis à peine quelques jours.

— Il t'a fallu combien de temps pour Stella ? Une heure, non ? lui rappelai-je en m'enfonçant dans mon fauteuil.

Adrien me dévisagea tout en ajustant le col de sa chemise blanche. La vendeuse l'aida à mettre sa veste, et il pivota vers moi. Je hochai la tête et vérifiai à nouveau mon portable. Mes derniers messages étaient restés sans réponse.

— Tu te rends compte de ce que tu viens de me dire, n'est-ce pas ? fit Adrien avec un petit sourire narquois.

— Elle me plaît, répondis-je honnêtement. Mais elle passe son temps à m'éviter.

— Tu t'occupes de son père, comment ça se fait que tu...

— Parce qu'elle reste à distance en permanence ! Elle s'arrange pour ne pas rester seule avec moi, nos conversations tournent uniquement autour de son père, et elle finit toujours par fuir. C'est...

— Frustrant ? Pénible ? Douloureux ? Luke, tu peux avoir toutes les filles que tu veux. Tu as choisi d'être ami avec la fille la plus compliquée que je connaisse. Et je te rappelle que ton temps ici est limité.

— Tu veux me virer ? plaisantai-je.

— La chambre que tu occupes est censée être celle de notre futur premier enfant, donc, oui, je compte bien te virer.

— Stella a accepté de faire un enfant avec toi ?

— Crois-moi, elle participe activement à ce beau projet.

Je grimaçai de dégoût. Je n'avais aucune envie d'imaginer mes deux meilleurs amis en train de... Je secouai la tête, chassant cette vision d'horreur. Ça avait eu au moins le mérite de me distraire quelques secondes.

— Tu as essayé à la sortie du collège ? Tu n'as qu'à l'attendre et lui demander pourquoi elle t'évite comme ça. Elle a forcément une bonne raison de te fuir, non ?

— Je sais pourquoi elle me fuit. Je le sais exactement.

— Les filles m'ont toujours fui parce que je portais des lunettes et que j'étais tout sauf sportif. As-tu envisagé le fait que tu ne lui plaisais simplement pas ?

Je relevai les yeux vers Adrien, incrédule. Je plaisais à Valentine, c'était justement ça le problème. Entre sa forteresse de solitude et sa volonté farouche de contrôler tous les pans de sa vie, je devais trouver une faille.

— Bon, d'accord, ton physique est loin d'être repoussant, admit Adrien en parvenant à nouer parfaitement son nœud de cravate. Mais… Bon sang, Luke, si ça se trouve elle est…

— Elle est quoi ? m'enquis-je, agacé.

— Bah, tu sais… Elle a toujours été seule, alors peut-être que… Disons qu'elle manque peut-être d'expérience et que…

— Elle n'est pas vierge.

— Et tu sais ça parce que… ?

— Parce qu'elle m'a clairement laissé entendre qu'elle avait déjà eu des relations. Et maintenant, j'ai sacrément envie de frapper tous ces mecs qui ont réussi à l'approcher.

— Bienvenue dans mon monde, Luke. Un monde où les femmes te résistent en permanence et refusent de te parler sans la présence de leur avocat.

Je levai les yeux au ciel et m'enfonçai un peu plus dans mon fauteuil. Il y avait une faille, forcément. Une solution, une clé… N'importe quoi qui me permettrait de revenir réellement dans la vie de Valentine, sans être cantonné à un rôle périphérique.

— Votre costume est prêt, monsieur.

La vendeuse attendit patiemment que je me relève et elle me guida vers les cabines tandis que je ruminais silencieusement ma frustration. Stella avait eu la riche idée de me commander un smoking pour le mariage : cette femme était une sainte. Je songeai brièvement à la convaincre pour qu'elle écrive, à ma place, mon discours d'encouragement aux jeunes mariés. Alors que j'enfilais mon veston, une voix douce et aimable me parvint de derrière le rideau en velours rouge. La voix de la femme qui envahissait mes pensées et noircissait mon humeur.

Valentine.

— Tu as besoin d'aide, papa ?

Je me figeai et tendis l'oreille. Elle devait être tout près ; son père était sûrement dans la cabine en face de la mienne. Je vérifiai mon reflet dans le miroir, bougonnant contre mes cheveux indisciplinés et ma mine fatiguée. Jouer l'indifférence semblait être la meilleure option.

— Je m'en sors, chérie, répondit son père, confirmant ainsi mon hypothèse.

D'un geste vif, je repoussai le rideau de la cabine d'essayage et tombai nez à nez avec Valentine, assise sur un banc, attendant que son père sorte. En me voyant, elle blêmit et referma précipitamment le magazine qu'elle avait commencé à feuilleter. Puis elle se leva et se replia dans les rayons de la boutique.

— Valentine, attends.

J'ignorai la vendeuse qui me demandait si tout allait bien et rejoignis Valentine, la retrouvant en pleine contemplation d'une veste bleu ciel.

— Si tu veux mon avis, ce n'est pas vraiment ta couleur, plaisantai-je.

Elle riva les yeux aux miens, me défiant presque de lui parler. Elle m'en voulait. Je décidai de limiter les dégâts et optai pour une conversation anodine.

— Adrien et moi essayons nos tenues pour son mariage.

J'étais débraillé : ma chemise mal boutonnée, et surtout avec un pan toujours à l'extérieur du pantalon qui méritait une bonne retouche en longueur. J'étais pieds nus et j'avais l'air de tout, sauf d'un type qui allait à un mariage.

— Qu'est-ce que tu en penses ? demandai-je finalement.

— Très élégant.

Je passai une main nerveuse dans mes cheveux. Peut-être

que limiter les dégâts n'était pas une bonne idée. Les dégâts étaient déjà là, visibles dans le regard perdu de Valentine. J'avais la sensation de revenir aux premières minutes de notre rencontre, où elle affichait une attitude polie et froide. Je détestais cette Valentine. Et je la détestais davantage, maintenant que je connaissais sa personnalité lumineuse et chaleureuse.

— Écoute, au sujet de l'autre soir, je crois que… Je me suis laissé emporter et je croyais que tu…

— Je dois retrouver mon père.

— S'il te plaît, murmurai-je. Laisse-moi une chance de régler ça.

— Régler quoi au juste ? Tu avais dit qu'on devait être juste amis, et j'étais d'accord pour ça. Pas pour autre chose.

— C'est vrai, tu as raison. Mais… Est-ce que…

— Je dois vraiment retrouver mon père, fit-elle en passant près de moi.

Je pivotai à mon tour, laissant tomber la diplomatie et le politiquement correct. Elle m'ignorait et ne s'en cachait pas. Je pouvais aussi la mettre au pied du mur et faire entendre mes arguments.

— Est-ce que c'est si compliqué de comprendre que tu me plais ? criai-je.

Elle se figea, et j'en profitai pour réduire la distance entre nous. La moitié du magasin avait les yeux rivés sur nous. Elle détestait attirer l'attention, et je détestais qu'elle me repousse. Nous étions quittes.

— Tu as l'air de croire que tu es insignifiante ou inintéressante, mais je t'assure que non. Tu es… Tu es la fille la plus incroyable que j'ai rencontrée. Drôle, passionnée, brillante.

— Luke, je t'en prie, dit-elle d'une voix tremblante.

— Tu te rappelles l'une de nos premières rencontres ? Je

t'ai dit que j'avais la sensation d'avoir seize ans. Eh bien, c'est exactement ça : j'ai seize ans maintenant et je fais tout pour que la fille qui me plaît me remarque. Et je continuerai d'essayer, jusqu'à ce que tu acceptes de me regarder dans les yeux.

Elle resta le dos tourné et finit par reprendre le chemin des cabines. Je me retins de décharger ma frustration sur les portants de vêtements et serrai les poings à m'en faire mal. Cette fille était en train de me rendre dingue.

— Stella ne va jamais me croire quand je vais lui raconter ça, commenta Adrien, qui m'avait suivi et n'avait rien raté de la scène.

Je retrouvai Valentine, aidant péniblement son père à nouer un nœud papillon. Elle était sur la pointe des pieds et tentait de le redresser pour qu'il soit parfaitement horizontal.

— Oh ! Luke. Comment vas-tu ? lança son père avec un grand sourire.

— Très bien, Victor. Vous êtes très chic, une soirée en perspective ?

— La Fédération fait une soirée pour célébrer les vingt ans de notre équipe nationale. Je pensais que Valentine t'en avait parlé. Je lui ai demandé de t'inviter.

Elle me jeta un regard et poussa un soupir las. Je jubilais presque. Quoi qu'elle fasse, elle était cernée et prise au piège. Une vendeuse tendit une veste à Victor, et il s'admira de longues secondes dans le miroir face à lui. Je gardais les yeux sur Valentine, qui pinçait les lèvres de détresse ; j'avais envie de la prendre dans mes bras pour lui assurer qu'elle ne risquait rien.

— Est-ce que j'ai oublié de te le demander ? s'inquiéta son père.

— Non, papa. Je n'ai pas eu l'occasion d'en parler à Luke, c'est tout. C'est samedi, mais tu dois sûrement être pris.

— Ça sera un peu pénible, reprit son père. Un dîner interminable et une piste de danse. Faire danser des joueurs de rugby, on se demande qui peut avoir ce genre d'idée.

— En effet, souris-je.

— Ne te sens pas obligé de venir, continua-t-il. C'était surtout pour éviter à Valentine de se retrouver seule avec des hommes trop vieux pour elle.

— Papa, je t'ai dit que ça me faisait plaisir de t'accompagner.

Elle s'agitait devant moi, mal à l'aise ; sans la présence de son père, elle aurait pris la fuite en courant dans la rue. Je gardais les yeux rivés sur elle, espérant accrocher son regard. Je refusais de croire que j'avais tout perdu. Je pouvais repousser ce que je ressentais pour elle. Je pouvais le faire. Mais il fallait que je reste d'une façon ou d'une autre dans sa vie, même si cela signifiait n'être que son ami.

— Je sais, ma chérie. Mais, si jamais je déraille entre le saumon et la volaille, Luke pourra t'aider à me faire revenir à moi.

— Vous pouvez compter sur moi, dis-je. En revanche, je préfère prévenir, je suis un très mauvais danseur.

Un sourire flotta sur les lèvres de Valentine, et je me surpris à sourire à mon tour. Je reprenais espoir. Quand, finalement, elle leva les yeux vers moi, ma morosité des derniers jours s'estompa un peu. Je lui adressai un sourire chaleureux, me promettant de recoller les morceaux au plus vite.

— Valentine danse très bien. Sa mère lui a tout appris.

J'arquai un sourcil interrogateur, et elle lança un regard consterné à son père, choquée qu'il s'autorise de telles révélations. Elle poussa un nouveau soupir, et je profitai de ce que la vendeuse s'occupait de son père pour m'approcher d'elle.

— Robe noire et talons aiguilles ? murmurai-je.

— Nous sommes amis. Amis, et rien d'autre.

— D'accord. Ce que tu veux, tant que tu cesses de m'ignorer.

Elle hocha la tête, toujours aussi embarrassée et nerveuse. Ses yeux passaient de son père à moi. Je n'arrivais pas à discerner si elle voulait s'assurer que son père allait bien ou si elle faisait de son mieux pour paraître polie tout en évitant de m'affronter.

— On se voit plus tard ? Il y a un truc que j'aimerais qu'on fasse ensemble. J'apporterai un dessert, ajoutai-je devant son silence.

— On se verra à la maison, éluda-t-elle. Je rentrerai plus tard, j'ai une réunion de dernière minute.

— D'accord.

J'étais soulagé mais pas totalement satisfait. Valentine était toujours fuyante, m'accordant le minimum qu'exigeait notre amitié vacillante. Croisant le regard de la vendeuse, je lui demandai un autre costume pour ce week-end. Adrien râla, prétendant que nous allions être en retard pour le déjeuner avec Stella, mais je lui promis que cela ne durerait que quelques minutes.

— Tu es en train de passer du côté obscur, Luke, fit-il en sirotant son verre d'eau pétillante.

— J'imagine qu'elle est ta +1 au mariage ? demanda Stella.

— C'est un peu compliqué pour le moment, pondérai-je. Je veux juste qu'elle me laisse... Je ne sais pas, qu'elle m'accepte dans sa vie ?

— Mec, tu t'occupes de son père, c'est évident qu'elle t'accepte dans sa vie ! commenta Adrien.

— Non, elle accepte que je sois dans la vie de son père. C'est différent.

— Il faut qu'elle te fasse confiance, c'est tout. Qu'as-tu fait au juste pour qu'elle soit si distante ?

Je lançai un regard à Stella, tentant de lui faire comprendre que j'avais sûrement brûlé les étapes avec Valentine. Mon amie secoua la tête et avala une bouchée de sa salade en me fusillant du regard.

— Je t'avais dit d'être prudent avec elle, déclara-t-elle finalement.

— J'ai été prudent. Je ne m'attendais pas à une réaction si... violente.

— Attends qu'elle fasse le premier pas.

— Attendre ? répétai-je. Valentine ne demanderait même pas son chemin si elle était perdue en plein Sahara. Elle ne fera jamais le premier pas.

— Luke refuse d'admettre qu'il peut ne pas lui plaire, ironisa Adrien.

— Oh ! tu lui plais. Je crois même que tu lui plais vraiment, et depuis un long moment.

Stella marqua une pause, un peu théâtrale. Elle adorait ménager le suspense. De toute évidence, elle avait une pièce du puzzle qui me manquait. Je fis de mon mieux pour rester patient tandis qu'elle se délectait de me voir souffrir.

— Elle a déjeuné avec Céleste et moi la semaine dernière. Céleste a tenté de la cuisiner sur toi et votre relation.

— Et elle a dit quoi ? la pressai-je.

— Que vous étiez amis. Et, quand je lui ai dit que la plupart des filles se pâmeraient pour toi, elle m'a répondu qu'elle n'était plus une ado.

— Pour être clair, tu es « la plupart des filles » ? demanda Adrien, vaguement jaloux.

— Évidemment. Et je t'épouse pour oublier Luke, répondit-elle, sarcastique. Tu m'as bien dit que vous aviez été dans le même lycée ?

— Euh, oui. Mais nous n'avons jamais...

Je cherchai dans les vieux souvenirs de ma scolarité en France. J'avais déjà péniblement exhumé Valentine, en tant que « fille des gradins ». De son côté, elle avait rapidement évoqué un cours d'histoire en commun. Je n'avais aucune idée d'éventuelles autres rencontres.

— Peu importe. Je crois juste qu'elle devait avoir le béguin pour toi à ce moment et que, maintenant, eh bien... Soyons honnêtes, Luke, vieillir t'a fait du bien. Elle ne doit pas avoir une expérience énorme en relations amoureuses.

— La psychologie féminine m'échappera toujours, marmonna Adrien. Je veux dire, y a pire que Luke, non ?

— Tu ne comprends pas, c'est comme... C'est comme si elle n'avait jamais fait d'escalade et que tu étais une espèce de mont Everest.

Je fixai Stella, toujours sans comprendre. Valentine n'était pas une femme fragile, j'en étais certain. Elle avait vécu dans l'ombre de son père, accepté d'être à l'écart en permanence et surmonté la mort de sa mère et la maladie de son père.

— Ou qu'on la faisait jouer en équipe nationale après seulement deux entraînements, ajouta Stella.

— Oh ! je comprends mieux ! Donc, je dois la laisser s'entraîner ?

— Laisse-lui du temps. Tu ne peux pas débouler dans sa vie comme ça, Luke. Tu es un véritable tremblement de terre.

— Je croyais que j'étais une sauce bolognaise ? dis-je dans un rire.

— Ou le mont Everest, enchaîna Adrien.

— Tu es le truc qui arrive une fois dans la vie et détruit tout. Tu es un tremblement de terre, asséna Stella.

— Est-ce que j'ose lui demander ce que je suis, moi ? me demanda Adrien.

— La foudre, répondit immédiatement Stella. Tu es inattendu et lumineux.

Je passai l'après-midi avec Victor. En lieu et place des exercices, j'optai pour une balade près de l'océan. Par rapport à la semaine précédente, je le trouvais déjà plus en forme et plus endurant.

— Je connais ma fille, elle ne reste jamais fâchée longtemps, me dit-il alors que nous remontions l'allée en direction de la maison.

— Je ne crois pas qu'elle soit fâchée.

— Je n'ai pas dit qu'elle l'était contre toi. Elle n'est pas très indulgente avec elle-même. Elle se calmera.

— J'espère.

— Elle a toujours été une enfant très sage et une adolescente conciliante. Pas une bêtise ni un mot plus haut que l'autre. Elle n'a jamais réagi comme les gosses de son âge. J'ai l'impression qu'elle persiste encore à présent.

— Je crois, oui, approuvai-je en souriant. C'est impressionnant.

— Tu devrais… l'aider. Là-dessus.

— Je le fais, répondis-je en songeant à notre virée épique chez Muller.

De toute évidence, la Valentine ado avait été un puits de sagesse, de lignes droites et de souvenirs inexistants. Pourtant, nous avions toujours un accord, et j'étais déterminé à le poursuivre.

— Victor, ça vous dirait de rencontrer mes amis Stella et Adrien ? J'ai promis à Valentine de la rejoindre au collège, ce soir.

— Je peux rester seul, maugréa-t-il.

— Je n'en doute pas. Mais Stella est un incroyable cordon bleu et fait un tiramisu à damner tout un monastère. Ça vous tente ? On fera une incartade à votre régime habituel.

Au mot *incartade*, le regard de Victor s'illumina, me rappelant celui de sa fille. Il acquiesça, et nous rebroussâmes chemin en direction de chez mes amis. Stella l'accueillit à bras ouverts - elle aurait accueilli l'humanité tout entière de la même façon –, et je promis de revenir rapidement.

— Stella, tu as des cookies, ou un truc qui ressemble ?

— Il y a des amaretti dans une boîte dans la cuisine.

Je l'embrassai sur la joue avec chaleur et fonçai chercher la boîte en fer qui trônait sur le plan de travail. Je traversai le salon au pas de course et saluai à nouveau Victor.

— Ne fais pas n'importe quoi ! m'enjoignit Stella.

— Jamais ! criai-je.

Chapitre 16

— Tu crois que ça va finir tard ? m'interrogea Céleste.

— J'espère que non. J'ai encore une heure de cours de soutien à assurer ensuite, marmonnai-je en complétant mes relevés de notes.

— Et tu fais quelque chose après ? reprit-elle en me tendant une tasse de café.

— Je compte prendre un bain et grignoter un truc en regardant la télé. Pourquoi ?

— Oh ! il y a ce vernissage. J'ai deux places et je me disais que… Enfin, Grégoire est libre, et il n'a rien de prévu.

— Tu veux toujours me caser avec Grégoire ?

— Pourquoi est-ce que tu rends tous mes beaux projets aussi moches ? « Caser » ? C'est horrible. Disons que je veux… aider le destin.

Je secouai la tête et ravalai un rire. Céleste n'avait pas perdu ses bonnes habitudes. À défaut d'être elle-même en couple, elle persistait à vouloir rendre tout le monde heureux. Et pour elle, être heureux se résumait à être avec quelqu'un.

— Peut-être une autre fois, éludai-je.

— Je t'assure que Grégoire peut être super intéressant. Et drôle aussi. Il faut juste que tu lui laisses une chance.

— Céleste, je n'ai… Ce n'est pas mon truc, c'est tout. J'ai déjà une vie très remplie, et mon père est à la maison.

— C'est vrai. Luke pourrait prendre le relais pour la soirée, non ?

Céleste était parfaitement au courant de mon arrangement avec Luke. Lors d'une pause déjeuner, j'avais pris mon courage à deux mains et je lui avais raconté pourquoi mon père vivait avec moi. Me confier à elle m'avait soulagée, et sa réaction chaleureuse et bienveillante m'avait émue.

— Pourquoi ne m'as-tu rien dit avant ? m'avait-elle demandé, alarmée.

— C'est une première pour moi de… de parler de moi. Je ne veux pas que vous ayez pitié. C'est juste que tout ça va me rendre moins… libre de mon temps.

Luke s'en sortait remarquablement bien ; les après-midi où je n'étais pas à la maison, je retrouvais mon père enjoué et en forme.

— Il te suffit de l'appeler, non ? reprit Céleste. Luke sera ravi de te dépanner.

— Et je lui dis que je passe la soirée avec Grégoire ?

— Oh. Oui, ça peut s'avérer délicat vu que Luke t'aime bien, fit-elle, pensive.

— Ce n'est pas ce que je voulais dire. Et Luke m'aime bien en tant qu'amie. Il apprécie mon père et…

— … Et tu crois qu'il n'accepterait pas que tu sortes avec Grégoire ?

— Mais pas du tout ! C'est juste que je trouve ça un peu déplacé de lui demander de s'occuper de mon père pendant que je passerai la soirée à un vernissage !

— Luke est très protecteur. En même temps, ça pourrait être un test : s'il se montre jaloux, tu auras les réponses à tes questions.

— Mais je n'ai aucune question ! m'exclamai-je, récoltant quelques regards curieux de la part de mes collègues.

Je refermai mon cahier de notes et bus une gorgée de mon café. J'avais pris mes distances avec Luke après notre dernière étreinte. Il m'avait promis de ne vouloir que mon amitié ; je n'étais absolument pas prête à lui offrir plus. Ma vie était en friche, mon père malade et, même si Luke était attirant - et pas que physiquement –, il ne méritait pas une fille compliquée et solitaire comme moi. Il méritait une fille comme Céleste, joyeuse et épanouie ; ou une fille comme Stella, chaleureuse et souriante.

Dans tous les cas, pas une fille comme moi.

— Donc, je dis non à Grégoire ? demanda Céleste.

— Oui !

— Et je lui dis que tu es avec Luke, du coup ?

— Non !

— Non ? Parce que vous avez l'air proches et que…

— Céleste, non. Il n'y a rien entre Luke et moi.

— Parce que tu ne veux pas. Crois-moi, je connais bien Luke et j'ai vu la façon dont il te regarde. Tu devrais… Tu sais, lui donner une chance.

— Lui donner une chance ? répétai-je.

Je dévisageai Céleste en me demandant si elle était sérieuse. Elle n'avait aucune idée de la vie que j'avais menée. Mes relations amoureuses se comptaient sur les doigts d'une seule main, et elles avaient toutes fini en fiasco. Je n'étais pas faite pour ça ; je ne m'attachais pas et je faisais tout mon possible pour que personne ne s'attache à moi.

Évidemment, Luke faisait exception, s'accrochant à moi jusqu'à ce que je cède.

— Céleste, je… je ne sais pas faire ça. Les relations. Les

codes. Les… chances. Ce n'est pas mon truc. Ni avec Luke ni avec personne en fait.

Je sentis mes joues rougir l'instant suivant, sous le regard inquisiteur et effaré de Céleste. C'était dans ce genre de moment que mon choix de vie solitaire révélait ses conséquences : non seulement mes relations amoureuses avaient été rares et laborieuses, mais je n'avais jamais vraiment eu l'occasion d'en parler avec une amie.

— Personne ? Mais tu as déjà…

J'étais parvenue à embarrasser Céleste. Elle termina sa phrase avec un regard entendu et quelques gestes évocateurs de la main. Je rougis encore plus, mortifiée.

— Euh, oui, avouai-je. Ça, oui.

— Tu me rassures. Non pas que ça aurait été une tare ou une honte, mais je me serais sentie mal de t'avoir poussée là-dedans si tu… enfin… si tu manquais d'expérience. D'ailleurs, Luke sera un bon choix.

— Je te demande pardon ?

— Les quelques fois où il est revenu en France, il a fréquenté des filles. Dont certaines que je connaissais et… Bon sang, comment dire ça de manière élégante…

— Céleste, est-ce qu'on peut juste changer de…

— Disons qu'elles étaient plutôt ravies. Du genre à recommander, même.

Je cachai mon visage entre mes mains, avec la ferme envie de disparaître dans la seconde. Je n'arrivais pas à croire que j'étais en train de débattre des prouesses sexuelles de Luke avec une de ses amies. Il n'y avait aucune chance que je puisse regarder Luke dans les yeux après cette conversation. Insensible à ma gêne, Céleste reprit :

— Disons que ça pourrait être une expérience très satisfaisante.

— Luke n'est pas un produit que je vais évaluer dans une enquête consommateur, gémis-je.

— Je disais ça pour te rassurer. Et te motiver, du coup.

— Parce que tu penses que ses... performances pourraient me motiver à sortir avec lui ? demandai-je en fixant Céleste entre mes doigts.

— C'est un argument qui s'ajoute à toutes ses autres qualités. Et je refuse de croire que tu n'y aies jamais pensé.

Céleste marquait un point. Oui, j'y avais pensé plus d'une fois depuis notre dernière soirée ensemble et la sensation de ses lèvres caressant ma peau. Mais, dès que l'idée surgissait, je la repoussais. Il n'y avait aucune chance que je plaise à Luke - quoi qu'il en dise - et encore moins de chance que je le séduise.

— Céleste, je crois que tu te trompes. J'intéresse Luke parce qu'il s'occupe de mon père et parce qu'il n'a rien d'autre à faire que me poser un tas de questions. Je suis un hobby.

Elle m'adressa un sourire amical et indulgent, puis posa la main sur la mienne, comme si elle allait m'annoncer une grave nouvelle.

— Que tu tentes de nier est admirable mais foutrement inutile. Ça finira par te sauter aux yeux, lâcha-t-elle en se levant pour se poster près de la fenêtre.

— Tu l'as dit, Luke est une plage australienne, et je suis un paysage désolé. Nous n'avons rien en commun.

— Justement. Je ne crois pas à cette théorie de « qui se ressemble s'assemble ». Ça serait super ennuyeux au quotidien, ça manquerait de surprise. Et je crois que, toi, tu as justement besoin de surprise.

— Céleste, il y a deux minutes, tu voulais me caser avec Grégoire. Et j'ai décidé de prendre un peu de distance avec

Luke, j'ai besoin de me concentrer sur le projet de Stella et sur mon père. On va moins se voir.

C'était ce que j'avais décidé après notre rencontre fortuite au magasin de costumes. Luke était là pour une durée déterminée et courte. J'étais déjà incapable de m'engager dans une relation normale, alors je n'allais sûrement pas m'investir dans une relation éphémère. Cela m'aurait conduite tout droit à ce que je tentais de fuir depuis des années : une séparation douloureuse, des regrets amers et une tristesse infinie.

— Vraiment ? fit Céleste.

— Vraiment. Il a peut-être du temps, mais pas moi.

— Tu devrais le lui dire, parce qu'il est en bas, près de sa voiture.

Je pivotai dans sa direction, à temps pour la voir lever la main et saluer quelqu'un de l'autre côté de la fenêtre. Je me levai précipitamment, faisant tomber mon cahier de notes et mon sac au passage. Luke était là, avec son sourire rayonnant, son air de gosse et surtout… sans mon père.

— Il devrait être à la maison, murmurai-je, folle d'angoisse.

J'ouvris la fenêtre et me penchai en direction du parking ; j'étais au premier étage, et il n'aurait aucun mal à m'entendre le sermonner pour son imprudence. J'allais lui botter les fesses s'il arrivait quoi que ce soit.

— Où est mon père, Luke ? hurlai-je.

— Chez Stella. Il mange du tiramisu.

— Qu'est-ce que tu fiches ici ?

— Je suis venu te proposer des amaretti, fit-il en secouant une boîte.

J'avais une envie furieuse de l'étrangler et de lui faire ravaler son sourire australien. Il avait laissé mon père pour qu'on mange des biscuits !

— Mon dernier rencard m'a fait payer le pop-corn au

ciné. Je peux t'assurer que le plan de Luke est bien meilleur, lança Céleste près de moi.

Je la fusillai du regard et récoltai un simple haussement d'épaules. Depuis quand ma vie était-elle devenue un spectacle ? Tout le monde avait l'air de se délecter de ma relation avec Luke. Tout le monde, sauf moi.

— Luke, j'ai une réunion et une heure de soutien, donc, tu remballes ton idée et tu ramènes mon père à la maison.

— Tu m'as fui toute la semaine, il est temps de rattraper le temps perdu.

— Je ne t'ai pas fui. J'ai juste… J'ai d'autres préoccupations. Rentre, s'il te plaît.

— Non.

— Non ?

— Je ne bougerai pas d'ici. De toute façon, tu sais où tout cela va nous mener, non ? Tu vas dire « non », et je vais trouver le moyen de te faire dire « oui ». Donc, à ta place, je capitulerais tout de suite. On peut aller les manger sur la plage, ou aller se balader en forêt.

— Je viens de te dire que j'étais occupée.

Quelques collègues approchèrent de la fenêtre, se régalant à leur tour du spectacle que nous affichions. Luke les salua d'un geste de la main, avec son fameux sourire qui le rendait immédiatement sympathique. Je savais déjà que je n'étais pas en position de force.

— Tu n'as jamais fait ça, n'est-ce pas ? lança-t-il.

— Ça quoi ? m'enquis-je, énervée.

— Sécher les cours. Faire le mur.

— Luke, je suis prof, je ne suis pas celle qui sèche les cours. Rentre !

— Toujours pas. Allez, viens ! On pourrait remonter le bord de mer, manger des huîtres, boire du vin.

Il marqua une pause, et son sourire se fana un peu. Ses yeux accrochèrent les miens, et je n'y trouvai plus l'étincelle taquine habituelle. Je me tendis, redoutant le pire. Près de moi, Céleste affichait un sourire énigmatique, et je commençais à me demander si elle n'avait pas trempé dans ce complot. En bas, Luke reprit :

— Je sais que j'ai merdé. Je suis désolé, Valentine. Mais je pensais ce que j'ai dit à la boutique tout à l'heure : je déteste quand tu m'ignores. Je crois bien que c'est pire que d'être plaqué par deux gaillards de cent quarante kilos de Nouvelle-Zélande. Et pourtant, je t'assure que ça fait un mal de chien.

Je me cramponnai au rebord de la fenêtre. J'avais tout fait pour enfouir dans un recoin de ma mémoire notre petit écart de conduite de la semaine dernière - j'avais toujours été très forte pour oublier et passer à autre chose –, cette fois, pourtant, je devais admettre que ces quelques secondes où je m'étais abandonnée entre ses bras étaient gravées à même ma peau. Je fermai les yeux, débattant intérieurement de ma capacité de résistance.

— Je pensais que c'était une bonne idée de venir. Je me disais que… que, si tu devais choisir entre les cours et moi, tu me choisirais forcément. Ton père va bien, Stella s'occupe de lui. Je voulais juste t'offrir un peu de liberté et de biscuits. J'ai encore des tonnes de questions et… et, si tu n'aimes pas les amaretti, on peut aussi s'arrêter et acheter autre chose.

— Vas-y, je te couvre, me dit Stella à voix basse.

— Quoi ?

— Vas-y. Si tu ne le fais pas, Solène, la bibliothécaire, va finir par y aller.

— Céleste…

— Lui ou les cours ? Franchement ? Vas-y et amuse-toi. Tu en meurs d'envie.

Je jetai un coup d'œil à Luke, toujours en contrebas, qui attendait une réaction de ma part. Céleste me donna un léger coup de coude et m'indiqua la porte d'un geste du menton. J'étais tétanisée. Toute ma vie, j'avais suivi une belle ligne droite toute tracée. En quelques jours, Luke semblait avoir dissipé le brouillard qui masquait toutes les bifurcations possibles.

— Sinon, je peux aussi dire à Muller que nous sommes à l'origine de son…

— Luke ! m'écriai-je pour l'arrêter.

Il afficha un sourire ravi, savourant déjà sa victoire. Il s'appuya sur le capot de sa voiture et croisa les bras sur son torse, m'attendant patiemment.

— Je vais le tuer, grognai-je en rangeant mes affaires dans mon sac.

— Embrasse-le pour moi, fit Céleste alors que je franchissais la porte.

Je dévalai l'escalier à vive allure, craignant de rencontrer Muller sur le chemin. Je trébuchai même, pestant contre Luke et ses lubies improbables. Si Muller me voyait prendre la fuite, je pouvais faire une croix sur mon poste ; il me pourrirait la vie jusqu'à me faire démissionner au besoin.

— J'ai failli attendre, sourit Luke en me voyant pousser la lourde porte battante qui menait au parking.

— Tu vas me faire virer, lâchai-je d'un ton rageur.

— Un biscuit ? proposa-t-il en me tendant la boîte.

— Je devrais t'assommer avec ! Partons d'ici avant que Muller déboule pour me demander des explications.

De colère, j'aurais presque pu arracher la portière de la voiture. Luke s'installa derrière le volant, et nous quittâmes le parking, longeant le terrain d'entraînement de l'équipe du collège. Le regard de Luke traîna sur les jeunes en plein exercice, et seule la sonnerie de mon téléphone parvint à le distraire.

— C'est le collège, soufflai-je. Muller veut sûrement savoir où je suis.

— Ne réponds pas. Et demain tu lui diras que tu as eu une urgence familiale.

— Tout est toujours simple pour toi, n'est-ce pas ? sifflai-je, encore contrariée. Tu déboules dans la vie des gens, tu débarques au collège…

— Tu n'as aucune raison d'être en colère contre moi, répondit-il, très calme.

— Et ton petit chantage de tout à l'heure ?

— Est-ce que tu me crois suffisamment idiot pour aller balancer à Muller que nous avons tous les deux redécoré son jardin ?

Il se tourna vers moi, et je secouai la tête, toujours fâchée contre lui. Je m'enfonçai dans le siège, les yeux rivés sur la route bordée de pins. Luke augmenta le son de la radio, comblant ainsi le silence dans l'habitacle.

— C'est ton père qui m'a donné l'idée, dit-il après quelques minutes.

— De me faire sécher les cours ?

— Il m'a dit que tu avais été une enfant puis une ado très sage.

— En effet. À l'époque, je n'avais aucune mauvaise fréquentation.

— Tu n'avais aucune fréquentation tout court. D'ailleurs… Pourquoi n'es-tu jamais venue me parler ?

— Parce que tu crois qu'on aurait pu devenir amis à l'époque ? souris-je.

— Si j'avais su que ton père était Victor Aubry, je crois que j'aurais fait n'importe quoi pour qu'on devienne proches.

— Voilà exactement pourquoi j'ai choisi de rester à l'écart durant toute ma scolarité.

Luke me jeta un regard et comprit que j'étais sérieuse. J'avais appris à être considérée comme étant la « fille de ». C'était un prisme déformant et fabuleux : on ne me demandait jamais mon avis et on m'offrait de la considération sans que je sois particulièrement brillante. Pendant des années, mon seul talent s'était résumé à être la fille de mon père, le fin tacticien et le faiseur de miracles sportifs.

— Et après, j'aurais appris à connaître la fille formidable que tu étais déjà à l'époque, dit Luke pour tenter de se rattraper.

— Je n'étais pas formidable. Et tu n'aurais jamais...

— Jamais quoi ? Accepté de parler avec toi ?

— Il aurait d'abord fallu que tu me voies. Si je me souviens bien, tu ne manquais pas d'opportunités à l'époque. Les filles parlaient souvent de toi dans les vestiaires de sport. Tu étais une sorte de... sex-symbol.

— Étais ? rit-il. Merde, Valentine, mon ego ne va jamais se remettre de ça. Je vais devoir noyer ma déprime dans les biscuits. Tu peux ouvrir la boîte ?

— Tu as gardé de beaux restes, plaisantai-je. Tu as ce truc particulier avec le regard, c'est... c'est très déstabilisant.

Je lui tendis la boîte, et il prit un biscuit pour le gober dans la seconde. Ma colère avait fini par s'estomper. Je savais qu'elle n'était, de toute façon, pas dirigée contre lui. J'étais contrariée par mes réactions, par mon incapacité à gérer la situation avec Luke. Je me sentais impuissante et totalement inexpérimentée.

— Déstabilisant comment ? demanda-t-il. Est-ce que je pourrais te faire faire des choses illégales ou immorales ?

— Probablement. Regarde, je suis dans cette voiture alors que je devrais être en cours. Quand j'étais gamine et que j'assistais aux matchs de mon père, j'étais fascinée par sa force de conviction quand il parlait à son équipe juste avant d'entrer sur le terrain. Il parvenait à les galvaniser rien qu'avec ses mots. Je crois que tu as la même force.

— Ton père est… Je suis vraiment désolé qu'il soit malade, répondit Luke avec sincérité.

Il y eut un nouveau silence, pendant lequel je grignotai un biscuit. Je refusais de penser à la maladie de mon père.

Quand je retrouvai le regard de Luke, nous parlâmes au même moment.

— Pour l'autre soir…

Nous échangeâmes un sourire et, d'un geste de la main, j'invitai Luke à commencer. Il cramponna les mains sur le volant et riva les yeux sur la route.

— J'étais sincère dans le magasin de ce matin. Je… Enfin, tu me plais beaucoup, et j'ai cru que c'était réciproque. Honnêtement, je ne regrette pas ce que j'ai fait. Mais, si j'avais su que tu t'éloignerais, je n'aurais pas pris de risque.

— J'ai été surprise, lâchai-je dans un souffle. Disons que c'était inattendu et que… J'aime qu'on soit amis. J'aime vraiment ça. Même si ça me met parfois mal à l'aise et que tu me rends chèvre, et que tu me fais faire n'importe quoi.

— Mais tu ne veux rien de plus ? demanda Luke.

Je piochai dans la boîte de biscuits. Je n'avais aucune idée de ce que je voulais. Avoir le choix était presque une nouveauté. Même si ces dernières années m'avaient obligée à sortir de l'ombre de mon père et à prendre mes propres décisions, ça restait difficile. Étais-je vraiment sûre de ne rien vouloir de plus avec Luke ?

— Peut-être que si, admis-je.

— D'accord.

— Ça m'a manqué aussi. Notre relation.

Luke était si calme que je me demandais s'il avait bien compris de quoi je lui parlais. Je venais de lui avouer à demi-mot que je n'avais rien contre l'idée de « plus », et il semblait fasciné par la route qui se déroulait devant lui. Agacée par la situation, je lâchai :

— C'est moi ou c'est absolument nul de rationaliser autant quelque chose qui devrait être spontané ?

— C'est nul, confirma Luke. Mais, si tu choisis de faire un truc spontané, un jour, appelle-moi.

— Même au milieu de la nuit ? Céleste m'a toujours dit qu'un ami c'est quelqu'un qu'on peut appeler sans explication au milieu de la nuit.

— Surtout au milieu de la nuit. Mais ne t'éloigne plus, j'ai détesté ça. J'aime beaucoup passer du temps avec ton père et parler sport avec lui, mais c'est toi que je veux connaître.

— Je suis certaine qu'il t'a déjà montré nos albums de famille, non ?

— En effet. Et on doit d'ailleurs discuter de ce déguisement de papillon rose. Tu l'as gardé ?

Je cachai mon visage dans mes mains, sentant déjà mes joues chauffer de honte. Mon père et ses albums photo ! C'était toujours son inquiétude première quand nous déménagions : il voulait toujours être certain que les albums étaient parfaitement emballés. Désormais, ils nous servaient à remuer ses souvenirs enfouis, voire absents.

— Tu étais vraiment mignonne.

— Étais ? gloussai-je. Tu penses à mon ego ?

— Tu es vraiment mignonne. Et je n'ai pas attendu les photos de ton père pour m'en rendre compte. Je l'ai vu tout de suite, quand tu mangeais ce tiramisu chez Stella et que tu osais à peine me regarder dans les yeux.

— Luke, tu étais quasiment nu !

Il éclata de rire, et je dirigeai mon attention sur la route. Nous étions à quelques centaines de mètres de la maison. Luke m'avait fait miroiter une escapade sur la côte, et nous nous retrouvions chez moi.

— Je croyais qu'on…

— J'ai un peu menti. Je vais commander les huîtres, le vin et tout ce que tu veux mais, tu vois, il y a un truc assez injuste : tu connais tout de ma vie, ou presque. Ton père m'a parlé de toi, Stella et Céleste aussi, mais ce que je voudrais vraiment c'est que, toi, tu me parles de toi.

— Il n'y a pas grand-chose à dire, je crois, répondis-je alors que Luke se garait.

Il fronça les sourcils et, sans attendre, descendit de la voiture pour m'ouvrir. Il tendit la main, m'aidant à sauter de la petite hauteur, puis noua les doigts aux miens. C'était presque anodin, mais cela me tira un sourire heureux.

— Tu n'es pas obligée de parler, répondit-il, énigmatique.

Nous gagnâmes la maison, et je regardai Luke, guettant un indice de sa part. Il attrapa la bandoulière de mon sac et le posa dans la cuisine, puis il se posta derrière moi, les mains sur mes hanches, la bouche à proximité de mon oreille, me rappelant aussitôt notre dernière soirée et la sensation agréable de ses lèvres contre ma peau.

— Ferme les yeux.

— Luke, je n'aime pas vraiment les surprises.

— Bien sûr que si. Tu adores ça.

Puis, après un court silence, il ajouta :

— Fais-moi confiance.

Il posa les mains sur mes yeux et me guida jusqu'au salon. Le cœur battant, je ravalai ma nervosité et fis comme si sentir le corps de Luke contre le mien me laissait complètement indifférente.

— Prête ? souffla-t-il dans un murmure.

Je risquai un sourire. Mon corps tremblait de trac, et mon cerveau bouillonnait, sur le point d'exploser. Malgré tout ce à quoi je m'accrochais, malgré mes pensées rationnelles et mes dénégations, ce que j'éprouvais pour Luke dépassait le cadre de la simple amitié.

— Puisque tu penses que je peux convaincre n'importe qui de faire n'importe quoi, dit-il en retirant ses mains de mes yeux.

Je clignai des paupières et mis quelques secondes à comprendre ce qu'il avait fait dans mon salon. Les meubles avaient été changés de place, le canapé avait été repoussé contre l'un des murs et, face à moi, un gigantesque mur immaculé était éclairé par une rangée de spots.

— Je veux que tu me montres ce que tu sais faire, fit Luke, toujours derrière moi. Pas la fille sage, ni l'ado sympa, ni la « fille de ». Juste, toi.

Je vacillai presque, avec l'étrange sensation de me trouver au bord d'un précipice. Tout ce blanc, toutes ces lumières étaient aveuglants. Alors, Luke ajouta :

— Juste Valentine, la fille qui me plaît.

Chapitre 17

— Tu crois que c'était une mauvaise idée ?

Stella me fixa pensivement, sa tasse de café à la main. Elle but une gorgée, indéchiffrable, avant de poser calmement sa tasse sur la table basse devant elle. J'avais l'impression d'affronter ma mère, après lui avoir annoncé que j'avais cassé son vase préféré en porcelaine.

— Merde, c'était une mauvaise idée, conclus-je.

— Tu lui as dit « juste la fille qui me plaît » ?

— Oui.

— Et, juste avant, elle t'avait dit qu'elle voulait « peut-être plus » que votre amitié ?

— Oui.

— Luke, je suis à deux doigts de me marier, et tu te montres soudain romantique et prévenant. Je suis… perdue.

— Donc, c'était une bonne idée ?

— Une très bonne idée. Rassure-toi, elle finira par craquer. Tiens, d'ailleurs, invite-la à dîner. On fera quelque chose de plus intime, juste nous quatre.

— Avec son père à la maison, elle refusera certainement.

— Invite son père aussi, ça fera moins traquenard. En plus, il est charmant. As-tu parlé à Adrien des cours de valse ?

Je grimaçai, me sentant un peu coupable. Depuis que

j'avais rencontré Valentine, le reste passait volontiers au second plan. Ce n'était pas très juste pour mes vieux amis qui m'hébergeaient et que je connaissais depuis des lustres ; Adrien était mon cousin, et j'étais son témoin de mariage, il méritait un peu plus de considération.

— Promis, je lui en parle ce soir, assurai-je en enfilant ma veste. Faut que j'y aille, Victor va rentrer du centre de soins.

Je l'embrassai sur la joue et filai au pas de charge jusqu'à la maison de Victor et Valentine. Utilisant ma clé, j'entrai et rejoignis directement le salon. Le mur que j'avais dégagé pour Valentine était toujours blanc, mais je remarquai qu'elle avait apporté des pinceaux et de la peinture dans la pièce. On avançait doucement.

Quelques minutes plus tard, la voiture du centre de soins se gara dans la rue, et je retrouvai Victor, la mine fatiguée et le regard vide.

— Bonjour, Victor, comment allez-vous ?

Il me fixa avec désarroi, et je reconnus les indices caractéristiques des moments où il dérivait dans le brouillard de sa maladie. Généralement, ses pertes de mémoire surgissaient au cours d'un des exercices, ou en fin de journée, quand la fatigue se manifestait. La plupart du temps, je parvenais à lui faire reprendre pied facilement, lui rappelant qui j'étais, qu'il avait une fille et qu'il était dans sa maison.

— Victor ? Je suis Luke, un ami de Valentine, votre fille. Je passe l'après-midi avec vous.

Il n'eut aucune réaction, me fixant comme si je lui récitais la théorie d'Archimède en grec ancien. Je le soutins jusqu'à la porte d'entrée, gardant une main solide sur son coude. Peut-être qu'une sieste lui ferait du bien.

Victor marchait lentement, les yeux rivés au sol, le dos

voûté. Je ne l'avais pas encore vu aussi abattu et perdu. Nous entrâmes dans la maison, et je l'aidai à s'asseoir sur le canapé.

— Vous avez faim ? Ou soif ?

Il leva le visage vers moi, et je lui adressai un sourire réconfortant. Je lui servis un verre d'eau et m'installai face à lui.

— Vous êtes fatigué ?

Il secoua la tête avec énergie, et cela me troubla davantage. Il semblait visiblement éreinté et totalement désorienté, qu'il nie sa fatigue n'avait pas de sens. J'envisageai brièvement d'appeler Valentine pour lui demander conseil, mais je ne voulais pas la déranger en plein cours.

— À quelle heure allons-nous à l'entraînement ? demanda finalement Victor.

— L'entraînement ?

— Oui, je dois m'entraîner avec l'équipe. Pour le match de ce week-end.

— Victor, vous ne jouez plus au rugby depuis un long moment. Vous êtes en retraite.

— C'est impossible, grogna-t-il.

Il serra les poings et, soudain, la fatigue qui avait masqué son visage depuis son retour du centre se désagrégea. Ses yeux brillèrent de colère, et il se leva brutalement de sa chaise. Je l'imitai, hésitant entre le laisser faire et l'inciter à se rasseoir. Valentine m'avait parlé des sautes d'humeur de son père : une seconde l'ambiance était festive, la suivante, colérique, avant de le laisser épuisé.

— Victor ? Vous avez été une grande star du sport, c'est vrai. Mais désormais vous ne jouez plus.

— Je dois jouer ce week-end. Où est mon sac ?

Il arpenta le salon, puis sa chambre, à la recherche du fameux sac inexistant. Je tentai désespérément de trouver une solution et fus soulagé quand mes yeux tombèrent sur la pile d'albums entassés sur une étagère. Peut-être que voir de vieilles photos finirait par le ramener à l'instant présent. J'en ouvris un au hasard, cherchant un cliché de Victor.

— Victor ? Vous voyez, vous ne jouez plus, repris-je en lui montrant un ancien article de presse relatant l'un de ses derniers matchs.

Il me dévisagea puis, sans rien dire, il se désintéressa de moi et reprit ses recherches. Il revint dans le salon après avoir déniché un vieux maillot dans son placard. Il le désigna, en gage de preuve.

— Et ça, c'est quoi ?

— C'est un ancien maillot, Victor.

La seconde suivante, une paire de crampons vola dans le couloir, et il ricana de plaisir. Sa colère s'était transformée en euphorie, et il avait entrepris de vider les cartons entreposés dans le placard. Je tentai d'entrer dans la chambre, mais Victor m'adressa un regard sombre, et je levai les mains devant moi en signe de reddition.

— Victor, vous ne jouez plus, répétai-je en espérant qu'il finisse par revenir parmi nous.

— Je joue. Et j'entraîne aussi.

— Vous avez joué, et vous avez sûrement aidé vos coéquipiers à l'entraînement. Mais, désormais, vous avez pris votre retraite et vous profitez de votre fille, Valentine.

À la mention de son prénom, il tressaillit et, pendant une courte seconde, je crus que sa crise était terminée. J'approchai de lui, espérant le faire sortir de sa chambre pour le ramener au salon et l'aider à se calmer.

— Valentine, répéta-t-il. Oui. Elle… Est-ce qu'elle a un maillot ?

— Elle ne joue pas non plus.

— Évidemment qu'elle ne joue pas. Elle est dans les gradins

et elle assiste à nos entraînements. Elle met un maillot de l'équipe pour nous soutenir.

L'image de la frêle silhouette de Valentine camouflée par un maillot extra-large me tira un sourire.

— D'accord, Victor. Mais pour l'instant Valentine est en cours.

— Ah oui ! C'est une bonne élève, ajouta-t-il, anéantissant mon bref espoir de le voir reprendre ses esprits.

Je passai la main sur mon visage, cherchant une solution. Ces pertes de mémoire étaient normalement courtes. Cette fois, j'avais plutôt l'impression que la mémoire était bien présente. Tellement présente qu'il revivait son passé glorieux de joueur. Devant moi, il retira son pull et enfila un T-shirt, puis son vieux maillot, usé au niveau du col. Il parvint à dénicher un bas de survêtement et une paire de baskets antédiluvienne.

La situation m'échappait, et j'avais beau chercher une solution, rien ne fonctionnait. J'envisageai même de l'enfermer dans la maison, histoire de lui éviter de se faire du mal. Je redoutais surtout l'après-crise, le moment où il réaliserait qu'il avait perdu pied et où il culpabiliserait d'avoir laissé la maladie prendre le dessus.

— Victor, je crois que…

— On y va ? Quel est ton nom déjà ?

— Je suis Luke. Je m'occupe de vous quand Valentine est en cours.

Soudain, son regard s'éclaira, et il se figea. Je restai à distance, attendant prudemment une nouvelle réaction. Victor baissa les yeux vers sa tenue, avant de s'asseoir lourdement sur le lit. Puis il parcourut la chambre des yeux, réalisant peu à peu les dégâts. J'avançai vers lui et m'assis à ses côtés.

— Ce n'est pas si dramatique que ça en a l'air, dis-je, pour le réconforter.

— J'ai encore perdu les pédales, hein ?

— Pas du tout. Je voulais justement vous proposer d'aller faire un peu de sport.

Il tourna son visage de cendres dans ma direction. Je faisais mon possible pour sourire et afficher un air avenant. Culpabiliser ou blâmer Victor ne servirait à rien ; il se sentait suffisamment mal, et la honte devait le dévorer. Je préférai donc jouer le jeu.

— Du vrai sport, ajoutai-je. Pas juste une balade, façon pensionnaires décrépits de maison de retraite.

— Tu vas me laisser courir ? s'enquit-il en ravalant un rire.

— Exactement. Mais je ne vous laisserai sûrement pas gagner. On gardera ça entre nous. Valentine est très attachée à vos exercices de mémoire.

Victor haussa les épaules, indifférent. Je savais qu'il détestait ces exercices de stimulation ; il les trouvait puérils et préférait, la plupart du temps, être au grand air.

— On y va ? dis-je en me levant du lit. J'aimerais savoir si je peux botter les fesses de Victor Aubry à la course à pied.

— Tu réalises que tu parles à « jambes de feu » ?

— Tout à fait !

La course commença doucement ; je n'avais aucune idée de la forme physique de Victor et je préférais éviter d'avoir à annoncer à Valentine que son père était à l'hôpital pour détresse respiratoire. Je restai à côté de Victor, suivant son rythme. De toute évidence, lui aussi restait prudent. Il accélérait progressivement, travaillant sa respiration et choisissant le bitume plutôt que le sable.

Avec son vieux maillot et ses baskets défraîchies, il semblait sorti d'un journal sportif des années 1990. Mais j'étais heureux de constater qu'il avait l'air de se sentir mieux ; l'énergie virevoltante de sa crise ne l'avait finalement pas épuisé.

Après une longue boucle dans le quartier résidentiel, nous bifurquâmes en direction du collège de Valentine. Après quelques mètres, je compris que Victor avait le terrain de rugby en ligne de mire, avec les jeunes qui s'y entraînaient. Un large sourire barra son visage et, à nouveau, il accéléra, me prenant presque par surprise. Je le suivis facilement et à peine arrivai-je à sa hauteur qu'il redoubla d'efforts et me lança un sourire plein de défi.

— Allez, Luke, montre-moi ce que tu as dans le ventre ! cria-t-il en courant à toute vitesse en direction du stade.

Je n'avais pas couru ainsi depuis des semaines. Quelques footings, à l'occasion, mais rien qui force mon cœur à augmenter sa fréquence. Je m'exécutai pourtant, m'élançant à toute allure derrière lui, les poumons comprimés dans ma cage thoracique, les jambes hurlant de douleur face à cet effort violent et inattendu.

Victor se tourna plusieurs fois dans ma direction, estimant l'avance qu'il avait. Je ne savais pas où était la ligne d'arrivée, mais j'étais épaté par sa rapidité après des années d'arrêt de sport de haut niveau. Malgré tous mes efforts pour le dépasser, il leva les bras en franchissant l'entrée du stade, avant de s'asseoir, essoufflé et un air ravi sur le visage.

— J'ai été surpris, dis-je, vexé d'avoir perdu.

— Battu par meilleur que toi, c'est tout.

Je m'assis près de lui, et nous regardâmes l'équipe de jeunes s'entraîner devant nous. Le coach hurlait comme un fou des instructions contradictoires, avant d'aboyer sur ceux qui, d'après lui, traînaient la patte.

— J'ai eu un entraîneur comme ça, lança Victor. J'ai fini par le faire virer.

— J'avais à peu près leur âge quand on m'a repéré. Je courais vite.

— Pas si vite que ça, on dirait. On devrait marcher un peu.

Les yeux rivés sur les gamins qui jouaient, nous fîmes le tour du terrain, débattant des choix discutables du coach. La stratégie semblait nébuleuse et la technique, presque inexistante. Un des jeunes, pourtant, attira notre attention.

— C'est un ailier, fit Victor en le suivant du regard.

— Définitivement. Sacrée course. Mais il ne récupérera jamais aucun ballon avec des coéquipiers comme ça.

— Pas assez pour gagner un match.

Nous restâmes presque une heure à observer leur entraînement, accoudés à la barrière entourant le terrain, commentant les points forts de l'équipe et, surtout, leurs faiblesses. Je gardais cependant un œil sur Victor, redoutant une nouvelle crise malgré son apparente sérénité retrouvée.

— Ils pourraient faire tellement mieux, commenta Victor.

— Victor Aubry ! fit une voix masculine derrière nous.

Victor et moi pivotâmes en même temps. Muller nous toisait de son air désagréable et pincé. Il m'avait reconnu, c'était certain, mais fit comme si je n'étais pas le type qui avait interrompu sa conversation avec Valentine.

— Georges Muller, principal du collège. C'est un honneur de vous voir ici. Vous admiriez nos jeunes ?

Il tendit la main en direction de Victor, qui la serra sans conviction. Il attendit que Muller fasse le même geste dans ma direction, en vain.

— Luke Harnett, me présentai-je. On s'est déjà croisés, quand vous refusiez une sortie scolaire à Valentine.

— C'est vrai, admit-il du bout des lèvres en tendant la main.

Je fis mon possible pour lui broyer les doigts, un grand sourire aux lèvres, me promettant de lui faire payer à nouveau son attitude détestable. Valentine méritait tellement mieux que de subir les foudres de ce type ventripotent et infâme. Quand je libérai finalement sa main, il m'adressa un regard colérique, avant de concentrer son attention sur Victor et de déclarer :

— Nous les préparons pour la finale régionale, dans un mois.

— Préparez-vous à une défaite, répondit Victor.

Le commentaire du père de Valentine fit blêmir Muller. Avait-il senti que ce type était insupportable ? En tout cas, sa remarque avait fusé avec sincérité.

— Ils ont pour l'instant gagné tous leurs matchs, reprit Muller.

— De la chance, sûrement. Le jour où ils vont tomber sur une équipe organisée, ils se feront massacrer, continua Victor.

Je retins un rire, savourant la mine défaite de Muller. Le célèbre Victor Aubry n'avait rien perdu de sa forme physique, ni de son sens de la stratégie. Le voir si épanoui et si confiant me tira un sourire. Il n'avait plus rien de l'homme malade que je côtoyais habituellement.

Muller me jeta un bref regard, espérant certainement que mon discours soit plus mesuré. Il allait être déçu.

— Il n'y a pas d'organisation de jeu. Ils ont même du mal à faire de simples passes, renchéris-je.

— Votre gamin, là, celui qui court plus vite que tous les autres, il faut lui donner des ballons. Et les deux gaillards, là-bas, dit Victor en les désignant de l'index, il faut les entraîner à la mêlée. Ils peuvent pousser plus fort que ça.

— Et ils manquent d'endurance. Il faut leur faire travailler la course et la respiration. Sinon, inutile de les mettre sur un terrain.

— Et vous savez ça parce que… ? me demanda Muller avec une moue dubitative.

— Dix-huit ans de carrière, quatre-vingt-cinq sélections en équipe nationale, trois championnats nationaux. Il ne court pas très vite, mais il est bon, intervint Victor. En tout cas, certainement meilleur que le coach qui hurle sur vos jeunes comme s'il était sergent-instructeur.

— C'est contre-productif, assurai-je.

— Et vous proposez quoi ?

— Laissez-nous l'équipe, répondis-je. À Victor et à moi.

Victor se tourna vers moi, un immense sourire sur les lèvres. Valentine allait hurler que j'étais devenu fou, que son père pouvait avoir des crises en plein entraînement, qu'il fallait le garder à l'œil en permanence. Pourtant, je n'avais jamais vu son père aussi radieux que cet après-midi, à regarder des gamins pratiquer ce sport qu'il avait adoré.

— Que je vous laisse l'équipe ? s'étouffa Muller.

— Victor gère la stratégie, je m'occupe de la préparation physique. À l'œil.

Victor approuva d'un hochement de tête. J'improvisais totalement, mais je le faisais surtout pour Victor. Les exercices pour stimuler sa mémoire étaient utiles, mais sa passion pour le sport était une bien meilleure motivation.

— Et pourquoi ferai-je ça ?

— Disons que ça vous ferait de la publicité.

— Vous allez perdre le prochain match, assura Victor.

Au moment même où Victor parlait, le coach hurla, et

l'un des joueurs loupa une transformation pourtant simple. Le ballon vrilla dans notre direction et manqua d'assommer Muller. Je pinçai les lèvres pour ne pas rire, avant de récupérer la balle et de l'envoyer vers le groupe de jeunes.

— Jolie passe, commenta Victor.

— J'ai de beaux restes, paraît-il.

— Bien, bien, c'est d'accord, fit Muller, visiblement excédé par la situation. Les entraînements sont tous les jours de la semaine, et le prochain match dans une semaine.

— Formidable.

Il tendit la main à Victor pour sceller notre accord, et je notai une brève hésitation quand il dut prendre la mienne. Cette fois, j'y allai moins fort, me contentant de serrer ses doigts avec poigne, en évitant de lui fracturer la main. Muller quitta finalement les lieux d'un pas décidé pour aller à la rencontre de son coach actuel.

— Bien, maintenant, il faut l'annoncer à votre fille, dis-je en nous dirigeant vers la sortie du stade.

— Elle va râler, commenta Victor.

— Et s'inquiéter. On le lui dira ce soir, Stella vous invite tous les deux pour le dîner. Ça se passera mieux si on a un public.

Chapitre 18

La seule raison qui me retenait de sermonner Luke sur son attitude irresponsable était la présence d'Adrien et de Stella.

Ça, et le fait que j'avais rarement vu mon père aussi heureux depuis la sortie du centre ; nous étions installés dans le salon d'Adrien et Stella, un verre à la main, mon père parfaitement calé dans un fauteuil en cuir beige et en pleine discussion avec nos hôtes.

Ça, et le fait que Luke me souriait largement, appuyé sur le chambranle de la porte de la cuisine, avec la fierté et la satisfaction caractéristiques d'un gosse qui viendrait de faire une grosse bêtise. Ce sourire-là parvenait à éteindre toutes les braises de ma colère.

— Ça se passera bien, m'assura-t-il. Je ferai en sorte qu'il ne lui arrive rien.

— Luke, tu n'as pas le pouvoir de faire ça. Ce qui se passe dans son cerveau est incontrôlable.

— Justement. À quoi bon vouloir le canaliser à tout prix ?

Je lui adressai un regard inquiet. Il fallait juguler la maladie, il fallait retenir les souvenirs de mon père et faire en sorte que sa mémoire résiste au temps. J'avais déjà perdu ma mère, je n'étais pas prête à laisser partir la seule famille qu'il me restait.

— Je ne veux pas… Je ne veux pas qu'il se sente humilié ou rabaissé devant l'équipe. Ça serait trop dur pour lui, Luke.

— Ça n'arrivera pas. Je ferai tout pour que ça n'arrive pas. Ton père était heureux de voir l'entraînement et extatique quand j'ai proposé de reprendre l'équipe. Ça lui fera beaucoup de bien.

— Et s'il fait une crise au milieu des gamins ?

— Je serai là. Honnêtement, je pense que le rugby reste sa meilleure thérapie. Fais-moi confiance, tout fonctionnera parfaitement.

Je jetai un coup d'œil en direction de mon père ; il parlait avec animation à Stella, lui racontant ses anciens exploits sportifs et la façon dont il était parvenu à renverser un match en deux coups de pied et une course folle. À le voir si à l'aise et disert, personne n'aurait pu se douter qu'un voile sombre et irrépressible recouvrait peu à peu sa mémoire.

Je retins mes larmes, soudainement submergée par l'émotion. Me réfugiant dans la cuisine, je devinai que Luke me suivait et fis mon possible pour reprendre le contrôle. La fatigue, le stress, l'inquiétude : tout me dévorait au point de me laisser à bout de forces. Je passai les mains sur mes joues et adressai un pauvre sourire tremblant à Luke.

Ce dernier secoua la tête et posa sa bouteille de bière sur le comptoir. Puis, calmement, il attrapa mon verre de vin et le déposa sur ma gauche.

— Viens par là, murmura-t-il en prenant ma main.

Il m'accueillit dans son étreinte, me serrant contre son torse. J'enroulai les bras autour de sa taille, laissant une larme couler, les yeux clos. Luke avait ce parfum d'agrumes que j'avais décelé à notre rencontre. Son gel douche, probablement. Pour une raison incompréhensible, cela me tira un sourire. Il déposa un baiser sur le haut de mon crâne, et ses mains glissèrent le long de mon dos, jusqu'à mes hanches, réchauffant tout mon corps.

Je resserrai ma prise autour de lui, la joue appuyée contre son torse, ses mains dans le bas de mon dos. Prenant une profonde inspiration, je laissai la présence de Luke chasser mes sombres pensées et réalisai à quel point ses étreintes m'avaient manqué.

— Mieux ? demanda-t-il après quelques instants.

Je m'écartai et hochai la tête, rassérénée. Il passa les pouces sous mes yeux, s'assurant qu'aucune larme ne s'échappait. J'ignorai mon cœur qui frappait dans ma poitrine à m'en faire mal et qui s'emballa davantage lorsque Luke réajusta le col de mon chemisier enfilé et noué à la va-vite pour venir dîner.

— Je pensais que tu allais vraiment être en colère contre moi, avoua-t-il.

— J'ai failli l'être. Mais tu as trouvé les bons arguments, et je crois que je suis fatiguée de lutter.

— Vas-tu enfin me faciliter la tâche ?

— Ne rêve pas. Mais je te laisserai faire ce qui te semble le mieux avec mon père.

— Je parlais de toi. De nous. Est-ce que tu vas enfin me faciliter la tâche ?

Je pris mon verre de vin et plantai le regard dans celui de Luke. Il avait été assez clair sur ce qu'il attendait. Quant à moi, j'étais... en terre inconnue. Il leva un sourcil, attendant une réaction de ma part. En vain.

Il soupira et plongea une main dans ses cheveux encore humides et parfaitement emmêlés.

— Je sais qu'il se passe quelque chose entre toi et moi, lança-t-il. Je l'ai senti quand je t'ai prise dans mes bras. Et je ne parle pas de l'autre soir, je parle de ça, maintenant.

Je pinçai les lèvres, incapable de nier la situation. Je pouvais lutter autant que je voulais, mais Luke avait pris une place prépondérante dans ma vie, remplissant le vide que j'avais créé autour de moi depuis des années.

Les yeux toujours rivés aux siens, je laissai mon verre de côté et posai les mains contre son torse recouvert d'un sweat-shirt blanc.

— Ne me regarde pas comme ça, souffla-t-il.

— Pourquoi pas ?

— Parce que ça me donne très envie de t'asseoir sur ce comptoir et de trouver un moyen agréable de te faire fermer les yeux.

Je haussai un sourcil, refusant de croire qu'il pouvait se montrer aussi péremptoire. Pourtant, ses mains se resserrèrent sur ma taille, et il me souleva avec facilité avant de me déposer, un sourire victorieux aux lèvres, sur le comptoir.

Son visage était dangereusement près du mien, ses mains toujours accrochées à mes hanches. Je me concentrai sur ses yeux azur, cherchant à en capter toutes les nuances et tous les éclats. Luke me fixait avec sérieux et détermination, comme s'il cherchait à me prévenir qu'il pouvait mettre à exécution sa promesse dans la seconde.

— Je ne sais pas faire ça, avouai-je.

— Rassure-toi, je fais un excellent professeur.

— Mon premier baiser a été catastrophique. Le garçon que j'ai embrassé ne m'a plus jamais adressé la parole, souris-je.

Les mains de Luke glissèrent sur mes cuisses, m'incitant à les ouvrir pour lui laisser de la place. J'obtempérai, passant outre à mes craintes et à l'appréhension qui formait une boule dans ma poitrine, puis je murmurai :

— Mon deuxième était forcé. Sous le gui et tout le bazar.

Luke grimaça, et ses yeux se braquèrent sur mes lèvres. Le trac me faisait trembler. Délicatement, Luke prit ma main droite, déposa un baiser sur ma paume et la déposa contre sa nuque.

— Et le troisième visait plus à me rassurer sur mes capacités de séduction. J'étais un peu ivre, ça m'avait désinhibée.

— Intéressant, chuchota Luke.

Du bout des doigts, il effleura la ligne de ma mâchoire, puis caressa ma joue. J'avais la sensation qu'il tentait de m'apprivoiser, me faisant oublier mes réticences par sa douceur.

— Tu as donc quelques souvenirs, me fit-il remarquer, la bouche à quelques centimètres de la mienne.

— Très sélectifs et pas forcément très bons.

— Double challenge. Seulement trois téméraires ont eu grâce à tes yeux ?

— Six, en tout.

— Donc, je serai le septième.

— Éventuellement, oui.

— Promets-moi de ne pas prendre la fuite, dit-il.

Mes doigts s'enfoncèrent dans sa chevelure, et il laissa échapper un soupir de plaisir. Je lui adressai un sourire, heureuse de constater l'effet que je lui faisais. Il colla le front contre le mien, et cette proximité me parut encore plus intime que notre étreinte d'il y a dix jours.

— Je vais t'embrasser, annonça-t-il. Et ça ne sera ni forcé ni horrible. Ça sera... génial.

Je hochai la tête de manière imperceptible, le cœur battant à tout rompre, anticipant le moment où les lèvres de Luke allaient toucher les miennes. La peur avait laissé place au trac, la nervosité à l'impatience, et j'en oubliai l'endroit où nous étions.

Luke prit mon visage entre ses mains et, après un ultime regard pour s'assurer que j'étais d'accord, il posa ses lèvres contre les miennes. Aussitôt, une vague d'adrénaline déferla dans mes veines, électrisant ma peau et aiguisant mes sens. Je ne respirais plus que son parfum, ne discernais plus que son corps contre le mien, ne sentais plus que sa chaleur me réchauffer. Notre baiser ne dura que quelques secondes, mais j'en étais déjà grisée.

Luke s'écarta lentement et libéra mon visage, me laissant le temps de reprendre mon souffle et de retrouver mes esprits. J'étais finalement contente d'être assise, cela m'évitait d'avoir à tenir sur mes jambes flageolantes.

— Sept, murmura-t-il.

— Pas mal, dis-je en passant l'index sur mes lèvres.

— Pas mal ? s'esclaffa-t-il.

— Mieux que le deuxième, c'est évident. Mais plus court que le cinquième.

Luke haussa un sourcil pendant que je rassemblais toutes mes forces pour soutenir son regard. Ses mains retrouvèrent mes cuisses, et une étincelle de malice brilla dans ses yeux. Mon cœur reprit sa course folle. Les mèches rebelles de Luke retombaient sur son front, et je ne résistai pas à l'envie de passer la main dans ses cheveux.

— Tu cherches à changer de conversation, fit-il.

— Je n'avais pas remarqué que nous parlions, répondis-je en laissant retomber ma main.

— Tant mieux. Parce que ça ne marche pas.

Ses doigts agrippèrent plus fortement mes cuisses et, l'instant suivant, il m'attira soudain vers lui, me tirant un cri de surprise et me laissant dans un équilibre précaire, les fesses sur le rebord du comptoir et les mains cramponnées à son sweat.

— Je vais t'embrasser à nouveau. Et ce baiser sera plus long que le cinquième et mieux que tous les autres, ajouta-t-il.

Une de ses mains abandonna ma cuisse et trouva ma nuque. Il plongea le regard dans le mien, s'assurant que je n'allais pas prendre la fuite.

— Viens par ici, souffla-t-il sur mes lèvres.

À nouveau sa bouche se posa sur la mienne. La même sensation d'ivresse spontanée me saisit. Je devinai la trace d'un sourire sur ses lèvres tandis que ses doigts s'enfonçaient dans ma chevelure. Je réprimai difficilement un gémissement, comprenant que mes dernières barrières étaient en train de céder. Une sensation de liberté et d'euphorie avait remplacé mon inquiétude habituelle.

Luke caressa mes lèvres de sa langue, m'invitant à approfondir notre baiser. Prudemment, j'abandonnai ma prise sur son sweat, pour nouer les mains autour de sa nuque. J'entrouvris légèrement la bouche, laissant Luke en prendre possession. Il étouffa un grognement victorieux, gardant le contrôle sur notre baiser, et sa langue dansa lentement contre la mienne. Je parvins à me redresser pour plaquer mon corps plus fermement contre le sien, puis Luke libéra ma cuisse et posa une main dans le bas de mon dos, accentuant notre contact. Je commençais à perdre pied, mon corps électrisé et conquis tout entier par Luke.

Il avait raison : ce baiser surpassait tous les autres. Plus long, plus tendre, plus bouleversant. Même si Luke était précautionneux, s'assurant de ne pas aller trop vite avec moi, je sentais, à la manière dont ses larges mains me touchaient, qu'il appréciait ce baiser autant que moi.

À bout de souffle, il finit par s'écarter, le front collé au mien, les yeux clos. Je passai la main sur sa barbe légère, avant de voir son sourire lumineux éclairer son visage.

— Plus long que le cinquième et mieux que tous les autres, dis-je.

— Ça ne m'arrange pas.
— Parce que...
— Parce que je cherche une excuse pour recommencer.
Je ris contre lui, libérant sa nuque et me réajustant sur le comptoir. Luke passa une main dans ses cheveux, les yeux rivés aux miens. J'y décelai une flamme de désir et d'impatience. Retrouvant peu à peu mon souffle, je pinçai les lèvres, puis répondis :
— Peut-être qu'il te faut plus une occasion qu'une excuse.
— Je ne compte pas attendre le réveillon du nouvel an, dit-il avec sérieux.
— Tu m'en vois ravie.
— Parce que...
— Parce que j'ai des tas d'occasions en tête et...
— Luke ? Valentine ?
La voix de Stella nous fit tressaillir, et je descendis aussitôt du comptoir. Quand mon amie arriva dans la cuisine, un plateau de verres vides entre les mains, elle nous fixa l'un après l'autre. Entre les cheveux décoiffés de Luke et mes joues rosies par nos deux baisers, nous avions l'air parfaitement coupables.
— J'interromps quelque chose ? demanda-t-elle.
J'échangeai un regard avec Luke, avant de secouer la tête. Il s'écarta et, d'un même geste, nous reprîmes nos verres et bouteilles respectives.
— On va dîner dans le jardin, continua-t-elle. Luke, tu peux prendre la salade dans le réfrigérateur ? Valentine, ton père et Adrien doivent déjà nous attendre.
Je fis mon possible pour capter un ultime regard de Luke, cherchant à savoir si j'avais bien réagi devant l'irruption de Stella, mais il me tournait le dos pour ouvrir la porte du réfrigérateur.

— Et évitez de vous tripoter à table, lança Stella dans un sourire.

— C'est injuste, tu passes ton temps à tripoter Adrien, protesta Luke.

— Certes, mais pas devant ses parents.

— On ne se tripotait pas, dis-je finalement.

— Pas encore, corrigea Stella. Allez, à table !

Elle se dirigea vers le jardin, me laissant pétrifiée dans la cuisine. Luke, le saladier à la main, m'adressa un sourire réconfortant et, d'un geste du menton, m'invita à passer devant lui.

— Elle a raison, conclut-il alors que nous nous dirigions vers la table.

— On ne se tripotait pas, insistai-je.

— Pas encore.

Mon père avait réussi à donner le change pendant tout le dîner, malgré la fatigue due aux stimulations multiples de cette soirée. Dès l'apparition des premiers symptômes, j'avais limité les invitations. Si mon père parvenait, la plupart du temps, à garder ses esprits quand nous étions en tête à tête, dès que nous étions nombreux, son attention était beaucoup plus difficile à canaliser ; il perdait vite ses repères et oubliait les questions qu'on lui posait. Ce soir, il me faisait mentir. À croire que cette histoire de rugby était une vraie bonne idée.

Plusieurs fois, je le surpris à nous regarder tous les quatre, un léger sourire aux lèvres. Luke avait passé une partie de sa soirée à taquiner Adrien sur de vieux souvenirs du collège, pendant que Stella avait de nouveau évoqué le projet de rénovation auquel elle voulait me faire participer.

— J'ai pensé à quelque chose qui ferait le lien entre la

maison et la forêt, pour que l'extérieur et l'intérieur se confondent, proposai-je.

— C'est une bonne idée. Tu es libre demain ? Je pourrais te faire visiter. J'ai rendez-vous chez le traiteur à 14 heures, mais on peut y aller ensuite. Je viendrai te chercher chez toi.

— On sera à l'entraînement avec Victor, m'indiqua Luke.

— D'accord, alors. Traiteur pour le mariage ? lui demandai-je.

— Oui. D'ailleurs, Luke, tu as pu parler à Adrien de…

— La valse. Oui. Enfin non, corrigea-t-il aussitôt. Désolé, j'ai… j'ai manqué d'occasions.

Adrien nous lança un regard curieux. Je haussai les épaules, ne comprenant pas plus que lui l'objet de la conversation. Stella nous resservit du vin, comme si elle voulait nous donner du courage pour évoquer un sujet pénible.

— Stella voudrait que tu prennes des cours de danse. De valse, précisa Luke, un ton plus bas.

— Et tu t'es dit que Luke allait me convaincre ? fit Adrien, incrédule.

— Je me suis dit qu'une dispute avec lui était mieux qu'une dispute avec moi, répondit Stella. Et je me suis dit aussi qu'au bras de fer il gagnerait.

— Au bras de fer ? Tu as cru que j'allais jouer ça au bras de fer ? s'écria Luke, entre rire et consternation.

— Ça marchait à quinze ans.

— J'ai mûri, fit remarquer Adrien.

— Je comptais sur Luke. Regarde-le, on dirait qu'il a toujours quinze ans.

— Tu vois, fit Luke en pivotant vers moi, d'une manière ou d'une autre, ça me retombe toujours dessus. Alors que le sujet est l'ouverture du bal et une fichue valse.

— Valentine sait valser, intervint mon père.

Aussitôt, la conversation autour de la table s'arrêta, et tous les regards convergèrent dans ma direction. J'avalai rapidement la gorgée de vin que j'étais en train de boire et secouai la tête.

— Je savais, corrigeai-je. Ma mère m'a appris.

— Tu pourrais nous aider ? fit Stella. Enfin, surtout Adrien.

— Je ne crois pas que… Sincèrement, j'ai oublié la plupart des pas et même le rythme. Ça fait au moins quinze ans que je n'ai pas dansé la valse.

Mon père me fixa, cherchant dans sa mémoire l'événement pendant lequel j'aurais pu danser la valse. Les sourcils froncés, il faisait un effort surhumain pour se souvenir.

— Le mariage de Philippe et Léa, dis-je.

— Oh ! oui. Je me souviens, maintenant. Il neigeait.

Je risquai un sourire. Mon père m'épatait : il était parfois incapable de se souvenir de mon prénom, mais il se rappelait le plus infime détail d'un mariage qui datait de plus de quinze ans. Nous avions passé le week-end dans les Alpes, à célébrer l'union d'amis d'enfance de ma mère.

— Tu dansais bien. Avec ce garçon un peu… dégingandé. Marc ? fit-il sans conviction.

— Marc, oui. Tu te souviens de ça ?

— Entre autres. Si tu veux mon avis, il était trop entreprenant.

Face à moi, Luke leva un sourcil, se régalant déjà des multiples questions qu'il me poserait à la première occasion. Je me réfugiai dans mon verre, me souvenant très précisément de ce qui s'était passé avec Marc.

— Tu nous montres ? proposa Stella. La valse, précisa-t-elle en captant le regard stupéfait de Luke.

— Vraiment, Stella, je ne crois pas que…

— Je veux bien te servir de cobaye, me coupa Luke. Vu qu'en tant que témoin je vais certainement devoir danser aussi.

Sans attendre ma réponse - coincée quelque part dans ma gorge - il se leva, fit le tour de la table et posa une main sur ma chaise pour la tirer. Il tendit l'autre main, m'invitant ainsi à me lever à mon tour. Pendant une courte seconde, j'envisageai de refuser, mais Luke affichait un sourire enfantin, celui auquel il était impossible de refuser quoi que ce soit.

Je glissai la main dans la sienne et le suivis, sous les applaudissements de Stella et d'Adrien. Luke nous entraîna sur la terrasse, et je pestai intérieurement, détestant être au centre de l'attention, en particulier avec lui. Il entoura ma taille de son bras, me serrant contre lui. Son autre main trouva la mienne, et nos yeux s'accrochèrent. En une seconde, le souffle me manqua, et les quelques souvenirs nébuleux des cours avec ma mère s'effacèrent aussitôt.

— Tu as des nouvelles de ce Marc ? dit-il avec un léger sourire.

— Euh. Non. On a dû se croiser à un autre mariage, il y a quelques années.

— Je vois.

Sa main bougea dans le bas de mon dos, à la limite du haut de mes fesses. Il resserra sa prise autour de moi, comme s'il avait peur que je m'échappe. Stella lança une valse viennoise traditionnelle, et je fis mon possible pour rassembler toute ma maigre concentration. Garder le regard plongé dans celui de Luke était déstabilisant et épuisant. Il approcha soudain la bouche de mon oreille et murmura :

— À l'occasion, tu diras à ce Marc que j'aimerais bien lui mettre une raclée au bras de fer.

J'agrippai son sweat, devinant mon cœur s'emballer.

— On ne s'est jamais battu pour moi, répondis-je, émue.

— Je me bats pour toi depuis des jours. Franchement, c'est épuisant, alors j'espère que ça marche.

— Ça marche, affirmai-je. Ça marche très bien.

Chapitre 19

— Mon père est couché, annonça Valentine en me rejoignant dans le salon.

Assis sur le canapé, je contemplais les murs de la pièce. D'un côté s'affichaient la carrière florissante de Victor, son visage victorieux, des photos prises en plein match et des articles élogieux ; de l'autre, le mur blanc sur lequel Valentine devait peindre. Ses pinceaux, propres, étaient parfaitement alignés sur un guéridon coincé dans un angle de la pièce. Le contraste entre ces deux murs qui symbolisaient la vie de Victor sous le feu des projecteurs et celle, isolée, de sa fille était saisissant.

Désignant le mur, je déclarai :

— Te laisser carte blanche n'était peut-être pas l'idée du siècle.

— Je te l'ai dit : la liberté, parfois, ça fait peur. Et savoir que tu verras ma peinture ne m'aide pas du tout, dit-elle en s'asseyant près de moi.

— Je savais bien que je t'impressionnais... Mais, pour être honnête, c'est plutôt toi qui m'impressionnes.

— Tu es ébloui par mon talent pour le blanc ? plaisanta-t-elle.

— Je suis ébloui par toi. Tu t'occupes de ton père, tu

gères tes cours, tu as accepté de travailler avec Stella. Tu sais valser et, d'ailleurs, je m'excuse encore pour avoir massacré tes orteils !

— Ce n'est rien.

— Et tu m'as laissé t'embrasser. Deux fois.

— Et ça, ça t'impressionne ?

— Valentine, il y a encore quelques jours, tu étais à deux doigts de demander une injonction d'éloignement. Donc, je suis impressionné. Et fier de moi.

Valentine étouffa un rire et tira sur les manches de son gilet, signe caractéristique de sa nervosité. Chaque jour, je la découvrais un peu plus, j'obtenais des indices, des bribes de sa vie d'adolescente, mais les zones d'ombre persistaient. Elle n'était pas un puzzle, où une pièce s'emboîtait parfaitement à une autre ; elle était plutôt un vaste labyrinthe, une succession d'impasses et de méandres. Je ne pouvais m'empêcher de continuer mon exploration : chaque nouveau mystère me fascinait un peu plus.

— Donc, la valse ? continuai-je. Tu m'expliques comment tu en es arrivée à ça ?

— Mon père était souvent en déplacement, et je n'avais pas vraiment d'amies, alors ma mère a fait « office de ». Je sais que c'est bizarre, dit-elle en me voyant sourire, et que…

— Non, non… Je t'assure. C'est… Je t'imagine avec ta mère et je trouve ça plutôt touchant. Mon père a tenté de m'apprendre à bricoler et, honnêtement, toutes mes tentatives ont été des fiascos.

— Ma mère adorait danser, elle m'a donc appris la valse. Le tango aussi, et quelques rudiments de salsa. Ça nous occupait et nous amusait. C'était… C'était plus facile à l'époque.

— Parce que tu n'avais pas à te soucier du reste ?

— Parce qu'on avait décidé de ne pas le faire. Mon père avait sa carrière, ma mère avait choisi de mettre la sienne entre parenthèses. Et moi… Moi, j'ai vite compris que je serais toujours à l'écart des autres enfants.

— Je persiste à croire que c'est tout à fait… inhabituel comme mode de vie.

— Je crois que, de toute façon, je ne suis pas une fille très sociable. La solitude ne me pèse pas.

— Quand j'ai quitté la France, j'ai eu la sensation qu'on m'arrachait à toute ma vie, expliquai-je en replongeant dans des souvenirs désagréables.

— Des filles ont pleuré, tu sais, plaisanta Valentine.

Ses longs cheveux tombèrent sur ses joues, masquant en partie son visage. Du bout des doigts, je repoussai ses mèches sur son épaule. Elle m'adressa un sourire, et je résistai à l'envie de l'embrasser à nouveau. Je ne savais pas trop ce que nous étions avec Valentine. Amis, sûrement. Proches, c'était certain. Autre chose…

— Des filles. Et toi ?

— Non, fit-elle. Je ne te connaissais pas, de toute façon. Et, quand j'ai appris que tu avais été repéré par une équipe de rugby, j'ai compris que tu avais fait le bon choix.

— Je ne suis toujours pas certain, encore aujourd'hui, d'avoir fait le bon choix à l'époque. J'étais jeune et influençable. Je ne voulais pas vraiment partir. Je voulais… rester ici, faire l'idiot avec Adrien, passer du bon temps avec les filles.

— Tu n'avais pas réalisé les sacrifices que cela nécessiterait ? demanda Valentine.

— Non. Je me disais que j'allais jouer, que ça serait sympa. Et maintenant… Regarde-moi, j'ai consacré dix-huit années de ma vie au rugby et je me retrouve ici, parfaitement inconnu et prêt à sombrer dans l'oubli.

Le sourire de Valentine s'estompa ; je nouai nos doigts avant d'embrasser le dos de sa main.

— Tu ne sombres pas dans l'oubli, dit-elle finalement. Tu as le sport, tes amis, tes parents. Personne ne t'oublie.

— Personne ne m'appelle.

— C'est ce que tu attends ? Qu'on t'appelle ?

— Peut-être. C'est assez curieux : que je sois en Australie ou ici, je ne suis nulle part vraiment chez moi.

— Bienvenue chez les déracinés, Luke. Tu finiras par trouver ton chez-toi. Du moins, un endroit où tu te sens bien. Peut-être ici, peut-être ailleurs. Mais on se souviendra de toi.

Elle arracha sa main de la mienne et, pour une raison que j'ignorais, j'eus la sensation qu'elle me fuyait à nouveau. Je la suivis, alors qu'elle se dirigeait vers la terrasse, les bras croisés sur la poitrine et la mine contrariée. Je fus tenté de l'enlacer, d'encercler sa taille pour l'attirer contre moi. Mais le souvenir cuisant de ce même type d'étreinte spontanée me retint. Elle avait déjà pris la fuite, et je savais qu'elle en était encore capable.

— Tu sais pourquoi je tiens tant à tous ces exercices pour sa mémoire ? m'interrogea-t-elle en se tournant vers moi.

— Pour lutter contre la maladie, je présume.

Elle haussa les épaules et secoua la tête. Je réduisis l'espace entre nous, devinant ses yeux brillants de larmes.

— Cette maladie, c'est comme un train à grande vitesse. Quoi qu'on fasse, ça ne s'arrêtera pas, Luke. Au mieux, ça ralentira à peine. Personne ne t'oubliera, mais moi… Le jour où le train sera arrivé à destination, je n'existerai plus pour mon père. Je n'existerai plus pour personne.

— C'est faux, Valentine.

— Tous mes souvenirs, tout ce que j'ai fait, tout ce que je suis, toute ma vie, tout est lié à mes parents. Il n'y a personne d'autre. Je n'ai pas de meilleure amie à qui me confier, pas de petit ami conciliant, pas d'amis. Je n'ai personne, Luke. Personne qui, un jour, dira « ah oui, je me souviens d'elle, j'ai vu tel film avec elle ».

— Tu m'as, moi ! contrai-je. Je veux bien... jouer la meilleure amie, le simple ami, voire le petit ami. Honnêtement, je sais m'adapter à plein de choses.

— Luke...

— Mais si. Regarde, je peux dire : « Je me souviens parfaitement de cette fille, j'ai partagé un tiramisu avec elle. » Et il y a Stella, Adrien, Céleste. On est là, et tu fais partie de ces filles qu'on a du mal à oublier.

— Tu m'as oubliée alors que nous étions dans le même lycée.

— C'est faux, puisque j'ai fini par m'en souvenir. On ne peut pas t'oublier, point. Et je ne t'oublierai pas, Valentine. Parce qu'on n'oublie pas son... trente-quatrième baiser, ni sa deuxième valse, ni la première fille qui sait reconnaître un ailier en un coup d'œil.

Un bref sourire éclaira son visage, et elle essuya une larme. Je détestais la voir pleurer ; Valentine était faite pour sourire et rire aux éclats.

— Mon père collectionne les albums photo, dit-elle doucement. Il y en a des dizaines dans une des chambres. Le jour où... Le jour où mon père perdra contre Alzheimer, je n'aurai plus que ça.

— Ça et moi. Tu veux que je te dise : il se charge de me raconter chaque détail de chaque photo.

— Vraiment ?

— Le déguisement papillon, ta peur des chevaux, le jour où tu as mis cette robe en tulle pour le mariage de ton oncle, toutes tes rentrées scolaires, notamment celles avec cet uniforme bleu marine en Angleterre, énumérai-je en comptant sur mes doigts.

Valentine écarquilla les yeux, avant de camoufler son visage dans ses mains. Je ne voulais pas l'embarrasser. Au contraire, je voulais tout faire pour la rassurer : avec moi, ses souvenirs existeraient encore pour un long moment.

— Ce qui signifie, concrètement, que tu es condamnée à m'avoir dans ta vie, conclus-je. Parce que j'aimerais bien qu'on parle aussi de ton premier gâteau au chocolat, de tous tes galas de danse…

— J'ai arrêté la danse à dix ans, me coupa-t-elle en souriant.

— Je sais. Après une vilaine entorse à la cheville.

— Mon père t'a raconté tout ça ?

— Tout. Certaines photos ne lui disaient rien, mais pour d'autres j'ai eu le récit complet.

Son sourire s'élargit, et la gêne qu'elle avait ressentie quelques secondes auparavant sembla se transformer en ébahissement. J'avais toujours assuré à Valentine que je faisais rigoureusement tous les exercices nécessaires à l'entretien de la mémoire de son père ; elle comprenait maintenant qu'ils m'avaient permis d'en apprendre plus sur elle que n'importe quelle de nos discussions.

— Tout ira bien, assurai-je. Personne ne t'oubliera. Et surtout pas moi.

Elle hocha la tête et refoula ses dernières larmes. Puis elle prit une profonde inspiration et fronça les sourcils avant de demander :

— Trente-quatrième baiser ?

— Très longue histoire. Mais c'était plus long que la huitième, et mieux que toutes les autres réunies, dis-je en posant les mains sur ses hanches.

— Tu as embrassé autant de filles que ça ?

— Tu sais ce qu'on dit : ce qui compte, c'est la dernière.

— Laisse-moi deviner : tu as dit ça… trente-quatre fois ? rit-elle en posant les mains sur mon torse.

— Bon d'accord, ça fait beaucoup de filles. Mais tu es la seule avec qui j'ai fait l'ascenseur.

Je plongeai les yeux dans les siens, me souvenant du goût sucré de ses lèvres. Nous étions seuls sur cette terrasse, sans personne pour nous interrompre. C'était presque douloureux de me retenir ; maintenant que j'avais senti Valentine gémir contre moi, j'avais envie de sentir tout son corps caresser le mien.

— Et la deuxième valse ? demanda-t-elle.

— La première avec toi, pendant le dîner. La seconde avec toi… maintenant. Je crois que j'ai encore besoin d'entraînement. Si tu insistes – et je sais que tu le feras, parce que tu aimes m'humilier –, on peut arriver à trente-quatre assez rapidement.

Valentine éclata de rire et posa la tête contre mon torse. Je plaçai une main sur sa nuque, nous offrant une étreinte réconfortante. Lorsqu'elle entoura ma taille de ses bras, je respirai son parfum, soulagé de ne plus la voir pleurer.

Pendant quelques minutes, il n'y eut plus que nous deux et le bruit des vagues sur la plage.

Pendant quelques minutes, j'envisageai d'emménager ici, avant de me reprendre. En réalité, je n'avais pas l'intention de m'installer en France, je voulais surtout rester avec elle, pour garder ses souvenirs et en créer quantité d'autres, pour lui assurer que personne ne l'oublierait et lui répéter qu'elle serait la dernière.

Valentine releva les yeux vers moi et m'adressa un sourire lumineux.

— Tu veux vraiment danser ? demanda-t-elle.

— Franchement, non. Mais la perspective de te presser contre moi est très tentante.

— Tu réalises que, normalement, dans la valse, il y a une distance certaine entre l'homme et la femme ?

— Je n'ai jamais dit que je savais danser. Et je préfère ma version. Pas toi ?

Ma question ressemblait à une perche tendue. J'avais été clair avec Valentine sur le type de relation que je voulais. J'avais été sincère, en lui proposant d'être ami avec elle ; mais désormais je voulais être plus. Je la voulais, elle. Parce qu'elle m'impressionnait, parce que chaque fêlure, chaque doute qu'elle me révélait la rendait touchante et adorable, parce que chaque rire, chaque sourire qu'elle m'offrait était un véritable cadeau et parce que, égoïstement et avec une pointe de fierté, j'étais le seul à en profiter.

Je parvins à glisser les mains sous son gilet, effleurant la bande de peau entre son jean et son chemisier. Elle frissonna contre moi, et je laissai mes doigts courir sur sa peau, apprivoisant un nouveau territoire.

— Je sais que tu préfères cette version, murmurai-je.

— On ne danse pas vraiment. Mais, c'est vrai, je préfère cette version.

Elle releva les yeux vers moi, et il me fallut rassembler toute ma force de caractère pour éviter de lui arracher cette fichue chemise dans la seconde. Je sentais ses muscles se tendre sous ma paume, mais j'en voulais plus. Je voulais voir tout son corps frémir, chauffer, trembler contre le mien.

Me baissant légèrement, je collai le front au sien, nous berçant lentement dans une danse qui ne ressemblait à aucune autre, et surtout pas à une valse. Valentine se hissa sur la pointe des pieds et effleura ma bouche de la sienne.

— Viens par ici, chuchota-t-elle, me tirant un rire.

— Tu me voles mes répliques ?

Je caressai sa joue du bout des doigts, respirant son parfum entêtant, les yeux perdus dans les siens. Je n'avais aucune idée de ce que je faisais. Pour la première fois de ma vie, je jouais un match sans l'avoir préparé et en étant incapable d'en prévoir l'issue. Mais j'étais avec elle, sur cette terrasse, bercé par la brise et le bruit des vagues et, pour la première fois depuis des semaines, j'avais la sensation d'être au bon endroit.

— Pourquoi tu me regardes comme ça ? s'inquiéta-t-elle.

— Pour rien.

Elle pressa les lèvres contre les miennes, et je sentis mon cœur faire un bond dans ma poitrine.

Elle pouvait bien voler mes répliques : elle avait déjà ravi une partie de mon âme et la totalité de mon cœur.

— Tu me provoques, c'est ça ? s'esclaffa Stella alors que j'ajustais péniblement ma cravate.

Stella avança vers moi et chassa mes mains pour m'aider à nouer le morceau de tissu. Au sourire qu'elle avait vissé sur les lèvres, je savais qu'elle se moquait de moi.

— Tu as compris que cette jeep rouge flamboyante ne me convaincrait pas de prendre la fuite avec toi, alors tu sors l'artillerie lourde avec ce costume ?

— Ça te plaît ?

— Tu es très chic. Tu as même réussi à maîtriser tes cheveux ?

— Après une très longue lutte. Tu me trouves vraiment bien ? Parce que je n'avais pas vraiment prévu de t'enlever ce soir, mais...

— ... Mais tu poserais un lapin à Valentine ?

— Tu peux faire jouer l'ancienneté, ripostai-je.

Elle releva les yeux vers moi, riant aux éclats. Elle serra parfaitement ma cravate, puis recula de deux pas pour admirer son œuvre. Après un bref froncement de sourcils, elle revint vers moi et défit ce qu'elle venait de faire.

— Bien trop formel. Et tu devrais ouvrir cette chemise, sinon tu ressembles à un communiant.

— Tu crois ? demandai-je en pivotant vers le grand miroir collé au mur.

Stella se posta près de moi, hochant la tête avec assurance, pendant que je déboutonnais le haut de ma chemise. Un léger sourire flottait sur ses lèvres tandis que je m'assurais que mes cheveux tenaient parfaitement dans mon *man bun* habituel.

— Rassure-moi et dis-moi que tu sais ce que tu fais, dit-elle finalement.

— Eh bien, je vais à la soirée organisée par la Fédération pour Victor et ses équipiers de l'époque.

— Luke...

— Je ne sais pas, avouai-je. Et c'est très bien comme ça. Toutes les fois où j'ai cru savoir, je me suis planté. Donc maintenant, je laisse une certaine place à l'improvisation.

Je m'autorisai une touche de parfum, puis enfilai ma veste grise. Stella me fixait toujours, avec une pointe d'inquiétude dans le regard. Je savais à quoi elle pensait et je ne pouvais pas lui en vouloir de se préoccuper de la situation.

— Je pensais... Je me disais qu'elle te changeait les idées, reprit Stella. Que c'était... passager, qu'il fallait que tu t'occupes l'esprit.

— C'est ce qu'elle fait. Elle m'aide beaucoup à combler tout ce vide qu'est ma vie.

— Elle t'occupe l'esprit... et tout le reste, j'ai l'impression. J'ai vu comment tu la regardes et je sais ce que vous faisiez dans la cuisine avant que j'arrive.

J'avais la sensation de me faire sermonner par ma mère après avoir attiré une fille en secret dans ma chambre. Je m'assis sur mon lit, rapidement imité par Stella. Elle ne faisait que me mettre en garde, car ma présence ici devait être limitée. Il y avait le mariage et, ensuite, normalement, le retour à l'autre bout du monde.

— Je ne veux pas voir mon meilleur ami avec le cœur brisé. Et je ne veux pas voir Valentine se renfermer dans sa bulle à nouveau.

— Et si je restais ici ? proposai-je. Rien ne m'attend là-bas.

— Bien sûr que si ! Tu es juste terrifié de faire face à tout ça. As-tu appelé ton agent depuis que tu es ici ? Regardé tes mails ? Tu fais comme si personne ne t'attendait, Luke. Peut-être que c'est à toi de... forcer le destin.

— Je ne peux pas la laisser, Stella.

Je songeai à ce qu'elle m'avait dit la veille, à sa crainte d'être oubliée par son propre père, à tous ses souvenirs qui ne vivaient que grâce à lui et à une poignée de photos. J'étais là pour elle. Et elle avait été là pour moi, me faisant oublier mon angoisse face à ce nouveau temps infini que j'avais devant moi, sans occupation ni but. Une sensation de vide qui me donnait le vertige...

— Je sais, fit-elle. Tu n'embrasserais pas une fille dans ma cuisine si ce n'était pas important !

— Je n'aurais pas autant de problèmes si tu acceptais de prendre la fuite avec moi !

— Luke, je suis sérieuse : je ne veux pas te voir le cœur brisé. Il faut aussi t'assurer qu'elle est sur la même longueur d'onde que toi, qu'elle sait que toute votre histoire n'est que momentanée.

Ce seul mot - momentané - était insupportable à entendre. Valentine était tout un tas de choses - lumineuse, belle, émouvante, fragile - mais elle n'était en rien momentanée. Quelle que soit la suite de notre relation, elle resterait gravée dans un coin de ma mémoire. Stella m'adressa un petit sourire, parfaitement consciente qu'elle tentait plus de se rassurer elle-même que de me convaincre. Elle voulait limiter les dégâts et nous protéger, et je réalisais seulement maintenant qu'embrasser Valentine dans cette cuisine la veille n'avait fait que me précipiter dans le chaos qu'elle redoutait.

— Je te laisse, Adrien m'invite à dîner ce soir.

Elle se leva et m'embrassa sur le front.

— Je ne veux pas jouer l'ancienneté, dit-elle avec humour. Et, de toute façon, je ne suis pas sur le marché des transferts.

Chapitre 20

La soirée de la Fédération avait lieu à une heure de route de la maison, dans un ancien couvent reconverti en luxueuse salle de réception. En recevant l'invitation, j'avais envisagé de décliner, prête à trouver une excuse pour éviter à mon père des confrontations qui auraient pu le conduire à une humiliation inutile. Il avait été une star pendant des années, je refusais qu'il voie autre chose que de l'admiration dans le regard de ses coéquipiers.

Mon père était malheureusement tombé sur l'invitation et avait lui-même confirmé sa participation. Malgré mes protestations, il avait refusé de changer d'avis et avait même fini par faire inviter Luke.

Au moins, je n'étais pas seule pour affronter cette soirée.

Pour l'occasion, j'avais déniché une ancienne robe de ma mère ; longue, noire et cousue d'une multitude de sequins, elle étincelait à chacun de mes mouvements. Luke nous avait rejoints à la maison, mais nous avions à peine eu le temps d'échanger quelques mots.

— Allez, on y va ! avait lancé mon père d'un ton pressant en nous poussant vers la voiture de Luke.

Je savais que cette énergie ne durerait pas, mais l'entendre rire et nommer ses anciens coéquipiers un à un pendant que Luke égrenait leurs numéros de maillot me réjouissait.

À notre arrivée à la salle, je glissai le bras autour de celui de mon père, et Luke nous suivit.

— Tu es superbe, chérie, me dit mon père à voix basse. Aussi jolie que ta mère.

— Tu te souviens de cette robe ?

Il prit quelques instants pour réfléchir, puis secoua la tête, arborant une mine désolée. Je lui adressai un sourire chaleureux.

— Maman l'a portée pour l'un de mes anniversaires. Et aussi pour une ou deux soirées de gala, je crois.

Il hocha la tête, assimilant l'information. Je savais qu'il l'oublierait à la première occasion ; je décidai que c'était sans importance. Mon père faisait des efforts et, même si nous luttions tous les deux pour conserver nos souvenirs, je devais accepter de perdre certains combats. Pour la première fois depuis des mois, je voulais me concentrer sur le présent et sur cette soirée plutôt que sur le passé.

— On va profiter de cette belle soirée, papa. D'accord ?

Je tendis le petit doigt dans sa direction, et il le crocheta autour du sien, avec ce même regard tendre que je lui connaissais quand j'étais enfant. Il pouvait tout oublier, tant que ce geste stupide mais primordial restait ancré dans sa mémoire.

— Et si… si j'oublie ? s'inquiéta-t-il.

— Garde un verre à la main et bois une gorgée quand tu perds pied. Luke et moi serons là pour te sauver des situations épineuses.

— Tout à fait, Victor, appuya ce dernier. On sera là. On tentera de faire aussi bien en stratégie de jeu que vous.

Mon père hocha la tête et Luke, d'un regard, m'assura

que tout irait bien. Je ravalai mes craintes et me redressai, prête à affronter le monde. Dès que nous accédâmes à la salle principale, j'eus la sensation d'être aspirée par la foule. Mon père serrait des mains, étreignait de vieilles connaissances, reconnaissait spontanément la plupart des gens.

— Je vais saluer quelques personnes, je reviens, m'indiqua Luke après une bonne heure à passer de petits groupes en petits groupes.

Il s'éloigna, et je suivis des yeux sa longue silhouette. Parmi tous ces joueurs, Luke, avec son mètre quatre-vingt-dix, passait presque inaperçu. Je resserrai ma prise autour du bras de mon père, me sentant brutalement vulnérable sans Luke à mes côtés. Mon père reprit ses conversations, se souvenant d'anciens faits de match, qui le faisaient rire aux éclats. Certains joueurs me reconnurent et soulignèrent à quel point je ressemblais à ma mère.

— N'est-ce pas Luke Harnett que j'ai vu avec vous ? demanda à mon père un des responsables de la Fédération, un homme aux tempes grisonnantes.

— C'est un ami de ma fille. Enfin, je crois. Difficile de savoir ce qui se passe entre les jeunes de nos jours !

— Papa ! m'écriai-je en rougissant violemment.

— C'est un bon joueur. Je ne savais pas qu'il avait encore des attaches en France.

— Il a de la famille, en effet, déclarai-je.

— J'imagine qu'il est de passage. Il est une star en Australie, il a tout intérêt à profiter de sa notoriété là-bas maintenant qu'il est en retraite, remarqua l'homme en face de moi.

— Je crois qu'il se laisse un peu de temps, répondis-je.

Machinalement, je cherchai Luke du regard. Il était près du bar, discutant avec animation avec un ancien joueur. Il avait déjà retiré sa veste, enroulée autour de son bras. Ce rappel que Luke n'était là que pour une période déterminée me tira un sourire triste. Je l'avais su depuis le début, mais j'avais consciemment repoussé l'idée dans un coin de ma tête, au fur et à mesure que nous nous rapprochions.

Mon père avait raison sur un point : je ne savais pas vraiment ce que Luke et moi nous étions. Amis, certainement. Amants, pas vraiment. Que nous ayons échangé quelques baisers, notamment après qu'il m'avait réconfortée, ne devait pas dire grand-chose pour lui. Mon cœur se serra et, soudain, il tourna la tête, et son regard azur capta le mien.

Mon rythme cardiaque s'emballa aussitôt. Luke me regardait. C'était sûrement insignifiant pour le monde entier, et pour ceux autour de moi, mais quand ses yeux plongeaient ainsi dans les miens je ne redoutais pas ce qu'il pourrait y découvrir. Il me connaissait et connaissait mon histoire. Pour une fille qui avait passé son temps à l'écart et loin des autres, soutenir le regard de Luke était une expérience aussi épuisante qu'excitante.

— Tout va bien ? lus-je sur ses lèvres.

Je hochai la tête, et il m'adressa son sourire signature, celui qui détruisait tous mes doutes et mes angoisses.

— Le dîner va être servi, nous indiqua un serveur.

Je sentis mon corps se détendre ; au moins, à table, je n'aurais pas à jongler de discussion en discussion, ni à gérer trop de personnes à la fois. Luke arriva en dernier à notre table, abandonnant sa veste sur sa chaise.

— Faut que je t'avoue un truc : de loin, tu es superbe, fit-il dans un rire.

— Merci.

— Et de près… Bon sang, tu es spectaculaire.

— Tu n'es pas mal non plus si j'en crois le regard de la serveuse juste en face de nous, ajoutai-je dans un murmure.

Luke releva les yeux vers elle et, loin de se démonter, la jeune femme lui offrit un sourire charmeur. Je levai un sourcil, épatée par ce culot que je n'aurais jamais. Ça paraissait si simple quand je regardais les autres. Séduire, charmer, attirer l'attention était comme une seconde nature pour certains.

— Elle ne me fera pas oublier que je me retiens de te toucher depuis deux bonnes heures, répondit-il avec décontraction.

— Tu sais qu'on est en public ? m'esclaffai-je.

— Oui. À vrai dire, la seule chose qui me retient, c'est la présence de ton père. C'est très efficace pour contenir mes pulsions.

— Des pulsions, carrément ?

Il posa un bras sur le dos de ma chaise et effleura doucement mon dos de son pouce. À l'instar de Luke, je tentai de maîtriser mes émotions, mais mon corps me trahit, et un frisson me parcourut, parant ma peau de chair de poule.

— Ce dos nu est redoutable. C'est comme une invitation à te toucher, dit-il, le visage à quelques centimètres du mien.

Je fermai les yeux quelques secondes, cherchant ma respiration coincée quelque part entre mes poumons et ma gorge. J'avais déjà ressenti du désir pour des hommes mais, avec Luke, j'avais la sensation de m'embraser au moindre mot et que chaque contact amplifiait le brasier.

— Combien d'hommes t'ont touchée avant ? demanda-t-il dans un murmure à peine audible.

Je me tortillai sur ma chaise, mal à l'aise et un peu enivrée, plus par Luke que par le vin qu'on me servait. À nouveau, son pouce caressa mon dos, partant du creux de mes épaules pour longer toute ma colonne jusqu'à mes reins. Je me cambrai légèrement, le souffle court et le corps attisé.

— Pas beaucoup, avouai-je.

— Je pourrais sûrement être meilleur que tous les autres, non ? J'aimerais être le meilleur.

— Luke, on est en public, et mon père est juste à côté de moi. Ce n'est pas vraiment le moment.

— Tu n'es pas joueuse. Je veux juste… Je veux juste montrer à cette fille qu'elle n'a aucune chance avec moi, fit-il en retirant son bras.

— Je… Quoi ?

— Et rappeler à tous les hommes qui t'ont dévorée des yeux que tu es… accompagnée.

— Tu es jaloux ? demandai-je dans un rire.

C'était irrésistible. Luke. Jaloux. Avec son physique et son charme naturel, Luke n'avait aucune raison d'être jaloux. En un clin d'œil, il pouvait avoir toutes les filles qu'il voulait ; la serveuse, la femme du président de la Fédération, la petite amie d'un des anciens préparateurs physiques de mon père.

Toutes.

Y compris moi.

— Oui. Et je ne suis pas sûr d'aimer ça. Certains de ces types ont l'âge de ton père. Et ils te regardent comme si…

— Et je suis assise près de toi. Et je rentrerai avec toi, dans ta voiture. Je sais me défendre, Luke. C'est même un de mes plus grands talents : tenir les gens à distance.

— Si je te demandais de mettre ma veste, tu trouverais ça excessif ?

— Qu'est-ce que tu cherches à prouver au juste ?

Il se mordit les lèvres, je pris alors conscience de ce qu'il me demandait vraiment. Luke me fixait avec intensité, attendant que je réagisse. Nous étions cernés par une centaine de personnes, au milieu d'une salle immense, perdus dans le brouhaha des conversations et des rires… et Luke patientait.

— La plupart du temps, les filles... Disons qu'elles sont souvent les premières à revendiquer quelque chose.

— Je n'y ai pas vraiment réfléchi, mentis-je.

— Je te connais : tu as dû passer la journée à y réfléchir. Tout le monde me présente comme un ami de Valentine Aubry. Et... Honnêtement, ce que je ressens pour toi n'a rien d'amical.

Ses yeux se braquèrent sur mes lèvres pendant une courte seconde, et les braises encore incandescentes dans le creux de mon estomac s'enflammèrent aussitôt. Imaginer la sensation des lèvres de Luke sur les miennes suffisait à faire déferler un désir brut, violent et incontrôlable dans toutes mes terminaisons nerveuses.

— Tu n'as aucune raison d'être jaloux, dis-je en me penchant vers lui. Quand... Quand je balaye la salle des yeux, il n'y a que toi que je vois. Il n'y a que toi qui... qui même sans me toucher me fait trembler de la tête aux pieds. Et... Et, il n'y a qu'avec toi que je vais partager mon dessert ce soir, ajoutai-je dans un sourire pour détendre l'atmosphère.

Il reposa le bras sur ma chaise et se pencha vers moi, la bouche à proximité de mon oreille.

— J'ai le cœur qui bat comme si j'avais fait une course de cinquante mètres pour marquer un essai.

— Je savais que la perspective d'une mousse au chocolat te ferait de l'effet.

Comme pour me punir de ma plaisanterie, il repassa le pouce le long de ma colonne, me faisant presque gémir de désir. En acceptant que Luke soit plus qu'un ami, j'avais la sensation d'avoir accepté de jouer à un jeu que j'étais certaine de perdre.

— Tu as raison, cette veste aurait été de trop, fit-il en s'écartant de moi pour s'intéresser à son entrée.

Nous échangeâmes un sourire, et ma respiration redevint normale. Si j'avais été une fille courageuse, je l'aurais entraîné dans les vestiaires ou les toilettes pour l'embrasser. Mais j'avais peur de me rendre plus ridicule que désirable. Je n'étais déjà pas vraiment certaine de ce que j'avais avoué à Luke. J'éprouvais du désir, oui. Des sentiments... probablement. En tout cas, un lien fort et inédit m'unissait à lui, plus qu'à n'importe qui d'autre.

Le reste du repas fut plus calme, et je fis mon possible pour m'intéresser aux conversations autour de la table. Évidemment, le rugby occupait la majorité des discussions et, malgré mes connaissances, je me surpris à décrocher. Luke fut plusieurs fois interpellé par d'anciennes connaissances et mon père, qui était en grande forme au début de la soirée, commença à montrer des signes de fatigue.

Pourtant, quand le dessert fut servi, il retrouva le sourire et m'assura qu'il serait plus raisonnable demain et respecterait son régime à la lettre. Luke réapparut à notre table quand les mousses au chocolat furent servies. Il repoussa celle que la serveuse déposait devant lui, approcha sa chaise de la mienne, puis il tendit sa cuillère dans ma direction, attendant que je l'entrechoque avec la mienne.

La musique d'ambiance montait crescendo, signifiant la fin du dîner et le début de la soirée. Sous les yeux des autres convives autour de la table, nous partageâmes mon dessert, nous battant presque pour le finir. Alors que j'essuyais ma bouche des résidus de chocolat, je surpris le regard amusé de mon père. Il secoua la tête et entama une nouvelle conversation avec l'homme sur sa droite.

— Tu veux bien être ma troisième valse ? me demanda Luke en tendant la paume vers moi.

— Luke, ce n'est pas une valse.

— Je n'ai jamais dit que je savais danser.

Il agita la main et, après un coup d'œil pour vérifier que mon père allait bien, j'abdiquai, refusant d'argumenter avec Luke. C'était de toute façon inutile, lui comme moi le savions. Je nouai les doigts aux siens, et il m'entraîna sur la petite piste de danse, près du bar. Luke entoura mes hanches de son bras et m'offrit son sourire qui faisait fondre toutes mes réticences et trembler mes genoux.

— Tu es fabuleuse, dit-il avec une sincérité désarmante.

— Je rentre déjà avec toi.

— Je sais. Mais je voulais te le dire. Tu es fabuleuse. Et… un peu trop loin.

Il me plaqua contre lui, le torse contre ma poitrine, la tête nichée dans le creux de mon cou, pendant que ma joue reposait contre son cœur trépidant.

— Viens par ici, murmura-t-il. Et surtout, ne t'éloigne jamais.

Deux heures après notre première danse, nous retrouvâmes la maison. Mon père avait somnolé dans la voiture, éreinté par ses efforts pour répondre à toutes les sollicitations de la soirée, tandis que Luke et moi avions échangé des regards appuyés dans le rétroviseur.

Une fois dans le salon, mon père me demanda un verre d'eau, et je m'assurai qu'il prenait bien son traitement. Luke s'éclipsa, nous laissant seuls dans la cuisine. Je m'installai face à mon père, de l'autre côté de l'îlot, et j'en profitai pour retirer mes talons. Je remarquai les traces de fatigue sur son visage et la teinte plus claire de ses iris bleus.

— Tu n'as pas à faire ça, murmura-t-il.

— Quoi donc ?

— T'occuper de moi. Rester seule. Gâcher une partie de ta vie.

— Papa, c'est toi ma vie. Je m'occupe de toi parce que c'est ce que j'ai envie de faire.

Il but une gorgée de son eau, puis goba un de ses comprimés. Mon père avait toujours été d'un tempérament égal et assez joyeux. Il s'entraînait dur, se donnait à fond dans tous ses matchs mais, à la maison, il aimait se détendre en regardant un film avec nous et rire aux éclats des blagues de ma mère.

Depuis la mort de maman, son humeur s'était teintée de moments de tristesse et de déprime. Ils apparaissaient épisodiquement, souvent dans les moments de fatigue.

— Tu devrais avoir ta vie de femme, souffla-t-il.

— Je l'ai, papa.

— Et avoir des amis. Tu as toujours été seule, Valentine. Je m'inquiète pour toi.

Luke apparut, face à moi, dans l'embrasure de la porte, et je captai furtivement son regard. Il s'appuya contre le cadre, les bras croisés sur la poitrine, une pointe d'inquiétude dans les yeux. Je pressai la main contre celle de mon père et réprimai la peine que je ressentais.

— Je ne suis pas seule. J'ai… J'ai Luke, j'ai Céleste. Et tu as rencontré Adrien et Stella aussi. Ce sont des amis, appuyai-je.

— Vraiment ? Tu me promets ?

Il tendit le petit doigt dans ma direction, et je risquai un sourire tremblotant. Il s'inquiétait. Je crochetai le doigt autour du sien, lui assurant, avec toute ma sincérité, que je n'étais pas seule. Du moins, je ne l'étais plus.

— J'aimerais que tu t'amuses plus. Je t'ai vue danser avec Luke ce soir, continua-t-il.

Je ne m'étais pas rendu compte qu'il était témoin de notre conversation.

— Je m'amuse, papa. Stella m'a confié un mur à peindre et je passe du temps avec elle.

— Et avec Luke.

— Et avec Luke, oui.

— Ta mère t'avait pourtant prévenue de ne pas tomber amoureuse d'un mec qui se vautre dans la boue.

Je fus secouée d'un rire, me souvenant parfaitement de cette conversation. « Pas de type qui se vautre dans la boue et pas de footballeur », avait renchéri mon père. Je relevai à nouveau les yeux vers Luke, dont le visage était barré d'un sourire éblouissant. Mes joues rougirent, et je décidai d'éluder le sujet.

— Il ne se vautre plus dans la boue, commentai-je.

— C'est vrai. Mais je reste persuadé qu'il le ferait si tu le lui demandais.

Hilare, Luke opina, et je retins difficilement un rire. Mon père avala son dernier comprimé et termina son verre d'eau. Il camoufla son bâillement dans le creux de sa main, puis se leva péniblement, s'appuyant sur l'îlot pour se redresser. Il vint m'embrasser sur la joue, avant de reprendre :

— Il te rend heureuse. C'est tout ce que je veux. Qu'il te fasse rire et danser. C'est tout ce qui compte, après tout. Il a de la chance que je le connaisse. Je n'aurais pas accepté qu'un inconnu te regarde comme il le fait.

À nouveau, j'observai Luke ; il s'était redressé, toute trace de son sourire ayant disparu. La conversation avait pris une tournure bien trop sérieuse et intime, et il semblait mal à l'aise d'y assister.

— Et comment me regarde-t-il ? demandai-je en ancrant les yeux dans ceux de Luke.

— Comme s'il n'existait que toi.

Luke se détourna, et mon père pivota finalement pour sortir de la cuisine et rejoindre sa chambre. En voyant Luke, il eut un bref temps d'arrêt puis, passant près de lui, il posa la main sur son épaule. Ils échangèrent un sourire, et mon père disparut dans le couloir, son pas lourd résonnant jusqu'à sa chambre.

— Alors comme ça, ta mère t'avait prévenue ? fit-il en approchant de moi.

— Supplier serait un terme plus juste, répondis-je en me levant de mon tabouret.

— Donc, elle t'avait suppliée de ne pas tomber amoureuse d'un mec qui se vautre dans la boue ?

Je hochai la tête, et Luke caressa ma joue du revers de la main. À ce simple contact, j'étais déjà haletante, mon corps brûlant de désir et mon cœur prêt à exploser de joie.

— Une chance pour moi que je ne me vautre pas dans la boue, alors, reprit-il avant d'embrasser mon front.

— Tes parents ne t'ont jamais supplié de quoi que ce soit ?

— Si : « Fais toujours de ton mieux sur le terrain, ne mets jamais à laver tes chaussettes rouges avec tes maillots blancs. »

J'étouffai un rire, appréciant que Luke détende l'atmosphère qui aurait pu être gênante. Je venais de lui avouer mes sentiments - en quelque sorte –, et il me laissait le temps d'assimiler l'information.

— Tu veux que je reste un peu ? demanda-t-il en repoussant mon épaisse chevelure derrière mes épaules.

— Je crois que j'ai un fond de glace à partager.

— J'avais une autre idée.

Sans me laisser le temps de lui répondre, il se pencha et saisit l'arrière de mes cuisses pour me soulever et me basculer sur son épaule. Je me retrouvai la tête en bas et riant aux éclats, tandis que Luke se faufilait dans le couloir pour regagner le salon. Je tentai de me débattre quelques instants, mais je savais que je n'avais aucune chance.

— Rire et danser, fit-il en m'allongeant sur le canapé. Comme l'a dit ton père.

Il retira ses chaussures et, l'instant suivant, il s'installa près de moi, le dos contre le dossier du canapé, la main à plat sur mon ventre. Je fixais le plafond, oubliant mes peurs et savourant, pour une fois, la joie d'être avec quelqu'un. Luke me serra contre lui, glissant un bras sous ma nuque et nichant la tête dans le creux de mon cou.

— À quoi penses-tu ? demandai-je.

— Aux conseils de ma mère.

— Sur les chaussettes ?

— Quand j'étais gamin, il y a eu une éclipse, expliqua-t-il pendant que je me tournais vers lui.

Sa main glissa dans mon dos, et ses doigts dessinèrent des arabesques sur ma peau nue. Je trouvais injuste qu'il puisse avoir autant d'effet sur moi, quand son corps à lui était parfaitement protégé par sa chemise. Prise d'un élan spontané, je rassemblai mon courage et laissai mon index errer sur son cou, le promenant sur le seul triangle de peau accessible. Luke se tendit instantanément, et sa main s'arrêta.

— Une éclipse, alors, répétai-je pour l'encourager à continuer.

— Euh, oui. C'était en été. Pour les vacances, mes parents avaient loué une maison en pleine montagne.

Téméraire et tremblante, je triturai le premier bouton fermé de sa chemise et, les yeux rivés aux siens, je parvins à le libérer. Ses doigts reprirent leur douce cavalcade sur ma peau alors que je dévoilais un peu plus son torse. Une sensation de chaleur me parcourut et les prunelles de Luke se braquèrent sur mes lèvres. Tout mon corps se consumait, et je pris une profonde inspiration avant de faire descendre mes doigts sur ses pectoraux, devinant ses muscles se tendre à chaque caresse.

— Adrien était avec nous, continua-t-il, le souffle court.

Je défis un nouveau bouton, écartant les pans de sa chemise pour découvrir le haut de son ventre. Il colla le front au mien, pendant que ma main glissait sous le tissu ; sa peau était brûlante et réagissait immédiatement à mon contact, se parant de chair de poule au moindre effleurement. Je suivis le dessin de ses muscles parfaitement dessinés, découvrant une aspérité sous ses côtes.

— Cicatrice, murmura-t-il d'une voix enrouée.

Ma main atteignit son dos, mais je revins vite sur son ventre, écartant davantage les pans de sa chemise. Ma paume passa sur ses abdominaux sculptés et tendus. Luke réprima un grognement, avant de murmurer mon prénom dans une supplique. Le son vibra contre ma peau et sembla ricocher sur toutes mes terminaisons nerveuses.

— Quoi d'autre ? dis-je pour l'inciter à reprendre son histoire.

Sa main abandonna mon dos et se posa sur ma joue. Du pouce, il caressa mes lèvres entrouvertes, et j'eus la sensation que mon cœur allait sortir de ma poitrine. Nos souffles se mêlèrent, et Luke pressa sa bouche contre la mienne. Je me cramponnai à sa chemise, mon corps collé contre le sien, respirant son parfum entêtant et savourant ses lèvres délicates. Une fois encore, Luke prenait son temps. Et j'adorais ça, j'adorais sentir ses paumes un peu rugueuses sur mes joues, j'adorais deviner ses gémissements coincés dans sa gorge et sentir son corps réagir au contact du mien.

Mes mains reprirent leur exploration, et Luke s'écarta légèrement, laissant le regard tomber sur le bas de sa chemise.

— Je veux te sentir, expliquai-je à voix basse.

C'était un besoin inexplicable et aussi nécessaire que boire de l'eau en plein désert. Je tirai sur le bas de sa chemise coincée dans son pantalon et défit le dernier bouton gênant. Repoussant le tissu sur ses épaules, Luke se redressa et parvint à la retirer avant de la jeter quelque part derrière nous. Il planta le regard dans le mien, puis captura à nouveau mes lèvres pour un baiser cette fois impatient et passionné. Je me retrouvai sous lui, les mains perdues dans sa chevelure folle. Sa bouche glissa dans mon cou, jusqu'à la naissance de mes épaules, et je cambrai les reins, accentuant le contact entre nos deux corps. Quand Luke retrouva mes lèvres, j'étais euphorique et enivrée.

— Il faut qu'on s'arrête, souffla-t-il. J'ai… Je n'avais pas vraiment prévu ça, et tu es le genre de fille qui mérite un lit, des draps de soie et des pétales de rose.

— Le canapé est confortable, souris-je.

— Je sais. Je résiste très fort à l'envie de te retirer cette robe et de poser les lèvres partout sur toi.

Mes doigts s'enfoncèrent dans sa chevelure, et il ferma les yeux, murmurant mon prénom d'une voix chaude, quand mes ongles éraflèrent son cuir chevelu. Puis il déposa un baiser furtif sur mes lèvres et se redressa, me laissant tout loisir d'admirer son corps aux muscles parfaitement ciselés. Je me levai à mon tour, soupirant de déception en voyant Luke remettre sa chemise. Même s'il avait sûrement raison et que je doutais de pouvoir le faire changer d'avis, je me sentais douloureusement frustrée.

— J'ai de nouveau l'impression d'avoir quinze ans, dit-il dans un rire.

— Ah oui ?

— Oui. J'ai embrassé ma petite copine, on a un peu dérapé sur le canapé, et je vais devoir prendre une douche très froide pour me calmer et chasser toutes les images de tes mains sur moi.

Je pinçai les lèvres, embarrassée. Je n'avais jamais été aussi entreprenante avec un homme. Habituellement, je me contentais de suivre le mouvement, sans prendre aucune initiative. Avec Luke, évidemment, c'était différent. Il avait passé la soirée à me toucher discrètement, attisant peu à peu le désir dans tout mon corps, jusqu'à ce que je craque.

En voyant ma mine un peu honteuse et mes yeux rivés au sol, Luke approcha de moi et, de l'index, me força à soutenir son regard.

— J'ai adoré ça, Valentine.

— C'était génial, murmurai-je.

— Et je sais maintenant que je n'arriverai définitivement pas à oublier cette soirée.

Je le raccompagnai à la porte, redoutant maintenant de me retrouver seule. Moi aussi j'avais l'esprit assailli d'images sensuelles ; ma peau avait gardé le souvenir de ses mains et de ses lèvres, et le son de ses murmures et de ses gémissements était gravé dans ma mémoire.

— J'ai promis à Adrien de passer mon dimanche avec lui, je te vois dans la semaine ?

— Sans faute.

— J'ai entraînement avec ton père lundi, si tu veux nous rejoindre.

— Et t'attendre dans les gradins ? répondis-je avec un sourire.

— J'adorerais.

Il m'embrassa à nouveau, plus tendrement, et descendit

l'allée en direction de sa voiture. Je le regardai s'éloigner, sa veste sur l'épaule et sa chemise sortie de son pantalon. Il était douloureusement sexy.

— Luke ? l'interpellai-je.

— Hum ? fit-il en pivotant vers moi.

— Tu ne m'as pas raconté la fin de ton histoire sur l'éclipse.

Un sourire tendre s'étira sur ses lèvres, et il baissa les yeux, comme embarrassé. Quand finalement je captai son regard, mon cœur reprit ses trépidations.

— Ne jamais fixer trop longtemps le soleil.

— C'est un bon conseil, confirmai-je.

— Je n'ai jamais écouté les conseils de ma mère. Et je n'ai pas l'intention de commencer aujourd'hui.

Chapitre 21

— Et tu es parti ? me demanda Adrien, médusé, sa bouteille de bière à la main.

— Et je suis parti.

— Laisse-moi résumer : vous vous êtes embrassés, vous avez fini sur le canapé, elle a commencé à te déshabiller et…

— … Et je suis parti, oui.

Adrien me dévisagea, puis il porta la bouteille à ses lèvres, incrédule. Je l'imitai, regrettant maintenant de lui avoir raconté ma soirée avec Valentine. Nous avions passé la journée ensemble à régler certains détails du mariage.

— Je n'avais pas prévu ça, expliquai-je.

— De partir ?

— De rester.

— Tu parles d'hier soir ou de manière générale ? J'ai du mal à te suivre, mec.

— J'ai du mal à me suivre moi-même, soupirai-je. Pourquoi ça se passe comme ça au juste ? Pourquoi je rencontre cette fille ? Pourquoi elle me plaît ? Et pourquoi je finis par avoir des remords sur un truc qui me rend vraiment heureux ?

— Tu as arrêté le rugby depuis à peine quelques mois et tu te transformes déjà en chiffe molle sentimentale ?

— Dit le mec qui a pleuré en récupérant les alliances !

— Rien à voir : c'étaient des larmes de joie à l'idée de passer ma vie entière avec Stella.

Je secouai la tête et me réfugiai dans ma bouteille de bière. Ce que je ressentais pour Valentine me faisait peur et me collait le vertige. J'avais la sensation d'être en haut d'une falaise à toiser le vide sous mes pieds. Ça n'avait rien à voir avec ce que j'avais déjà ressenti avant un grand match ou une échéance majeure - cette nervosité-là, je savais la canaliser et en faire de l'énergie positive.

Dans le cas de Valentine, j'avais peur de lui faire du mal et je culpabilisais déjà à la perspective de la laisser ici. Elle retrouverait sa solitude, sa routine, ses habitudes et ce fameux mur blanc qui la narguait en permanence.

— Elle te rend heureux ? demanda Adrien, sérieux.

Je hochai la tête, incapable de prononcer un mot. À croire que tous les mots se bousculaient dans ma tête, sans que rien d'intelligible ou de sensé ne sorte de ma bouche. C'était une de mes rares certitudes : Valentine me rendait heureux. Parce qu'elle me faisait oublier tout le reste - ma vie en friche et mon refus d'y faire face - et parce qu'elle me surprenait sans cesse, tour à tour mystérieuse, drôle, stupéfiante ou désirable.

— Alors je ne vois pas où est le problème, continua-t-il.

— C'est vrai que l'Australie n'est qu'à quelques jours de marche d'ici.

— Et je fais une allergie au sarcasme. Luke, tu te cherches des excuses.

— Je vais devoir rentrer là-bas, et elle... Elle doit rester ici. Toute sa vie est ici, et toute ma vie est là-bas. Tout le monde n'a pas la chance de trouver l'amour à deux rues de chez soi, grognai-je.

— Je ne suis pas responsable de tes problèmes de géographie. En fait, la seule question que tu dois te poser est : où se trouve ton cœur ?

Je manquai de recracher ma bière. Mon cousin prenait un virage un peu trop mélodramatique à mon goût. Entre les larmes chez le bijoutier, ses sourires niais et maintenant ce genre de remarque, je commençais à m'inquiéter. En temps normal, il aurait coupé court et commandé deux autres bières pour me faire oublier mes états d'âme.

— Stella m'a forcé à regarder une comédie romantique hier soir, reprit-il.

— Je vais t'offrir l'intégrale de *Die Hard* comme cadeau de mariage, dis-je en levant la main pour interpeller le serveur. Apportez-nous deux tequilas, s'il vous plaît !

— Luke, tu sais ce que je veux dire. Est-ce que vous avez au moins discuté de ce sujet ?

— Non. Il n'y a pas de solution, de toute façon.

— Donc, tu as pris la fuite. Très mature comme réaction.

— J'ai fait de mon mieux. Je ne me voyais pas… passer la nuit avec elle pour ensuite lui rappeler mes fameux problèmes de géographie.

— Tu sais, je pense que Valentine est tout à fait consciente de la situation et qu'elle est suffisamment grande pour prendre des décisions.

— Ce n'est pas la réaction de Valentine qui m'inquiète.

À nouveau, Adrien me dévisagea. Cette fois, je ne décelai aucune trace d'humour sur son visage, et cela me mit presque mal à l'aise. Mon cousin connaissait parfaitement mon historique avec les femmes : quelques liaisons sans lendemain, des coups d'un soir, et une seule et unique histoire sérieuse et mouvementée.

— Valentine n'est pas Claire, reprit Adrien. Claire aimait le drame, et votre histoire était… complexe.

— Je sais qu'elle n'est pas Claire. Claire était toxique, Valentine est… apaisante. Je ne sais même pas quand tout cela est arrivé. Je la rencontre, et l'instant suivant on s'embrasse.

— Alors, autant te le dire tout de suite : tu ne brilles pas par ton originalité. C'est ainsi que fonctionnent la plupart des histoires. On se rencontre, on se plaît et on s'embrasse.

— J'ajoute l'intégrale de *Rambo* ou j'attends un peu ?

Pour toute réponse, Adrien pivota en direction du serveur et réclama les deux tequilas que j'avais commandées. Je me surpris à sourire, pour la première fois depuis que nous étions attablés. J'étais certain d'avoir pris la bonne décision en partant de chez Valentine la veille. Si j'étais resté, si nous avions passé la nuit ensemble, j'étais certain que je serais irrémédiablement tombé amoureux d'elle. Cette seule idée me terrifiait.

Mon téléphone vibra sur la table. Comme je le faisais depuis mon arrivée en France, je fis disparaître la notification de message sans même l'écouter ; je n'avais pas le courage d'affronter ça et de prendre de nouvelles décisions. Nos deux tequilas furent servies et, comme Adrien, j'avalai l'alcool d'un trait, espérant oublier mes fameux problèmes de géographie.

Adrien m'avait promis de m'aider à oublier mes états d'âme. Il avait réussi : je me traînais une gueule de bois phénoménale, une de celles qui tiennent le cerveau en étau, transforment la langue en carton infâme et où chaque mouvement tire une grimace de douleur.

Valentine avait déposé Victor au stade d'entraînement et m'avait salué d'un geste rapide de la main. Son père m'avait expliqué qu'elle allait peindre, et je regrettais presque de ne pas pouvoir l'accompagner.

— J'espère que ça valait le coup, fit Victor en désignant mes lunettes de soleil et ma casquette.

— En tout cas, ça valait plusieurs aspirines, avouai-je.

Devant nous, les jeunes que nous devions entraîner pour le match en fin de semaine arrivaient progressivement. Je vérifiai l'heure à ma montre, soupirant de leur manque de ponctualité.

— Les mecs, la prochaine fois, vous faites autant de tours que vous avez de minutes de retard ! lançai-je d'un ton mordant. D'ailleurs, on va commencer par ça : quatre tours du stade pour l'échauffement.

L'ensemble du groupe ronchonna, avant de se mettre en mouvement. Victor installa quelques plots sur la pelouse pendant que, de mon côté, je préparais une première séance de cardio et de musculation. Durant toute la séance, je gardai un œil sur le père de Valentine, m'assurant qu'il ne présentait aucun signe de crise. Hormis quelques mots qui lui échappèrent pendant les explications stratégiques, il assura parfaitement l'entraînement.

Après deux heures avec le groupe, je saluai les jeunes un à un, m'assurant de leur présence pour le prochain entraînement.

— Et celui qui oublie encore ses crampons aura une séance de trente pompes supplémentaires, prévins-je alors qu'ils rangeaient leurs affaires éparpillées sur le terrain.

— Coach, vous êtes dur ! grommela l'un des arrières de l'équipe.

— Cours sans crampons, et on en reparle. Avant que vous partiez, on va faire les groupes pour demain pour séquencer les entraî...

L'apparition de Valentine dans les gradins me fit oublier la fin de ma phrase. Elle s'y assit, m'adressant un timide signe de la main, accompagné d'un sourire tout aussi discret. Aussitôt, mes excès de la veille s'estompèrent. Avec sa longue chevelure rassemblée dans une tresse et son haut sans manches noir, qui laissait apparaître sa peau, elle fit immédiatement resurgir mes souvenirs de notre étreinte fiévreuse.

— Coach ? dit l'un des joueurs.

— Euh, oui. Donc, on va faire les groupes pour demain.

Je n'avais pas dû être très convaincant, car quelques jeunes pivotèrent pour voir ce qui m'avait troublé. Je bus une gorgée d'eau, espérant reprendre mes esprits.

— La prof de dessin. Vraiment, coach ?

— À la prochaine remarque, tout le monde repart pour trois tours.

— L'entraînement est fini, coach !

— Ne me tentez pas, répliquai-je d'un ton menaçant. Donc, les groupes.

Je séparai l'équipe en quatre groupes et, après m'être assuré qu'ils avaient bien compris l'objectif de l'entraînement du lendemain, je les autorisai à partir. Valentine descendit des gradins pour me rejoindre.

— Je croyais que tu peignais ? lui demandai-je quand elle arriva à ma hauteur.

— J'ai prévu de dîner avec mon père ce soir, et la lumière n'était plus aussi bonne de toute façon. Comment s'est passé ce premier entraînement ?

— Parfaitement. Ton père a assuré, commentai-je en le regardant ranger les plots et le matériel dont nous avions eu besoin. Tu es très jolie, dis-je après quelques secondes de silence.

— Merci. Toi, en revanche, on dirait qu'un train t'est passé dessus !

— Légère gueule de bois avec Adrien. Rien de grave.

Je ne résistai pas à l'envie de poser la main sur ses hanches et de l'embrasser sur le front. La sentir si près de moi était à la fois douloureux et incroyable.

Il fallait qu'on parle. Il fallait que je mette les choses au clair et qu'on aborde le sujet de mon départ.

— Tout va bien ? s'inquiéta-t-elle.

— Oui, oui. Je réfléchissais à l'équipe.

Elle me dévisagea, avec ce regard bleu, parfait, intense et superbe, dans lequel j'aimais me noyer. Elle me faisait vaciller. Toute ma géographie, toutes mes convictions, toutes mes promesses de discussion s'envolèrent aussitôt. Il n'y avait qu'elle qui comptait et, soudain, le vide sous mes pieds ne me fit plus aussi peur.

— Ne me regarde pas comme ça, murmurai-je.

— Comment ?

— Comme samedi soir. Ma volonté n'est pas inépuisable, et ton père est à quelques mètres de nous.

— Quand on parle du loup… Alors, papa, cet entraînement ?

Le regard de Victor passa de sa fille à moi. Je le fixai attentivement, remarquant l'éclat terne de ses iris. En quelques minutes, l'énergie de Victor avait disparu, et la maladie avait repris le dessus. La soudaineté et l'imprévisibilité de ces crises m'effrayaient. Depuis plusieurs jours, Victor affichait une santé de fer, et son Alzheimer était quasiment imperceptible. Et là, devant nous, il n'était plus tout à fait là.

— Papa ?

La voix de Valentine marquait son inquiétude. Victor recula de quelques pas, comme s'il était terrifié par nous deux.

— Victor ? Nous venons de finir l'entraînement, vous vous souvenez ?

Il fronça les sourcils et, soudain, son visage s'affaissa.

Valentine me jeta un regard affolé, pendant que je cherchais comment le faire revenir parmi nous, sans le brusquer. Il avait l'air apeuré, et je ne voulais pas qu'il devienne agressif.

— Qui êtes-vous ? demanda-t-il finalement.

— Je suis Luke, et là, c'est Valentine, votre fille.

Son regard fureta autour de lui, alarmé, comme s'il cherchait de l'aide. Le terrain d'entraînement était vide et, très vite, ses yeux se reposèrent sur moi. À la façon dont son front se plissait, je savais qu'il faisait un effort monstre pour nous resituer. Je lui laissai quelques secondes, espérant qu'il finisse par reprendre ses esprits.

— Vous jouiez au rugby, il y a quelques années. Vous étiez un grand joueur et vous avez gagné de nombreux matchs, lui rappelai-je. Maintenant, vous vivez avec votre fille.

Ses yeux se braquèrent sur Valentine, tétanisée à côté de moi. Elle avait certainement géré un tas de crises. Mais j'imaginais que, chaque fois que Victor ne la reconnaissait pas, elle devait être profondément blessée. Il secoua la tête, contrarié. Rien ne lui revenait et, à la manière dont il se tordait les mains, je savais que la panique le gagnait.

— Comment suis-je arrivé ici ? s'inquiéta-t-il.

— Valentine vous a amené. Victor, regardez-moi, l'incitai-je.

C'était comme faire revenir au port un navire qui dérivait. Le courant l'emportait, et vous ne pouviez rien faire pour sauver la situation. Voilà ce qu'était Victor : un immense navire ballotté par les flots et incapable de reprendre le contrôle de sa destinée.

— Samedi soir, nous avons fait une soirée avec vos anciens coéquipiers. Et nous avons prévu de les revoir demain soir.

Valentine me jeta un coup d'œil. Parce que j'étais à peu près certain qu'elle s'y opposerait, je ne l'avais pas mise au courant de la soirée que j'avais planifiée pour le lendemain.

J'avais toujours en tête qu'un jour où l'autre Victor - le navire - dériverait pour de bon et que tenter de l'empêcher était épuisant et inutile. Les entraînements lui avaient rendu le sourire et, lors de la soirée, j'avais appris qu'il était un féru de poker. J'avais sauté sur l'occasion.

— Dans votre maison, continuai-je. On en a parlé, et demain on est censés acheter des pizzas et des bières pour…

— Des bières ? répéta Valentine.

— Oui, des bières.

Soudain, Victor m'adressa un sourire, et je compris, soulagé, qu'il était parvenu à revenir parmi nous. Ma tension retomba en flèche, et je réalisai que j'avais retenu mon souffle pendant toute son absence.

— Le poker, fit-il, brutalement ragaillardi.

— Le poker, oui, approuvai-je.

Je me tournai vers Valentine, qui avait, elle aussi, repris des couleurs. Je passai une main sur mon visage : entre ma gueule de bois et ces quelques minutes de tension, j'avais la sensation d'avoir été percuté par une boule de démolition. L'élan d'énergie de Victor ne dura pas. Après quelques secondes, la fatigue masqua son visage, et Valentine proposa de rentrer.

— J'ai ma voiture, je vous suis, dis-je en souffrant d'un nouvel accès de migraine.

— Tu as vraiment organisé une soirée poker ? demanda Valentine alors que nous rejoignions nos véhicules.

— Oui. Il a besoin de se distraire.

— Luke, ses crises sont de plus en plus fréquentes.

— Je sais. C'est pour ça qu'il faut le faire.

— Tu sais jouer au moins ?

— Vaguement.

— Tu vas te faire plumer, me prévint-elle sans cacher son amusement.

— Ton père ne ferait pas ça. Il m'aime bien.

— Mon père et toi avez un point commun : vous aimez gagner. S'il peut te ruiner en une soirée, il le fera.

Le lendemain, attablé dans le salon de la maison des Aubry transformée en salle de jeu pour la soirée, je maudissais l'idée géniale de cette soirée poker. Victor avait dominé la partie et, même si je n'avais pas joué une grosse somme, elle se trouvait désormais quasiment en totalité entre ses mains.

— Alors, Luke, on se couche ? fit-il en me voyant hésiter devant mon jeu.

— Non.

— Tu veux que je te prenne jusqu'à ta fierté ?

— La partie n'est pas encore finie.

La plupart des autres joueurs - cinq anciens coéquipiers de Victor - avaient baissé les bras, décrétant que Victor avait une chance improbable et inattaquable. Les cartons de pizza avaient été repoussés sur la table basse tandis que des bouteilles de bière vides étaient disséminées dans le salon. Victor me fixait avec une mine indéchiffrable, typique des joueurs de poker qui ont de l'expérience et une sacrée chance.

— Je relance, annonçai-je en envoyant deux jetons sur le tapis de jeu.

Victor fit la moue, et ses yeux pétillèrent de malice. Quand il avait l'esprit concentré sur des activités qui lui plaisaient, ses défaillances étaient beaucoup plus limitées. Ce soir, hormis un prénom oublié et un décapsuleur rangé malencontreusement dans le congélateur, il avait été lui-même.

— Je suis, répondit Victor.

Je grimaçai, ayant vaguement espéré qu'il abandonne.

Valentine avait raison : il aimait gagner, et perdre sur un abandon était inenvisageable. Je me concentrai sur mes cartes, lorgnant sur la paire de rois entre mes mains. À nouveau, je relançai. Quitte à perdre, autant le faire avec panache.

La porte de la maison claqua, et je reconnus immédiatement le pas de Valentine nous rejoignant. Elle salua avec chaleur les anciens coéquipiers de son père, les étreignant tout en prenant des nouvelles. Je la suivis du regard, constatant à quel point son attitude, en quelques semaines, avait changé. Elle, si renfermée et si secrète, souriait maintenant largement, sans crainte.

— Je sais que ma fille est vraiment adorable, mais est-ce que tu pourrais te concentrer sur la partie, histoire que je te ratatine une bonne fois pour toutes ? fit Victor, après avoir claqué des doigts devant mon visage pour attirer mon attention.

— Vous avez suivi ? demandai-je.

— Suivi et relancé du double.

Je poussai un soupir, et Valentine s'approcha, restant debout près de moi.

— Je t'avais prévenu, rit-elle. Il est sans pitié.

— C'est notre dernière partie, je n'ai plus un rond de toute façon. Sauf si tu me portes chance, ajoutai-je avec un sourire.

Valentine haussa les épaules, avant de camoufler ses mains maculées de peinture dans ses manches. Elle jeta un bref coup d'œil vers mon jeu et, comme je l'avais fait quelques secondes auparavant, elle grimaça.

— N'essayez pas de me bluffer, vous deux, intervint immédiatement Victor.

— Je suis, dis-je en poussant, dépité, mes ultimes jetons vers le milieu de la table. Rappelle-moi de ne plus jamais jouer au poker contre ton père !

— Ne t'inquiète pas, un jour ou l'autre j'oublierai cette partie, répondit Victor.

Je relevai les yeux vers lui, ne sachant pas réellement s'il plaisantait. C'était vrai : un jour, Victor oublierait cette soirée, oublierait sa fille, oublierait même cette maison. Il serait toujours là, en chair et en os, mais tout ce qui faisait de lui Victor Aubry, le père aimant, le joueur de génie et l'homme attachant aurait disparu.

— Ne dis pas ça, papa, fit Valentine à voix basse.

— Tu sais que c'est vrai.

— Ton père veut nous émouvoir pour que je le laisse gagner, contrai-je pour rétablir une ambiance plus légère. Ça ne marche pas, Victor. Parce que, tant que Valentine et moi serons là, vos souvenirs seront parfaitement gardés. Et parce qu'en plus j'ai une paire de rois, annonçai-je en abattant mes cartes.

— Brelan de neuf, répliqua-t-il en posant fièrement son jeu sur la table.

— Ton père est un tueur !

— Tu ne peux quand même pas avoir ma fille et me battre en plus au poker.

J'échangeai un regard avec Valentine. Elle pinça les lèvres, envisageant certainement d'aller s'enterrer dans le jardin pour cacher son malaise. Je repoussai ma chaise et me levai pour l'embrasser sur la joue.

Elle valait tellement plus que toutes les parties de poker du monde. Je le savais, mais elle n'en avait aucune idée. Quant à dire si elle était à moi, j'en doutais. Nous avions un lien indéniable et puissant. Mais elle n'était pas un trophée qu'on exhibait. Elle n'avait pas besoin de moi pour rayonner. C'était en elle, comme une sorte de gravité irrépressible qui vous captait et vous retenait.

C'était moi qui lui appartenais. Depuis le début, depuis l'instant où elle avait refusé de partager son dessert, j'avais été à elle.

Autour de nous, les invités s'agitèrent et nous saluèrent avant de quitter les lieux. Victor réprima plusieurs bâillements : même si la soirée n'était pas très avancée, il avait perdu l'habitude de veiller. Valentine s'éclipsa dans la salle de bains pour prendre une douche rapide, me laissant seul avec son père.

— Votre traitement, dis-je en tendant son pilulier à Victor.

— Tu prendras soin d'elle ? Tu prendras soin de ma fille ?

— Valentine est très indépendante.

— Ça ne veut pas dire qu'elle n'a besoin de personne. J'ai conscience de la vie que je lui ai fait mener. Chaque déménagement, chaque nouvelle ville…

— Elle n'a aucun regret, le rassurai-je. Elle parle de vous avec beaucoup de fierté.

— Je ne veux pas qu'elle finisse seule. Elle a déjà perdu sa mère et, quoi qu'elle en dise, quoi que je fasse, je connais déjà l'issue de ma maladie. Je ne veux pas lui imposer ça.

Il releva les yeux vers moi et me regarda comme jamais il ne l'avait fait : avec des larmes au bord des yeux et une détresse palpable. Il posa sa main noueuse sur la mienne et la pressa.

— Je vais retourner en centre de soins, m'avertit-il. Le président de la Fédération va passer quelques coups de fil, et bientôt Valentine pourra reprendre une vie normale. Je ne veux pas qu'elle assiste à… tout ça, fit-il en désignant son pilulier. Je ne veux pas qu'elle me voie dépérir.

— Victor, elle fait justement tout pour vous aider et pour que votre traitement retarde les effets de votre Alzheimer.

— Je sais. Mais je crois que j'ai déjà saccagé une partie

de sa vie, je refuse de continuer à la détruire. Je vous ai vu danser ensemble et discuter : peut-être qu'elle ne le réalise pas encore, mais je sais qu'elle tient à toi. Elle est indépendante, solitaire et aussi têtue que sa mère, mais elle finira par comprendre.

Je me contentai de sourire. Victor avait ses certitudes, j'avais les miennes. Je n'étais pas sûr qu'elles se rejoignent un jour. Mes sentiments pour Valentine étaient bien présents. Tout comme mon fameux problème de géographie. Et, même si elle m'avait embrassé, même si nous avions fini à bout de souffle sur son canapé, j'avais du mal à nous imaginer un futur ensemble.

— Je prendrai soin d'elle, promis-je.

D'une manière ou d'une autre, je savais que je le ferais. Cette promesse était tenable. En faire d'autres revenait à jouer au poker et à attendre une main favorable, qui n'arriverait peut-être jamais.

Victor se redressa et, après un bref hochement de tête, se dirigea vers sa chambre.

— Luke ? fit-il alors que je commençais à ranger le bazar de notre soirée. Appelle ton agent : tu n'as aucun avenir dans le poker, ni dans la danse, d'ailleurs.

Je lâchai un éclat de rire qui se finit sur une note amère. La vraie question était : avais-je un avenir avec Valentine ?

Chapitre 22

Stella recula de quelques pas et pencha légèrement la tête, scrutant le mur face à elle. Mes yeux passaient avec anxiété d'elle à ce que j'avais peint. C'était la première fois que je lui montrais mon travail sur pièce. Elle avait appris mon hobby fortuitement quelques mois plus tôt, en tombant sur une photo qui traînait sur la table de la cuisine. Depuis ce jour, elle m'avait harcelée pour en savoir et en voir plus.

— Valentine, c'est vraiment… somptueux, dit-elle avec un sourire.

Je me détendis, soulagée, et reposai le pinceau que je triturais entre mes mains depuis qu'elle était entrée dans le salon. Précautionneusement, elle avança, réduisant l'espace entre elle et le mur pour l'étudier avec attention. L'œuvre était gigantesque, s'étendant sur le mur principal de la pièce qui devait avoisiner les vingt mètres carrés. D'ici, le décor se confondait avec la forêt de pins derrière la baie vitrée.

— Tu as un talent fou, tu sais.

— Merci, c'est très gentil.

— Ne sois pas modeste ou intimidée. Je t'assure que je n'ai jamais vu un truc pareil. C'est beau, lumineux et parfaitement équilibré.

— L'endroit était inspirant.

— J'ai un appartement à rénover, tu accepterais de le visiter et de me donner ton avis ?

— Peut-être, oui.

Mon peut-être ne visait qu'à éviter une discussion - voire des négociations - avec Stella. Mon père était à la maison, Luke finirait par rentrer chez lui, et je me retrouverais sans solution : je ne pouvais pas m'engager sur de nouveaux projets. Malgré mes nombreux appels et relances, aucun centre de soins n'avait daigné me recontacter. Luke m'avait offert une bouffée d'oxygène, mais j'avais conscience de la durée limitée de sa présence.

Pour mon père, comme pour moi.

— Il me reste quelques retouches à faire, expliquai-je, notamment sur la partie droite.

Stella hocha la tête, marchant doucement sur la bâche en plastique qui protégeait le parquet. Elle examina ma peinture, souriant largement et avec satisfaction.

— Tout sera terminé d'ici la semaine prochaine, continuai-je. Et rangé, bien sûr.

— Je suis tellement contente que tu aies accepté, répondit Stella. Cela va au-delà de ce que j'avais imaginé.

Je me contentai de sourire, fixant mon travail avec un œil critique. Des retouches, des corrections et des détails à peaufiner, c'était tout ce que je voyais. Stella était bien trop indulgente.

— Est-ce que je peux le prendre en photo ? demanda-t-elle. Je suis certaine que je peux te décrocher des contrats facilement.

— Stella, je fais juste ça pour passer le temps, rien d'autre.

— Pour l'instant.

Elle prit plusieurs photos avec son téléphone, se félicitant de son initiative et me complimentant à nouveau pour mon travail. Quand elle eut terminé, elle revint à ma hauteur et me proposa de rejoindre le jardin pour fuir les odeurs de peinture et de solvant.

— Je vais sûrement refaire un dîner après le match de demain, seulement des amis, comme la dernière fois. Tu veux venir ? demanda-t-elle.

— Euh, oui. Pourquoi pas.

— Luke sera là, évidemment.

Je me contentai de sourire. Luke était toujours là : pendant les dîners, à la maison et dans les moindres recoins de mon esprit. Cela revenait à être ensorcelée. En tout cas, c'était l'effet que ça me faisait. Un léger étourdissement, le cœur qui bat la chamade et la joie stupide de sentir ses doigts noués aux miens.

— Est-ce que... Est-ce qu'on peut dire que vous êtes ensemble ? demanda-t-elle avec prudence.

J'ouvris la bouche, mais aucun son n'en sortit. Je n'avais pas la réponse à la question de Stella. J'avais passé une partie de ma semaine dans cette maison, à peindre, pendant que Luke surveillait mon père avec qui il assurait les entraînements des jeunes. Nous nous étions à peine vus depuis la soirée poker qu'il avait organisée. Quand nous nous croisions, nous mangions un ou deux cookies - pour la tradition –, parlions de mon père et des cours au collège, mais évitions soigneusement tout rapprochement physique.

— Il t'aime beaucoup, continua Stella, pour m'encourager à parler.

— Je l'apprécie beaucoup aussi.

— Rassure-moi : pas seulement parce qu'il s'occupe de ton père ?

— Non, pas seulement, avouai-je.

— Tu devrais le lui dire. Luke est mon meilleur ami, je le

connais par cœur, et il a toujours vécu comme si… Je ne sais pas, rien n'est jamais grave ou important pour lui, expliqua Stella en haussant les épaules. Depuis qu'il t'a rencontrée, je l'ai rarement vu aussi attaché à quelqu'un.

Elle m'adressa un regard inquiet, et je baissai les yeux, me sentant un peu coupable. Je n'avais pourtant rien fait pour que Luke et moi devenions proches. J'avais même fait tout mon possible pour qu'il reste à l'écart, pour qu'il me laisse gérer ma vie comme je l'entendais. Maintenant, nous étions liés au point de nous croiser plusieurs fois par jour.

En tout cas, pour le moment.

— Il refusera toujours de l'avouer, mais il avait besoin d'aide.

— Il m'a sûrement aidée plus que je ne l'ai fait, contrai-je.

— Tu lui as rendu le sourire.

— Luke sourit tout le temps.

— C'est différent quand on sourit parce qu'on est heureux. Je le sais parce que je le vois aussi sur toi.

Malgré moi, je souris largement, songeant aux mots de Luke : « la joie te va bien ». Je devais admettre que je ne m'étais pas sentie aussi sereine depuis la mort de ma mère, comme s'il avait comblé un vide que je refusais de voir.

J'échangeai un sourire avec Stella. Même si notre conversation était légère, je percevais une ombre d'inquiétude dans son regard. Elle s'apprêtait à me mettre en garde, et je savais déjà pourquoi.

— Vous devriez en parler, déclara-t-elle finalement.

— De nous ?

— De ce qui se passera après. Luke a toujours dit qu'il était là pour un temps limité et…

— Je le sais. Je sais qu'il doit rentrer.

— Oh ! il t'a annoncé qu'il partait après le mariage alors ?

Je restai muette et j'eus la sensation que mon cœur venait de se décrocher pour se ficher dans le fond de mes pieds. J'avais toujours su que Luke était ici de manière transitoire et que notre relation était à durée déterminée. Je n'avais posé aucune question. Ce n'était pas mon style, et encore moins une habitude. À force de vivre seule et renfermée sur ma propre existence, je m'étais détachée de celle des autres. Mais, évidemment, j'avais pensé à cette échéance, au moment où Luke cesserait de venir à la maison pour mon père.

Au moment où Luke cesserait de venir à la maison pour moi, où je ne le verrais plus sourire pour rien, où je devrais finir mes boîtes de cookies toute seule. Ce moment-là, inéluctable et violent, viendrait, et j'étais certaine d'en garder un souvenir atroce. Alors, je l'avais tenu à distance, comme une lointaine échéance qui planait mais restait indiscernable. Stella venait de m'annoncer qu'il était beaucoup plus proche que je ne le pensais. Il allait partir après leur mariage. Dans une semaine, Luke ne serait plus là.

Devant mon visage de cendres et mon silence, Stella réalisa qu'elle en avait trop dit.

— Merde, murmura-t-elle. Valentine, je pensais que…

— Non, c'est… Je le savais, de toute façon. C'est juste que… On n'a pas vraiment abordé le sujet.

— Valentine, je suis désolée. Je pensais vraiment qu'il t'avait prévenue. Il a eu des entretiens cette semaine et… Je ne devrais pas être celle qui t'en parle. Luke va me tuer !

— Je ne dirai rien.

— C'est justement ce qu'il ne faut pas faire : il faut que tu lui en parles, parce qu'il y a peut-être une solution pour vous deux et…

— Stella, ne t'en fais pas pour nous deux. Nous savions

dans quoi nous nous engagions et, très honnêtement, je ne crois pas qu'il y ait une solution. Je sais comment gérer ça.

Stella tenta de reprendre notre conversation, mais je la fis taire en levant une main devant moi. J'avais réussi à ravaler la boule de chagrin dans le creux de ma gorge, et mes jambes tremblantes pouvaient encore me faire sortir de ce salon pour retrouver l'air frais et saturé de l'odeur des résineux autour de la maison.

J'avais toujours su gérer les séparations. C'était un de mes rares talents. Rompre les liens, partir sans regarder derrière soi, ne laisser aucune trace : j'avais une expérience certaine de l'éloignement.

Évidemment, cette fois, avec Luke, comme toujours depuis que je le connaissais, c'était différent. Avec lui, il me resterait des souvenirs et une très longue liste de regrets.

Et un cœur en lambeaux.

Stella et moi avions à peine échangé deux mots avant qu'elle reparte de la maison. Encore fébrile et bouleversée à l'idée du départ prochain de Luke, j'étais parvenue à faire péniblement quelques retouches. J'abdiquai au bout d'une heure, incapable de me concentrer. Même si Stella avait commis un impair en me parlant du départ de Luke, je savais qu'elle avait raison sur un point : nous devions en parler.

Sur le chemin du retour, je tentai de trouver une phrase d'accroche pour enclencher la conversation. En vain. En longeant la plage, je repérai la silhouette de Luke, assis sur une planche de surf, ballotté par les vagues. Je me surpris à sourire, avant de découvrir, à la faveur d'une vague plus forte que les autres, mon père, dans la même position.

Ils discutaient avec animation et, alors que je me garais près de la maison, ils s'allongèrent sur la planche et agitèrent leurs mains dans l'eau pour gagner en rapidité. J'écarquillai les yeux, stupéfaite de voir mon père en train de fendre les vagues. Je rejoignis la plage, retirant mes baskets et remontant le bas de mon jean.

J'entendis un grand cri de joie et levai les yeux vers mon père, debout sur sa planche, dans un équilibre précaire, les bras écartés et les jambes fléchies. Il n'avait pas l'air vraiment à l'aise, mais l'entendre rire aux éclats me réchauffa le cœur. À ses côtés, Luke l'encourageait comme seuls les supporters de rugby savent le faire : les poings levés, en hurlant aussi fort qu'il le pouvait. Mon père tomba à l'eau l'instant suivant et resurgit aussitôt, prêt à retenter l'expérience. À nouveau, Luke l'encouragea, avant de lui donner quelques conseils pour conserver facilement l'équilibre.

Mon père s'éloigna de lui, allongé sur sa planche, chevauchant les vagues qui s'écrasaient contre le sable. Le vent n'était pas très fort, mais la houle persistait, faisant suffisamment grossir les vagues pour qu'on puisse surfer. La main en visière, j'observais mon père qui parvint à se mettre debout et surfa une nouvelle vague. Luke le suivit du regard, avant de pivoter vers moi.

En me voyant, il m'adressa un petit signe et nagea dans ma direction pour me rejoindre sur la plage. J'eus une sensation de déjà-vu : Luke, cheveux humides, habillé d'un boxer et venant à ma rencontre, un grand sourire aux lèvres et délicieusement attirant. Je repoussai mes cheveux emmêlés par le vent et fis mon possible pour décrocher les yeux de son corps musclé en mouvement.

— Du surf ? l'interpellai-je.

— Il m'a demandé ce que ça faisait, je lui ai dit qu'il fallait essayer.

— Vous n'êtes pas censés être à l'entraînement ?

— Relâche aujourd'hui. Les gamins étaient crevés et, avec le match de demain, ils devaient se reposer. On s'assoit ?

Luke se laissa tomber sur le sable, les yeux rivés sur mon père qui bataillait toujours contre les vagues. Je m'installai près de lui et l'imitai, souriant largement en entendant mon père ronchonner contre sa maladresse.

— Stella m'a dit que tu avais quasiment terminé le mur de la maison, reprit Luke.

— Oui. Il me reste quelques retouches, mais le plus gros est fait.

Je remontai les genoux contre ma poitrine, espérant maîtriser l'angoisse qui s'infiltrait par tous les pores de ma peau. Je n'étais pas capable de le regarder en face, et encore moins de parler de notre relation. C'était au-dessus de mes forces, et je savais déjà que l'issue de cette conversation me laisserait un goût amer.

— Je sais que tu sais, murmura-t-il. Stella m'a prévenu.

Je tournai finalement le visage vers lui. Son sourire habituel avait disparu, et son regard azur, si pur et si clair, avait pris une teinte plus sombre. Ce regard-là allait me hanter pendant un long moment.

— Elle pensait que j'étais déjà au courant, déclarai-je pour l'excuser.

— C'est ce qu'elle m'a dit.

— Ce n'était pas vraiment une surprise. J'ai toujours su que ta présence ici était limitée.

— Donc, ça s'arrête comme ça ?

— Ça ne pouvait pas s'arrêter autrement. D'ailleurs, je crois que c'est ici que j'ai accepté l'art, les souvenirs et le partage de desserts. La boucle est bouclée.

— Le partage de desserts est maintenu. Tant que je vivrai

et tant que tu vivras, dès qu'on se verra on partagera des desserts.

Je ravalai le chagrin qui menaçait de submerger mes barrières habituelles. J'avais réussi, pendant des années, à me détacher facilement de tout et de tout le monde. À ce moment précis, Luke me prouvait que j'avais eu raison d'agir ainsi. Ce que je ressentais, ce mélange de douleur intense et de vide, était insoutenable. J'avais la sensation de suffoquer, d'affronter une de ces vagues puissantes, pleine de sable et de sel, et de ne pas résister, la laissant m'emporter le plus loin possible.

— Mon agent m'a parlé de plusieurs contrats d'entraîneur là-bas et de postes de préparateur physique aussi.

— Tu vas torturer des gens ? plaisantai-je.

— Je fais ça très bien, figure-toi.

— Je sais, murmurai-je. Je m'en rends compte.

Il esquissa un bref sourire et plongea le regard dans le mien, un regard plein de tendresse et d'attention. Il passa le revers de la main sur ma joue, et je fermai les yeux, enveloppée dans ma douleur qui me rendait encore plus sensible à chacun de ses gestes.

— Je n'ai encore rien accepté, souffla-t-il.

— Mais tu vas le faire.

— Tu cherches à te débarrasser de moi ? demanda-t-il en souriant.

— Je veux que tu prennes la meilleure décision pour toi. Et retourner là-bas est la meilleure décision pour toi.

Sa main retomba et, après un bref froncement de sourcils, il soutint mon regard, comme pour être certain que j'étais vraiment sincère. C'était le cas. Je voulais qu'il fasse ce qu'il y avait de mieux pour lui. Et ce mieux était là-bas, puisque, de toute évidence, ce n'était pas ici, avec moi.

— Si c'était le cas, je n'aurais pas autant traîné pour t'en parler, avoua-t-il.

— Luke, je t'assure que…

— À chaque fois que j'ai voulu le faire, les forces m'ont manqué. Je m'en voulais de faire ça, ajouta-t-il en suivant mon père des yeux.

— On s'en sortira.

— Je m'en voulais de t'abandonner. J'adore ton père, Valentine. Vraiment. Il est brillant, drôle, et incroyablement fier de toi. Mais te laisser, toi… Je m'en sens incapable.

Je nouai les doigts aux siens, comme nous l'avions fait des dizaines de fois. Lui comme moi avions toujours su que ce moment arriverait, que nos chemins finiraient par se séparer. Ça ne rendait pourtant pas la situation plus simple.

— Tu sais ce que dit Stella à ton sujet ? demanda-t-il.

Je secouai la tête, chaque mot me demandait une énergie folle.

— Que tu es mon soleil.

Je me surpris à rire, et Luke me regarda avec curiosité.

— Céleste pense que je suis un paysage lugubre, expliquai-je.

— Elle a tort. Tu es lumineuse et tu attires tous les regards. Un vrai soleil.

— Ce qui compte c'est que je sois le tien, non ?

— Tu ne me facilites pas la tâche, me fit-il remarquer.

— Je ne l'ai jamais fait.

— C'est vrai.

Il porta ma main à ses lèvres et l'embrassa avec tendresse. Les larmes roulèrent sur mes joues, et je ne fis rien pour les retenir. Mon cœur était en train de se déchirer, écartelé entre mes sentiments et ma raison. Luke devait rentrer et reprendre sa vie, mais l'idée même qu'il ne hanterait plus cette plage me donnait la sensation d'étouffer.

— Viens par ici, dit-il en ouvrant les bas, ce qui me tira un rire nerveux.

— C'est vrai que ça marche pour les ruptures aussi.

Je m'installai entre ses jambes, lui tournant le dos. Luke entoura mes épaules de ses bras et nicha la tête dans le creux de mon cou. J'étais certaine que ce moment-là, cet instant à l'odeur de sel et de Luke, serait désormais le pire et le meilleur de mes souvenirs.

— C'est une première, avouai-je en tournant le visage vers lui.

— Les ruptures ?

— Le cœur brisé.

— J'aurais préféré être inoubliable d'une autre façon.

— Tu l'es. De multiples façons, Luke. De multiples et de bonnes façons.

Il poussa un soupir, et je sentis ses doigts repousser ma chevelure, puis ses lèvres caresser la peau de ma nuque. Je retins un gémissement, partagée entre plaisir et frustration. Je devinai son sourire et je penchai la tête, facilitant notre étreinte. J'avais besoin de le sentir, même si c'était la dernière fois, même s'il partait et que je devais apprendre à vivre sans lui mais avec mes sentiments.

— Ton père est là, me rappela-t-il.

— Je sais. Et on vient de rompre.

— Ce qui fait deux raisons de s'arrêter.

Je frissonnai à la vibration de sa voix contre ma peau. Luke agrippa mes hanches et m'attira au plus près de lui. J'en oubliai son corps encore humide et mon cœur à vif. Il me faisait oublier ma douleur.

— Deux mauvaises raisons, compléta-t-il.

Soudain, il aspira la peau de mon cou entre ses lèvres, et tout mon corps fut parcouru de fourmillements de plaisir. Le souffle court, je parvins à entourer sa nuque de mon bras et plongeai les doigts dans ses cheveux trempés. Comme lors de nos baisers dans la cuisine de Stella, j'étais en train de perdre pied, agréablement abandonnée entre les bras de Luke.

Quand il libéra finalement le carré de peau qu'il caressait, il posa une main sur ma joue et attira ma bouche contre la sienne. Ses lèvres avaient un goût de sel, que j'oubliai bientôt, grisée par la sensation douce et addictive de notre baiser.

Si cela devait être le dernier, il devait être parfait. Parfait à en effacer tout le reste : son départ prochain et la voix de ma conscience, qui me suppliait de lui demander de rester. Malgré toute ma bonne volonté et toute ma raison, une part de moi refusait de rester loin de lui. Je compris que Stella avait tort ; je n'étais pas le soleil. Parce que, s'il existait une seule force d'attraction, c'était Luke.

Quand il s'écarta de moi, j'étais à bout de souffle et sonnée par ce que j'avais ressenti. Encore une première, sans nul doute. Luke souda le front au mien et s'humecta les lèvres.

— C'était génial, murmura-t-il.

— C'est génial.

Il esquissa un bref sourire et acquiesça doucement avant de continuer :

— Ça ne peut pas s'arrêter comme ça.

— Quel jour as-tu prévu de repartir ?

— Quand je serai capable de te laisser. Genre dans trois ou quatre siècles.

— Je pensais… Je me disais qu'on pourrait se voir ce soir.

— J'ai promis à Adrien de passer la soirée avec lui. Mais si tu me donnes suffisamment de temps pour le tuer et planquer son corps en pleine forêt…

J'éclatai de rire, tandis que Luke arborait une mine sérieuse et faussement concentrée sur son potentiel crime. Du coin de l'œil, je vis mon père se débattre contre les vagues, cherchant toujours à les dompter, perché sur sa planche. Il dut sentir mon regard, car il m'adressa un petit signe de la main, et je me sentis soudainement embarrassée de m'être laissée aller en public avec Luke.

— Tu peux peut-être passer plus tard, dis-je, surprise par mon audace.

Luke haussa un sourcil, avant qu'un sourire éblouissant s'affiche sur ses lèvres. Cet air de gosse... Voilà pourquoi je lui avais permis de prendre tant de place dans ma vie : j'avais cru, bêtement, que Luke était inoffensif. Je réalisais maintenant que c'était ce même sourire qui m'avait séduite.

— Tu veux dire que si je jette quelques cailloux contre ta fenêtre je pourrai entrer dans ta chambre ?

— On a inventé les téléphones portables, Luke.

— Mais je pourrai ?

— Sûrement. Je prévoirai une part de gâteau au chocolat.

Je me levai et époussetai mon jean maculé de sable. Luke se redressa à son tour et, sans attendre, posa les mains sur mes hanches pour m'attirer contre lui. À nouveau, il afficha cette mine sérieuse, déjà loin de sa plaisanterie précédente.

— À quel point on est foutus, au juste ? m'interrogea-t-il.

— À ton avis ?

— Complètement.

— Complètement, approuvai-je.

— Je vais aller chercher ton père et je vous raccompagne.

Il déposa un baiser furtif sur mon front, me laissant avec mes pensées envahissantes.

Luke allait partir, mais ni lui ni moi n'étions prêts à mettre un terme à ce que nous vivions. C'était irrationnel, insensé et incontrôlable. Je finirais le cœur en miettes et avec des souvenirs doux-amers mais, tant que je pouvais repousser l'échéance, tant que j'avais la possibilité de l'avoir avec moi, je devais en profiter. Je ne pouvais pas me résoudre à faire autrement.

Je suivis sa silhouette des yeux, tandis qu'il s'enfonçait dans l'océan pour rejoindre mon père. Quand il pivota vers moi, comme pour s'assurer que j'étais toujours là, j'eus la sensation que mon cœur allait imploser dans ma poitrine.

Il fallait me rendre à l'évidence : j'étais amoureuse de Luke.

Et ça aussi, c'était une première.

Chapitre 23

— Vingt-quatre, soupira Adrien en me lançant un regard contrarié.

— Vingt-quatre quoi ?

— Le nombre de fois où tu as regardé ta montre en moins d'une heure. Donc, soit je suis vraiment le mec le plus ennuyeux du monde, soit tu es attendu ailleurs.

— L'un n'exclut pas l'autre, souris-je avant de boire une gorgée de mon verre de vin.

— Je pensais naïvement que Valentine te ferait mûrir. C'est bien d'elle qu'il s'agit, hein ?

— On doit se voir ce soir, confirmai-je avec excitation.

— J'ai donc loupé un épisode. Stella m'a dit qu'elle avait fait une gaffe et que vous aviez rompu. La pauvre était en train de se morfondre, persuadée que tu allais lui en vouloir.

Je secouai la tête, songeant à ma conversation avec Valentine. Raisonnablement, nous aurions dû rompre. C'était d'ailleurs la seule conclusion à laquelle j'étais parvenu après une semaine de réflexion et trois appels avec mon agent. Notre histoire arrivait dans une impasse.

— Pas tout à fait, dis-je dans un murmure.

— Luke, la dernière fois que j'ai regardé, ces fameux problèmes de géographie existaient toujours.

— On a essayé.

— Essayé ? Luke, on parle d'une séparation, là, pas d'une expérience de chimie ! On le fait ou on ne le fait pas, mais on « n'essaye » pas !

— Je sais, je sais. Mais je n'arrive pas à me dire que je dois me séparer d'elle. Et je crois qu'elle ressent la même chose.

Je jouais nerveusement avec mon verre. J'avais conscience que la situation était incompréhensible pour Adrien et Stella. Mais c'était plus fort que moi, dès que j'avais senti Valentine contre moi, j'avais compris que c'était une guerre perdue d'avance. Et, vu que Valentine n'avait rien fait pour me repousser - m'encourageant même avec son invitation à la rejoindre ce soir –, j'en avais déduit que nous étions aussi impuissants l'un que l'autre.

— Luke, tu réalises que tu ne fais que retarder l'échéance, n'est-ce pas ?

— Quelle échéance ? Peut-être que rentrer en Australie n'est pas une si bonne idée...

— Et tu ferais quoi ici ? Entraîneur d'une petite équipe de jeunes ? Je te connais assez pour savoir que ce n'est pas ce que tu veux.

— Je la veux, elle. Comme toi tu as voulu Stella pendant des années.

— Nous étions sur le même continent, me fit-il remarquer. J'ai juste... Je ne veux pas que tu t'emballes, c'est tout. Tu ne connais cette fille que depuis quelques semaines. J'aime beaucoup Valentine, mais vous êtes diamétralement opposés.

— Tu as mis combien de temps à tomber amoureux de Stella ?

Adrien leva les yeux au ciel et secoua la tête. Dès qu'il avait posé les yeux sur Stella, quand il avait quinze ans, il s'était juré de l'épouser un jour. Cette évidence avait mis du temps à être partagée par Stella, mais il n'avait jamais abandonné.

— Je ne veux pas la laisser. Je ne peux pas la laisser, ajoutai-je. Je sais que c'est compliqué et qu'on aurait dû rompre. Je le sais. Mais je n'y arrive pas. Quand je la vois, toutes les bonnes raisons que j'ai de m'éloigner d'elle s'évaporent.

— Luke...

— Ne vous inquiétez pas pour moi, soufflai-je.

— On s'inquiète pour vous deux. Je ne veux pas jouer le rabat-joie de service, crois-moi, je serais ravi que tu restes ici, en France. Vraiment ravi, Luke.

— Mais ?

— Pas de mais.

— Pas de mais ?

— Honnêtement, si on mettait en doute ma relation avec Stella, je pense que je pourrais virer violent. J'aime Stella. Profondément, depuis longtemps, et notre histoire est ma seule certitude absolue. Et, d'après ce que tu me dis, Valentine est une certitude pour toi, alors...

— Tu as peur que je te casse le nez ? m'esclaffai-je.

— J'ai peur que tu me casses le nez, puis tous les doigts, pour ensuite me traîner au bout d'une corde attaché à l'arrière de ta voiture monstrueuse. Je finirai en offrande pour ton aimée, et tu bomberas fièrement le torse en disant « je l'ai tué parce que je t'aime ».

Je fixai Adrien, partagé entre incrédulité et hilarité. Il termina son verre de vin d'un trait et se leva de table, signifiant ainsi son départ et la fin de mon calvaire : d'ici quelques minutes, je retrouverais Valentine.

— Mec, tes vœux vont être épiques, conclus-je en riant.

— Va la rejoindre. Je vais retrouver Stella et ajouter

trois verrous à la porte de notre chambre pour éviter que tu m'attaques dans mon sommeil.

Je savais qu'il voulait me mettre en garde pour me préserver et qu'il pensait agir au mieux. Et il avait raison sur un point : Valentine était devenue une certitude. Je pris mon cousin dans mes bras - dans une accolade qui était tout sauf virile –, le remerciant silencieusement d'abandonner l'idée de me faire changer d'avis.

— Je présume qu'on ne t'attend pas ? fit-il.

Je me contentai de sourire tout en saisissant les clés de la jeep fichées dans le fond de la poche de mon jean. Je sortis du bar et courus jusqu'à la voiture, démarrant dans la seconde. Le trajet ne me prit que quelques minutes.

À mon arrivée, hormis le salon et une fenêtre à l'étage, la maison de Valentine était plongée dans le noir. La nuit était à peine tombée, me permettant de longer la maison et de me positionner sous la fenêtre éclairée, estimant que cela devait être sa chambre.

Comme j'avais promis de le faire, je trouvai quelques minuscules graviers à mes pieds et les lançai contre sa vitre. Je m'appliquai quelques instants, avant de percevoir une ombre et d'entendre Valentine ouvrir sa fenêtre. En me voyant en contrebas, elle rit doucement et s'appuya contre le rebord avant de proposer :

— On fait quoi maintenant ? Je noue mes draps pour que tu grimpes jusqu'ici ?

— On peut tenter. Mais, si je m'écrase au sol, tu devras vivre avec ça toute ta vie.

— Je vais t'ouvrir.

Je fis le chemin en sens inverse, marchant à grandes enjambées vers la porte d'entrée. Je n'eus à patienter que quelques secondes, avant que Valentine apparaisse dans une longue robe blanche vaporeuse. Avec ses cheveux noués en tresse, elle était féerique.

— Je pensais que tu arriverais plus tard, dit-elle alors que je franchissais le seuil. Camoufler le corps a été rapide finalement ?

— Très. Il m'a libéré quand il a compris que je regardais plus ma montre que lui.

Elle pinça les lèvres et referma la porte derrière moi. J'avais une envie furieuse de l'embrasser et de la plaquer contre le premier mur venu. Elle attrapa ma main, puis m'entraîna vers l'escalier, dans un silence lourd et électrique. Chaque marche était une torture d'impatience et d'anticipation et, quand enfin nous parvînmes à sa chambre, mon cœur s'emballa.

J'entrai le premier dans la pièce ; à l'image de la maison, la chambre de Valentine était grande et lumineuse. Des murs blancs, des magazines d'art empilés dans un coin et une caisse remplie de pinceaux la décoraient. Sur son bureau, je repérai quelques photos et des livres qui surmontaient deux albums photo. Mon regard se posa à nouveau sur elle ; elle me fixait avec prudence, sa poitrine se soulevant à une cadence bien trop rapide.

Je détaillai sa robe blanche à fines bretelles, touchant presque le sol et masquant à peine ses pieds nus.

— C'est une première, avoua-t-elle. Qu'on vienne dans ma chambre.

Cette seule phrase fit exploser mes dernières résistances. En deux pas, j'effaçai la distance entre nous et je pris son visage en coupe pour l'embrasser. Valentine s'agrippa à mon T-shirt, et je la poussai jusqu'au mur derrière elle. Elle étouffa un petit cri de surprise contre mes lèvres, puis je sentis son sourire s'élargir.

Mes mains trouvèrent ses hanches tandis que ma bouche

glissait le long de sa mâchoire. Je savourai la peau de son cou dont je commençais à connaître les réactions. Contre mes lèvres, je devinais les battements frénétiques de son pouls. Sa respiration, déjà lourde, devint laborieuse.

— Je ne sais pas comment j'ai fait pour être si patient, murmurai-je à son oreille.

Je parcourus de nouveau son cou de mes lèvres, me délectant de chaque frémissement de sa peau brûlante et de chaque gémissement étouffé que m'offrait Valentine. Elle enfouit les doigts dans ma chevelure, m'encourageant à poursuivre. Elle avait ce délicieux et familier parfum de coco et d'iode. Je remontai légèrement le tissu de sa robe, et mes mains glissèrent à l'arrière de ses cuisses.

Sans attendre, Valentine entoura mes hanches de ses jambes et mes épaules de ses bras. Haletante, elle souda le front au mien, le visage légèrement abaissé vers le mien.

— Mieux que l'ascenseur, murmura-t-elle en souriant.

— Mieux que tout. Je t'avais dit que ça serait génial.

— J'attends de voir pour le croire. Tu sais… Mieux que le deuxième, mais plus court que…

Je la fis taire en reposant mes lèvres sur les siennes et en nous entraînant vers le lit. Je ne voulais pas être meilleur que le deuxième, ou plus long que le cinquième. Je voulais être le seul dont elle se souviendrait, le seul qui marquerait sa peau, le seul qui hanterait ses nuits.

Le seul.

Je m'assis lourdement sur le lit, Valentine sur moi, sa langue dansant avec lenteur contre la mienne, comme si elle tentait d'apaiser l'énergie et l'excitation folles qui me dominaient. Ses doigts coururent dans mon dos, et elle saisit le bas de mon T-shirt ; je devinai une courte hésitation, comme si elle attendait que je le retire.

— Ne te retiens pas, lui intimai-je. Jamais et surtout pas avec moi. Parce que de mon côté je n'ai aucune intention de me retenir.

Elle étouffa un petit rire, puis me débarrassa de mon vêtement, et ses doigts caressèrent mes épaules, son regard s'attardant sur mon tatouage. Elle effleura mes bras, ce simple contact électrisant tout mon corps. Valentine me touchait avec délicatesse, comme si elle cherchait à mémoriser chaque seconde de cette soirée.

Des mains, je parcourus son dos, encore couvert par sa robe, dont je cherchais à me débarrasser. J'avais déjà eu un avant-goût de la saveur de sa peau, mais j'en voulais plus. Valentine bougea sur mes cuisses pour se rapprocher de moi, me tirant un grognement de frustration. L'instant suivant, je sentis ses lèvres se poser sur mon épaule et remonter lentement jusqu'à la ligne de ma mâchoire. J'exhalai un bref soupir avant que sa bouche se repose sur la mienne. Si, dans les premières secondes, son baiser ne fut que douceur et langueur, très vite, ses mains agrippèrent ma chevelure, et tout son corps épousa le mien avec désir et impatience.

Je parvins à trouver le zip de sa robe et le fis descendre. Mes paumes caressèrent enfin son dos, et je réprimai un gémissement appréciateur en comprenant qu'elle ne portait pas de soutien-gorge. J'abandonnai ses lèvres, décidé à admirer le spectacle de son corps nu contre le mien.

Haletants tous les deux, nous nous regardâmes, comme pour nous assurer que nous étions bien d'accord pour ce qui était en train de se passer. Au moment où je fis descendre les bretelles de sa robe pour dégager sa poitrine, Valentine ferma les yeux de satisfaction, et je perçus l'ombre d'un sourire satisfait.

— Je vais avoir besoin de ta coopération, murmurai-je en désignant le vêtement vaporeux.

Elle se leva, et la robe tomba au sol - sûrement le son le plus doux et le plus prometteur qui soit. Avec sa peau diaphane et ses lèvres gonflées de baisers, Valentine se tenait devant moi, si sublime que j'étais certain qu'elle aurait pu damner Dieu lui-même.

— Viens par ici, dis-je, certain de lui soutirer un sourire.

Elle approcha de moi et, dans un seul mouvement, je parvins à agripper ses hanches et à l'allonger sur le lit. Je la rejoignis aussitôt, couvrant son corps du mien.

— Ça marche aussi pour ça ? fit-elle, alors que mes lèvres approchaient dangereusement de sa poitrine.

— Ça marche surtout pour ça.

Je capturai la pointe de son sein entre mes lèvres, le taquinant de la langue. Aussitôt, Valentine replongea la main dans mes cheveux et se cambra pour accentuer le contact entre nos deux corps. Elle remonta les genoux et emprisonna ma taille entre ses cuisses brûlantes. Je relevai les yeux vers son visage, et elle étouffa un gémissement dans son oreiller.

— Laisse-moi t'entendre, dis-je d'une voix enrouée.

Mais, comme à son habitude, Valentine restait à distance, tentant de tout garder sous contrôle, ses sentiments verrouillés et ses émotions camouflées. C'était douloureusement frustrant : avec moi, je voulais qu'elle lâche prise. J'abandonnai son sein et remontai jusqu'à ses lèvres. Après un baiser furtif, je m'allongeai près d'elle, admirant son corps tendu et sa peau déjà rougie par ma légère barbe.

— Regarde-moi, lui intimai-je. Et garde les yeux dans les miens.

Elle s'exécuta, le visage si près du mien que je pouvais sentir son souffle contre mes lèvres.

— Qu'est-ce que tu fais ? demanda-t-elle.

Je fis courir mes doigts sur son corps, traçant des arabesques sur sa poitrine, avant de descendre lentement vers son ventre. Son corps se contracta davantage, et elle baissa les yeux pour vérifier où s'aventurait ma main.

— Dans les yeux, lui rappelai-je.

— Luke, je ne sais pas si…

— Voilà ce qu'on va faire : tu vas me dire exactement ce que tu veux que je fasse.

À son regard effrayé, je compris qu'il s'agissait, là encore, d'une première. Je risquai un sourire et capturai une de ses mains pour en embrasser la paume. Elle devait me faire confiance et, surtout, elle devait me parler. Ce que je ressentais pour elle me submergeait. Je l'aimais. Je l'aimais avec force, conviction et désir. J'avais besoin de savoir si elle était, elle aussi, submergée.

— Je ne sais pas faire ça, chuchota-t-elle.

— Tu as juste à me dire. Par exemple, continuai-je en passant les doigts sur la pointe de son sein droit, est-ce que tu aimes ça ?

Les réactions de son corps ne mentaient pas. Sa peau était un véritable miroir à émotion. À chaque mouvement de ma main, Valentine frémissait, et son souffle s'accélérait. Elle finit par hocher la tête.

— Avec des mots, maintenant ?

— Oui, fit-elle, hésitante.

Je soutins son regard, conscient de l'effort que je lui demandais. Elle pinça les lèvres et, à voix basse, reprit :

— Continue. Plus bas.

— Plus bas. Par ici ?

Je longeai la bordure de son sous-vêtement, guettant les réactions de son visage. Valentine fronçait les sourcils, concentrée. Ma caresse dura plusieurs secondes, et je finis par poser l'index près de son nombril pour le remonter lentement vers sa poitrine, jusqu'à sa gorge, puis ses lèvres entrouvertes.

— Ensuite ? l'encourageai-je.

Je collai mon corps au sien, faisant mon possible pour ignorer ma propre excitation. Emprisonné dans mon caleçon, mon sexe semblait réclamer la liberté.

— Enlève-la. Ma... Ma culotte.

Cette fois, je ne résistai pas à l'envie de l'embrasser. Dans le même temps, mes mains trouvèrent le bout de tissu en trop et, avec l'aide de Valentine, je parvins à le lui retirer pour le jeter à travers la pièce. Notre baiser s'intensifia, et Valentine se colla contre moi, la jambe sur mes hanches, comme pour m'empêcher de partir.

— Et maintenant ? l'interrogeai-je, la bouche près de la sienne.

— Je veux te sentir.

— Il va falloir être plus explicite que ça.

Je la torturais sans raison, car ma main suivait déjà la courbe de sa hanche et se faufilait entre ses cuisses. En sentant mon intrusion, Valentine retint son souffle. Je caressai doucement son sexe tout en embrassant ses lèvres, son cou ou son épaule.

— Si tu savais tout ce que j'ai envie de te faire, murmurai-je.

Elle rougit instantanément, provoquant une nouvelle flambée de fantasmes. J'approchai mes lèvres de son oreille, prêt à lui confier mes secrets et ma vie entière. Elle écarta légèrement les cuisses, et j'en profitai pour accentuer ma caresse, pressant le pouce contre son clitoris.

— Je veux t'entendre, lui rappelai-je.

Mon prénom lui échappa dans un soupir de plaisir.

— Encore ?

— Encore, oui, supplia-t-elle.

Elle creusa les reins et, à nouveau, elle prononça mon prénom, comme une plainte. Je glissai mon index en elle, récoltant un cri de surprise. Immobile, j'attendis que son regard perdu retrouve le mien. Quand ses yeux azur accrochèrent les miens, j'y vis enfin ce que j'attendais. La Valentine joyeuse, libre et confiante était devant moi. Elle bougea les hanches, et nous échangeâmes un sourire.

De l'index, j'allais et venais en elle, ajoutant bientôt le majeur. Entre mes bras, Valentine haletait, ne cachant plus le plaisir intense qui l'envahissait. À la façon dont ses ongles s'enfonçaient dans mes épaules et à sa respiration vacillante, je compris qu'elle était au bord de l'orgasme.

— Laisse-toi aller, soufflai-je en accélérant le rythme.

Son intimité était brûlante et humide.

— Luke, je vais… S'il te plaît…

— Je le sens aussi.

Elle gémit contre moi, la jambe autour de mes hanches, les mains agrippées à mes épaules et la tête nichée dans mon cou. Elle murmura mon prénom, et ses hanches vinrent plus vite à la rencontre de ma main. Quand elle osa relever la tête, ce fut pour baisser les yeux sur nos deux corps enlacés.

Soudain, elle se tendit, et l'orgasme sembla la parcourir des pieds à la tête, comme une onde à la surface d'un lac. Je retirai ma main et décidai de la provoquer en léchant mes doigts. Valentine camoufla son visage entre ses mains, et je les repoussai aussitôt.

— Tu es très belle quand tu jouis. Superbe, même. Et en plus, tu es délicieuse.

Elle m'offrit un sourire paresseux, épuisée par l'intensité de son orgasme.

— Tellement belle que je voudrais encore savourer ce spectacle, si tu le permets.

— Avec plaisir, rit-elle.

Je sortis un préservatif de la poche de mon jean et le posai sur son chevet. Avec ses joues rosies et ses yeux embués de joie, Valentine était adorable. Les idées qui fleurissaient dans mon esprit, elles, n'avaient rien d'adorable. Je me demandais vaguement si nous aurions le temps de faire tout ce que j'avais en tête.

J'avais déjà la réponse à cette question : notre relation était limitée. Valentine ne m'avait pas demandé de rester. Dans notre relation, j'étais celui qui initiait, et Valentine se laissait plus ou moins guider. Le fait qu'elle accepte que je parte, que nous soyons séparés me rongeait, et je détestais la frustration que je ressentais. J'avais besoin qu'elle mette autant d'énergie et d'espoir dans notre histoire que je le faisais.

Je décidai de chasser ces pensées moroses pour l'instant. Nous avions au moins cette soirée, songeai-je en sentant les doigts de Valentine défaire les boutons de mon jean.

Je m'en débarrassai, puis me libérai de mon boxer. Mon sexe tendu apparut, et je me rallongeai sur Valentine, l'embrassant à en perdre haleine. J'oubliai la douceur et la tendresse de notre première étreinte ; j'avais envie d'elle, maintenant, et je voulais me perdre en elle jusqu'à la fin des temps. Je n'avais plus aucune retenue, dévorant sa bouche avec avidité pendant que mes mains parcouraient son corps pour en retenir chaque détail.

— Alors… qu'est-ce que tu veux me faire ? me demanda-t-elle, au moment où mes lèvres descendaient à nouveau vers sa poitrine.

Sa voix était douce et candide, à l'opposé même de ce

que sa main était en train de faire à mon sexe. Sa paume coulissait sur moi dans un rythme lent qui attisait dangereusement mon désir.

— Des tas de choses. Te pencher sur ce bureau, mettre ma tête entre tes cuisses, sentir ta bouche partout sur moi. Je... Bordel, Valentine...

Je baissai les yeux vers sa main, réalisant que j'étais sur le point de jouir. Encore une piste à explorer. Ignorant ma mine concentrée et mes efforts surhumains pour me retenir, Valentine saisit le préservatif et le déroula sur mon sexe.

— Je suis en train de détester le mec qui t'a appris ça, grognai-je.

— Autodidacte. Une autre prem...

Je capturai son visage entre mes mains et la forçai à se redresser jusqu'à ce que nous soyons tous les deux à genoux. Je l'embrassai avec passion, oubliant mon cœur prochainement brisé et la géographie.

— Viens sur moi, murmurai-je contre sa bouche. Tu mènes la danse beaucoup mieux que moi.

Je me penchai en arrière et calai mon dos contre la tête de lit. Après une seconde d'hésitation, Valentine me rejoignit, s'installant sur mes cuisses.

— Approche encore, dis-je, les mains sur ses cuisses pour l'attirer contre moi.

Quand sa poitrine effleura mon torse, elle se mordit les lèvres, à la fois anxieuse et embarrassée. Nos bouches malmenées se retrouvèrent, et Valentine se redressa légèrement. Je profitai de ce court moment pour caresser son sexe avec le mien, étouffant un gémissement de plaisir.

— Maintenant, murmura-t-elle.

Docile, je m'enfonçai doucement en elle, sentant son sexe se refermer sur le mien. Cela suffit à effacer tous mes fantasmes improbables. Je ne voulais plus que ça : Valentine sur moi, ses bras autour de mon cou, sa poitrine frottant contre mon torse, son front collé au mien, pendant que je prenais possession de son corps. Je basculai légèrement les hanches, tirant un gémissement de plaisir à Valentine.

— Je suis en train de détester la fille qui t'a appris ça, murmura-t-elle, déjà hors d'haleine.

— Quelle fille ? Il n'y a plus que toi.

Ses doigts se faufilèrent dans mes cheveux, et elle commença à onduler au-dessus de moi, dans un rythme lascif. J'entourai sa taille de mes bras, l'attirant aussi près de moi que possible, et bougeai doucement les hanches, allant à la rencontre des siennes. Mon cœur tambourinait dans ma poitrine, et Valentine ferma les yeux, emportée par son désir.

Il n'y avait aucune chance que je tienne le rythme. J'étais bien trop excité et encore plus amoureux d'elle. Si amoureux que cela m'échappa presque. Elle méritait qu'on le lui dise. Elle méritait qu'on le lui crie sur tous les toits et qu'on la retienne.

— Luke, murmura-t-elle. Plus vite.

Sans attendre, je la basculai sur le dos et accrochai l'arrière de ses cuisses pour mieux m'enfoncer en elle. Valentine se cambra, et ses poings se refermèrent sur sa couette. Tout son corps vibrait autour du mien, dans une harmonie parfaite. Enivré de sensations, j'allais et venais aussi fort et aussi vite que possible, faisant tout ce qui était en mon pouvoir pour ne pas jouir avant elle.

Soudain, je sentis son intimité se contracter frénétiquement autour de moi. La bouche ouverte, Valentine laissa le plaisir l'emporter en gémissant pendant plusieurs secondes, jusqu'à ce que l'adrénaline de son orgasme cesse de déferler dans tout son corps. Je jouis quelques secondes plus tard, grognant son prénom.

Puis je nichai le visage dans son cou et, à cet instant précis, je me promis de crier un jour sur tous les toits à quel point je l'aimais.

Chapitre 24

Je fixai le mur immaculé devant moi, assise sur une des chaises de la salle à manger. Du blanc. Aveuglant et effrayant. Avec une rigueur inhabituelle, j'avais disposé mes pinceaux sur la table et sorti tout ce qu'il me fallait pour peindre. Pendant des années, j'avais peint sans me poser beaucoup de questions : des paysages, des natures mortes, des visages d'inconnus. Et là, devant ce mur, j'étais incapable de trouver la moindre idée. J'avais l'esprit vide.

Alors que l'aube approchait à peine, j'étais perdue, incapable de savoir ce que je devais faire. Je me mentais : je savais ce que nous devions faire. La séparation était inévitable. Dès le début, je savais que la présence de Luke était à durée limitée. C'était d'ailleurs l'une des raisons qui m'avaient convaincue de le laisser entrer dans ma vie. À ce moment, j'étais persuadée que je ne risquais rien. Je pensais qu'il ferait ce que la plupart des gens avaient fait dans mon existence : un passage éclair avant de repartir sur la pointe des pieds, sans faire de dégâts.

Et maintenant, quelques semaines plus tard, j'étais amoureuse de lui et je ne savais pas comment j'allais surmonter son départ. Tout ce que j'avais toujours évité, avec succès

- les séparations, les regrets, les déceptions –, me percutait violemment, et je ne savais pas comment gérer cette situation.

Rompre était la solution.

Rationnelle.

Évidente.

Inévitable.

Nous devions rompre. Luke avait sa vie en Australie, et j'avais la mienne ici. Des contrats d'entraîneur et des propositions de sponsor l'attendaient, quand, ici, j'avais mon père, mes cours et… et ce fichu mur blanc en face de moi. Nous étions dans une impasse et, même si j'avais le cœur en miettes, je ne pouvais pas m'empêcher d'être en colère contre moi. Je n'aurais jamais dû le laisser prendre autant de place dans ma vie. À chaque conversation que nous avions, à chaque baiser que nous échangions, j'avais su que je faisais le mauvais choix.

Mais c'était irrésistible et incontrôlable. Seule, je parvenais à me raisonner, j'arrivais à me convaincre que je pouvais m'éloigner de lui. Mais, dès que nous étions ensemble, c'était comme le feu et la poudre qui provoquent des étincelles avant de se consumer. Je ne parvenais pas à être loin de lui et, en sa présence, toutes mes résolutions raisonnables s'évaporaient.

L'une des rares choses dont j'étais certaine, c'était que je ne pouvais pas le retenir ici. C'était injuste pour lui ; une vie et une carrière prometteuse l'attendaient. Même si j'avais été tentée de lui demander de rester, ou même de retarder son départ, j'avais fini par mettre sous cloche mes émotions. Parce qu'il n'avait pas à subir le chaos de ma vie, celle d'une fille claquemurée dans sa maison de famille avec son père malade, d'une fille incapable de peindre.

Je poussai un soupir et frottai mes yeux, en manque de sommeil.

— Est-ce que tu sais que, parmi toutes les choses qu'on peut faire dans un lit, on peut aussi dormir ? fit la voix de Luke derrière moi.

Je sursautai et pivotai vers lui. Habillé de son boxer et de son T-shirt, le regard embrumé par des restes de sommeil et ses cheveux dans un parfait désordre, il dégageait un charme magnétique ; et déjà mon corps répondait à sa présence. Il jeta un coup d'œil au mur, puis me fixa, un sourire énigmatique sur les lèvres.

— Peut-être que je n'ai rien à dire, murmurai-je finalement. C'est pour ça qu'il reste blanc, parce qu'il n'y a rien d'intéressant à dire sur moi.

— Si c'était le cas, je ne serai pas ici. Tu as sûrement des tas de choses à dire et à montrer. Je n'avais juste pas réalisé qu'il fallait que tu le fasses au petit matin.

Il déposa un baiser chaste sur mon front, avant de me relever le menton pour capturer mon regard.

— J'avais plutôt imaginé me réveiller près de toi, possiblement nue et avec ton délicieux sourire lascif.

— C'est juste un sourire, Luke.

— Pas du tout. Je connais tes sourires gênés, tes sourires heureux et même les forcés. Et, il y a le lascif, celui qui allume une étincelle particulière dans ton regard et qui me rend un peu cinglé.

— Retournons dormir, si tu veux. Je n'y arriverai pas, de toute façon.

— J'ai une meilleure idée.

Il fit glisser la porte de la baie vitrée et tendit la main pour m'attirer sur la terrasse. Il était très tôt, assez pour voir que les premières lueurs du soleil pointaient à l'horizon. L'air était frais et piquant, saturé d'iode et de sel. En tendant l'oreille, je pouvais percevoir le bruit régulier des vagues, à peine troublé par des piaillements d'oiseaux.

Luke s'installa dans un des transats et, d'un signe de la main, m'encouragea à m'asseoir entre ses cuisses. Je collai mon dos contre son torse, et il tira le plaid de mon père sur nos jambes.

— Pourquoi les murs ? demanda-t-il finalement après quelques minutes de silence. La plupart des gens peignent sur une toile ou des feuilles ou...

— Parce que ça reste. Ça ne se décroche pas, ça ne s'enlève pas. Ça reste. *Je* reste.

Tant que ces murs existaient, j'étais là aussi. C'était idiot, mais je considérais que cela laissait une trace. Avec la maladie de mon père, je réalisais à quel point cette trace m'était nécessaire. J'avais été à l'écart du monde pendant la majorité de ma vie, mais je me rendais maintenant compte que je voulais en faire partie. Je voulais avoir des amis sur qui compter, me souvenir de soirées interminables, rire de vieilles anecdotes et tenir la main de quelqu'un.

— Et les cours ? m'interrogea-t-il à nouveau.

— J'aime enseigner. Beaucoup de mes collègues passent leur temps à apprendre des choses aux élèves. Je crois, au contraire, que j'essaye de leur faire oublier tout ce qu'ils pensent savoir, admis-je. De leur donner accès à ce que la plupart des gens estiment accessoire, comme l'art et les émotions qu'il parvient à susciter.

Nous replongeâmes dans le silence, perdus dans la contemplation du ciel qui se parait de teintes dorées. En présence de Luke, j'aurais dû me laisser aller. Mais notre situation - une véritable et durable impasse - me dévorait de culpabilité.

— Il faut que tu rentres chez toi, Luke, murmurai-je finalement.

Je le sentis se tendre derrière moi. C'était plus simple ainsi : je n'avais pas à croiser son regard, ni à reprendre mon souffle. Mes mains tremblaient, mais je trouvai le moyen de les camoufler.

— Je pourrais rester ici, répondit-il d'une voix enrouée.

— Tu pourrais. Mais je ne veux pas que tu restes pour moi, c'est... c'est trop culpabilisant. Tu n'as pas à subir ça.

— Subir ? Je n'ai pas l'impression de subir quoi que ce soit. C'est toi qui as été dans la fuite et l'évitement.

— Toute ta vie est là-bas, et la mienne est ici. Et il y a mon père.

— Je sais. C'est pour ça que je me retiens de te demander de venir avec moi. Ça ne serait pas plus juste dans ce sens.

Il parvint à prendre mes mains dans les siennes et à me serrer plus fort contre lui. Dire que je n'avais pas pensé à cette éventualité serait un mensonge, mais je ne pouvais pas envisager de laisser mon père. Il avait pris soin de ma mère et moi toute sa vie, je devais lui rendre la pareille. Il le méritait.

— Je pourrais attendre, lâcha Luke.

— Et gâcher ta vie ? Non, tu dois... faire du sport, manger, boire, faire la fête, rire et...

— J'ai déjà fait tout ça. Et, si je dois le refaire, ça sera avec toi.

— Et tu dis que c'est moi qui ne facilite pas les choses, souris-je en me tournant vers lui.

Luke affichait une mine sérieuse et concernée. Il plongea les yeux dans les miens et, déjà, je sentis mes convictions défaillir.

— Ça ne peut être qu'avec toi. Parce que c'est toi que je

veux. Je le sais, je le sens. Et je pourrais me contenter de partir, d'avoir le cœur en miettes et de maudire le destin ou ce qui fait que nous sommes ici ensemble, à regarder le soleil se lever, mais… Tu es là et… Je n'arrive pas à me dire que notre histoire doit s'arrêter.

J'appuyai le front contre le sien, cherchant, en vain, une solution.

— Je suis amoureux de toi, pourquoi est-ce que tu refuses de le comprendre ? murmura-t-il.

Mon cœur fit un bond dans ma poitrine. Ce n'était pas tant son aveu que le désespoir dans sa voix qui me brisait le cœur. Il était sincère, et je l'étais tout autant en voulant le préserver de ma vie chaotique. Il méritait mieux. Une fille plus jolie, plus drôle, plus présente.

— Parce que je vais finir par te rendre malheureux. Parce que tu m'en voudras. Parce que tu ne dois jamais te sacrifier pour personne, Luke.

— C'est pourtant ce que tu fais. Est-ce que tu viendrais si je te le demandais ?

— La situation est différente.

— Non, elle ne l'est pas. Encore une fois, tu me repousses, tu me gardes à distance. Tu le fais depuis le début et, même si je m'accroche et que je refuse de te laisser faire, je dois admettre que tu as beaucoup plus d'expérience que moi dans ce domaine.

— Mon père a besoin de mon aide.

— Oublie ton père. Est-ce que tu viendrais si je te le demandais ? Est-ce que tu me suivrais ?

Je gardai le silence, incapable de lui répondre. Évidemment, partir était tentant. Et partir avec lui l'était encore plus. Luke avait déjà emporté une partie de mon cœur et de mon âme, j'étais prête à le laisser tout prendre. Le silence dura de longues et d'insupportables minutes. Peu à peu, je voyais l'étincelle de joie dans le regard de Luke s'éteindre.

— En fait, tu ne veux pas que je rentre, tu refuses juste que je reste ici.

— Tu te trompes, assurai-je.

Soudain, il se figea, et son regard se durcit.

— Est-ce que c'est pour ça que tu as accepté qu'on devienne amis ? Parce que tu savais qu'un jour ou l'autre, je finirais par partir ?

— Au début, oui, mais...

Il lâcha mes mains et se releva brutalement du transat, manquant de me faire basculer en avant. Avant que je puisse réagir, il fonçait en direction de l'escalier. Je finis par me redresser, bouleversée et hébétée par la façon dont la situation avait basculé. Une part de moi avait envie de retenir Luke, quand l'autre part, bien plus forte et raisonnée, me soufflait qu'il s'agissait d'un mal pour un bien.

Quand Luke réapparut, j'étais toujours figée sur la terrasse, les pieds cloués au sol.

Il m'adressa un dernier regard, comme s'il m'offrait une dernière chance de le retenir. Je restai derrière la baie vitrée, assistant à la mise à mort de notre histoire. Une mise à mort dans laquelle j'étais le bourreau.

Luke quitta la maison en silence, et je me rassis sur le transat, à bout de forces.

— Ma puce ?

Surprise, je me réveillai en sursaut, fis un bond sur le transat et portai aussitôt une main à mon front, sentant un début de migraine frapper contre mes tempes. L'effet des larmes, certainement. Je me redressai et tirai sur le plaid pour me couvrir.

Mon père avait déjà enfilé sa tenue de sport, prêt à rejoindre les jeunes pour le dernier match de la saison. Il s'installa sur le second transat, puis me tendit son mug de café.

— Tu as l'air d'en avoir plus besoin que moi, dit-il avec un sourire compatissant.

Je le remerciai d'un hochement de tête et fixai l'horizon devant moi. La journée promettait d'être ensoleillée, mais je savais déjà qu'elle serait morose. J'avais dû m'endormir après le départ de Luke, éprouvée par notre conversation et notre rupture, désormais officielle.

— Quelle heure est-il ? demandai-je.

— Presque 10 heures.

Mon père jeta un coup d'œil dans ma direction. Je fis mon possible pour l'ignorer, mais il me connaissait trop bien pour être dupe.

— Tu as peint ?

— Non. J'ai... Je manque d'inspiration, je crois.

Je me réfugiai dans le mug de café, tentant d'échapper à son regard inquisiteur. Il avait toujours eu ce sixième sens pour déceler les non-dits. Il avait d'ailleurs compris, bien avant moi, que j'étais amoureuse de Luke. Amoureuse au point de le laisser partir sans lui dire à quel point il comptait pour moi.

— Est-ce que tu veux qu'on aille se promener ? proposai-je. Ou apporter des fleurs à maman ?

— J'ai déposé un bouquet hier. Et j'ai discuté avec elle.

Je me tournai vers lui, inquiète. Mon père avait l'air en forme ce matin, mais parfois il suffisait d'une demi-seconde pour qu'il perde pied. Je pouvais gérer les séquences d'oubli absolu ou le fait qu'il ne me reconnaisse pas mais, si on ajoutait des crises de démence, je n'étais pas certaine de tenir bon.

— Façon de parler, précisa-t-il. J'ai parlé et j'ai fait comme si elle était d'accord avec moi.

— Et vous avez discuté de quoi ? demandai-je dans un sourire.

— Oh ! tu sais, la vie, le sport, toi. Les trois sujets qui m'intéressent le plus. Je lui ai dit que tu étais amoureuse mais que tu n'avais aucune idée de ce qui t'arrivait.

À nouveau, je plongeai dans mon café, retenant mes larmes. Luke n'était parti que depuis quelques heures, et déjà son absence me vrillait le cœur. Me seriner en boucle que c'était pour son bien ne faisait rien pour m'apaiser.

— Je crois que c'est ma faute, continua-t-il. Je m'en veux beaucoup pour cette vie qu'on t'a fait mener.

— Papa, tu n'avais pas vraiment le choix.

— C'est toujours ce qu'on se dit. Mais j'aurais pu m'arrêter bien plus tôt, par exemple. Tu te serais fait des amis et tu aurais su comment gérer ton histoire avec Luke.

— Je sais gérer mon histoire avec Luke.

— Valentine, je suis peut-être vieux et malade, mais je ne suis ni sourd ni aveugle. Je l'ai entendu partir ce matin.

— C'est compliqué.

— Non, ça ne l'est pas. Je sais comment tu agis. Tu repousses les gens, tu les regardes de loin, tu fais comme si tu avais choisi cette vie.

Je serrai les mâchoires, touchée par les mots de mon père. Nous avions toujours eu un lien particulier, et je devais admettre qu'il avait visé juste. Les quelques garçons que j'avais fréquentés avaient fini par me quitter, las d'attendre que je m'ouvre à eux. À chaque fois, cela m'avait laissée indifférente. Tourner la page de ces relations avait été aussi facile que de mettre ma vie en cartons, un geste presque machinal et sans émotion.

Mais Luke s'était incrusté dans chacun de mes souvenirs, les anciens - tous ceux que mon père avait partagés avec lui - comme les nouveaux, et j'étais à peu près certaine de sentir son odeur sur mon oreiller. J'étais terrifiée à l'idée d'être loin de lui et malheureuse en songeant qu'il finirait par tomber amoureux d'une autre, alors que je refusais l'idée que ses sourires appartiennent à une autre. Retourner à ma vie d'avant avec ma douce routine et mon amère solitude était inenvisageable. Je finirais par ne plus ouvrir une boîte de cookies sans penser à lui et je regrettais déjà son sens de l'humour désastreux et ses indispensables étreintes.

— Ne t'inquiète pas pour Luke et moi. Nous resterons bons amis, et il finira par rentrer chez lui.

— Tu cherches à me convaincre ou à te convaincre ?

— Peut-être les deux, avouai-je. Papa, je n'ai pas de solution. Je refuse qu'il renonce à rentrer chez lui, et moi je dois rester ici.

— Tu dois ou tu veux ?

— Quelle importance ? Tu as besoin de moi, contrai-je, sans aucune hésitation.

— Pas vraiment. Et tu n'as aucune obligation envers moi, Valentine. Tu as déjà fait beaucoup, plus jeune, je refuse que tu te sacrifies encore.

Il se tut, me laissant le temps d'assimiler tout ce qu'il venait de dire. J'avais toujours ressenti un vrai sens du devoir envers mon père. Parce que je l'aimais profondément, parce qu'il avait toujours pris soin de moi, parce qu'il n'avait jamais refusé ma passion pour la peinture, parce qu'il était le seul homme de ma vie.

— J'ai dit à ta mère que tu étais tombée amoureuse d'un joueur de rugby. Elle est dévastée, comme tu t'en doutes.

J'étouffai un rire, imaginant parfaitement la tête dépitée

de ma mère si elle avait pu assister à ça. Plus que jamais, ma mère me manquait ; elle aurait su me conseiller, me rassurer, me dire comment agir au mieux.

— Dévastée mais heureuse. Et je le suis aussi. C'est ce que veulent les pères, Valentine : ils veulent voir leur fille heureuse.

— Je n'ai jamais été malheureuse.

— Luke te rend heureuse. Tu n'es pas la même quand il est ici et, même si ta mère m'aurait sûrement sermonné pour ce que je vais dire, j'en suis rassuré. Tu ne seras jamais seule avec lui.

— Il n'est pas ma priorité, papa. Pour l'instant, je m'occupe de toi.

— Je vais retourner en centre, Valentine.

Interdite, je le dévisageai. Je n'avais reçu aucun coup de fil ni aucun message me laissant entendre qu'une place allait se libérer. Mon père reporta le regard sur l'horizon et poussa un bref soupir.

— C'est la meilleure solution. La Fédération m'a aidé, et je pourrai quitter la maison d'ici deux semaines.

— Papa, j'adore que tu sois ici, je ne veux pas que…

— Tu dois vivre ta vie, Valentine. C'est ta seule obligation. La tienne. Avec ou sans Luke, c'est ton choix, évidemment. Mais ce sont ta vie et tes décisions. Le centre est plus adapté pour tout le monde : pour mes soins et pour ta liberté. C'est ce qu'il faut faire.

Je posai mon mug et étreignis mon père avec mes dernières forces, les larmes au bord des yeux. Je ne voulais pas qu'il parte de cette maison, j'aimais sa présence, j'aimais le voir sourire et rire, et me raconter ses anciens souvenirs. Mon père avait été la pierre angulaire de toute ma vie, et maintenant qu'il allait de nouveau partir je me retrouvais au bord du précipice, seule face au vide des choix qui m'attendaient.

— Tu n'avais pas à faire ça, dis-je d'une voix tremblante, toujours dans ses bras.

— Et tu n'avais pas à te sacrifier. Ma vie est derrière moi, la tienne t'attend à cinq minutes de marche.

Je m'écartai et lui offris un pâle sourire. Même si ça me déchirait le cœur, qu'il retourne en centre était une bonne nouvelle. Il serait mieux pris en charge, mieux suivi et, quand les symptômes s'aggraveraient, les risques seraient mieux maîtrisés.

— C'est un peu plus compliqué que ça, papa.

— À cause de l'Australie ?

— En partie. Je ne veux pas quitter le pays. Tu serais seul ici, et moi à des dizaines de milliers de kilomètres.

— Et ?

— Et il est hors de question que je t'abandonne ici…

— Tu ne m'abandonnes pas. Mon cerveau, lui, en revanche, a choisi de s'autodétruire. Que tu sois dans la même maison ou sur un autre continent ne changera rien à ça. Peu à peu, ce truc me grignote, comme de la rouille sur le fer.

— Je sais.

— Tu ne m'abandonnes pas, Valentine. C'est moi qui te demande de me laisser. Je pars de cette maison pour un endroit où je serai parfaitement bien. Je ne serai pas seul, j'aurai sûrement les visites d'anciens coéquipiers, ou une équipe de jeunes à aider. Je t'assure, Valentine…

Cette fois, les larmes roulaient sur mes joues. L'entendre si rationnel et convaincant me rappelait qu'un jour toute cette partie de lui-même disparaîtrait ; quoi que je fasse, je ne pouvais pas lutter.

— Je ne suis pas une raison suffisante pour toi de rester

ici, ton sacrifice ne servirait à rien si ce n'est à me faire partir avec des regrets, dit-il doucement en posant la main sur ma joue trempée de larmes.

— Je peux rester, hoquetai-je.

— Tu peux. Mais tu ne dois pas. Tu seras toujours ma fille, même quand tu seras loin, ou quand je t'aurai oubliée. Toujours.

— Ne dis pas des choses comme ça, soufflai-je.

— Tant que je le peux, je le dirai. Tu seras toujours, toujours, toujours ma fille. Et je t'aimerai toujours. Mais ce que je sais, c'est que la vie est trop éphémère pour qu'on en perde la moindre minute, et rester à l'écart pour se préserver de ses blessures ne fonctionne pas.

— Ça fonctionne, contrai-je.

— Ça a fonctionné. Parce que tu ne savais pas ce que ça pouvait donner d'avoir de vrais amis. Maintenant que tu as connu cela, c'est fichu.

Nous rîmes tous les deux, et j'essuyai mes larmes d'un revers de la main. Papa récupéra le mug pour terminer le café, puis grimaça en le posant au sol.

— Ce café est vraiment mauvais, non ? me demanda-t-il.

— Infâme.

— Et tu n'as rien dit ?

— J'avais trop besoin de caféine.

Mon père se redressa, puis se tourna vers moi et tendit le petit doigt dans ma direction. Comme à notre habitude, j'y crochetai le mien et fis en sorte de ravaler la boule de chagrin coincée dans ma gorge. J'ancrai le regard au sien et, comme nous l'avions fait des centaines de fois, nous nous promîmes d'être toujours là l'un pour l'autre.

— Tu seras toujours ma fille, Valentine. Celle que j'ai tenue dans mes bras, celle à qui j'ai appris à marcher, celle qui me rend fier. Toujours. Et, à mon avis, tu pourras venir au centre, ils ont sûrement des centaines de murs à peindre.

Je ris doucement, le doigt entortillé avec le sien. Il me libéra et rentra dans la maison, me laissant seule avec un reste de mauvais café et mes pensées chaotiques. Quelques minutes plus tard, il réapparut et me demanda :

— Tu pourras me déposer au stade ? Et tu assistes au match, bien sûr ?

J'avais promis d'y assister, puis de dîner chez Stella, mais la simple idée de revoir Luke me donnait la sensation qu'on m'arrachait le cœur pour le piétiner. Si la situation de mon père commençait à se résoudre, cela ne suffisait pas à régler celle avec Luke.

Il m'en voulait, et je ne pouvais pas lui donner tort : j'avais tout fait pour l'écarter de ma vie et j'avais utilisé son retour en Australie comme une ultime barrière entre nous. Au fond, le problème n'avait jamais été l'Australie, ni mon père.

— Bien sûr, répondis-je.

Le problème, c'était que j'étais incapable de me laisser aller et d'écouter ce que me dictait mon cœur.

Chapitre 25

— Vous êtes tous venus ? m'exclamai-je en avisant ma tribu d'amis assis sur les trois premiers rangs des gradins. Camille, je croyais que tu étais allergique au sport ?

— Je le suis toujours. Stella m'a soudoyée avec une bouteille de vin, fit-elle en la désignant.

— C'est pour tous les matchs qu'on a loupés, reprit Céleste. Vu qu'on ne sait pas vraiment où et quand seront les prochains...

— Probablement pas ici, répondis-je.

— Tu retournes là-bas ? s'écria Camille, alarmée. Mais tu m'avais dit qu'on irait dîner !

— Promis, on le fera. Je ne pars pas demain.

Adrien et Grégoire étaient engagés dans une conversation animée un peu plus loin, et je balayai du regard l'ensemble des gradins. Les sièges étaient essentiellement remplis par les parents de nos jeunes joueurs et par quelques journalistes, ravis d'avoir des photos d'anciennes gloires du sport.

— Ça va bien se passer, m'assura Stella. Elle va venir.

Je haussai les épaules. J'aurais aimé pouvoir dire que la présence ou non de Valentine me laissait indifférent. C'était faux, depuis mon départ de chez elle tôt ce matin, je me rejouais notre conversation en tentant de comprendre comment j'avais pu me tromper à ce point sur elle et sur nous. J'avais longtemps pensé que seul son père était un frein à sa liberté. J'avais réalisé ce matin que j'avais eu tort. Il n'avait été qu'un prétexte : le seul frein, c'était elle.

Elle ne m'aurait jamais demandé de rester, pas plus qu'elle n'aurait accepté de partir avec moi. Je n'avais pas envisagé le plan C, celui qui consistait à nous séparer pour de bon et à faire nos vies dans nos pays respectifs, alors qu'elle n'avait jamais imaginé d'autres fins que celle-ci. Je détestais ce plan férocement. Et je détestais encore plus ce que j'éprouvais : un mélange de trac et de ressentiment.

Il fallait que je tourne la page. La meilleure façon de le faire était de rentrer chez moi et de reprendre ma vie. J'aurais besoin de temps pour oublier Valentine, et je doutais d'y parvenir, mais elle ne me laissait plus le choix. J'avais été suffisamment patient, j'avais mis assez d'énergie dans notre relation au point d'être seul à la porter. Seul à y croire. J'avais la sensation qu'elle m'était redevable, que c'était à elle de reprendre les rênes si elle voulait sauver notre histoire.

Et je savais déjà qu'elle ne le ferait pas. Valentine ne voulait rien sauver, elle voulait garder sa vie sage et solitaire, à l'abri de toute douleur, à l'abri des émotions ou des sentiments. À l'abri de la vie elle-même.

— Vous devriez parler de ce qui s'est passé. C'est sûrement un malentendu, poursuivit Stella.

— C'était très clair. Tu avais raison de me mettre en garde. Du coup, je compte reprendre mon plan initial : t'enlever à Adrien.

— Le mariage est dans une semaine, me rappela-t-elle.

— Je sais. J'envisage de commander un de ces avions avec une banderole, le jour J, pour te déclamer mon amour éternel.

— C'est surtout ma cuisine que tu aimes.

— C'est un bon début. Bien meilleur que ce que j'ai connu. Au moins, je sais à qui j'ai affaire.

— Ne sois pas rancunier.

— Ne prends pas son parti !

— Je ne prends le parti de personne, Luke. C'était peut-être maladroit, mais elle a raison sur le fait que ton avenir est en Australie.

— Oh ! donc elle m'a brisé le cœur pour mon bien ?

Stella se tut, et son regard se braqua derrière moi. Je tournai la tête et découvris Valentine, debout, se mordant les lèvres d'embarras. Malgré la foule environnante, j'eus la sensation qu'un silence de plomb s'abattait entre nous. J'avais encore en mémoire son visage de cendres quand j'étais parti de chez elle. Maintenant qu'elle était là, mon cœur avait repris sa course irrégulière ; je ne savais plus si j'avais fait le bon choix.

— Je voulais juste t'encourager pour le match, dit-elle finalement.

— Tu veux t'asseoir avec nous ? proposa Stella.

— Non, ça ira. Je vais m'installer un peu plus haut, répondit-elle.

Je restai muet, à la regarder. Elle était si près de moi, belle comme à son habitude, discrète et intimidée. La Valentine dont j'étais tombé amoureux, loin de celle que j'essayais de détester depuis ce matin. J'avais juste envie de lui prendre la main, de quitter cet endroit et de l'emmener manger une glace.

Une seule. À deux.

— Et je voulais te prévenir que j'allais trouver une solution pour mon père, tu n'as pas à t'en faire.

Elle tourna les talons et grimpa l'escalier sans me laisser le temps de répondre. Stella m'adressa un regard sombre, lourd de reproches. Le match allait commencer dans quelques minutes, mais je décidai de suivre Valentine pour éclaircir la situation.

— Tu n'as pas à faire ça, dis-je en arrivant à sa hauteur. Je peux continuer à m'occuper de ton père.

— Ça ira, Luke. De toute façon, c'est pour un temps très court, il a retrouvé une place dans un centre.

— Il m'en avait parlé, oui. Je suis content que vous ayez trouvé une solution durable.

Son visage resta de marbre. J'étais impressionné par sa capacité de résistance ; je me souvins alors qu'elle était experte pour se protéger des séparations douloureuses et brutales. J'étais toujours en colère contre elle, pourtant. J'avais toujours ce sentiment diffus de loupé et d'acte manqué.

— Tu avais raison, dis-je finalement. Je t'en veux pour ce que tu as fait ce matin.

— Je sais.

— Mais mes sentiments n'ont pas changé, avouai-je en réduisant l'espace entre nous.

Rester loin d'elle était douloureux. Je voulais la prendre dans mes bras, sentir son parfum, embrasser ses lèvres. Je résistai péniblement à l'envie de repousser les cheveux qui voletaient sur son visage. Elle arborait à nouveau cette mine perdue, la même attitude que lors de notre première rencontre.

— Tu devrais rejoindre ton équipe, ils t'attendent, m'indiqua-t-elle.

— Tu viens au dîner après ?

— Il n'y a aucune chance que Stella accepte un mot d'excuse, je crois.

— Aucune chance, non, ris-je. Viens, tout le monde sera ravi de te voir.

— C'est gentil. Tu devrais vraiment y aller, insista-t-elle

en désignant les joueurs qui m'attendaient patiemment au bord du terrain.

— Ne pars pas sans moi, d'accord ?

Elle se contenta de hocher la tête, et je descendis les marches à contrecœur. J'aurais préféré rester avec elle pour trouver un moyen de la convaincre de changer d'avis sur nous. Même si, évidemment, en me raisonnant un peu, je savais que c'était à elle de revenir vers moi. J'avais été suffisamment meurtri par ses aveux matinaux, je refusais de remettre en jeu ce qu'il restait de mon âme. Je ne pouvais pas être le seul à vouloir que cela fonctionne.

— Bon, les gars, on revoit la stratégie. Victor, vous êtes prêt ?

Le père de Valentine hocha la tête et, pendant les quelques minutes qui nous séparaient du coup d'envoi, je fis tout mon possible pour mettre de côté mon cœur en miettes et me concentrer sur l'équipe.

Au coup de sifflet final, je tournai la tête vers mes amis et les vis fondre sur le terrain pour me plaquer au sol. Après avoir été menés pendant tout le match, nous avions réussi à renverser la tendance à quinze minutes de la fin. Cela faisait des mois que je n'avais pas ressenti autant d'émotions grâce au rugby ; l'adrénaline courait toujours dans mes veines, et je ne percevais plus que les rires et les félicitations de mes proches et de mes joueurs. C'était assez paradoxal : j'avais gagné des dizaines de matchs d'envergure et de prestige, mais ce match entre deux équipes scolaires joué par des jeunes de quatorze ans prenait maintenant une place d'exception dans ma carrière.

Quand je parvins à me relever, je trouvai Valentine dans les bras de son père, le félicitant avec chaleur. Je me demandai si c'était une réminiscence du passé de Victor, si sa femme et sa fille avaient déboulé ainsi sur le terrain à la fin de chacun de ses matchs de premier plan. Pendant que les jeunes se réjouissaient de leur victoire, Victor me rejoignit et me félicita, m'offrant une accolade heureuse et musclée. Puis il rejoignit les membres de l'équipe pour les congratuler et commencer à faire des recommandations à chacun.

Je me retrouvai seul avec Valentine et cette même sensation de douleur sourde qui m'habitait depuis notre séparation. D'instinct, je voulais prendre sa main et lui assurer que tout allait bien. Mais je savais d'ores et déjà que ce n'était pas la solution. Nous replongerions dans les mêmes difficultés - sa volonté de me tenir à distance, sa peur de s'attacher et mon empressement - sans pouvoir les résoudre.

— Très beau match, lança-t-elle avec un large sourire.

— Hormis les faire courir, je n'ai pas fait grand-chose. Ton père est le seul génie du match.

— Je ne crois pas. Je t'ai vu les encourager et les motiver. Tu es fait pour ça, on dirait.

— Tu n'as pas besoin de m'encourager à partir, répondis-je sèchement. Je vais le faire, de toute façon.

Valentine baissa les yeux, visiblement blessée. J'étais désormais trop en colère contre elle pour avoir envie de la consoler. Elle voulait que je parte, elle avait été suffisamment explicite, elle n'avait pas besoin de me le rappeler chaque fois que nous échangions deux mots.

— Ce n'est pas ce que je voulais dire. Je t'ai regardé pendant le match, et tu avais l'air d'avoir beaucoup de conviction. Tu étais à l'aise et… J'ai toujours été admirative des gens qui savent exactement pour quoi ils sont faits et ce qu'ils veulent faire de leur vie.

— J'ai toujours su ce que je voulais, Valentine. Je le sais encore.

— Est-ce que... Est-ce que tu serais d'accord pour qu'on partage un dessert ce soir ? demanda-t-elle d'une voix hésitante.

Le nombre de fois où Valentine avait pris une initiative se comptait sur les doigts de la main. Je ne pouvais pas lui reprocher d'essayer, même si c'était trop tard.

Je devais me détacher d'elle et l'oublier. Partager un dessert ne m'y aiderait pas.

— À quel point ça te coûte de me poser la question ? demandai-je.

— Je... Je voudrais juste qu'on se parle, normalement.

— Je voulais parler ce matin, Valentine. J'ai voulu que tu me parles dès qu'on s'est rencontrés. Peut-être que c'est juste trop tard pour ça. Peut-être aussi que je ne veux plus être le seul à vouloir quelque chose entre nous.

— Luke...

— Peut-être que, finalement, je suis le seul à y croire et que j'ai mis trop de temps à m'en rendre compte.

Elle soutint mon regard, et j'attendis qu'elle me dise que j'avais tort. C'était tout ce que je demandais : une forme de résistance, quelque chose qui démontrait qu'elle n'était pas insensible à ce que nous avions vécu et qu'elle était prête à se battre. Valentine poussa un soupir et tourna la tête en direction du terrain.

— On se voit au dîner, lâchai-je sèchement avant de rejoindre les vestiaires.

Je serrai les poings, rejoignant l'équipe qui faisait toujours la fête pour célébrer sa victoire, riant et criant à pleins poumons. Victor les regardait, appuyé contre un des murs, un léger sourire aux lèvres. Comme moi, ça devait lui rappeler de bons souvenirs.

Je fis mon possible pour me concentrer sur leur joie

communicative, tentant d'oublier Valentine et la plaie que j'avais dans la poitrine. Déjà, je regrettais d'avoir refusé de partager ce fameux dessert avec elle.

Stella et Adrien avaient installé deux grandes tables dans leur jardin et, à en croire l'étalage de plats sur une troisième, Stella avait probablement cuisiné pour la ville entière. Des entrées, des salades, des plats : elle n'avait absolument rien négligé. Je la regardai tandis qu'elle riait aux éclats avec nos amis et slalomait entre les petits groupes qui s'étaient formés.

Je sirotai un verre de vin, faisant de mon mieux pour que mes yeux ne tombent pas sur Valentine. Malgré tout, par un phénomène inexplicable, mon regard finit inexorablement par se poser sur la robe légère qui lui arrivait à mi-cuisse et sur son visage angélique. Elle, de son côté, parvenait parfaitement à m'éviter. Cela me rendait dingue, cette capacité qu'elle avait à se couper des gens si facilement.

Comme si rien ne s'était passé entre nous.

— Est-ce que je dois être désolée ? demanda Camille en remplissant mon verre.

D'un geste du menton, elle désigna Valentine, absorbée dans une conversation avec Adrien. J'étais au plus bas, mobilisant toute ma volonté pour pouvoir rester en sa présence sans rien faire de stupide et, elle, elle parvenait à discuter avec Adrien. En fait, c'était pour ça qu'elle m'avait laissé partir ce matin : elle n'avait aucun sentiment. Je n'étais qu'une personne de plus dans sa vie, de passage, de toute évidence, et qui serait très vite oubliée.

— Je ne sais pas encore, avouai-je. Je n'arrive même pas à savoir si c'est elle ou si c'est moi qui ai décidé de mettre un terme à tout ça.

— Si ça te ronge autant que ça, va la voir.

Je bus une gorgée de mon vin, déjà prêt à abdiquer et à la retrouver. Je dardai le regard sur Valentine, espérant un signe de sa part. Comment avions-nous pu être si proches hier et, maintenant, si indifférents l'un à l'autre ?

— Stella m'a montré son travail, elle est vraiment douée, continua Camille.

— Elle est brillante, murmurai-je. Bien plus qu'elle ne l'imagine.

Je l'observais toujours, ressassant ma colère et ma déception. Grégoire approcha d'elle et lui tendit une assiette de salade. Elle éclata de rire à une de ses blagues, et ce fut comme si quelqu'un remuait le poignard fiché au fond de mon cœur. Ce rire-là était si rare que je voulais qu'il n'appartienne qu'à moi.

— En tout cas, elle donne bien mieux le change que toi, remarqua Camille.

— En tant qu'amie, tu es censée me remonter le moral.

— Vraiment ?

— Vraiment.

— Je pensais que... Enfin, vu que tu dois rentrer en Australie, je pensais que c'était dans l'ordre des choses.

— Tu es aussi censée prendre mon parti. Je ne voulais pas rompre, je voulais... Je voulais qu'on reste ensemble. Mais apparemment, j'étais le seul.

Devant nous, Grégoire et Valentine discutaient toujours, s'échangeant des sourires et picorant leurs assiettes respectives. Jusqu'ici ils n'avaient jamais rien trouvé à se dire et désormais ils avaient l'air d'être de vieux amis ? ! C'était insupportable à regarder, pourtant je continuais. Visiblement, j'aimais me faire du mal.

Ou juste la regarder.

— Rassure-toi : Grégoire est incapable de draguer une

fille. Il doit sûrement lui parler de sa semaine de boulot ou du dernier film de science-fiction qu'il a vu.

Elle rit à nouveau, et Camille me jeta un coup d'œil inquiet avant de reprendre :

— Elle fait ça par politesse. Tu vois, pour ne pas le vexer. Tu n'as pas à t'inquiéter.

— Je ne m'inquiète pas.

— Personne ne voudrait d'un Grégoire après avoir eu un Luke. C'est comme si… Comme si tu passais d'une voiture de luxe à un tacot des années 1970.

— Très sympa pour Grégoire, soulignai-je.

— Je l'aime bien, je t'assure. Mais aucune fille ne veut être regardée comme une notice d'appareil ménager écrite en mandarin.

— Combien de verres as-tu bus ?

— Pas assez. Je t'assure, Luke, tu ne crains rien.

— Est-ce que tu me dragues ? souris-je en baissant les yeux vers elle.

— J'essaye. Mais, tu vois, là, tu me regardes comme si j'étais une fichue notice. Et elle, tu la regardes…

— Comme si elle était le soleil.

Devant nous, Valentine souriait toujours. Grégoire s'éclipsa, lui adressant un petit signe de la main. Elle pivota légèrement, et cette fois nos regards s'accrochèrent. Aussitôt, mon cœur s'emballa, et ma bouche s'asséchа. J'avais envie de la sentir près de moi, de prendre sa main et de l'embrasser. De faire comprendre à Grégoire et au reste du monde qu'elle était à moi, malgré tout.

Pourtant, je restai immobile, à distance. Il était temps que je fasse comme Valentine et que j'apprenne à rester à l'écart. Il était temps que je me prépare à vivre sans elle, puisqu'elle ne voulait pas d'une vie avec moi.

Chapitre 26

— Tu es certain que tu ne veux pas venir ? demandai-je à mon père pour la cinquième fois. Je suis certaine que Stella serait ravie de t'avoir au mariage.

— Paul ne devrait pas tarder pour garder un œil sur moi jusqu'à ce que tu rentres. Et il doit m'aider à remplir mon dossier pour le centre.

Paul était un ancien coéquipier que mon père avait perdu de vue depuis plusieurs années. Lorsqu'ils s'étaient retrouvés lors de la soirée de la Fédération, ils s'étaient promis de se revoir très vite et, lorsque Paul était passé à la maison quelques jours auparavant, il m'avait gentiment proposé de tenir compagnie à mon père ce week-end. Je n'avais pas vraiment eu mon mot à dire, car mon père avait aussitôt sauté sur l'occasion et plaidé qu'il était trop fatigué pour aller faire la fête.

— Tu as de quoi dîner dans le réfrigérateur. Et j'ai mis mon numéro sur la table de la cuisine, si jamais…

— Valentine, va finir de te préparer, me coupa-t-il.

— Mais…

— Tout ira bien, je ne serai pas seul. Et tu dois profiter de ta soirée, dit-il en me repoussant vers l'escalier. Va mettre ta robe.

— Papa !

— File, tu ne voudrais pas être en retard pour la cérémonie, hein ?

J'abandonnai l'idée de résister et grimpai l'escalier pour me changer. Adrien et Stella avaient prévu une cérémonie tardive, suivie d'une soirée en petit comité. Au cours de la semaine, j'étais parvenue à finaliser le mur de la maison en pleine forêt, et Stella m'avait proposé de décorer un nouvel appartement. Elle n'avait pas eu à insister pour que j'accepte : j'avais besoin de m'occuper l'esprit pour cesser de me torturer au sujet de Luke.

Depuis le dîner chez Stella le jour du match, où il ne m'avait pas adressé un mot, il n'avait pas donné signe de vie de toute la semaine. J'avais rédigé une dizaine de messages dans lesquels je tentais de m'excuser et de lui proposer de renouer le contact. Mais j'avais fini par renoncer, incapable de trouver les mots. Je n'avais jamais eu à affronter ce genre de situation. Mais Luke me manquait. Sa façon de me sourire, de me rassurer ou de me prendre la main… Avec lui, j'avais la sensation que je pouvais tout affronter.

La perspective de le revoir ce soir me rendait nerveuse. Notre dernière conversation avait été glaciale, et mes tentatives pour me rapprocher de lui avaient échoué. Je détestais ce malaise persistant entre nous et je détestais encore plus être incapable de lui dire ce que je ressentais vraiment. Je savais que le mariage marquait la fin de son séjour ici et que, bientôt, tout serait plus simple.

Je l'espérais, en tout cas.

Après avoir appliqué mon maquillage et enfilé ma robe, je redescendis l'escalier, me surprenant à sourire en entendant mon père rire aux éclats. Je me dirigeai vers l'entrée et étouffai un cri de surprise en découvrant l'imposante silhouette de Luke. Il pivota vers moi, et tout mon corps se tendit quand il m'aperçut. Dans son smoking, il était à couper le souffle. Élégant, félin, superbe. Mon regard passa de lui à mon père, tandis que je cherchais une explication à sa présence ici.

— Luke est venu m'apporter l'article du journal local sur la victoire des jeunes, m'expliqua mon père en agitant un cadre photo entre ses mains.

— D'accord, dis-je d'une voix étranglée.

Mon père fila jusqu'à la cuisine pour trouver de quoi accrocher son cadre, nous laissant en tête à tête. Un silence pesant s'installa dans le salon. J'avais sous-estimé le manque. Voir Luke chez moi, si proche et si loin de moi à la fois, me fit réaliser à quel point il m'avait manqué. Ses yeux azur me balayèrent rapidement, avant de revenir accrocher mon regard.

— Ton père m'a dit qu'il ne venait pas au mariage, déclara-t-il finalement.

— Non. Euh... Un vieil ami vient lui rendre visite et garder un œil sur lui jusqu'à mon retour.

— Oh. Permission de minuit alors ?

— Oui, même un peu plus, je crois. Comment vas-tu ?

— Je pensais que ça allait. Et puis tu as déboulé dans le salon. Et toi ?

— Je... Je pensais que ça n'allait pas tant que ça. Et puis tu as déboulé dans le salon, répondis-je avec sincérité.

Qu'on puisse se parler sans que je ressente sa colère ou son incompréhension était presque un miracle. Même si ses yeux avaient une teinte de bleu plus foncée, son visage avait l'air apaisé. De mon côté, je doutais de réussir à arborer une attitude aussi calme que la sienne : j'étais trop fatiguée par ma succession de nuits blanches pour donner le change. Luke m'adressa un bref sourire, et cela me réchauffa le cœur.

— Je suis aussi venu te donner ça, reprit-il après un nouveau silence.

Il me tendit un dossier, et je fronçai les sourcils en reconnaissant l'en-tête du collège sur une des lettres. Je la parcourus rapidement, découvrant avec stupeur que Muller avait finalement accepté ma demande de sortie au musée avec mes élèves. Je relevai les yeux vers Luke, qui me fixait avec intensité.

— Il… Il a accepté ?

— Il était tellement content de notre victoire… L'euphorie aidant, il a signé sans broncher. Il nous devait bien ça !

— Luke, c'est… Merci, vraiment. J'ai… J'ai voulu t'écrire toute la semaine, mais je ne savais pas vraiment si tu étais toujours en colère contre moi.

— Je le suis. En tout cas, j'essaye. C'est dur de l'être quand tu es aussi resplendissante. Et aussi… proche.

— Tu es vraiment très élégant, toi aussi.

Me retrouver face à Luke, c'était comme contempler les ruines de ce que nous avions vécu et entrevoir, dans l'ombre d'un sourire ou d'un regard, ce que nous avions partagé, ce que nous avions été, même furtivement. Et, l'encourageant à partir, j'étais celle qui avait tout détruit. Je pensais toujours que c'était la bonne solution pour lui. Perdue dans son regard azur, je compris que c'était la mauvaise solution pour moi. Car, contrairement à ce que je m'étais répété en boucle, je n'arriverais pas à oublier Luke.

— Est-ce que Stella et Adrien sont prêts à se marier ? demandai-je pour combler le silence.

— Adrien est prêt depuis qu'il a quinze ans. Il a souri

bêtement toute la semaine, j'ai résisté à l'envie de le frapper uniquement pour ne pas ruiner les photos de mariage.

Je risquai un sourire, et mon père revint enfin, nous sauvant d'un nouveau silence pénible et embarrassant.

— Elle t'a dit pour le mur ? demanda-t-il à Luke.

Je me figeai, et mon estomac se tordit sur lui-même. Je reculai d'un pas, prête à prendre la fuite. Ce dernier croisa mon regard paniqué et comprit immédiatement de quoi mon père parlait. Surpris, il me demanda :

— Tu l'as peint ?

— Des nuits entières, répondit mon père.

Je hochai la tête pour confirmer ses dires. Sans attendre, mon père entraîna Luke vers le salon, le laissant découvrir le mur qui était encore blanc la semaine précédente. Puis il croisa fièrement les bras sur sa poitrine tandis que Luke s'approchait de ma peinture. Mortifiée, je restai à distance : j'avais envie de m'enterrer vivante.

Luke était immobile, face aux portraits monumentaux que j'avais réalisés. Ma mère, mon père, Luke. Les rares personnes qui comptaient - ou avaient compté - dans ma vie. C'était ce que cette maison m'inspirait : des soirées cinéma avec ma mère, des conversations avec mon père et mon histoire avec Luke. Tous mes souvenirs heureux étaient maintenant retranscris ici, et personne ne pourrait me les retirer.

— Je voulais t'en parler, murmurai-je.

— C'est... C'est vraiment beau.

— Si ça te gêne, je peux effacer.

— Hors de question. N'y touche pas. Je me sens honoré d'être là.

— C'est exactement ce que je lui ai dit, renchérit mon père.

Luke resta de longues secondes devant les portraits, étudiant chaque détail et passant même l'index sur les contours de son visage. Quand il pivota vers moi, il affichait son fameux sourire espiègle et heureux, celui qui m'avait tant manqué.

Puis il avança vers moi, et nous nous retrouvâmes l'un face à l'autre, dans une proximité qui faisait trépider mon cœur. Il murmura :

— Tu ne fais rien pour me faciliter la tâche.

— Toi non plus, répondis-je en me retenant de le toucher.

Je tressaillis en entendant la sonnette de la porte d'entrée, et mon père s'échappa pour ouvrir à Paul.

— On va… On va finir par être en retard, balbutiai-je.

— Une fois de plus, Stella n'acceptera aucun mot d'excuse. Ou peut-être que si, si je lui dis que c'est toi mon mot d'excuse.

— Et donc, tu serais le mien ?

Il se contenta de m'offrir un sourire en coin, et je me demandai comment j'allais survivre à cette soirée. Je n'avais même plus l'excuse de mon père pour me sortir de ce guêpier, et désormais Luke me fixait de son regard de conquérant.

— Je t'accompagne.

Ce n'était pas une proposition, et encore moins une question. Luke s'écarta et, quelques instants plus tard, il m'aidait à enfiler une veste, laissant le bout de ses doigts effleurer ma nuque. Je saluai rapidement mon père et Paul, et Luke me conduisit jusqu'à sa voiture, une main posée dans le bas de mon dos.

Après quelques minutes de trajet, et devant le silence assourdissant de l'habitacle, je craquai et lâchai :

— Pour le mur, si ça te gêne, je peux vraiment l'effacer.

— Pourquoi est-ce que ça me gênerait ?

— Parce que je ne t'ai pas prévenu.

— Ne t'en fais pas. Comme je te l'ai dit, je me sens honoré. Ça prouve que nous avons existé.

— Je voulais juste…

— Laisser une trace. Je sais. Et je sais aussi que tu as du mal à y croire, mais je te promets que tu ne fais pas partie des femmes qu'on oublie facilement, Valentine. J'en suis cruellement conscient.

— Je… Je n'y arrive pas non plus. Oublier tout ce que tu as fait pour moi, t'oublier, toi, c'est… impossible. Tu es incrusté dans tous mes souvenirs, Luke. Tous.

— Comme ça, on est deux à souffrir.

— C'est injuste, murmurai-je. Je ne voulais pas que tu deviennes un dommage collatéral, ni te décevoir, ni te blesser, je t'assure.

— Tu devrais me laisser faire mes choix, Valentine.

— Tes choix n'étaient pas rationnels. Tout ce que je veux, c'est que tu sois heureux.

Du coin de l'œil, je le vis serrer les mâchoires. Il garda les yeux rivés sur la route et, très vite, nous retrouvâmes le bar et le bout de plage sur lequel Adrien et Stella devaient se marier. Je m'assis sur une des chaises, et Luke prit place debout près d'Adrien, prêt à assumer son rôle de témoin.

Pendant toute la cérémonie, je gardai les yeux rivés sur lui. Assister à ce mariage était stupide. Devant moi, Adrien et Stella se promettaient amour éternel tandis que je luttais pour rassembler les morceaux de mon cœur, éparpillés un peu partout autour de moi. Je n'étais pas faite pour ça, vivre avec les autres. C'était trop dur de ressentir toutes ces émotions violentes et incontrôlables.

Rester à l'écart, comme je l'avais fait depuis des années, m'avait préservée. J'étais seule mais, au moins, je n'étais pas alors cette fille triste et perdue, assise dans une robe trop belle pour elle.

La cérémonie s'acheva, et les invités se mirent en rang pour saluer les mariés.

— Félicitations, dis-je à Stella avec un sourire forcé quand vint mon tour.

Elle me prit dans ses bras et m'étreignit pendant quelques secondes, bientôt imitée par Adrien. Sonnée par ces gestes d'affection, je mis quelques secondes avant d'ajouter :

— C'était une très belle cérémonie.

— J'ai eu peur que tu ne viennes pas, me confia Stella.

— Je n'aurais pas voulu louper ça.

— C'était surtout pour Luke. Il fait comme si tout allait bien, mais je sais qu'il est très malheureux sans toi.

— C'était la meilleure solution.

— Une solution où vous êtes malheureux tous les deux n'est sûrement pas une bonne solution.

— Stella…

— Il faut trouver une autre solution. Tu peux lui briser le cœur, mais je crois qu'il est assez cinglé pour te le confier malgré tout, même en miettes. Oh ! et je compte toujours sur toi pour la valse !

Elle me fit un sourire d'encouragement et disparut en direction d'un petit groupe d'invités. À l'autre bout du bar, je repérai Luke, son nœud papillon déjà défait et les deux premiers boutons de sa chemise ouverts. Il avait gardé son veston, et je me perdis de longues secondes à le dévorer des yeux.

Mon portrait ne lui rendait pas justice.

Il capta mon regard et cessa immédiatement sa conversation avec Céleste. Cette dernière dirigea les yeux dans ma direction et se contenta de sourire. Même d'ici, j'entendais ses pensées d'entremetteuse.

Les premières notes de musique résonnèrent et, sous les

applaudissements de leurs amis, Stella et Adrien rejoignirent le petit espace improvisé faisant office de piste de danse. Ils échangèrent un sourire complice avant de se lancer. Je n'avais jamais vu des mariés aussi heureux et aussi maladroits pour leur première danse.

Et, malgré leur maladresse, il émanait d'eux une belle harmonie ; Adrien entourait la taille de Stella de son bras, la joue collée contre la sienne, murmurant quelques mots à son oreille. Elle rit doucement, avant de secouer la tête et de l'embrasser chastement sur les lèvres. Ils virevoltèrent quelques instants, hésitants et hilares, avant que Stella me lance une œillade appuyée pour m'inviter à les rejoindre.

Je sentis Luke arriver derrière moi sans même me retourner. En silence, il posa la main dans le bas de mon dos et m'entraîna sur la minuscule piste en lames de bois.

— Viens par ici, dit-il en m'attirant contre lui.

Sur son visage, il n'y avait aucune trace de son sourire habituel. Nos regards s'accrochèrent et, l'instant suivant, nous dansâmes. Nos pas étaient aussi maladroits que ceux de Stella et Adrien, mais c'était sans importance. J'étais avec lui, contre lui, respirant son parfum, et après une semaine de séparation c'était comme si j'avais retrouvé mon équilibre.

— Troisième valse, murmura-t-il. Et, crois-moi, je ne suis pas près de recommencer !

Je ris et posai la joue contre son torse. Sa chaleur me fit immédiatement du bien. La main de Luke allait et venait dans mon dos, provoquant de délicieux frissons dans tout mon corps, et faisait taire la voix rationnelle qui me rappelait que nous ne devions plus être ensemble.

— Tu m'as manqué, murmura-t-il.

— La semaine a été longue, c'est vrai.

— Je ne parle pas de la semaine. Je parle du moment où

j'étais au bar à faire semblant de t'ignorer alors que tu me dévorais des yeux.

— Tu faisais semblant ? m'esclaffai-je.

— C'est dur d'ignorer le soleil.

Il me serra plus étroitement contre lui. Je n'entendais plus la musique, concentrée sur les battements puissants de son cœur contre ma joue. Je perdais pied, à nouveau. Et, même si ça me faisait peur, je préférais marcher au bord du précipice et me sentir vivre que prendre la fuite et renouer avec les tourments incessants de cette semaine sans lui.

— Adrien et Stella sont très heureux, dis-je pour détourner la conversation. C'est une certitude.

— La seule certitude que je vois, c'est toi.

Je relevai les yeux vers lui et, sans que je m'en rende compte, ma main sagement posée sur son épaule trouva sa nuque. Je collai le front contre son torse, reprenant mon souffle déjà erratique. Luke embrassa mon épaule et, pour la première fois depuis son départ de la terrasse ce matin-là, je respirai mieux.

— Valentine, dis quelque chose.

— J'ai… J'ai passé la semaine à me demander ce que je voulais. À peindre, à parler avec mon père, à regarder mes élèves.

— Et ?

— Je suis heureuse, Luke. C'est tout ce que j'ai toujours voulu.

Une ombre passa sur son visage et, subrepticement, il s'écarta de moi. Je secouai la tête, tentant d'organiser mes pensées. Je détestais être à l'origine de la disparition de son sourire.

— Luke, j'ai passé ma vie à regarder les gens de loin, à être spectatrice par choix, à me protéger et à protéger les autres. J'étais convaincue que c'était ce qu'il me fallait, que ça me convenait. Et puis, il y a eu toi.

Il plongea le regard dans le mien. Nous bougions toujours, bercés par une musique que je n'entendais plus et dont je me fichais. J'avais enfin trouvé le courage d'affronter mes peurs, je devais aller au bout. Durant cette semaine de séparation, j'avais eu la sensation de m'éteindre à petit feu. Comme si, alors que j'étais sortie de l'obscurité et avais découvert la lumière, on m'avait brutalement précipitée dans le noir qui m'était jusqu'alors si familier. Maintenant que j'avais connu Luke, je refusais l'obscurité.

— Tu… Tu es l'être le plus têtu et borné que je connaisse, dis-je avec un sourire. Et celui qui m'a fait le plus rire de toute ma vie. Je ne veux pas être juste… heureuse. Je veux vivre. Normalement. Rire aux éclats, manger des desserts et…

Je me tus, complètement perdue. Toutes mes pensées ressassées dans la semaine sortaient d'un coup, sans véritable cohérence, ni organisation. Je ne savais pas où elles m'emmenaient, mais je décidai de les suivre.

Je repris mon souffle et lui adressai un sourire hésitant.

— Ma seule certitude, c'est que je veux faire tout ça avec toi.

Il me fixa avec intensité, sondant ma sincérité. Toute mon explication avait été décousue, et je me demandais s'il en avait compris un traître mot. Quand il ouvrit la bouche pour parler, je fus partagée entre soulagement et inquiétude. Puis il demanda :

— Tu viendrais ?

Je me perdis dans ses yeux et, épuisée d'avoir tant parlé, je hochai la tête. Il s'arrêta de danser et prit mon visage entre ses mains, avant d'attirer mes lèvres contre les siennes. Notre baiser fut doux et incertain, comme si nous cherchions à chasser les derniers doutes. Quand je glissai ma langue entre les lèvres de Luke, il gémit, et ses mains quittèrent mon visage pour trouver ma taille et me soulever contre lui. Ignorant les sifflets autour de nous, j'entourai sa nuque de mes bras, soudainement plus légère et le cœur gonflé d'une sensation merveilleuse.

Quand il me reposa, sa main s'attarda sur ma joue. Il me fixait toujours, incrédule, comme s'il craignait que je change d'avis. Alors, je murmurai, pour lui, la seule réponse possible :

— Je viendrai.

— Vraiment ?

— Vraiment. Où que tu ailles, j'irai.

Il caressa ma joue, et ce seul contact me confirma que j'avais fait le bon choix. Je songeai brièvement à ma mère, me recommandant de ne pas tomber amoureuse d'un joueur de rugby. Avec Luke, c'était impossible. Il avait pris possession de mon cœur et investi la moindre parcelle de mon âme.

— Je crois que je suis en train de retomber amoureux de toi, me confia-t-il en reprenant notre danse.

— Tu avais arrêté ?

— Non. Je crois que c'est juste… c'est en train de devenir une habitude. Ça risque de revenir fréquemment.

Il embrassa mon front, et mon cœur se gonfla de bonheur. Après des jours d'errance, c'était salvateur et bouleversant. À voix basse, je lui avouai :

— C'est une première.

— Quoi donc ? fit Luke en retrouvant mon regard.

— Tomber amoureuse.

Il m'offrit son sourire d'enfant joyeux, celui qui dévoilait sa fossette et faisait pétiller ses yeux. Celui qui me rendait heureuse et me donnait la sensation d'être unique. Celui qui m'avait séduite et apprivoisée. Celui qui m'avait sortie de l'ombre et m'avait donné goût à sa lumière. Celui qui était mieux que tous les autres réunis. Son pouce caressa ma joue brûlante d'émotion et, avant de m'embrasser, il murmura :

— Viens par ici.

Avec lui, j'étais prête à aller n'importe où.

Épilogue

8 mois plus tard

— On est arrivés, annonçai-je en garant la voiture.

Valentine, un bandeau sur les yeux, se tourna vers moi.

— Tu te souviens que les surprises, ce n'est pas trop mon truc, n'est-ce pas ?

— Parfaitement. Fais semblant, pour me faire plaisir, demandai-je.

Elle m'adressa un sourire crispé et tâtonna quelques secondes avant de parvenir à déboucler sa ceinture. Je descendis de la voiture et la contournai pour ouvrir sa portière.

— Prends ma main, proposai-je.

Ses doigts se refermèrent fortement sur les miens, et je nous conduisis en direction de l'entrée. Je fouillai dans mes poches, à la recherche du jeu de clés que Peter, l'ancien propriétaire des lieux, m'avait confié. Il avait quitté la maison depuis moins d'un mois et cherchait maintenant à la vendre.

— Tu ne veux toujours pas me dire où nous sommes ? demanda Valentine.

— Encore un peu de patience. Il y a une marche, fais attention.

Docilement, elle s'exécuta, et nous pénétrâmes dans la

maison. Je m'écartai d'elle et appuyai sur l'interrupteur, découvrant qu'une rangée de spots éclairait l'immense salon. Toutes les pièces avaient été vidées, ne restait que la cuisine parfaitement équipée.

Valentine attendait, immobile, les mains fourrées dans les poches, un rictus agacé aux lèvres. Elle m'avait rejoint une heure plus tôt au centre d'entraînement, persuadée que nous irions dîner ensemble. À la place, je lui avais bandé les yeux et j'avais refusé de lui donner une seule explication. Je me positionnai derrière elle et embrassai son cou ; elle sursauta de surprise et se détendit finalement en sentant mes mains sur ses hanches.

— Viens par ici, murmurai-je.

— Luke, dis-moi où nous sommes.

Je dénouai le bandeau et laissai Valentine découvrir l'endroit. Si la maison m'avait séduit en moins de deux minutes, j'espérais que Valentine serait aussi conquise par les lieux. Après avoir cligné des yeux une poignée de secondes pour s'habituer à la lumière, elle fit quelques pas, interdite. Je restai muet, le cœur battant, imaginant déjà ce qu'elle pourrait peindre sur le mur du salon.

Quand elle se tourna finalement vers moi, elle pinçait les lèvres de nervosité.

— Tu veux visiter ? proposai-je.

Elle hocha la tête, toujours perdue.

Comme Peter l'avait fait avec moi cet après-midi, je guidai Valentine à travers les pièces de la maison. Le salon cathédrale, les grandes chambres lumineuses, la terrasse spectaculaire qui s'achevait au pied des vagues, rien n'échappa à son regard curieux. Fidèle à ses habitudes - et sûrement pour me punir de lui avoir bandé les yeux - Valentine resta silencieuse, gardant ses commentaires pour elle. Son absence de réaction était une torture et, lorsque nous retournâmes dans le salon, je ne tenais plus en place.

— Il y a beaucoup de chambres, murmura-t-elle finalement.

— Je sais. Mais avec Stella et Adrien qui débarquent dans un mois et ton père qui les accompagne...

— Mon père ? Qu'est-ce que...

— J'ai passé quelques coups de fil et je me suis dit qu'il pourrait prendre le même vol qu'eux. Les médecins sont d'accord. Et lui était extatique.

Valentine m'adressa enfin un véritable sourire heureux avant d'approcher de moi. Elle agrippa mon sweat-shirt et m'attira vers elle, posant ses lèvres contre les miennes. J'enroulai les bras autour de sa taille, approfondissant notre baiser jusqu'à être hors d'haleine. Je collai le front au sien, reprenant mon souffle.

— Dis-moi ce que tu en penses, chuchotai-je.

— De la maison ?

— Du mur derrière toi. Et de la maison.

Elle plongea son regard azur étincelant dans le mien, et mon cœur manqua un battement. Je n'arrivais toujours pas à croire qu'elle ait accepté de venir ici avec moi. Après des semaines de lutte contre tous ses murs érigés autour d'elle, il m'avait suffi d'une troisième valse et d'une balade sur la plage pour achever de la convaincre de m'accompagner.

— Le mur est intéressant. Mais je ne sais pas si je vais avoir le temps...

Elle posa les mains sur mon torse, perdue dans ses réflexions.

— Une chaîne d'hôtels m'a appelée. Ils ont vu mon travail sur Internet... Sûrement grâce à Stella, et... enfin, ils voudraient que je redécore certaines chambres.

— Vraiment ? demandai-je, ravi.

Valentine hocha la tête. À son arrivée ici, elle avait hésité à continuer l'enseignement, mais avait finalement décidé de se consacrer entièrement à la peinture. Depuis peu, elle recevait des appels pour des contrats.

— Il faut fêter ça, décrétai-je en embrassant doucement ses lèvres.

— Luke, ce n'est pas encore signé et...

— Je suis tellement fier de toi, murmurai-je. Fier et reconnaissant.

— Reconnaissant ? Rien que ça ?

— De m'avoir suivi ici, d'avoir abandonné ton travail, de ne pas avoir pris la fuite devant mon appartement de célibataire, d'accepter de me suivre au milieu de la nuit pour vivre à l'aventure...

— Tu vas remettre ça ?

— Ça quoi ?

— Luke, je t'aime, mais non, je n'irai pas prendre un bain de minuit avec toi, rit-elle en se détachant de moi pour aller vers la cuisine.

— La plage est déserte, plaidai-je. Et tu pourrais ajouter ça à ta liste des souvenirs enfin réalisés !

— Bien sûr. La carte du mec magnanime. C'est non, Luke.

Je grimaçai, pour la forme. De loin, j'observais Valentine, pleine d'assurance et d'audace, plus belle que jamais. Elle rayonnait dans sa robe rouge, et je me rendais compte qu'elle avait profité du soleil australien ; sa peau avait pris une délicieuse teinte dorée.

— Donc, tu veux acheter cette maison ? demanda-t-elle finalement.

— Seulement si tu es d'accord.

Elle entreprit d'ouvrir les portes des placards de la cuisine, les inspectant rapidement. Je savais pourtant que j'avais toute son attention.

— J'aimerais qu'on vive ensemble ici, dans un endroit à nous. Et je veux te voir déambuler avec mes anciens maillots bien trop grands pour toi…

Elle tenta de ravaler un sourire, mais n'y parvint pas. Nerveux, je la rejoignis dans la cuisine. Même si j'étais certain de ma relation avec Valentine, je restais marqué par le souvenir amer de nos débuts chaotiques. Elle s'était déjà montrée imprévisible, et je redoutais sa réaction face à la maison. Impatient, je finis par retenir la porte du placard qu'elle voulait ouvrir.

— Luke, c'est vraiment…

Elle s'interrompit quand je la soulevai pour l'asseoir sur le plan de travail. Mes mains remontèrent sur ses cuisses. Sa peau frémit sous mes paumes, et elle m'accueillit entre ses jambes, nouant les mains autour de ma nuque.

— Superbe, finit-elle. J'aime beaucoup cet endroit.

Je posai mes lèvres sur son cou, embrassant sa peau sucrée et douce, pendant qu'elle enfonçait les doigts dans ma chevelure. Je remontai sa robe légère, mes mains trouvant ses hanches. Je collai mon corps contre le sien, devinant déjà les battements frénétiques du cœur de Valentine.

— Ça nous fait un autre truc à fêter, alors ? demandai-je.

Elle hocha la tête, m'offrant son plus beau sourire, celui qui faisait pétiller son regard et s'emballer mon cœur.

— Je suis déçu, lâchai-je avec un soupir exagéré. Je m'étais préparé à te convaincre.

— Me convaincre ?

— Eh bien, d'habitude, tu dis « non » pendant des heures, et je cravache pour te faire dire « oui ». Normalement, c'est comme ça qu'on fonctionne.

— J'ai toujours cru que notre mode de fonctionnement gravitait autour de cette histoire de partage de desserts.

— Aussi, concédai-je. D'ailleurs, puisque tu en parles...

J'ouvris la porte du placard que j'avais bloquée quelques instants auparavant et, triomphant et fier, je sortis une boîte de cookies. Valentine éclata de rire, et je l'ouvris avant de la lui donner.

— La joie te va bien, murmurai-je en repoussant ses cheveux derrière son épaule.

— C'est toi. Uniquement toi, répondit-elle en rougissant. Tu veux un cookie ?

Elle tira sur l'étui et, l'instant suivant, se figea. Elle releva les yeux vers moi et, à mon grand soulagement, je n'y vis pas la panique que j'avais imaginée mais une surprise teintée de joie.

— Luke, qu'est-ce que...

— Ah oui ! Alors, donc, je disais : tu dis « non » pendant des heures, et je cravache pour te faire dire « oui », expliquai-je en prenant l'écrin en velours noir dans la boîte avant de l'ouvrir délicatement.

— Luke...

— Tu m'as donné l'idée. Quand je t'ai vue avec mon maillot... En fait, tu portes déjà mon nom alors, je me suis dit... Je me suis dit que je voulais être avec toi. Tout le temps. Marcher sur la plage, te pousser à prendre un bain de minuit, te regarder peindre, découvrir que tu n'as jamais fait l'amour dans une cuisine et rectifier ça au plus vite...

Je fis de mon mieux pour que ma voix ne tremble pas, mais les yeux embués de Valentine me déstabilisaient. Je repensais à Victor, qui m'avait donné sa bénédiction ; à Stella et Adrien qui m'avaient assuré qu'elle dirait oui ; à Camille et Céleste qui m'avaient juré qu'elles porteraient le deuil au nom de toutes mes groupies.

Valentine posa la main sur ma joue et, à ce moment précis,

je sus que tout irait bien. Elle m'embrassa puis, tremblant d'émotion, je glissai la bague à son doigt.

— J'aimerais encore visiter la maison, murmura-t-elle contre mes lèvres.

— Tout ce que tu veux.

Elle descendit du meuble et gagna le salon. Du coin de l'œil, je la vis ouvrir les grandes baies vitrées qui donnaient sur la plage. Rapidement, je dégainai mon téléphone et envoyai un message à Adrien.

Elle a dit oui. Et tu n'as plus d'excuses pour dire non.
Ramène tes fesses.

Remerciements

Quatorze.

C'est la première pensée que j'ai eue quand j'ai posé le point final de cette histoire. C'est mon quatorzième roman et, malgré l'expérience que je suis désormais censée avoir, l'émotion reste la même. Il y a du soulagement, de la joie et un peu de tristesse. Le soulagement d'être parvenue au bout de l'histoire, la joie de voir les héros heureux et la tristesse de les quitter.

Alors, oui, c'est le quatorzième, et toutes ces émotions existent et me gagnent à chaque fois que j'atteins la dernière ligne d'un roman.

Et puis, elles s'éteignent progressivement et se réveillent au moment de sa publication. Le trac habituel qui précède le jour de la sortie est effacé par l'enthousiasme et le bonheur que je ressens à la lecture de vos retours. Parce que, oui, vous êtes loyales - tellement - et fidèles - incroyablement. À chaque parution, vous répondez présentes et vous me permettez d'être meilleure grâce à vos commentaires et vos remarques.

Votre degré d'exigence, vos attentes et votre indulgence légendaire me poussent en permanence à me remettre en question.

Grâce à vous, j'évite de me reposer sur mes lauriers et je canalise toute mon énergie pour donner le meilleur à chaque roman. Pour cela, je vous remercie.

Pour votre fidélité sans faille et votre capacité à tomber amoureuse de chaque héros - Luke est définitivement à moi, pas touche –, je vous remercie.

Pour vos cris de joie, vos piaffements d'impatience et votre bienveillance, je vous remercie.

« Un peu plus d'amour que d'ordinaire » : c'est exactement ce que je me dis quand je discute avec vous, quand je vous croise en salon, quand je lis vos avis. Je vous encourage donc à continuer à rayonner, avec tous ceux qui sont importants pour vous. Aimez plus, chérissez plus, faites plus attention, soyez bienveillant.e.s jusqu'à l'overdose. Dernièrement, vu le climat actuel, on s'est souvent dit qu'on avait encore plus besoin de tout ça. Je crois, en fait, qu'on en a besoin en permanence, mais que, trop souvent, on se laisse surprendre par le temps qui passe ou par les contingences d'une vie en accéléré.

Alors, donnez-vous le temps, prenez-le et offrez-vous des moments à part. Des moments avec un peu plus d'amour que d'ordinaire.

Je profite de ces remerciements pour saluer toutes les équipes d'HarperCollins France, qui m'accompagnent depuis le début de toute cette aventure. Un grand merci à mon éditrice, qui fait parfois office de psy et qui, au fur et à mesure que je la côtoie, perd de plus en plus de sa chevelure. Ce qui m'inquiète, je ne vous le cache pas. Mais elle est toujours là, fidèle au poste, m'attendant au port, pendant que je dérive dans l'écriture.

Un grand merci aussi à celles et ceux qui œuvrent dans l'ombre : les Chloé, Mélusine, Delphine, Emmanuelle, Anne-Marie et tous ceux que j'oublie. Une pensée particulière pour Clémence, mon attachée de presse, qui me fait toujours rire à en pleurer et avec qui j'ai hâte de repartir en signatures.

Last, but not least, un remerciement en or massif pour mon mari. Non content d'agrémenter mes stories Instagram grâce à nos irrésistibles conversations, il est aussi d'un soutien incomparable et n'hésite pas à me botter les fesses quand la motivation me déserte parfois. Bien que je le soupçonne d'être rétribué par HarperCollins pour me houspiller à l'occasion, je sais aussi que, sans lui, tout cela serait beaucoup moins drôle. Une pensée émue pour mes enfants qui sont, définitivement, une source d'amour et de force extraordinaire.

Vous avez aimé
Un peu plus d'amour que d'ordinaire
d'Emily Blaine ?
Découvrez son roman
La Crêperie des petits miracles
disponible en poche !

« Parce que la recette du bonheur contient toujours un peu de courage et beaucoup d'amour, vous allez adorer le livre de cette Bretonne au grand cœur »
ICI PARIS

Tournez vite la page pour découvrir un extrait !

Chapitre 1

J'ajustai la capuche de mon ciré, la maintenant de mes mains autour de ma tête. Depuis mon arrivée à Saint-Malo il y a trois ans, j'avais lutté contre ce cliché météorologique mais, après avoir subi la perte de quatre parapluies – le vent tourbillonnant faisait systématiquement plier les baleines –, je m'étais résolue à abandonner la lutte. Partiellement, du moins. Je n'avais pas succombé au jaune canari et j'avais choisi un imperméable bleu clair qui m'arrivait à mi-cuisse.

Ma sacoche calée sur l'épaule et les poings fichés dans mes poches, je traversai d'un pas rapide le parking du centre hospitalier. Levant les yeux vers le ciel, je grimaçai et ravalai un grognement désespéré. Des nuages gris anthracite s'amoncelaient derrière le bâtiment, signe que la pluie allait m'accompagner toute la journée. Les goélands manifestaient bruyamment leur désapprobation, volant dans un parfait désordre, en quête de nourriture.

Je poussai un soupir de soulagement en franchissant le sas d'entrée du hall. J'ouvris mon ciré, me débarrassai de mon encombrante et humide capuche, puis essuyai avec force mes chaussures mouillées sur le large paillasson de l'entrée. Au moins, ici, j'étais au sec.

Après avoir vérifié l'heure, je me dirigeai vers les ascenseurs. D'un œil distrait, je lus le plan de l'hôpital. Les étages s'égrenaient au rythme des services : orthopédie, cardiologie, pédiatrie, réanimation, néphrologie, soins palliatifs. À chaque arrêt, quelques personnes sortaient de l'ascenseur, avec cette expression caractéristique de l'anxiété, rehaussée parfois d'un timide sourire, comme s'ils voulaient se rassurer.

— Pardon, murmurai-je en me faufilant entre un couple aux yeux rougis.

Le service de néphrologie n'avait pas encore de visiteurs. Clara, l'une des aides-soignantes, débarrassait les plateaux-repas. Je plissai le nez, vaguement écœurée par l'odeur de poulet froid. Pour moi, la restauration hospitalière était la définition même de la double peine : vous étiez malade, et en plus on vous nourrissait d'aliments déshydratés et sans saveur.

À moins que ce ne soit une façon de faire fuir les malades et de les encourager ainsi à la guérison.

— C'est quoi le plat du jour ? lui demandai-je, tout en avançant vers le bureau des infirmières.

— Cuisse de poulet, brocolis. Compote en dessert. C'est quoi tes cheveux ?

— Brushing météorologique, souris-je en secouant ma lourde chevelure brune. C'est du néobreton !

Dans ce long couloir silencieux, le rire de Clara sembla résonner jusqu'à l'aile ouest. Elle reprit sa tâche, pendant que je rejoignais Christine, Isabelle et Sonia, les trois infirmières du service. Assises derrière le comptoir, la première rangeait des dossiers, pendant que les deux autres vérifiaient des prescriptions. En entendant mes chaussures crisser sur le lino impeccable, elles levèrent le nez, et un large sourire barra leurs visages.

— Il pleut, non ? demanda Sonia.

— Pourquoi, même dans cette question anodine, j'entends l'ombre d'un sarcasme ? répondis-je.

— À mon avis, parce que ta chevelure est suffisamment aérée pour te permettre une audition optimum, répliqua Christine en arquant un sourcil moqueur.

Je tendis le cou et tentai de capter mon reflet dans les portes laquées des armoires. L'humidité avait fait gonfler mes cheveux, et des boucles disgracieuses encadraient mon visage. Je passai l'index sous mon œil, effaçant un débordement de mascara noir. Je ressemblais à Morticia Addams, avec la coupe de cheveux de la Kylie Minogue des années 1980.

Les mains sur le comptoir, Isabelle, la cinquantaine rugissante, se redressa. Visage rond, yeux bleus pétillants, mine perpétuellement réjouie, elle portait sa bonne humeur comme la reine d'Angleterre portait sa couronne : avec fierté et dévouement.

— Tu as quoi pour nous aujourd'hui ? demanda-t-elle à voix basse.

— Far breton et jus de pomme.

— Adieu régime, soupira Christine, la plus jeune des trois.

De ma sacoche, je tirai une bouteille en verre et un gros morceau du far breton que Joséphine avait préparé puis emballé dans du film alimentaire. Isabelle le fixa avec gourmandise et tira la langue en direction de Christine avant de le prendre pour le cacher dans un grand tiroir étiqueté « archives ». Parfois, j'avais la sensation d'être la cheffe d'un cartel de contrebande de beurre et de sucre.

— Il est entre de bonnes mains, assura-t-elle.

— Avec une espérance de vie limitée, pondéra Sonia. Même si les sablés de la semaine dernière ont été finis par les collègues de nuit.

Trois fois par semaine, quel que soit le temps, je rapportais des douceurs à mes infirmières préférées. Par la force des choses et surtout par la fréquence de mes visites, nous avions créé des liens. Professionnels, au départ : je leur posais des questions sur l'évolution de la maladie, sur les impairs à ne pas faire, sur la complexité de leur travail. Au bout de quelques semaines, les sujets médicaux avaient laissé place à la météo – la pluie, le cycle des tempêtes, le parfum des embruns pendant l'orage –, puis nous avions abordé des sujets plus intimes. Isabelle m'avait confié qu'elle était veuve et cohabitait désormais avec un nerf sciatique irritable ; Christine cherchait l'amour sur Internet et collectionnait les plantes vertes ; Sonia était infirmière, mais rêvait de devenir styliste et avait rafistolé mon pull fétiche.

Nous partagions des rires la plupart du temps, des soupirs las parfois, des larmes quand, trop souvent, un patient grimpait d'un étage pour rejoindre les soins palliatifs. Malgré l'odeur tenace de désinfectant, malgré les plateaux-repas douteux, malgré le silence saturé de molécules chimiques, l'humanité, grâce à elles, demeurait dans cet étage aseptisé.

— Comment ça va aujourd'hui ?

Ma question était loin d'être anodine. Derrière ce « comment ça va ? » se cachaient toutes les autres questions que je n'osais plus poser.

A-t-elle réussi à se lever ?

Avons-nous des nouvelles pour une greffe ?

Souffre-t-elle ?

Combien de temps lui reste-t-il ici ? Combien de temps avant de grimper à l'étage des soins palliatifs ?

Isabelle grimaça. Pas bon signe. Si même elle finissait par baisser les bras, c'était que les nouvelles n'étaient pas bonnes. Instinctivement, je tournai la tête vers l'extrémité opposée du couloir, là où Elisa m'attendait. Je connaissais par cœur les détails de sa chambre : les murs vert d'eau, le grincement de la porte de la salle de bains, le lourd rideau gris foncé de la fenêtre, la petite fissure qui courait au-dessus de l'armoire.

Et son lit, et toutes ces machines qui la maintenaient parmi nous. J'aurais tout donné pour la sauver de cet endroit.

— Son état se dégrade, et elle est assez fatiguée. Je ne sais pas si tu auras de quoi faire une lettre aujourd'hui.

— Je ne viens pas forcément pour une lettre.

— Je sais.

À son tour, elle tourna la tête vers l'autre bout du couloir et laissa échapper un soupir, visiblement abattue. Nous échangeâmes un regard, entre détresse et pointe d'espérance. Lors de mes dernières visites, Elisa s'était montrée défaitiste, et j'avais à cœur de lui faire oublier ses idées noires. L'équilibre était ténu entre lui rendre le sourire et ne pas entretenir de faux espoirs.

— Le moral compte, m'avait dit Christine lors de mes premières sessions avec Elisa. Un patient qui sourit accepte mieux les traitements.

On ne traitait pas vraiment Elisa. On compensait ce que son corps ne parvenait plus à faire. Et on priait. On priait pour qu'une greffe arrive, comme par magie, pour qu'Elisa reprenne sa vie – l'escalade, la danse, nos soirées –, pour que je n'aie plus à prendre ce rond-point infernal qui mène à l'hôpital, pour qu'elle devienne institutrice, comme elle l'avait toujours souhaité.

Je chassai mes pensées sombres. En acceptant de venir ici trois fois par semaine, je m'étais promis d'agir envers Elisa avec normalité et humour. Devant elle, je n'hésitais pas à me plaindre de la météo, à maudire mon acné à retardement et à fantasmer sur son médecin… Le genre de conversation que nous aurions eue au café du coin, avant d'aller au cinéma ou en faisant du shopping. Quand j'étais avec elle, je faisais tout pour que la maladie n'existe pas.

— Des nouvelles de sa mère ? demandai-je.

— Elle a envoyé une carte, répondit Sonia.

— Et des chocolats industriels, grimaça Isabelle.

Je poussai un soupir triste. Plus jeune, j'avais toujours constaté que les liens familiaux se resserraient dans les moments difficiles, attirant les proches du malade comme le soleil fascine les tournesols. On se relayait, on se parlait, on entourait. Elisa n'avait pas même droit à ce traitement de faveur. Elle passait ses journées seule, s'abreuvant de films et de séries.

— Encore une belle journée, chantonnai-je, ironique.

Je réajustai ma sacoche et pris une profonde inspiration. Elisa méritait mieux que ces murs, mieux que sa mère, et mieux – tellement mieux – que sa vie actuelle. Trois fois par semaine, pendant une heure, je m'autorisais à croire que je pouvais lui apporter un peu de ce « mieux », que je pouvais la faire sourire et lui faire oublier le reste.

— Je suis certaine que tu vas réussir à lui tirer un rire. J'adore l'entendre rire, dit Isabelle avec un sourire tendre.

Je tapotai des doigts sur le comptoir, comme pour m'encourager. Je tenais à ces rendez-vous, je tenais à ces quelques moments d'oubli. J'aimais Elisa ; et j'appréciais Isabelle, Sonia et Christine. Mais, honnêtement, j'aurais tout donné pour ne plus venir ici.

— Est-ce que tu es libre après ? demanda soudainement Sonia.

Si Isabelle était du genre bavarde et avenante, Sonia était beaucoup plus réservée. Aussi, sa demande me désarçonna un court instant ; j'acquiesçai finalement d'un mouvement de tête.

— Je ne dis jamais non à un café infect de la cafétéria, plaisantai-je.

— Surtout quand on le lui offre, ironisa Christine.

— Mangez-lui sa part de far, répliquai-je en représailles auprès de ses deux collègues avant de me diriger vers la porte de la chambre d'Elisa.

Mes chaussures avaient un peu séché et ne couinaient plus à chaque pas. Sur le chemin, je croisai un médecin, en pleine conversation avec un couple de quinquagénaires. À leurs mines et à la façon dont leurs regards incrédules fixaient le médecin, je compris que les nouvelles étaient bonnes.

— Bonjour, beauté ténébreuse ! lançai-je avec joie.

Assise dans son lit, Elisa me jeta un coup d'œil, avant de rayer furieusement quelque chose qu'elle avait noté dans son carnet fétiche.

— C'est pas mal, ça ! se réjouit-elle.

Je posai ma sacoche au sol, retirai mon ciré parsemé d'ultimes gouttelettes de pluie et passai une main dans ma chevelure indomptable. Je tirai la seule chaise présente dans la chambre et m'assis près d'Elisa, tentant de lorgner ses notes.

— On écrit à qui aujourd'hui ? l'interrogeai-je, ravie de la voir déjà prête à s'atteler à l'ouvrage.

— Je prépare mon épitaphe.

Je marquai une seconde d'arrêt, me demandant si j'avais bien compris les mots qu'elle avait prononcés d'un ton léger. Elisa souriait, ses yeux brillaient, et elle semblait pleine d'énergie.

— Tu fais quoi ?

— Mon épitaphe. Tu sais, le truc qu'on grave sur les monuments funéraires. Je voudrais être certaine que…

— Je sais ce qu'est une épitaphe, la coupai-je, agacée. Tu n'as pas à faire ça.

— Parce que tu crois que ma mère le fera pour moi ?

J'ignorai le voile d'ironie que dissimulait mal sa remarque. Sa mère était une garce égoïste, je ne pouvais pas argumenter. Mais je refusais qu'elle me parle de son épitaphe de la même façon qu'elle aurait évoqué le dernier potin sur Jennifer Aniston.

— Parce que je crois que ta mère sera morte depuis un bail, quand tu quitteras ce monde à quatre-vingt-huit ans, entourée de toute ta famille et de ton médecin de mari ! expliquai-je en lui retirant le carnet des mains.

Je jetai un coup d'œil rapide sur la liste de potentielles épitaphes. Malgré mon début de colère, je ne pus m'empêcher de sourire. Les infirmières ne s'étaient pas montrées particulièrement positives sur le moral d'Elisa, cependant la présence de son sens de l'humour me rassurait plus que n'importe quelle analyse sanguine.

Elle allait bien.

— « Pénélope du rein » ? « Éternelle célibataire » ? Tu avais écrit quoi, là ? demandai-je en pointant de l'index un gribouillage indéchiffrable.

— « Enfin le premier rôle ». Mais je trouve que « beauté ténébreuse » me donne une aura mystérieuse et sexy !

Elle se redressa et, plaçant la main sous son menton, prit une pose théâtrale avec une moue irrésistible. Je n'aurais pas dû rire : préparer son épitaphe n'est pas un sujet de plaisanterie. J'aurais dû lui faire la leçon, lui redire qu'il était hors de question qu'elle quitte cette chambre autrement que debout sur ses deux pieds. J'aurais dû lui dire que notre table attitrée nous attendait chez Joséphine pour une crêpe et un verre de vin.

J'aurais dû. Mais un rire honteux s'échappa de ma gorge, et Elisa me rejoignit dans un fou rire. De l'index, j'effaçai une larme qui menaçait de rouler sur ma joue. Au bout de quelques secondes, nos rires s'estompèrent, et nous replongeâmes dans le silence. Je lui rendis son carnet, espérant que ce bon fou rire lui ait fait oublier son projet morbide.

— J'avais aussi « grande gagnante du bingo de la loose », murmura-t-elle.

Délicatement, je posai la main sur la sienne, veillant à éviter le cathéter. Cet endroit transpirait la morosité et l'antibiotique. La couleur des murs aurait rendu cadavérique une jeune héritière revenant de deux mois de vacances à Ibiza. Et ce silence... Comme si quelqu'un avait décidé que, dans cet hôpital, tout devait être éteint : pas de son, pas d'image.

Pas de vie.

Ce n'était pas étonnant qu'elle pense à ce genre de choses. Au fil des semaines et des espoirs envolés, les chances de guérison s'amenuisaient.

— Il faut que tu me laisses un peu de temps pour monter un plan d'évasion, dis-je avec un faible sourire.

— On n'est pas dans un film, Adèle.

— Et pourquoi ça ?

— Tu as vu tes cheveux ? Aucune actrice n'accepterait une telle coiffure !

L'ombre d'un sourire flotta sur son visage. Je détestais mes cheveux, trop longs, trop lourds, trop fourchus. Je n'avais jamais su comment m'en occuper. En Bretagne, avec l'humidité, ils me donnaient un faux air de la Méduse.

— Tu en es où avec ton médecin ? demandai-je pour changer de sujet, tout en me levant de ma chaise.

J'ouvris la fenêtre, laissant entrer les hurlements de goélands, les embruns, les gouttes de pluie et le vent frais ;

un peu de vie dans cette chambre aseptisée. J'envisageai brièvement de nouer les draps pour tenter une descente en rappel ; je détestais tellement cet endroit.

— Eh bien, on part pour Cannes dans son jet ce soir.

— On n'est pas dans un film, lui répondis-je avec un sourire.

— Je sais. Dans un film, personne n'aurait eu l'esprit assez tordu pour créer ce genre de rôle.

— Quel genre de rôle ?

— Celui de la fille qui veut déplacer des bibelots, tombe de l'escabeau, va à l'hôpital pour une cheville foulée et finit… en attente d'une greffe de rein. Franchement, sur l'échelle de la crédibilité, on n'est même pas à zéro.

L'air vif la saisit, et Elisa se tassa un peu dans son lit. J'ouvris ma sacoche et sortis mon ordinateur portable.

Deux mois avant sa chute, Elisa et moi chantions à gorge déployée *Ain't No Mountain High Enough* dans le restaurant de Joséphine. Elle avait été la première à qui j'avais confié mon histoire branlante, persuadée, à l'époque, d'être la fille la plus minable du monde.

— Tu n'es pas minable, avait-elle tranché, le bras accroché au mien, pendant que nous rentrions chez elle, passablement ivres.

— Ah bon, alors je suis quoi ?

— Tu es Rose dans *Titanic.* Tu es la fille qui dit merde à la facilité !

— Ça finit moyen quand même pour elle : le bateau coule, elle perd l'homme de sa vie et elle n'a plus un sou.

Elisa et moi avions échangé un long regard, avant de rire aux éclats. C'était lors de cette première nuit que notre amitié était née. Nous avions discuté durant des heures, avant de nous effondrer de fatigue au petit matin.

— Je pense que tu tentes de changer de sujet, lui fis-je remarquer. On parlait du médecin…

— Il connaît mon taux de sucre à jeun et mon niveau de plaquettes, on peut donc dire qu'on est très intimes.

— Tu pourrais lui parler de tes passions. Ou de la météo ? Ça peut être un bon début de discuter du temps, proposai-je avec entrain.

— Il pleut en permanence, Adèle !

Je me réinstallai sur ma chaise et ouvris mon logiciel de traitement de texte. Elisa avait du répondant, mais ses cernes parlaient pour elle. Depuis son hospitalisation à durée indéterminée, ses joues s'étaient creusées et son teint, déjà très pâle, avait perdu sa lumière, laissant apparaître par transparence quelques vaisseaux sanguins. Elle flottait dans sa chemise de nuit, et l'arrondi du col laissait voir ses clavicules saillantes. Ses cheveux blond vénitien, si beaux et ondulés auparavant, étaient ternes et plats. À plusieurs occasions, Elisa m'avait confié en perdre beaucoup, les retrouvant au matin sur son oreiller.

La maladie était là, avançant à découvert, s'engouffrant dans chacune des failles du corps de ma meilleure amie.

— À qui écrit-on alors, aujourd'hui ?

Elisa tourna son visage osseux vers moi et afficha un maigre sourire. Les médicaments empêchaient la souffrance physique, mais lui laissaient toute latitude pour gamberger.

— Promets-moi que tu le feras, dit-elle finalement.

— Quoi donc ?

— L'épitaphe. Le « beauté ténébreuse ».

— Elisa…

— Je ne veux pas que ma mère balance un « à ma fille adorée » ou un « je t'aimerais toujours ». Ça sera ma tombe, alors je veux quelque chose qui m'appartienne. Et qui soit vrai, accessoirement.

Son sérieux et sa sincérité me clouèrent sur ma chaise. Sa voix n'avait pas vrillé. Ferme, confiante. Elle était sûre de son choix. De mon côté, j'étais loin d'avoir son assurance.

Aussi, c'est ma voix étranglée de tristesse qui lui répondit :

— Je le ferai.

Un sourire illumina son regard, et les épaules de ma meilleure amie se détendirent. Je refoulai mon envie d'hurler à l'injustice et cachai mes larmes en clignant des paupières. Elisa m'avait toujours imaginée beaucoup plus courageuse qu'elle.

Elle avait tort. Mais jamais je ne lui avouerais que, à la fin de chacune de mes visites, je sortais de cet endroit en courant ; je courais pour rejoindre ma voiture et, planquée dans l'habitacle, laisser libre cours aux larmes.

— Tu sais, on n'a jamais fait cette lettre, finalement, reprit-elle, plus joyeuse.

Elle se redressa et lissa le drap couvrant ses jambes. Je mis quelques secondes à reprendre mes esprits, encore secouée par ma promesse.

— Quelle lettre ?

Elisa et moi avions écrit des centaines de lettres. Au départ, c'était un jeu, presque une mauvaise blague. Et puis, c'était devenu une occupation, un passe-temps pour tuer l'ennui et aider Elisa à se changer les idées.

Sur la route de Madison avait été le déclencheur.

— On est d'accord que cette fin est horrible ? avait fait remarquer Elisa après avoir visionné le film un samedi soir de désert social.

— On est d'accord, avais-je approuvé en me tapotant les yeux avec un Kleenex trempé.

— On devrait faire une lettre de réclamation.

— C'est un film, Elisa, pas un extracteur à jus qui a un défaut de fabrication !

Elisa était le genre de fille qui allait au bout de ses idées, y mettant enthousiasme et conviction. Aussi, elle avait rempli nos verres de vin blanc, puis avait dégainé du papier à lettres datant des années 1960, blanc cassé avec de grosses roses rouges pour encadrement. D'un geste du bras, elle m'avait encouragée à m'installer autour de la table basse.

— Prends le stylo, on lui écrit.

Et nous l'avions fait. Nous avions écrit à Clint Eastwood pour lui dire combien nous étions révoltées de cette fin atroce, pour lui affirmer qu'il avait tort. Évidemment, nous n'avions jamais eu de réponse, mais nous avions été soulagées d'avoir fait part de nos griefs à ce sinistre individu.

C'était devenu notre rituel, une sorte de rendez-vous chronique qui nous donnait l'impression que nos vies n'avaient pas changé depuis. Une belle illusion, qui nous faisait rire, râler, gémir, taper du pied.

Un truc qui n'appartenait qu'à nous.

— Celle à James Cameron, sur la fin de Titanic. On s'est toujours dit que la fin était merdique.

— C'est vrai, approuvai-je. On part là-dessus ?

— Ouais. Il mérite de nous entendre !

Elle frappa dans ses mains, dissipant en une seconde l'ambiance pesante qui régnait dans sa chambre. Les mains sur le clavier, je tendis l'oreille, attendant que mon chef d'orchestre préféré batte la mesure. Nous avions toujours fonctionné ainsi ; Elisa, la meneuse, lançait le début de la lettre. Les premières phrases étaient à son image : vindicatives, râleuses, déterminées. De mon côté, j'apportais la touche de diplomatie et de rondeur. Même s'il y avait peu de chances que ces lettres parviennent à leurs destinataires, je ne voulais pas risquer de me fâcher avec Clint, James ou Leonardo.

— Cher James, lança Elisa avec un grand sourire.

Je m'arrêtai aussitôt. James Cameron méritait certainement qu'on s'adresse à lui avec un « monsieur ». Elisa fronça les sourcils et pointa un index autoritaire vers moi.

— On a dit qu'on les appelait toujours par leur prénom, me rappela-t-elle.

— Oui. Mais on parle de James Cameron.

Pendant une courte seconde de silence, je crus avoir réussi à la convaincre. Je tapotai sur mon clavier, effaçant les premières lettres. Elisa s'éclaircit la voix et anéantit mes maigres espoirs.

— Cher James, répéta-t-elle avec conviction.

Retrouvez le meilleur d'Emily Blaine en poche

www.emilyblaine.com

Harper Collins
POCHE

Composé et édité par HarperCollins France.

Achevé d'imprimer en avril 2021.

FIRMIN-DIDOT

à Mesnil-sur-l'Estrée (Eure)

Dépôt légal : mai 2021.

Pour limiter l'empreinte environnementale de ses livres, HarperCollins France s'engage à n'utiliser que du papier fabriqué à partir de bois provenant de forêts gérées durablement et de manière responsable.

Imprimé en France